하우 투 폴 인 러브

How to fall in love

HOW TO FALL IN LOVE

세실리아 아현 지음 | 김현수 옮김

하우투 폴인 러브

살림

내게 사랑에 빠지는 법을 가르쳐준 사람,

데이비드에게

| 차 례 |

1

상대를 진정시키는 법

사람들은 번개가 같은 장소에 두 번씩 내리치는 일은 없다고
말한다. 이건 틀렸다. 사람들이 이런 표현을 쓰기는 하지만 실제
와는 다르다.

나사(NASA)의 과학자들은 번개가 구름에서 지면으로 곧장 떨
어질 때 한꺼번에 두 곳 이상을 때리는 경우도 흔하며, 사람이 번
개를 맞을 확률도 우리가 추측하는 것보다 45퍼센트 정도 높다
고 밝혔다. 그 표현은 번개가 같은 장소 혹은 한 사람에게 절대
로 두 번 떨어지지 않는다는 의미로 쓰이지만, 그 역시 사실이 아
니다. 한 사람이 살면서 번개를 맞을 확률이 3,000분의 1이라지
만, 버지니아에서 공원 관리인으로 일하는 로이 클리블랜드 설리

번은 1942년에서 1977년 사이에 번개를 일곱 번이나 맞았다. 여러 차례 번개를 맞고도 살아남은 로이는 허무하게도 일흔한 살에 본인의 배에 총을 쏘아 자살했다. 대답 없는 사랑 때문이었다는 소문이 있었다.

번개를 언급하는 은유를 빼버리고 속뜻을 그대로 옮기자면, "가능성이 아주 희박한 사건이 한 사람에게 두 번씩 일어나는 일은 절대 없다"가 될 것이다. 이 역시 틀린 소리다. 만약 로이를 죽게 한 이유가 소문대로라면, 그는 실연당한 사람만이 알 수 있는 절절한 슬픔에 비통했을 것이고, 로이는 가능성이 극도로 희박한 이 불운이 얼마든지 또 닥칠 수 있다는 걸 그 누구보다도 잘 알고 있었을 것이다.

이런 얘기를 하다 보니 자연스레 나의 이야기가 떠오른다. 내게도 비슷한 경험이 있다. 일어날 가능성이 극도로 희박했던 사건 두 개 중, 첫 번째 이야기.

더블린, 살벌하게 추운 12월, 어느 밤 11시. 나는 한 번도 다다른 적 없는 곳에 서 있었다. 이것은 나의 정신 상태에 대한 비유적 표현이 아니고 (그 역시 적절하긴 하지만) 말 그대로 그 지역은 한 번도 가본 적이 없다는 얘기다.

버려진 사우스사이드 주택단지 사이로 칼바람이 불어왔다. 바람은 깨진 유리창과 덜컹거리는 가설 지지물을 통과하며 섬뜩한 곡조를 만들어냈다. 창문이 있어야 할 곳에는 검은 구멍들이 입을 벌리고 있었고, 바닥은 아찔하게 움푹 파인 부분과 뒤집힌 판석이 널린 채로 미완성이었다. 배관들이 어수선하게 얽힌 발코니와 출입구, 아무 데서나 시작되어 어디에서도 마무리되지 않은 전선들. 그곳은 비극을 위한 무대였다. 기온이 영하라는 사실과는 상관없이 그 광경만으로도 몸이 오스스 떨려왔다. 불을 끄고 커튼을 드리운 채 집집마다 식구들이 잠자리에 들어 있어야 마땅할 이 주택단지에서, 삶의 기운 같은 건 찾아볼 수 없었다. 주민들은 정든 집을 비우고 화재 안전 대책도 없는 시한폭탄 같은 곳에서 살고 있었고, 개발 업자들은 시세가 호황일 때 약속했던 호화로운 삶을 제공하지 않은 채 거짓말만 끝없이 늘어놨다.

애초에 그곳에 가는 게 아니었다. 내가 무단 침입했다는 게 마음에 걸리긴 했다. 하지만 진짜로 걱정해야 할 건 그게 아니었다. 무엇보다 거긴 위험했다. 상식이 있는 평범한 사람이라면 불편함을 느껴야 했다. 나는 뒤도 돌아보지 않고 왔던 길을 되돌아 나가야 했다. 이 모든 걸 알고 있으면서도 나는 직감을 거스르며 계속 갔다. 그리고 집 안으로 들어갔다.

45분 후, 나는 다시 밖에 서 있어야 했다. 긴급구조 번호 999를 누르고 교환원이 알려준 대로 경찰을 기다리며 덜덜 떨고 있었다. 멀리서 구급차 불빛이 보였고, 경찰 표시가 없는 경찰차가 바짝 뒤따르고 있었다. 그 차에서 머과이어 형사가 내렸다. 그는 면도도 하지 않고 머리 모양도 엉망이었지만, 초췌하다는 느낌 없이 강인한 인상을 풍겼다. 나중에 알게 된 사실인데 그는 정서적으로 불안한 사람이었다. 언제 어디서 감정이 폭발할지 모르기 때문에 늘 마음을 억누르고 사는 사람이었다. 그의 외모는 록 밴드 멤버라고 소개받더라도 제법 괜찮다고 생각할 수 있을 정도지만, 임무를 수행 중인 마흔일곱 살 형사라는 사실이 그의 매력을 싹 걷어가버렸다. 그의 존재는 내가 처한 상황의 심각함만 부각시킬 뿐이었다. 그들에게 사이먼의 아파트를 알려준 뒤 나는 다시 밖으로 나왔고, 목격한 일을 말하기 위해 기다렸다.

나는 머과이어 형사에게 사이먼 콘웨이에 관해 이야기했다. 안전상의 문제로 다른 50세대와 함께 퇴거 조치당한 사이먼이 내게 한 이야기의 대부분은 돈 문제였다. 거주도 허락되지 않는 집의 담보대출을 갚아야 한다는 압박감, 의회에서는 임시 거처 사용비의 지불 중단 소송이 계류 중이라는 점, 그리고 방금 일자리마저 잃었다는 사실까지. 나는 사이먼과의 대화를 머과이어 형사에게 옮겼다. 그러는 와중에 기억이 흐릿해져서 내가 했다고 생각한 말과 마땅히 해야 했다고 뒤늦게 깨달은 말 사이를 오락가락하며 횡설수설했다.

그게 그러니까, 사이먼 콘웨이는 나와 마주쳤을 때 이미 총을 들고 있었다. 자기가 버리고 나간 집에 갑자기 내가 나타나서 그 사람도 놀랐겠지만 더 놀란 사람은 나다. 그는 나를 경찰이 보낸 사람으로 생각하는 것 같았고 나는 그걸 굳이 부인하지 않았다. 옆방에 사람이 잔뜩 와 있다고 생각하길 바랐으니까. 그 사람이 시커먼 총을 들고 빙빙 돌려대는데 바로 바닥에 납작 엎드리거나 도망치고 싶은 걸 참고 겨우 버티고 있었다. 공포가 밀려들었지만 그 사람을 어르고 달래서 총을 내려놓게 하려고 노력했다. 그 사람 아이들 얘기도 했고, 어둠 속에서 한 줄기 빛을 보여주려 최선을 다했다.

그렇게 겨우겨우 사이먼이 조리대 위에 총을 내려놓게 하는데 성공했고, 곧바로 경찰에 전화를 걸어 도움을 요청했다.

그런데 전화를 끊고 나서, 어떤 일이 벌어졌다. 순수한 의도로 뱉은 말이었지만, 그때 그 말을 하지 말았어야 했다는 걸 이제는 안다. 그의 무언가를 툭 건드렸으니까.

사이먼의 시선은 나에게 머물러 있었지만 그가 진짜로 날 보고 있는 게 아니라는 걸 알았다. 그의 얼굴이 싹 달라져 있었으니까. 내 머릿속에서 경고음이 울려대기 시작했지만, 미처 무슨 말을 하거나 손을 쓸 새도 없이 사이먼은 총을 집어서 자신의 머리를 겨눴다. 그리고 빵, 총성이 울렸다.

2
–

상처주지 않고 남편을 떠나는 법

때때로, 진짜를 보거나 겪고 나면 '척'을 그만두고 싶어진다. 갑자기 스스로가 바보처럼, 사기꾼처럼 느껴지기 때문이다. 그리고 가짜인 모든 것으로부터 도망치고 싶어진다. 그 가짜가 순수하고 무해하더라도. 혹은 당신의 결혼처럼 중대한 문제일지라도. 그런 일이 내게도 일어났다.

파경을 맞은 부부를 질투하는 자신의 모습을 발견했다면 본인의 결혼 생활에 문제가 있다는 걸 알아차려야 한다. 지난 몇 달간 내가 그러고 있었다. 그리고 뻔히 알고 있으면서도 한편으로는 제대로 자각하지 못하는, 아주 희한한 상태에서 나는 그걸 깨달았다. 일단 결혼 생활이 끝장나자, 사실은 그 결혼이 옳지 않

14

은 선택이었음을 내가 늘 느끼고 있었다는 사실을 알게 됐다. 한창 결혼 생활을 이어가던 중에는 순간순간 행복을 느꼈고 남들이 꿈꾸는 희망을 품기도 했다. 하지만 긍정적인 마음이 수많은 위대함의 씨앗이라 할지라도, 희망만으로는 결혼 생활의 기반을 굳건히 하기 어렵다는 것을 알았다. 그 사건, 내가 사이먼 콘웨이 '경험'이라 일컫는 그 사건 이후, 나는 눈을 번쩍 뜰 수 있었다. 내 평생 가장 진실한 진짜를 목격하자 나도 진실해지고 싶었고, 내 삶의 모든 것이 진정성 있고 정직해지길 바랐다.

우리 언니 브렌다는 내 결혼 생활이 깨진 이유가 심리적 외상후 스트레스 장애 같은 것 때문이라고 굳게 믿었다. 그리고 내게 누군가와 대화를 좀 해보라고 애원했다. 나는 언니에게 이미 그러고 있다고 말해줬다. 내 속에서 대화가 시작된 지는 이미 오래였다. 사이먼의 일은 결과를 조금 앞당겼을 뿐이었다. 물론 언니가 원했던 반응은 이런 게 아니었다. 언니의 뜻은 심리 치료 분야의 전문가와 대화를 해보라는 거였다. 한밤중에 와인 한 병을 놓고 부엌 구석에 앉아 술에 취한 채로 횡설수설 혼자 지껄이라는게 아니라.

남편 배리는 내가 힘들어하는 동안 이해심을 갖고 내 곁을 지켜줬다. 배리도 나의 갑작스런 결정이 총기 사건의 파급효과 같은 것이라고 믿었다. 하지만 내가 짐을 챙겨 집을 나오는 걸 보고 상황이 심각하다는 걸 깨닫자, 돌변해서는 악담을 퍼부었다. 그를 원망하지는 않는다. 비록 내가 예나 지금이나 뚱뚱하지도 않고, 흥미롭게도 그가 생각하는 것만큼 시어머니를 싫어하지도 않지만, 나는 그가 퍼붓는 말을 묵묵히 들었다. 주위 사람 모두가 엄청 혼란스럽고 이해하기 힘들 거라는 것, 당연하다. 내가 나의 불행을 너무 잘 숨겨왔기 때문이기도 하고 타이밍 역시 좋지 않았다.

사이먼 콘웨이 사건이 터진 밤. 내 입에서 허공이라도 찢어버릴 듯한 비명이 터져 나왔음을 인지한 뒤, 경찰을 부르고 증언을 마친 뒤, 그리고 동네 슈퍼마켓에서 종이컵에 홍차를 따라서 한 잔 마신 뒤, 나는 집으로 돌아와 네 가지 일을 했다. 첫째, 그 장면을 씻어내기 위해 샤워를 했다. 둘째, 이미 여러 번 읽은 『상처주지 않고 남편을 떠나는 법』을 다시 훑었다. 셋째, 커피와 토스트 한 쪽을 준비해서 남편을 깨우고 우리 결혼 생활이 끝났다고 말했다. 넷째, 남편이 이유를 꼬치꼬치 캐묻자 한 남자가 총으로 자살하는 모습을 목격했다고 말해줬다. 지금 돌이켜보니 남편은 끝장난 우리 결혼보다 총기 사건에 대해 더 꼬치꼬치 물었던 것 같다.

그때부터 돌변한 그의 행동에 나는 많이 놀랐다. 내가 그렇게 놀랐다는 사실 역시 충격이었다. 왜냐하면 나는 이런 문제들에 준비가 꽤 잘돼 있다고 생각했기 때문이다. 나는 이 커다란 인생의 시험에 대해 공부를 많이 했다. 결혼을 끝내기로 결정했을 때 우리 두 사람이 어떤 감정을 느끼게 될지 많이 읽고 생각해봤다. 준비하기 위해, 제대로 알기 위해, 그 결정이 옳은 것인지 알아내기 위해 말이다. 내 친구들 중에도 파경을 맞은 커플이 몇 있었고, 나는 밤늦도록 양쪽 얘기를 들어주곤 했다. 하지만 내 남편이 그런 남자로 돌변할 거라고는 한 번도 생각하지 못했다. 그는 완전히 다른 사람이 됐다. 차갑고, 잔인하고, 고약하고, 악의에 찬.

우리 집이었던 아파트는 그의 차지가 됐다. 나는 집 안으로 단

한 발짝도 들일 수 없었다. 우리 차도 그의 것이 되어서 나는 접근조차 할 수 없었다. 그 밖에 공동 소유였던 모든 것들을, 심지어 원치 않던 것들까지도 혼자 차지하기 위해 그는 할 수 있는 모든 걸 했다. 덕분에 안 봐도 빤한 사실 하나를 알 수 있었다. 만약 우리 사이에 아이라도 있었더라면 그가 데려갔을 것이며 절대 나와 만나지도 못하게 했을 거라는 것. 그는 콕 집어 커피 머신은 가져야겠다고 했고, 에스프레소 잔에 집착했으며, 토스터 얘기를 하자 거의 광분했다. 그리고 주전자를 갖겠다고 고함을 질러댔다. 그는 부엌에서, 거실에서, 안방에서, 그리고 내가 볼일을 보려고 들어간 화장실까지 따라와 내게 분노를 쏟아냈다. 나는 최대한 인내심을 갖고 그를 이해하려고 노력했다.

남의 이야기를 들어주는 데 소질이 있는 나는 그의 얘기를 하나도 빠뜨리지 않고 끝까지 다 들어줄 수 있었다. 내가 소질이 없는 분야는 '설명하기'인데, 그가 원하는 만큼 설명해줘야 한다고 나 역시 생각한다는 게 놀라웠다. 남편도 마음속 저 깊은 곳에서는 우리 결혼에 대해 나와 똑같이 느끼고 있었다고 나는 확신했다. 하지만 그는 자기가 이혼을 '당했다'는 사실에 너무 상처를 받은 나머지 본인 역시 애초부터 잘못된 굴레에 갇혔다고 느낀 순간들이 있었다는 걸 잊어버렸다. 그는 너무 화가 나 있었다. 화가 나면 현실이 제대로 들리지 않는 법이다. 그래서 나는 그의 화가 가라앉기를 기다렸다. 언젠가는 이에 대해 서로 정직하게 대화를 나눌 수 있길 희망하면서.

내 행동에는 정당한 이유들이 있다고 생각했지만, 내가 그에게 한 짓에 대한 죄책감을 견디며 살기는 힘들 것 같았다. 거기에다

한 남자가 자살하는 것을 막는 데 실패했다는 사실도 나의 어깨를 무겁게 누르고 있었다. 이미 몇 달째 제대로 잠을 못 잤고, 아예 잠을 못 자기 시작한 지 몇 주째였다.

"오스카 씨."

나는 책상 건너편의 안락의자에 앉은 고객에게 말했다.

"버스 기사가 대체 왜 오스카 씨를 죽이고 싶겠어요."

"맞다니까요. 그 사람은 저를 미워해요. 당신은 그 버스 기사를 본 적도 없고, 그 사람이 나를 보는 눈빛을 못 봐서 그렇게 말하는 거라고요."

"왜 그 버스 기사가 오스카 씨를 미워한다고 생각해요?"

그는 어깨를 으쓱하며 "버스가 정류장에 도착하면 문을 열고 나를 노려보거든요"라고 했다.

"오스카 씨한테 뭐라고 했나요?"

"제가 차에 올라타면 아무 말 안 하고, 타지 않으면 뭐라고 투덜거려요."

"버스에 안 탈 때도 있어요?"

그는 눈동자를 굴리더니 자기 손가락을 보며 말했다.

"내 자리에 누가 앉아 있을 때도 있단 말이에요."

"내 자리? 이건 또 처음 듣는 얘기네. 무슨 자리요?"

그는 어쩔 수 없이 비밀을 털어놓는 사람처럼 한숨을 쉬며 말했다.

"버스에 탄 사람들은 누가 타면 죄다 대놓고 쳐다봐요. 알아요? 그 정류장에서 타는 사람은 나밖에 없어요. 당연히 다들 나만 쳐다보겠죠. 그래서 저는 운전사 바로 뒷자리에만 앉아요. 다른 자리들이랑 동떨어진, 한적한 창가 자리예요."

"거기선 안전하다고 느끼는 거군요."

"완벽한 자리니까요. 그 자리에 앉으면 시내까지 쭉 갈 수도 있어요. 그런데 가끔 어떤 여자애가 거기 앉아 있어요. 정신적으로 약간 문제가 있는 앤데, 아이팟으로 노랠 들으면서 온 버스에 다 들릴 정도로 노래를 따라 불러요. 내가 이런 사람들을 보면 긴장하기 때문에 안 타는 건 아니에요. 내 자리가 찼기 때문에 탈수가 없는 거지. 그리고 버스가 정류장에 서기 전에는 그 여자애가 타고 있는지 알 수가 없잖아요? 그러니까 내 자리가 비어 있는지 확인하고 그 여자애가 타고 있으면 타지 않는 거예요. 버스 기사가 절 싫어할 수밖에 없어요."

"그런 지는 얼마나 됐어요?"

"글쎄요. 아마도 몇 주?"

"오스카 씨, 이게 뭘 의미하는지 알죠? 처음부터 전부 다시 시작해야 한다는 뜻이에요."

"아, 정말."

그는 두 손에 얼굴을 묻고 고개를 푹 쓰러뜨렸다.

"하지만 시내까지 거의 다 갔었단 말이에요."

"지금의 불안이 미래의 다른 두려움으로 투영되지 않도록 주의해야 해요. 이 문제를 당장 정면 돌파하기로 해요. 자, 내일 버스에 타는 거예요. 버스에 타고 빈자리 '아무 데나' 앉아서 딱 한 정거장만 가요. 그리고 내려서 집으로 걸어가세요. 그다음 날, 수요일엔 버스에 타서 아무 데나 앉고, 두 정거정만 간 다음에 내려서 집으로 걸어가고. 목요일에는 세 정거장, 금요일에는 네 정거장. 알겠어요? 조금씩 해결하는 거예요. 이렇게 한 발짝씩 나가다 보면 결국엔 성공할 수 있어요."

나는 내가 누구를 납득시키려는 건지 알 수 없었다. 오스카 씨인지 나인지.

오스카 씨는 천천히 고개를 들었다. 낯빛이 하얘져 있었다.

"할 수 있어요."

나는 부드럽게 말했다.

"어려운 일을 진짜 쉽게 느끼게 하는 말재주가 있네요."

"오스카 씨에겐 쉬운 일이 아니라는 거 알아요. 호흡법을 활용해보세요. 곧 조금씩 수월해질 거예요. 버스에 앉아 시내까지 갈 수 있게 될 거고, 지금 느끼는 두려움도 없어지고 스스로 뿌듯해질 거예요. 최악의 시간이 최고의 시간으로 바뀔 거예요. 엄청난 도전을 극복할 거니까요."

그는 확신이 없어 보였다.

"날 믿어요."

"믿어요. 그저 용기가 안 날 뿐이에요."

"용기 있는 사람은 두려움을 느끼지 않는 사람이 아니라, 그 두려움을 극복해내는 사람이에요."

"저기 있는 책들 중에 그런 말이 적힌 게 있나요?"

그는 내 사무실 책장에 가득 꽂힌 자기계발서 쪽으로 고갯짓을 했다.

"넬슨 만델라가 한 말이에요."

"크리스틴 씨는 취업 알선하는 일을 하기엔 아까워요. 훌륭한

심리학자가 될 수도 있을 것 같은데."

그는 의자에서 일어나며 말했다.

"네, 뭐. 이건 우리 둘 모두를 위한 일이에요. 만약 오스카 씨가 버스를 타고 네 정거장 이상 갈 수 있다면 채용의 기회가 확 넓어질 테니까요."

나는 목소리에서 긴장감을 감추려고 노력했다. 말투에서 상대가 나의 긴장을 느낄 것 같았기 때문이다.

오스카 씨는 천재 과학자다. 내가 아주 쉽게 일자리를 찾아줄 수 있는 고급 인력이다. 하지만 이미 세 번이나 일자리를 찾아줬음에도 불구하고 번번이 통근 문제가 말썽이 됐다. 그 문제는, 그가 직장인이 되는 데에 늘 방해가 됐다. 언젠가는 매일 출근하는 직장에 그를 소개할 수 있게끔, 나는 그가 두려움을 극복하도록 돕고 있었다. 운전은 무서워서 못 배우겠다고 했다. 내가 그의 운전 강사 노릇까지 할 순 없었다. 그나마 그가 대중교통에 대한 두려움은 극복해보겠다고 동의한 게 다행이다. 나는 그의 어깨 너머로 시계를 흘깃 보았다.

"좋아요, 젬마와 다음 주 예약을 잡으세요. 그럼 나는 오스카 씨의 성과를 기대하고 있을게요."

그가 문을 나섰다. 문이 닫히는 소리가 들리자마자 내 얼굴에서는 미소가 가셨다. 그리고 나의 '하우 투 컬렉션' 중에 어떤 책을 찾기 위해 책장을 뒤지기 시작했다. 고객들은 내가 소장하고 있는 책들의 방대함에 감탄했다. 나는 내 친구 아멜리아가 운영하는 작은 책방의 매상을 나 혼자 다 올려주고 있다고 믿는다. 이 책들은 나의 바이블이다. 내가 인생의 길을 잃었다고 느낄 때나

곤란에 빠진 고객들을 위한 해결책이 필요할 때, 이 책들로부터 도움을 구했다. 이런 책을 한 권 써보고 싶다는 꿈은 10년 전부터 품고 있었다. 하지만 책상에 앉아 컴퓨터를 켜고 나의 이야기를 풀어내기 위해 하얗고 텅 빈 화면과 깜빡이는 커서를 노려보고 있으면 나의 창의적인 생각들이 속절없이 흩어지는 것만 노려보다가 끝나곤 했다.

우리 언니 브렌다는 내가 진짜로 책을 쓰는 일보다는 책을 쓴다는 생각에 더 관심이 있는 것 같다고 말했다. 진짜 쓰고 싶었으면 그게 책이건 다른 글이건 매일, 혼자, 스스로를 위해 그냥 썼을 거라고 내게 이유를 댔다. 언니 말로는 작가는 소재가 있건 없건, 컴퓨터가 있건 없건, 종이와 펜이 있건 없건 무조건 글을 써야 한다고 느끼는 존재라고 했다. 작가가 글쓰기를 향해 갖는 욕망은 특정한 펜의 상표와 색깔, 혹은 방금 주문한 라테에 시럽이 충분히 들었는지 따위에 영향받지 않는다고 했다. 나는 글을 쓰려고 앉았다 하면 그런 것들이 글쓰기의 걸림돌이 됐고, 그때마다 신경이 분산됐다. 언니는 종종 한심한 통찰력을 발휘하는 사람이지만, 이번에는 그 생각이 맞을지도 모른다는 생각이 들어 두려웠다.

나는 글을 쓰고 싶었다. 하지만 내가 과연 쓸 수 있을지에 대해서는 확신이 없었다. 무턱대고 시작했다가 결국 내가 글을 쓸 능력이 없다는 사실만 깨닫고 끝날까 봐 무서웠다. 머리맡에 『성공적인 소설을 쓰는 법』이라는 책을 둔 채로 몇 달을 흘려보냈다. 나는 그 책을 단 한 번도 펼쳐보지 않았다. 책이 알려주는 글쓰기 요령을 제대로 따라하지 못한다는 것은 결국 나는 절대로 책을 쓸 수 없음을 뜻하기 때문에, 그게 두려워서 책을 침대 옆 서랍에 감춰놓았다. 때가 무르익을 때까지 나의 꿈도 접어두기로 했다.

한참을 찾다가 마침내 책꽂이에서 내가 찾던 책을 발견했다. 『직원을 해고하는 법에 대한 여섯 가지 팁』이었다. 이 책에 든 사진이 내게 도움을 줬는지는 잘 모르겠지만, 어쨌든 화장실 거울 앞에 서서 책에서 본 대로 고용주의 근심 어린 표정을 흉내 내보기는 했다. 그리고 표지 안쪽에 만들어 붙여둔 포스트잇을 다시 살피는데, 내가 과연 여기 적힌 대로 잘해낼 수 있을지 자신이 없었다. 로즈 리크루트는 4년 된 나의 회사다. 네 명이 함께 꾸려가고 있다. 젬마는 회사의 운영을 도왔다. 그녀를 내보내고 싶진 않았지만 개인적인 자금 압박이 점점 커지고 있는 상황이기 때문에 고려할 수밖에 없는 문제가 됐다. 내가 써둔 메모를 읽고 있는데 노크 소리가 들렸다. 문을 열고 들어오는 사람은 젬마였다.

"젬마!"

내 목소리가 괴상하게 튀어나왔다. 젬마가 보지 못하도록 책을 숨기느라 나는 손을 허둥댔다. 그리고 잔뜩 빽빽해진 책꽂이에 그 책까지 쑤셔 넣으려다가 손이 미끄러져버렸다. 책은 바닥으로 곤두박질치며 젬마의 발 바로 앞에 툭 떨어졌다.

젬마는 낄낄 웃으면서 허리를 숙여 책을 집어 들었고 제목을 본 뒤 얼굴을 붉혔다. 그녀가 나를 쳐다봤다. 나는 그녀의 얼굴에서 놀라움, 두려움, 혼란스러움, 그리고 상처받은 표정이 차례로 지나가는 걸 봤다. 나는 입을 떼어 보았지만 아무 말도 나오지 않아 도로 닫았다. 이런 소식을 전하는 방법으로 책에 소개된 올바른 문구, 표정, 그리고 요령을 기억해내려고 안간힘을 썼다.

'명확할 것, 공감할 것, 그러나 너무 감정적이지는 않을 것, 그리고 솔직할 것. 아니다, 솔직하지 말 것이었나?'

내가 그렇게 오래 고민하는 동안 젬마는 이미 모든 걸 눈치채 버렸다.

"사장님의 그 쓸데없는 책들 중에 한 권이 오늘 드디어 쓸모가 있네요!"

젬마는 그렇게 말하면서 책을 던져주고 돌아섰다. 젬마의 눈에 눈물이 고였다. 핸드백을 집어 든 그녀는 그 길로 사무실을 박차고 나갔다.

당황한 와중에도 젬마가 '드디어'라고 강조한 데서 모욕감을 느끼는 건 어쩔 수가 없었다. 이 책들은 나의 길잡이고 매번 내 인생을 구원해주는 손길이란 말이다.

"머과이어입니다."

수화기에서 나를 반기지 않는 티가 또렷이 나는 목소리가 들렸다.

"머과이어 형사님, 저는 크리스틴 로즈예요."

벽 너머 안내 데스크에서 울려대는 전화벨 소리 때문에 나는 다른 쪽 귀를 손가락으로 틀어막으며 말했다.

젬마는 아까 뛰쳐나가서 아직도 돌아오지 않았다. 남은 사람들과 젬마의 업무를 어떻게 분배할지 아직 의논하지 못한 상태였다. 내 동료인 피터와 폴은 부당 해고된 직원의 일을 도맡는 것을 거부하고 있었다. 실수였다고 아무리 얘기해도 모두들 내 편이 아니었다. "해고하려고 했던 게 아니야. 적어도 오늘은 말이야"

라는 말은 좋은 변론이 아니었다.

　정말 재앙 그 자체라고 할 수 있는 아침이었다. 젬마가 회사에 꼭 필요한 사람인 것은 분명하지만—젬마도 그걸 증명해 보이려는 게 확실했다—내 은행 잔고가 허락하질 않았다. 나는 아직도 배리와 공동 소유한 집의 담보대출 중 절반을 갚아야 했다. 집을 나온 뒤로는 방 하나짜리 아파트 집세를 내느라 600유로를 더 써야 했다. 양쪽 다 원하지 않는 집을 결국 처분하더라도 각자가 그다음 집을 마련하기에 넉넉한 값을 받을 수 없다는 걸 감안할 때, 나는 아마도 꽤 오랫동안 저축을 축내야 할 게 뻔했다. 절박한 시기에는 절박한 수단이 동원되듯이, 배리는 이미 내 보석들을 차지하기 위한 전쟁을 선포했다. 그가 내게 선물했던 모든 것을 본인이 차지하겠다고 선언한 것이다. 그날 아침에 나는 그 음성메시지 때문에 잠에서 깼던 거다.

　"그런데요?"

　머과이어 형사의 반응은 이랬다. 내 목소리를 대단히 반기는 건 아니지만 그가 내 이름을 기억하고 있어서 나는 놀랐다.

　"2주 동안이나 전화를 드렸어요. 메시지도 남겼는데요."

　"다 받았습니다. 덕분에 음성 보관함이 꽉 찼더군요. 겁먹을 것 없습니다. 곤란한 일은 없을 거예요."

　한 방 얻어맞은 것 같았다. 내가 곤란해질 수 있다는 생각은 한 번도 해본 적이 없었다.

　"그래서 전화드린 게 아닌데요."

　"그게 아니라고요?"

　그는 놀라는 척했다.

"왜 밤 11시에 버려진 주택단지, 그것도 사유지에 들어가 있었는지 아직도 제게 설명하지 않았는데도요?"

어쩔까 궁리하면서 나는 잠깐 입을 다물었다. 내가 아는 거의 모든 사람이 같은 걸 물었다. 묻지 않는 사람들도 그걸 궁금해하는 게 분명했다. 그리고 나는 누구에게도 대답하지 않았다. 머과이어 형사가 더 물고 늘어지기 전에 빨리 화제를 돌려야 했다.

"제가 전화드린 건 사이먼 콘웨이에 대해 좀 더 자세히 알고 싶어서예요. 장례식 일정을 알고 싶었어요. 신문에선 아무것도 찾을 수 없더라고요. 그게 벌써 2주 전이니까, 놓친 것 같아요."

나는 목소리에서 초조함을 드러내지 않으려고 노력했다. 더 많은 정보를 들어야 했다. 사이먼은 내 삶에 거대한 구멍을 뚫어놓았고, 내 머릿속에는 끝없는 질문들을 남기고 떠났다. 그날 이후 무슨 일이 일어났고 무슨 얘기가 오갔는지 알지 않고는 편히 쉴 수 없었다. 나는 그의 가족에 대해서도 알고 싶었다. 그러면 그들에게 사이먼의 얘기를 들려줄 수 있을 것 같았다. 그들에 대해 사이먼이 했던 아름다운 얘기들, 그가 그들을 사랑한 마음의 크기를, 따라서 그의 행동은 그들 때문이 아니었다는 것까지.

나는 그들의 눈을 똑바로 보고 내가 할 수 있는 모든 걸 다 했다고 말하고 싶었다. 그들의 고통을 덜기 위해서? 아니면 나의 죄책감을 덜기 위해서? 둘 다 바라면 안 되는 걸까? 머과이어 형사에게 이런 걸 물으면서 너무 절박한 사람처럼 보이고 싶지는 않았다. 어쨌거나 그들에게 말하지는 않겠지만 그렇다고 내가 겪은 일을 그냥 끝난 일로 덮고 넘어갈 수는 없었다. 나는 더 알고 싶었다. 아니, 그래야만 했다.

"두 가지만 말할게요. 첫째, 희생자와 너무 엮이는 건 안 좋아요. 나는 아주 오랫동안 이런 게임을 해왔고⋯⋯."

"게임이라고요? 저는 한 남자가 자기 머리에 대고 총을 쏘는 걸 두 눈으로 목격했어요. 나한텐 게임이 아니에요."

목소리가 갈라졌다. 그쯤에서 그만해야 한다는 신호였다. 침묵이 이어졌다. 나는 몸을 움츠리며 손으로 얼굴을 가렸다.

'망쳐버렸어.'

나는 마음을 수습하고 목소리를 가다듬었다.

"여보세요?"

냉소적이고 냉정하고 딱 부러진 대답이 나올 거라고 예상했는데 아니었다. 그의 목소리는 부드러웠고, 그가 있는 곳은 조용해졌다. 모두가 내 말을 들으려고 일제히 멈춘 건 아닌지 걱정이 될 정도였다.

"저기요, 그런 일을 겪은 분들의 얘기를 들어줄 전문가들이 여기 계십니다."

그가 처음으로 부드럽게 말을 건넸다.

"그날 밤에도 말씀드린 것 같은데. 명함도 드렸고요. 아직 갖고 계신가요?"

"저는 아무와도 얘기하고 싶지 않아요."

나는 화가 나서 말했다.

"좋아요."

그는 곧바로 착한 남자 흉내를 그만뒀다.

"이봐요. 아까 그쪽이 내 말을 끊기 전에도 말했지만, 장례식 일정 같은 건 없습니다. 장례식이 아예 없다고요. 어디서 무슨 애기를 들었는지 모르겠지만 다 구라예요."

"그게 무슨 소리예요?"

"구.라. 거짓말이라고요."

"아니, 그게 아니라, 장례식이 없다는 게 무슨 뜻이죠?"

그는 너무나 빤한 일을 일일이 설명해야 한다는 사실에 무지하게 짜증이 난 것 같았다.

"사이먼은 죽지 않았습니다. 아직은. 병원에 있어요. 어딘지는 알아볼게요. 그리고 그쪽이 그 남자를 볼 수 있도록 전화를 걸어둘게요. 하지만 혼수상태니까 말은 거의 못 할 겁니다."

나는 그대로 얼어붙었다.

긴 침묵이 이어졌다.

"또 할 말이 있습니까?"

그가 다시 움직이기 시작했다. 문이 쾅 닫히는 소리가 들렸다. 그는 시끄러운 목소리들이 들려오는 방으로 다시 들어선 것 같았다.

나는 천천히 의자에 앉으며 생각이란 걸 해보려고 용을 썼다.

때로는 기적을 목격한 순간 모든 게 가능하다는 믿음을 품게 되기도 한다.

3

기적을 알아보는 법,
그리고 기적을 만났을 때 해야 할 것들

방 안은 조용하고 적막하기까지 했다. 사이먼의 심장 박동 모니터가 삐삐 울리는 소리, 그의 호흡을 돕는 산소 호흡기에서 새어 나오는 쉭쉭대는 소리가 그곳에서 들리는 소리의 전부였다. 사이먼은 지난번에 봤을 때와는 전혀 다른 모습이었다. 이제 그는 평화로워 보였다. 오른쪽 얼굴과 머리 부분에 붕대가 감겨 있긴 했지만, 왼쪽은 마치 아무 일도 일어나지 않은 것처럼 잔잔하고 평화로웠다. 나는 그의 왼편에 앉기로 했다.

"이 사람이 자기에게 총을 쏘는 모습을 봤어요."

나는 당직 간호사인 안젤라에게 속삭였다.

"바로 여기다가 총을 갖다 대고."

나는 몸짓까지 해 보였다.

"그리고 방아쇠를 당겼어요. 그의 모든 것들이 사방으로 튀는 걸 봤는데……. 대체 어떻게 살아난 거예요?"

안젤라는 미소를 지었다. 슬픈 미소. 사실 미소라기보다는 입 주위의 근육을 움직인 것뿐이었다.

"기적이겠죠?"

"대체 이런 건 무슨 기적이라고 해야 할까요?"

사이먼이 듣지 않았으면 하는 마음에서 나는 계속 속삭였다.

"머릿속에서 여러 번 그 장면을 돌려봤어요."

나는 자살에 관한 책들을 찾아 읽어보고 내가 무슨 말을 했어야 했는지 알아봤다. 자살하려는 사람을 이성적으로 생각하게끔 유도할 수 있다면, 그들이 자살의 현실과 그 여파에 대해 제대로 생각해볼 수 있다면 그들이 생각을 바꿀 수도 있다고 책에 적혀 있었다. 그들이 빨리 끝내버리고 싶은 건 감정적인 고통이지 그들의 삶이 아니라는 말. 따라서 만약 그들이 본인의 고통을 해결할 다른 방법이 있음을 깨닫도록 돕는다면, 그들을 살릴 수도 있다는 얘기가 기억났다.

"내게 그런 경험이 전혀 없다는 점을 감안할 때 그만하면 잘했다고 생각했어요. 내 진심이 전달된 것 같았어요. 이 남자도 저한테 제대로 반응을 보였고요. 잠시 동안은 정말 그랬어요. 아니면 총을 왜 내려놓았겠어요? 내가 경찰에게 전화하도록 가만히 있었어요. 도대체 왜 갑자기 그 상태로 돌아갔는지 모르겠어요."

안젤라는 마주하기 싫은 것을 보거나 들은 것처럼 얼굴을 찡그렸다.

"이게 그쪽 잘못은 아니에요. 그건 알죠?"

"네, 알아요."

나는 어깨를 으쓱했다.

안젤라는 생각에 잠긴 듯 나를 물끄러미 봤다. 나는 병원 침대의 오른쪽 바퀴에 시선을 집중했다. 침대를 이동할 때마다 바닥에 바퀴 자국을 남긴 듯, 앞뒤로 검은 자국이 많이 나 있었다. 침대가 몇 번이나 움직였는지 세어보았다. 적어도 열두 번쯤일까.

"이런 일에 대해 상담할 수 있는 분들이 계세요. 마음의 짐을 덜어낼 수 있는 좋은 방법일 것 같아요."

"왜 모두 그 얘기만 하는 거죠?"

속 편한 것처럼 들리라고 나는 웃었지만 내 속은 분노로 타들어갔다. 사람들이 나를 분석하고, 관리가 필요한 사람처럼 취급하는 데 지쳐 있었다.

"저는 괜찮아요."

"잠시 두 분만 계실 시간을 드릴게요."

안젤라가 밖으로 나갔다. 마치 붕 떠서 움직이는 사람처럼, 그녀가 신은 하얀 신발에서 아무 소리도 나지 않았다.

이제 그의 곁에 왔으나 나는 무얼 해야 할지 알지 못했다. 그의 손으로 내 손을 뻗다가 그만두었다. 만약 그가 의식이 있다면 내가 자신에게 손대는 걸 원치 않을지도 모른다. 그날 일어난 일에 대해 나를 원망할지도 모른다. 그를 말리는 게 내가 할 일이었는데 나는 그러지 못했으니까.

어쩌면 그는 내가 자신의 마음을 바꿔주길, 자기가 듣고 싶은 말을 해주길 원했는지도 모른다. 하지만 나는 실패했다. 나는 목소리를 가다듬고 아무도 듣고 있지 않은지 확인하기 위해 주위를 살핀 후 그의 왼쪽 귀로 가까이 다가갔다.

"안녕하세요."

나는 속삭였다. 반응이 있는지 지켜봤다. 아무 반응도 없었다.

"내 이름은 크리스틴 로즈예요. 그 사건이 있던 밤에 함께 얘기했던 사람이요. 잠깐 여기 앉아 있어도 괜찮겠죠?"

귀를 기울여봤지만 아무것도 들을 수 없었다. 내가 출현해서 그가 불쾌한지 알아보려고 그의 얼굴과 손을 지켜봤지만 별다른 신호는 없었다. 여기서 그에게 고통을 더 얹어주고 싶진 않았다. 수면 위의 모든 것이 원래 모습 그대로 평온하고 조용해졌음을 확인한 뒤에 나는 의자에 도로 기대어 편히 있을 수 있었다. 그가 깨어나길 기다리는 것은 아니었다. 그에게 특별히 할 말이 있는 것도 아니었다. 그저 거기 있는 게 좋았다. 고요함 속에서, 그의 곁에서. 그의 곁에 있는 동안은 다른 곳에서 그의 걱정을 하고 있지 않아도 됐으니까.

밤 9시가 되고 면회 가능 시간이 끝난 뒤에도 나에게 나가 달라고 말하는 사람은 없었다. 사이먼 같은 상태의 환자에게는 일반적인 규칙을 적용하지 않는 모양이었다. 그는 혼수상태였고, 생명 유지 장치를 달고 있었으며, 회복의 기미도 없었다.

나는 나와 사이먼의 인생에 대해, 그리고 우리의 만남이 서로의 삶을 돌이킬 수 없게 바꿔놓은 것에 대해 생각하면서 시간을 보냈다.

사이먼이 자살을 시도한 지 이제 겨우 몇 주 지났을 뿐이지만, 내 삶은 그 뒤로 완전히 다른 방향으로 가고 있었다. 이것이 순전

한 우연인지, 아니면 그때 그곳에 있었던 게 나의 운명이었는지 나는 궁금했다.

"거기서 대체 뭘 하고 있었던 거야?"

배리가 물었다. 혼란스럽고 잠이 덜 깬 얼굴이었다. 그가 잔뜩 구겨진 얼굴로 침대에서 일어나 앉았고, 검은색 테 안경을 찾아 썼다. 그의 작은 눈이 커다랗게 보였다. 어떻게 대답을 해야 할지 그때는 알 수 없었다. 지금이라고 딱히 더 나은 방법을 아는 것도 아니다. 입 밖에 그 말을 내놓는다는 것 자체가 당황스러운 일이었다. 그 말을 하면, 방향성을 잃고 정신없이 헤매는 내 모습을 발견했다는 걸 강조하게 될 뿐이었다.

내가 그곳에서 무엇을 하고 있었는지는 차치하고라도, 버려진 건물에서 총을 든 남자와 엮였다는 사실은 나 스스로를 의심하기에 충분했다. 원래 사람들 돕는 걸 좋아했지만 이제는 정말 이유가 그것뿐이었는지에 대해서는 확신이 없다. 나는 스스로를 문제 해결사라고 생각했고, 내 삶의 모든 면에 그 생각을 적용하며 살아왔다. 만약 뭔가를 고칠 수 없다면 적어도 변화는 줄 수 있다고 믿었다. 인간의 행위는 특히 그렇다.

이런 나의 신념은 해결사 아버지를 둔 덕에 생겼다. 문제가 무엇인지 묻고 해결에 착수하는 것이 그의 본능이었다. 엄마 잃은 딸 셋도 그렇게 길러냈다. 아버지는 딸들에게 문제가 있는지 없는지 알아볼 수 있는 '엄마의 직감'이란 것도 없었고 의논을 할 만한 사람도 없었다. 그래서 우리에게 직접 묻고, 대답을 듣고, 그다음엔 해결책을 찾아 나섰다. 그게 아버지의 방식이었고, 아버지는 우리를 위해 그렇게 할 수 있다고 느꼈다. 막내가 겨우 네 살밖에 안 됐을 때 열 살도 안 된 아이 셋과 남겨지게 되면, 아버지라는 사람들은 자식들을 보호하기 위해 본인이 할 수 있는 최선을 다할 뿐이다.

나는 내가 운영하는 취업 알선 회사의 대표다. 별로 대단할 것 없는 일로 들릴지 몰라도, 나는 나 자신을 사람들에게 꼭 맞는 일자리를 찾아주는 중매쟁이라고 생각하길 좋아한다. 적당한 회사에 딱 맞는 에너지를 불어넣을 사람을 연결해주고, 반대로 회사가 개인에게 마찬가지 역할을 할 수 있도록 알맞은 짝을 찾아주는 일이 중요하다는 게 내 지론이다. 때로는 간단한 수학 문제처럼 쉽게 해결될 때도 있다. 자리가 있는 회사에 적당한 기술력을 갖춘 구직자를 연결하면 되니까. 하지만 오스카 씨처럼 그 사람을 제대로 알게 되면 그와 잘 맞는 직장을 찾아주기 위해, 나는 과하다 싶을 정도로 노력하기도 한다.

나를 찾아오는 사람들은 자신의 목표에 대한 감정이 저마다 다르다. 직장을 잃고 엄청난 스트레스를 받는 사람도 있고, 단순히 커리어에 변화를 주고 싶어 찾아온 사람도 있다. 후자 같은 경우는 그런 변화를 선택하면서 조금은 걱정을 하지만 행복한 기대로 꽉 차 있다. 그런가 하면 새로운 시작이라는 설렘을 안고 사회에 첫발을 내딛는 사람도 있다. 어떤 경우든 그들은 모두 인생의 여정에 올랐고 나는 그 한가운데 서 있다. 나는 모두에게 똑같은 책임감을 느꼈다. 그들이 세상에서 자기 자리를 찾을 수 있도록 도와야 한다고. 그런데 그 철학에 따른 결과, 내가 한 말 때문에 사이먼 콘웨이는 이 방에 누워 있다.

그를 홀로 두고 내가 세 든 아파트로 돌아가고 싶지는 않았다. TV도 없고 사방의 벽을 쳐다보고 있는 것 말고는 딱히 할 일이 없는 집. 같이 지낼 만한 친구들이 없는 건 아니었다. 하지만 대부분은 나와 배리가 함께 알고 지내는 친구들이었기에 선뜻 오라고 하지 않았다. 엉망이 된 부부 사이에 함부로 끼어드는 게 꺼려질 테고, 또 어느 한쪽 편을 드는 것처럼 보이는 것도 싫을 거다. 더구나 배리의 가슴을 찢어놓고 나온 사람이 나이며, 이 상황의 악역도 나니까. 나도 그 친구들에게 스트레스를 주고 싶지 않았다. 언니가 함께 지내자고 해줬지만 언니가 심리적 외상 후 스트레스 장애를 걱정하며 안달하는 걸 견뎌낼 자신이 없었다.

나는 어떤 질문에도, 특히 나의 정신 건강에 관한 질문들에 들볶이지 않으며 자유롭게 드나들고 싶었다. 그게 애초에 내가 결혼 생활을 박차고 나온 이유였다. 그 어느 곳보다도 중환자실에서 집보다 더 큰 편안함을 느낀다는 사실은 많은 걸 시사했다.

그러니까 머과이어 형사에게도, 배리에게도, 나의 아버지와 두 언니에게도, 혹은 그 누구에게도 정말 할 수 없었던 얘기는 바로 이거다. 나는 나 자신을 좀 더 괜찮은 사람이라 느낄 수 있는 특정한 장소를 찾고 있었다. 『당신만의 행복한 장소에서 사는 법』이란 책에서 읽은 내용 때문이었다. 책에서는 행복을 느꼈던 장소를 고르라고 했다. 영혼을 풍요롭게 해준 기억이 어린 장소일 수도 있고, 단순히 조명이 좋았던 장소일 수도 있고, 의식적인 단계에서는 설명하기 어려운 이유로 그저 만족감을 느꼈던 곳일 수도 있다. 일단 그 장소를 찾은 뒤에는 그 장소와 연결된 행복을 아무 때나 어느 곳에서나 불러낼 수 있는 방법을 책에서 제시하고 있었다. 하지만 바로 그 장소를 찾았을 때만 모든 게 효력을 발휘한다고 했다. 나는 그걸 찾고 있었다. 내가 사이먼 콘웨이를 만났던 그날 밤, 그 건물에서도 그걸 찾던 중이었다. 내가 찾던 것은 그 주택단지가 아니라, 그곳이 주택단지가 되기 전의 모습이었다. 내게는 그 땅 위에서 만들어진 행복한 기억이 있었다.

클론타프 대 사가트의 크리켓 경기가 그곳에서 열렸다. 나는 그때 다섯 살이었고 엄마가 불과 몇 달 전에 세상을 떠났다. 춥고 어둡고 긴 겨울이 끝난 뒤, 처음으로 햇볕이 따뜻하고 맑은 날이었던 것으로 기억한다. 나와 언니들은 아버지가 경기하는 걸 보고 있었다. 크리켓 클럽 회원들이 죄다 나와 있던 그날. 나는 맥주 냄새를 기억하고, 땅콩 봉지를 연거푸 까서 먹다가 입가에 붙은 소금의 맛도 생생히 기억한다. 경기가 종반으로 치닫는 가운데 아버지가 공을 몰고 있었다. 아버지의 얼굴에서 그 치열한 표정을 볼 수 있었다. 지난 몇 주간 매일 볼 수 있었던 그 표정. 아버지의 눈썹 아래에서 두 눈동자를 찾을 수 없을 만큼 어둡던 그 얼굴. 아버지가 세 번째 시도를 했을 때, 상대 팀 선수가 스윙을 잘못하는 바람에 공이 빗나가 위켓을 쳤고 그 선수는 아웃이 됐다. 아버지가 어찌나 소리를 크게 지르고 어찌나 격렬하게 공중으로 주먹을 날리던지, 모두가 일어나 폭발적으로 함성을 내질렀다.

처음에는 이 집단 히스테리를 지켜보는 게 무서웠다. 좀비 영화에서 봤던 것처럼 나만 빼고 모두가 괴상한 바이러스에 감염된 것 같았다. 그러다가 아버지 얼굴을 보고, 나는 괜찮다는 걸 알게 됐다. 아버지는 아주 후련하게 웃고 있었다. 언니들의 표정도 생각이 난다. 사실 언니들은 친구들과 놀고 싶은데 그 시간을 빼앗겼다고 차를 타고 오는 내내 징징거렸다. 크리켓에는 관심도 없었다. 하지만 아버지가 승리를 기념하는 모습을, 동료 선수들의 어깨에 올라탄 채로 경기장을 휘젓고 다니는 모습을, 언니들은 웃으며 지켜보고 있었다. 나는 기억하고 있다. 바로 그 순간에 '우리는 괜찮겠구나. 잘 살아갈 수 있겠구나'라고 느꼈다는걸.

나는 그때의 감정을 다시 느껴보려고 그 주택 개발 지역에 갔지만, 막상 가보니 유령단지가 돼 있었다. 그곳에서 사이먼을 만났다.

사이먼을 보고 병원에서 나온 그날 밤에도 나는 행복을 느낄 만한 곳을 찾아다니고 있었다. 그 장소를 찾아다닌 지는 어느덧 6주째. 내가 졸업한 초등학교, 나보다 훨씬 잘나가던 남자아이와 키스를 했던 농구장, 내가 다녔던 대학교, 할아버지 댁, 할아버지 할머니와 자주 가던 원예 용품점, 동네 공원, 여름을 나곤 했던 테니스 클럽, 그리고 좋은 기억들이 남아 있는 다양한 장소들을 이미 다 가본 뒤였다.

심지어 예전 초등학교 동창의 집에 무작정 찾아가 내 평생 가장 어색한 대화를 나눈 후 땅을 치며 후회도 했다. 그 집에 그렇게 갔던 건 그쪽을 지나다가 갑작스레 떠오른 기억 때문이었다. 그 집 부엌에서는 따뜻하고 달콤한 냄새가 나곤 했다. 내가 그집에서 놀 때 그 친구의 어머니는 언제나 빵을 굽는 것 같았다. 24년이라는 세월이 흐른 뒤, 빵 굽는 냄새는 사라졌고 친구의 어머니도 세상을 떠났다. 그곳에 남아 있는 건 지쳐 빠진 나의 친구와 그녀를 인간 정글짐으로 여기면서 잠시도 얘기할 틈을 주지 않던 두 아들뿐이었다. 그게 차라리 다행이었다. 사실 우린 서로에게 할 말이 전혀 없었다. 친구의 얼굴에서 어떤 의아함을 읽을 수 있었다. 나를 향한 마음속 질문.

'대체 왜 여기 온 거니? 우린 그렇게 친하지도 않았잖아?'

분명 내게 무슨 일이 생겼다고 생각한 그 친구는 다행히 그 질문을 입 밖으로 내지 않을 정도의 소양은 갖추고 있었다.

처음 몇 주간은 '그 장소'를 찾지 못하는 것이 그리 마음에 걸리진 않았다. 그 탐색 작업은 내가 시간을 보내는 방법이기도 했으니까. 하지만 3주가 지난 뒤에는 장소를 찾아내지 못하는 나의 무능함에 짜증이 났다. 나의 기력을 회복시키기는커녕 좋은 기억들마저 망치기 시작한 것이다.

병원을 방문한 이후로 나는 장소 찾기에 더 열중했다. 내 기분을 끌어올릴 뭔가가 필요했고, 내가 세 들어 있는 꽃무늬 벽지 집에서는 그 어떤 위로도 받을 수 없다는 것을 나는 잘 알았다.

내가 그러고 돌아다니던 바로 그 무렵이었다. 일어날 가능성이 극도로 희박한 사건이 같은 달, 같은 사람에게 또 한 번 일어난 것이.

4
—

소중한 삶을 지켜내는 법

12월, 어느 일요일 밤. 더블린 거리는 고요했다. 웰링턴 부두에서 하페니교로 가는 길은 매섭게 추웠다. 눈이 올 것 같았지만 아직 내리고 있지는 않았다. 공식 명칭이 리피교인 하페니교는 주철로 된 철책이 강을 가로질러 도시의 북쪽과 남쪽을 잇는, 아름다운 보행자 전용 다리다. 하페니교로 알려지게 된 건 이 다리가 건설된 1816년 당시 통행료가 2분의 1페니(Half penny)였기 때문이다. 더블린에서 가장 눈에 띄는 광경을 자랑하는 이 다리는 장식용 램프 세 개가 불을 밝힌 밤에 특히 더 아름답다. 내가 이곳을 고른 이유가 있다.

대학 때 나는 경영학과 스페인어를 전공했기 때문에 1년간 스페인으로 공부를 하러 갔다. 엄마가 세상을 떠나기 전에 우리 가족이 얼마나 가까웠는지는 기억나지 않지만, 그 이후로는 우리 사이의 유대가 엄청나게 끈끈해졌다. 시간이 흐르면서 우리 중 하나라도 가족의 품을 떠난다는 것은 상상도 못 할 일로 여겨졌다. 하지만 대학에 진학한 뒤에 에라스무스 프로그램이라는 교환 학생 과정이 내게 필연적이고 피할 수 없는 현실임을 깨닫게 됐다. 그 무렵 나는 가족의 굴레를 끊고 세상으로 나가 날개를 활짝 펴보고 싶은 욕구가 솟는 것을 느끼고 있었다.

하지만 스페인에 도착한 바로 그 순간, 그게 잘못된 선택이라는 걸 깨달았다. 나는 밤낮으로 울었다. 먹을 수도 잘 수도 없었고 공부에도 집중할 수 없었다. 내 몸에서 심장을 뜯어내 집에, 가족 곁에 두고 온 기분이었다. 아버지는 내 기분을 북돋으려고 자신의 위트 있는 생각과 언니들의 일상을 적어 매일 편지를 보냈다. 하지만 그 편지들 때문에 나의 향수병은 더 깊어질 뿐이었다. 그런데 어느 날 도착한 엽서 1통이 만성 향수병을 떨치게 했다. 아니 어쩌면 향수병은 그대로였지만 그 엽서 덕에 내가 움직일 수 있게 됐는지도 모른다. 하페니교의 모습을 담은 엽서였다.

더블린 스카이라인의 반짝이는 야경을 배경으로 두르고 다채로운 조명이 다리 아래 리피 강을 비추고 있었다. 나는 그 이미지에 매료됐다. 엽서 안의 작디작은 사람들을 보며 나는 그들에게 이름을 붙였고, 그들의 이야기를 만들었다. 내가 아는 친숙한 이름과 장소를 떠올려 그들이 어디에서 와서 어디로 가는지 상상했다. 잘 때는 그 엽서를 벽에 붙여뒀고 낮에는 대학 수첩에 끼워 가지고 다니며 늘 나와 함께 있는 고향의 일부라고 느꼈다.

지금은 거의 매주 그 다리를 보고 있으니, 다리를 본 순간 그때와 똑같은 감정이 되살아날 거란 바보 같은 생각을 한 건 아니다. 이제는 나의 행복한 장소를 찾는 일에 익숙해져서 감흥이 즉각적으로 생기지 않음을 알고 있었다. 하지만 나는 그곳에 서서 적어도 그때의 감정과 경험과 느낌을 되살리고 싶었다. 밤 시간, 다리 뒤로 스카이라인이 불을 밝히고 있었다. 부두를 따라 들어선 새 빌딩들은 오래전 그 엽서와는 다른 광경을 연출하고 있었지만, 검은 강 위로 반짝이는 불빛의 반영은 그대로인 듯 보였다. 엽서 속의 모든 요소들이 모두 거기 그대로 있었다.

그런데 딱 하나, 딱 하나가 달랐다. 검은색 옷을 입은 한 남자가 다리의 난간 바깥쪽에 붙어선 채 아슬아슬하리만치 빠르게 흘러가는 강물을 내려다보고 있었다.

웰링턴 부두 쪽 다리 입구 계단에 한 무리의 사람들이 모여 다리 위의 남자를 지켜보고 있었다. 충격 속에 그 무리와 함께 서서, 나는 로이 클리블랜드 설리번이 두 번째로 번개에 맞았을 때의 느낌이 이런 것이었을까, 하고 생각했다.

'설마. 또야?'

누군가가 경찰을 불렀다. 사람들은 경찰이 도착하는 데 얼마나 걸릴지, 왜 경찰이 제때 못 올 거라 생각하는지 얘기하며 무엇을 해야 할지 토론하고 있었다. 사이먼이 방아쇠를 당기기 직전에 지은 표정이 떠올랐다. 중환자실에서 본 그의 모습. 그가 다시 총을 집어 들기 전에 변한 얼굴이 머릿속에서 영사기가 돌아가는 것처럼 차례로 재생됐다. 무언가가 그의 행동을 촉발시켰다. 내가 그에게 한 말 때문이었을까? 내가 무슨 말을 했는지 잘 생각나진 않지만 내 실수 때문이었을 수도 있다. 나는 그의 어린 두 딸을 생각했다. 아버지가 일어나길 기다리며, 왜 언제나처럼 아버지가 일어나지 못하는지 의아해하고 있을 그의 딸들을. 그러고는 다시 다리 위의 남자를 보았다. 고통을 끝내고 싶은 저 남자 때문에, 다른 출구를 찾아내지 못한 저 남자 때문에 영향을 받게 될 수많은 사람들이 떠올랐다.

갑자기 나의 몸 안에서 아드레날린이 솟구쳤다. 다른 생각은 떠오르지 않았다. 선택의 여지가 없었다. 다리 위의 저 남자를 살려야 했다.

이번에는 다르게 접근할 생각이었다. 사이먼 콘웨이 사건 이후 내가 무엇을 잘못했는지, 어떻게 하면 그의 마음을 돌릴 수 있었을지 알고 싶어 책을 몇 권 읽은 터였다. 제1단계, 내 주위의 소란은 무시하고 그 남자에게 초점을 맞춰야 했다. 내 옆에 있는 세 사람은 그들이 어떻게 해야 할지에 대해 논쟁을 벌이기 시작했다. 그건 전혀 도움이 되지 않았다. 나는 계단에 발을 올렸다. 그리고 자신에 차서 무엇이든 할 수 있다고 느끼며 다짐하듯 말했다.

'나는 할 수 있어.'

찬바람이 얼굴에 따귀를 올려붙이며 이렇게 말하는 것 같았다.

'정신 차려! 마음의 준비를 해!'

추위 때문에 두 귀는 금세 얼얼해졌고 감각이 무뎌진 코에서는 콧물이 흐르기 시작했다. 리피 강의 물결은 높았다. 강물은 캄캄하고 탁하고 적대적이었다. 나는 내 뒤에서 목을 빼고 지켜보는 한 무더기의 사람들로부터 나 자신을 분리시켰다. 그리고 나의 말 한 마디 한 마디와 불안함이 깃든 나의 숨결이 구경꾼들의 귀로 날아들 수 있다는 사실을 잊으려고 애썼다. 그 남자의 모습이 점점 분명해졌다. 검은색 옷을 입은 남자는 난간 바깥쪽의 좁은 면에 발을 딛고 서서 두 손으로 난간을 붙잡고 있었다. 돌아서기엔 이미 늦었다.

"안녕하세요."

나는 차분하게 말을 걸었다. 그가 나 때문에 놀라서 강물 속으로 직행하면 큰일이니까. 내 목소리가 바람을 뚫고 그에게 들리도록 노력하면서, 책에서 읽은 걸 기억하며, 일정한 톤과 부드러운 표현을 쓰려고 노력했다. 목소리는 최대한 차분하고 분명하게 내려고 애썼다.

'날카로운 톤을 피하고 눈을 계속 맞출 것!'

"제발 놀라지 말아요. 그쪽한테 손도 대지 않을 거예요."

그는 나를 보려고 고개를 돌렸다가 곧바로 다시 발아래의 강물을 내려다봤다. 물살을 뚫을 듯한 눈빛이었다. 내 말이 그의 머릿속을 휘젓고 있는 생각을 관통하지 못한 게 분명했다. 자기 생각에 너무 깊이 빠져 나를 의식할 수 없는 것 같았다.

"내 이름은 크리스틴이에요."

나는 천천히 그를 향해 다가가며 말했다. 그에게 말을 거는 동안 그의 얼굴을 봐야겠다는 생각이 들어, 나는 되도록 다리의 가장자리로 다가갔다.

"더 이상 가까이 오지 말아요!"

그의 외침에서 공포가 선명히 드러났다.

팔을 뻗으면 닿을 거리였다. 그 정도 거리에 만족하며 나는 멈췄다. 만약 그를 잡아야 할 상황이 생기면 그를 붙들 수 있었다.

"그래요, 알았어요. 더 이상 안 갈게요."

그는 고개를 돌려 내가 자신에게서 얼마나 떨어져 있는지 살폈다.

"집중하세요. 떨어지면 안 되니까."

"떨어지면?"

그는 얼른 나를 보고 다시 아래를 본 뒤 나를 한 번 더 보았다. 우리는 눈이 마주쳤다. 나이는 30대, 조각 같은 턱선, 머리카락은 검은색 털모자 밑에 숨겨져 있었다. 나를 쳐다보는 그의 파란 두 눈은 공포에 질려 커다랬다. 동공이 어찌나 큰지 그의 눈 전체를 잡아먹을 것만 같았다. 약을 했거나 술에 취한 건 아닌가 하는 의심도 들었다.

"지금 장난해요?"

그 남자가 말했다.

"내가 떨어지는 걸 겁낼 것 같아요? 내가 할 일이 없어서 여기 올라와 있는 줄 알아요?"

그는 시야에서 나를 내보내고 다시 강물에 집중했다.

"이름이 뭐예요?"

"날 좀 내버려둬요."

그렇게 쏘아붙이더니 나직하게 덧붙였다.

"제발요."

엄청난 스트레스 속에서도 예의 있는 사람이었다.

"걱정이 돼서 그래요. 지금 괴롭잖아요. 돕고 싶어서 왔어요."

"도움은 필요 없어요."

그는 나를 밀어내고 다시 강물에 집중했다. 그가 손에 힘을 주었다 풀었다 할 때마다 난간을 감싸 쥔 손이 하얘졌다가 빨개졌다. 그의 움켜쥔 손이 느슨해질 때마다 내 심장은 방망이질하듯 뛰었다. 그러다가 그 손이 완전히 풀릴까 봐 두려웠다. 시간이 별로 없었다.

"그쪽이랑 얘기를 하고 싶어요."

나는 아주 조금 가까이 다가섰다.

"제발 가줘요. 혼자 있고 싶어요. 이런 걸 원한 게 아니야. 이렇게 소란을 피우고 싶지도 않았어요. 그냥 빨리 해치우고 싶을 뿐이에요. 혼자서. 난 그냥……. 이게 이렇게 오래 걸릴 줄은 몰랐어요."

그가 다시 침을 삼켰다.

"내가 부르지 않는 한 아무도 가까이 안 올 거예요. 그러니 겁먹을 것도, 서두를 것도 없어요. 차분히 다 생각해보기 전에는 아무것도 할 필요가 없어요. 시간은 많아요. 제가 원하는 건 딱 하나예요. 저랑 얘기 좀 해요."

그는 아무 말도 없었다. 조심스럽게 몇 가지 더 물어봤지만 여전히 대답은 없었다. 나는 들을 준비도, 꼭 필요한 말을 할 준비도 돼 있었지만 내 질문들은 침묵과 만날 뿐이었다. 그렇지만 그는 아직 뛰어내리지 않고 있었다. 적어도 그것만은 분명했다.

"그쪽 이름을 알고 싶어요."

역시나 아무 대답이 없었다.

내 눈을 보며 방아쇠를 당기던 사이먼의 얼굴을 그려봤다. 그러자 감정의 물결이 나를 휩쓸었다. 울고 싶어졌다. 그대로 허물어져 울어버리고 싶었다.

'내 능력 밖이야.'

내 안에서 공포가 차올랐다. 다 포기하고 구경꾼들 무리로 돌아가 나는 할 수 없다고, 또 다른 희생자에게 책임을 느끼고 싶지 않다고 말해야겠다는 생각이 든 순간, 그가 입을 뗐다.

"애덤이에요."

"아, 네."

그가 나와 얘기하려 한다는 사실에 나는 안도했다. 그리고 어느 책에서 자살 시도를 하는 사람들에게는 본인이 느끼든 못 느끼든 간에 그를 생각하고, 사랑하는 사람들이 있다는 것을 상기시켜야 한다고 읽은 게 생각났다. 하지만 그랬다가 그가 전혀 다른 방향으로 튈까 봐 겁이 났다. 만약 그가 이 다리로 온 이유가 그들 때문이라면, 혹은 그들에게 짐이 되기 싫어서였다면? 어찌해야 할까 생각하는데 마음이 다급해졌다. 생각나는 지침은 아주 많았고, 난 그저 그를 돕고 싶을 뿐이었다.

"애덤, 당신을 돕고 싶어요."

긴 생각 끝에 내가 말했다.

"필요 없어요."

"당신이 하고 싶은 말을 들어주고 싶어요."

나는 긍정적인 방향으로 말했다. 사려 깊게 다 들어주고 '하지 말아요'나 '하면 안 돼요' 같은 말은 하지 않는다. 나는 내가 읽은 모든 것을 총동원했다. 잘못 말하면 안 돼. 단 한마디라도.

"나를 설득할 수 없을 거예요."

"이게 유일한 해결책이라는 생각이 들겠지만, 방법은 사실 더 많아요. 그걸 내가 증명할 기회를 주세요. 지금은 너무 지쳐 있겠지만 내가 도와줄 테니 여기서 일단 내려가요. 그다음에 다른 방법들을 찾아보기로 해요. 지금 당장은 알 수 없지만 분명 방법이 있어요. 일단은 다리에서 내려가요. 내가 안전하게 도와줄게요."

그는 대답하지 않았다. 대신 나를 쳐다봤다. 나는 그 표정을, 그 낯익은 표정을 알고 있었다. 그때 사이먼도 저런 표정을 지었다.

"미안해요."

철로 된 난간을 잡은 그의 손가락이 풀리며 그의 몸이 난간에서 떨어지면서 앞으로 기울었다.

"애덤!"

나는 앞으로 달려가 난간 사이로 팔을 넣었다. 그리고 그의 가슴을 단단히 감싸 안으며 그를 확 끌어올렸다. 어찌나 세게 당겼는지 그의 몸이 난간에 쾅 하고 부딪혔다. 내 몸이 난간에 너무 바짝 붙는 바람에 그의 등과 내 몸의 앞면이 완전히 맞닿았다. 나는 그의 모자에 얼굴을 묻고, 눈을 질끈 감고, 그를 꽉 잡았다. 곧 그가 나를 밀어낼 텐데. 그가 온 힘으로 밀어내면 얼마 버틸 수 없을 텐데. 어떻게 해야 그를 꽉 붙들고 버틸 수 있나 고민했다.

구경꾼들이 달려와 나를 돕거나 경찰들이 와서 전문가들이 나서주길 기다렸다. 더 이상은 능력 밖이었다. 대체 나는 무슨 생각이었던 걸까? 나는 눈을 질끈 감고 그의 뒤통수에 얼굴을 기댔다. 방금 샤워를 하고 나온 사람처럼 깨끗한 냄새, 애프터 셰이브 로션 냄새가 났다. 살아 있는 사람의 냄새. 이건 지금 어디론가 바삐 가는 사람의 냄새지, 다리에서 뛰어내릴 작정을 한 사람의 냄새가 아니었다. 강하고 생기 넘치는 느낌이었다. 가슴이 어찌나 넓은지 내가 두 팔로 감기도 벅찼다. 나는 그를 절대 놓지 않겠다는 결심으로 그를 꽉 붙들었다. 그가 숨을 헐떡이며 말했다.

"대체 뭐하는 짓이에요?"

그제야 나는 고개를 들고 구경하는 사람들을 돌아봤다. 경찰차의 불빛도, 나를 도우려고 다가오는 사람도 없었다. 내가 깊고 시커먼 리피 강을 내려다보고 있는 것처럼 다리가 덜덜 떨렸다.

"하지 마세요. 제발 그러지 마세요."

속삭이듯 말하고 나는 울기 시작했다.

그가 돌아서서 나를 보려 했지만 내가 그의 뒤에 바짝 붙어 있어서 그는 내 얼굴을 볼 수가 없었다.

"저기……. 지금 울어요?"

"네."

나는 코까지 훌쩍였다.

"제발 하지 말아요."

"원 세상에."

그는 또 한 번 몸을 돌려 나를 보려고 시도했다.

이제 나는 목 놓아 울고 있었다. 걷잡을 수 없이 흐느꼈다. 어깨까지 들썩여가며. 그래도 두 팔로는 그의 가슴을 단단히 감고 죽어라 그를 붙들었다.

"대체 뭐예요?"

그는 내 얼굴을 보기 위해 고개를 돌릴 수 있도록 몸을 옆으로 조금 움직였다. 우리는 눈이 마주쳤다.

"그쪽……. 괜찮아요?"

그는 자기만의 생각 속에서 빠져나온 것처럼 조금 부드러워져 있었다.

"아뇨."

나는 울음을 멈춰보려고 했다. 이제는 수돗물처럼 줄줄 흐르고 있는 콧물을 닦고 싶었지만 그를 놓기가 두려웠다.

"혹시 나를 알아요?"

그가 혼란스러워하며 물었다. 내가 왜 이 정도로 연연하는지 의아해하는 것 같았다.

"아니요."

나는 또 한 번 코를 훌쩍였다. 그리고 그를 더 세게 끌어안았다. 지난 몇 년간 아무도 안아보지 못한 사람처럼. 어린아이였을 때 엄마가 안아준 이후로 누구도 안아보지 못한 것처럼.

그는 나를 미친 여자 보듯 쳐다봤다. 마치 자신이 정신이 온전한 사람이고 내가 제정신을 놓은 사람이라는 듯.

그는 자기 눈에 보이는 것 외에 무언가를 더 꿰뚫어 보려는 듯 내 얼굴을 유심히 살폈다. 그런 와중에 우리는 코와 코가 맞닿는 지경이 됐다.

우리 둘 사이의 묘한 기류는 부두 쪽에서 구경하던 어떤 멍청이가 "안 뛰어내리고 뭐하냐?"라고 소리치는 통에 깨졌다. 검은 옷을 입은 남자는 다시 살아난 분노로 나의 손아귀를 벗어나려고 꿈틀댔다.

"내 몸에서 손 떼요."

그는 나를 떼어내려 애쓰며 말했다.

"싫어요."

나는 고개를 저었다.

"제발, 내 말 좀 들어요……."

나는 마음을 차분히 하고 말을 이었다.

"저 아래는 당신이 상상한 거랑 달라요."

나는 아래를 내려다보며 그가 어떤 마음일지 상상해봤다. 모든 것이 끝나기를 바라며 저 어두운 심연을 보고 있는 그 마음을. 그것을 원하는 심정이 어떤 것일지를. 그는 다시 나를 뚫어져라 보고 있었다.

"당신은 삶을 끝내고 싶은 게 아니에요. 고통을 끝내고 싶은 거죠. 바로 지금 당신이 느끼고 있는 고통. 분명 아침과 함께 시작되어 잠자리에 들 때까지 계속되는 고통이겠죠. 주위에 그 고통을 알아주는 사람이 없을 수도 있겠지만, 나는 알아요. 믿어주세요."

그의 눈에 눈물이 고였다. 내 말이 그에게 가닿고 있었다.

"하지만 언제나 끝내고 싶은 건 아니잖아요? 문득문득 지나가는 생각이잖아요? 예전보다는 최근에 더 잦아졌겠죠. 습관 같은 거예요. 그 모든 걸 끝낼 방법을 생각하는 것. 하지만 그 또한 지나가잖아요. 안 그래요?"

그는 말 한마디 한마디를 받아들이며 나를 가만히 봤다.

"그냥 순간이에요. 그뿐이에요. 그리고 순간은 지나가요. 지금만 버텨낸다면 이 순간은 또 지나가고 당신은 삶을 끝내고 싶지 않아질 거예요. 아무도 상관 안 한다고 생각하거나, 다들 이 일을 극복하고 잘 살아갈 거라 생각할 수도 있고, 어쩌면 그들이 이걸 원한다고 생각할지도 모르겠지만, 그렇지 않아요. 이런 걸 바라는 사람은 아무도 없어요. 다른 방법이 없다고 느낄지도 몰라요. 하지만 있어요. 이겨낼 수 있어요. 순간일 뿐이에요."

내가 속삭이는 동안 눈물이 볼을 타고 흘러내렸다.

나는 곁눈질로 그를 힐끗 봤다. 그는 마른 침을 삼켰다. 그는 이제 아래를 보고 있었다. 두 가지 선택을 두고 저울질을 하는 것 같았다. 사느냐 죽느냐. 나는 슬쩍 바챌러 워크와 웰링턴 부두 방향의 다리 입구 쪽을 살펴봤다. 여전히 경찰도, 나를 도울 사람의 기미도 없었다. 그런데 이쯤 되니 그게 오히려 다행스러웠다. 그와 제대로 소통할 수 있었으니까. 다른 그 누가 그의 정신을 분산시키거나 겁을 주거나 아까의 상태로 되돌아가게 만드는 것을 나는 바라지 않았다. 이젠 또 무슨 말을 해야 할지 생각했다. 전문가들이 도우러 올 때까지 시간을 벌 수 있는 말, 그 안의 분노를 촉발시키지 않을 긍정적인 말. 하지만 나는 아무 말도 할 필요가 없었다. 그가 먼저 말을 걸어왔으니까.

"작년에 강물에 뛰어든 사람의 얘기를 읽은 적이 있어요. 술에 취해서 수영을 할 생각이었는데 어쩌다가 쇼핑 카트 밑에 몸이 끼어버렸고 물살에 휩쓸려가 버렸대요. 빠져나올 수 없었던 거죠."

울컥했는지 그의 목소리가 갈라졌다.

"그런 얘기, 들으니 좋던가요?"

"아뇨. 하지만 그럼 끝나겠죠. 그 순간만 지나면 다 끝나버릴 거예요."

"새로운 고통의 시작일 수도 있어요. 일단 물에 들어가면 아무리 그걸 원했다 할지라도 일단은 굉장히 무서울 거예요. 몸부림치겠죠. 당신은 산소를 들이마시려고 기를 쓸 테고 폐에는 물이 찰 거예요. 왜냐하면 당신이 죽고 싶다는 생각을 했더라도 당신

51

의 본능은 살려고 할 테니까요. 일단 후두에 물이 차면 삼키려고 하는 게 본능이에요. 폐에 물이 찰 테고 그러면 몸이 무거워지겠죠. 그제야 마음을 바꾸고 살고 싶어져서 수면으로 올라오려고 해도 불가능할 거예요. 그리고 지금 당신 곁엔 사람이 너무 많아요. 다들 금방이라도 뛰어들어 당신을 구해낼 수 있어요. 당신은 그땐 너무 늦었다고 생각할지 모르겠지만 아니에요. 당신이 의식을 잃어도 심장은 계속해서 뛸 거예요. 그럼 인공호흡을 해서 물을 빼내고 당신 폐에 다시 공기를 채울 수 있어요. 당신을 살려낼 거라고요."

그의 몸이 떨리는 건 추위 때문만은 아니었다. 내 팔 아래서 그의 몸이 축 처지는 느낌을 받았다.

"끝내고 싶어요. 너무 아파요."

그의 목소리가 떨렸다.

"뭐가 아프죠?"

"구체적으로? 사는 거요."

그는 힘없이 웃었다.

"아침에 눈뜨는 게 하루 중 가장 힘들어요. 이미 오래된 일이에요."

"우리 이 얘기를 딴 데 가서 하는 게 어떨까요?"

그의 몸이 다시 뻣뻣해지자 걱정이 됐다. 다리 끝에 매달려 있는 사람과 그의 문제들을 얘기하는 게 좋은 생각이 아닐 수도 있었다.

"당신이 하고 싶은 말을 다 들어주고 싶어요. 그러니까 우리 내려가요."

"너무 힘들어요."

그는 눈을 감고 스스로에게 말하는 것 같았다.

"이젠 바꿀 수 없어. 너무 늦었어."

그가 조용히 말하고 머리를 뒤로 기대자 내 볼에 닿았다. 낯선 사이치고 우린 너무 가까이 붙어 있었다.

"너무 늦은 때 같은 건 없어요. 삶을 바꾸는 건 가능해요. 날 믿어요. 당신도 바꿀 수 있어요. 내가 도와줄게요."

내 목소리는 속삭이는 것보다 조금 큰 정도였다. 목소리를 키울 필요가 없었다. 그의 귀는 내 입술 끝에 거의 닿아 있었으니까.

그가 내 눈을 보았고 나는 그 눈길을 피할 수 없었다. 그는 무척 혼란스러워 보였다.

"만약 안 된다면? 당신이 말한 것처럼 모든 게 바뀌지 않는다면?"

"바뀔 거예요."

"하지만 안 바뀌면요?"

"바뀔 거라고 하잖아요."

'크리스틴! 이 남자를 다리에서 끌어내야 해!'

그가 나를 보며 생각하는 동안 턱이 딱딱하게 굳었다.

"만약 안 바뀐다면, 맹세하는데 난 다시 할 거예요. 여기로 오지 않고 다른 방법을 찾을 거예요. 왜냐하면 다시 그런 삶으로 돌아가진 않을 거니까."

거의 협박이었다.

그를 여기에 오게 한 것이 무엇이었든, 그가 다시 부정적인 것을 떠올리지 않아야 했다.

"좋아요."

나는 자신 있게 말했다.

"당신 삶이 바뀌지 않으면 그때는 당신 마음대로 해야겠죠. 하지만 바꿀 수 있어요. 내가 보여줄게요. 당신과 나, 같이 해봐요. 삶이 얼마나 멋진 건지 알아보자고요. 약속해요."

"그럼 나와 거래한 겁니다."

그가 속삭였다. 그러자 두려움이 몸을 덮쳤다. 거래? 이 남자와 거래를 할 의도는 아니었는데. 그러나 지금 그걸 물고 늘어질 순 없었다. 나도 지쳐 있었다. 나는 그가 다리에서 내려오기만을 원했다. 이 모든 것들을 뒤로하고 내 침대에 들어가 몸에 이불을 감고 싶었다.

"내가 그쪽으로 넘어가게 당신이 날 놔줘야 해요."

그가 말했다.

"안 놓을 거예요. 절대로."

나는 단호하게 말했다. 그가 옅게 미소지었다. 아주 살짝이긴 했지만 그건 분명 웃음이었다.

"이봐요. 그쪽으로 넘어가겠다는데 당신이 못 하게 막고 있잖아요."

철책의 높이를 가늠해보니 그가 일단 기어올라온 다음에 아래로 뛰어내려야 했다. 위험할 것 같았다.

"도와줄 사람을 좀 부를게요."

내가 말했다.

나는 그가 약속을 지킬 거라는 말을 완전히 믿지 않은 채 한쪽 손만 그의 몸에서 천천히 떼어냈다.

"이쪽으로 넘어올 때도 혼자 넘어왔으니 다리로 도로 넘어가는 것도 혼자 할 수 있어요."

"별로 좋은 생각 같지 않아요. 도와줄 사람을 부를게요."

하지만 그는 내 말을 무시했다. 나는 그가 그 큰 발로 다리 바깥쪽의 좁은 면을 딛고 돌아서는 걸 지켜봐야 했다. 그는 오른손을 좀 더 멀리 옮기고 다리 쪽을 향해 몸을 돌리기 위해 발을 옮겼다. 심장이 방망이질하듯 뛰는 가운데 속수무책으로 그를 보고만 있었다. 구경꾼들한테 도와달라고 소리치고 싶었지만 이 시점에서 소리를 지르면 그가 놀라서 물로 뛰어들 수도 있었다. 갑자기 바람은 더 강하게 부는 것 같았고, 공기는 더 차가워진 것 같았다.

그리고 잠깐 대화를 멈춘 사이, 그가 얼마나 위험한 상황인지 더 제대로 인지하게 됐다. 그는 허리를 돌려 몸을 오른쪽으로 향한 뒤, 왼발을 물 위로 넘겨 난간 쪽을 향해서 서려고 했다. 하지만 오른발에 무게를 실어 몸을 회전시키려다가 그 좁은 틈 위에서 미끄러지고 말았다. 다행히 그는 왼손으로 철책을 잡았고 그렇게 한쪽 팔로 다리에 매달렸다. 공중에서 흔들거리던 그의 오른손을 향해 내가 손을 뻗어 꽉 잡은 뒤 온 힘을 모아 그를 끌어올리자, 구경꾼들이 내뱉는 안도의 한숨 소리가 들려왔다. 그 순간 나를 가장 겁나게 한 건 그의 눈 속에 실린 공포였지만, 돌이켜 생각해보면 바로 그 눈빛이 내게 힘을 줬다. 불과 얼마 전까지만 해도 삶을 끝내고 싶어 했던 남자가 이제는 살기 위해 애쓰고 있으니까.

나는 그를 도와 끌어올렸고, 그는 눈을 감은 채 난간에 매달려 깊은숨을 들이마셨다. 머과이어 형사가 엄청나게 화난 얼굴로 달려왔을 때 나는 아직 정신을 수습하는 중이었다.

"저 남자, 다시 다리 위로 넘어오고 싶어 해요."

내가 힘없이 말했다.

"저도 압니다."

머과이어 형사는 나를 옆으로 밀쳐냈다. 사람들이 능숙한 솜씨로 애덤을 안전하게 옮기는 동안 나는 눈길을 돌려야 했다. 그가 다리에 안착하자마자 기진맥진해진 우리는 둘 다 바닥에 털썩 주저앉았다.

애덤은 난간에 등을 바짝 붙이고 앉았다. 나는 그 반대편에 앉아 빙빙 도는 머리를 수습해보려고 두 다리 사이에 머리를 묻고 깊은숨을 들이마셨다.

"괜찮아요?"

애덤이 근심스럽게 물었다.

"네."

나는 눈을 감고 이렇게 덧붙였다.

"고마워요."

"뭐가요?"

"뛰어내리지 않아서요."

그가 얼굴을 찡그리는데 이미 거의 탈진 상태라는 게 얼굴과 몸에 여실히 드러났다.

"마치 이게 나보다도 그쪽에게 더 의미 있는 일처럼 보이네요."

"어쨌든, 정말 고맙게 생각해요."

나는 그에게 반쯤 웃어 보였다.

그는 눈썹을 올리며 말했다.

"미안해요. 이름이 뭐라고 했죠?"

"크리스틴이에요."

"애덤입니다."

그가 다가와 손을 내밀었다. 내가 다가가 그의 손을 잡자 그가 손을 꽉 잡더니 내 눈을 바라봤다.

"크리스틴 씨가 이렇게 하는 게 좋은 생각이었다고 나를 납득시켜주길 기대하겠습니다. 내 생일쯤을 최종 기한으로 잡으면 딱 좋겠는데요."

최종 기한이라고? 나의 손이 여전히 그의 손에 잡힌 채 나는 얼어붙었다. 목소리는 부드러웠지만 경고처럼 들렸다. 갑자기 내가 동의한 거래를 생각하니—바보 같은 일이었다는 생각이 든 건 물론이고—현기증이 났다. 대체 무슨 짓을 한 거지?

모든 걸 없었던 일로 하고 싶었지만 나는 근심스럽게 고개를 끄덕였다. 그렇게 다리 한가운데에서, 그는 나의 손을 한 차례 굳게 흔들고 놓아줬다.

5.

관계를 다음 단계로 발전시키는 법

"거기서 대체 뭘 하고 있었던 겁니까?"

머과이어 형사는 자기 얼굴을 내 얼굴 쪽으로 들이밀며 윽박질렀다.

"도우려고 했어요."

"어떻게 그 사람을 압니까?(속뜻: 어떻게 그 사람도 압니까?)"

"모르는 사람이에요."

"그럼 대체 어떻게 된 일입니까?"

"그냥 그 앞을 지나가고 있었는데 그 사람이 어려움에 처한 걸 봤어요. 사람들은 제시간에 경찰이 나타나지 않을까 봐 걱정했고, 그래서 내가 얘기를 해봐야겠다고 생각했어요."

머과이어 형사는 "지난번에 그렇게 얘기했을 때, 일이 썩 잘되기라도 했던가요?"라고 소리를 쳤다. 그리고 말을 끝내자마자 자신이 뱉은 말을 후회하는 것 같았다.

"진지하게 얘기해봅시다. 내가 그 말을 믿을 거라 생각하는 겁니까? 그냥 '그 앞을 지나가고 있었다'는 걸? 한 달에 두 번씩이나? 내가 그 모든 게 다 우연이었다고 믿을 것 같아요? 만약 당신이 지금 무슨 슈퍼 히어로 놀이를 하고 있는 거라면……."

"아니에요. 그냥 공교롭게도 그 시간에 그곳에 제가 있었던 것뿐이에요. 그리고 도울 수 있을 것 같았어요."

나는 이런 대접을 받고 있는 게 화가 나기 시작했다.

"그리고 도움이 됐잖아요. 아닌가요? 그 남자를 다시 다리 안쪽으로 올려놓았잖아요."

"안될 수도 있었어요!"

그는 씩씩대며 내 앞을 이리저리 서성거렸다.

멀리서 애덤이 걱정스럽게 나를 지켜보는 게 보였다. 나는 희미하게 웃어 보였다.

"지금 이 상황이 웃깁니까?"

"웃는 거 아닌데요."

머과이어는 이 여자를 대체 어째야 하나 고민하듯 내 얼굴을 쳐다봤다.

"경찰서로 가서 어떻게 된 일인지 처음부터 끝까지 얘기하기로 합시다."

"하지만 난 아무 잘못도 안 했는데요?"

"크리스틴 씨, 당신을 체포하는 게 아닙니다. 내가 보고서를 써야 해서 그래요."

그는 따라오라는 듯 먼저 차로 걸어가버렸다.

"이 여자분까지 데려갈 필요는 없는데요."

애덤이 항의했다. 그의 모습도 목소리도 지쳐 있었다.

"우리가 이분과 하는 일에 대해선 염려하지 않아도 됩니다."

머과이어 형사는 완전히 다른 부드러운 목소리로 애덤에게 말했다. 그에게 그런 면이 있는 줄은 몰랐다.

"정말 괜찮아요."

머과이어 형사가 차까지 부축해주려고 하자 애덤이 말했다.

"순간적으로 돌았었나봅니다. 지금은 괜찮아요. 그냥 집에 가고 싶을 뿐입니다."

머과이어는 애덤을 위로하는 말을 몇 마디 하고는 그의 의지와 상관없이 경찰차까지 데리고 갔다. 나는 애덤이 탄 차와 다른 차를 타고 경찰서에 갔고, 진술을 한 번 더 해야 했다. 머과이어 형사가 내가 진실을 말하고 있다고 완전히 믿지 않는 게 분명했다. 그는 내가 감추는 게 있다는 사실을 직감으로 알고 있었다. 그 다리 위에서, 그 주택 개발 단지에서 내가 진짜 무얼 하고 있었는지는 도저히 말할 수 없었다.

머과이어 형사가 나간 뒤에는 어떤 친절한 여자가 들어와 내가 겪은 일에 대해 얘기를 나눠보려고 했다. 하지만 말할 수 없긴 마찬가지였다.

1시간 후, 머과이어 형사는 내게 가도 좋다고 했다.

"애덤은요?"

"이제 당신이 걱정할 일이 아닙니다."

"지금 어디에 있는데요?"

"심리 검사를 받고 있어요."

"그럼 언제 만날 수 있죠?"

"이봐요……."

"네?"

"이런 일에 엮여들지 말라고 했죠? 밖에 나가면 택시가 널렸어요. 집에 가세요. 가서 발 닦고 자고. 이런 일에 끼어들지 않으려고 노력 좀 해봐요."

그렇게 나는 경찰서를 나왔다. 일요일 자정, 추위가 뼛속으로 곧장 스며들었다. 빈 택시 한 대를 제외하고 거리는 텅 비어 있었고, 모든 걸 내려다보는 트리니티 칼리지가 어둡고 텅 빈 모습으로 내 앞에 서 있었다. 모든 생각을 정리하려 애쓰느라 거기 얼마나 서 있었는지 모르겠다. 이 일의 충격이 마침내 가라앉기 시작하는데, 내 뒤로 문이 열렸다. 그가 나를 부르기도 전에 나는 머과이어 형사가 나왔음을 알 수 있었다.

"아직 있었네요."

뭐라고 대답해야 할지 몰라서 나는 그저 그를 쳐다만 봤다.

"그쪽을 찾아요."

나는 그의 말이 반가웠다.

"오늘 밤엔 어딜 좀 데려갈 겁니다. 그쪽 번호를 줘도 되겠습니까?"

나는 고개를 끄덕였다.

"어서 택시를 잡아요."

그렇게 말하고는 어찌나 무서운 표정을 짓는지, 나도 모르게 가장 가까이에 있는 택시를 향해 손을 흔들었다. 그렇게 집으로 왔다.

별로 놀랄 일도 아니지만 나는 밤을 샜다. 커피 머신을 벗 삼아 앉아 전화기를 들여다보며 머콰이어 형사가 애덤에게 번호를 잘 못 가르쳐준 건 아닌가, 하는 생각을 했다. 아침 7시가 되자 길에 서 차 소리가 들려왔고 나는 그제야 졸기 시작했다. 15분 후, 어 서 일하러 나가라고 깨우는 알람 소리에 눈을 떴다. 애덤은 종일 전화를 걸지 않았다. 저녁 6시가 되어 컴퓨터를 끄려는데 전화가 울렸다.

우리는 하페니교에서 만나기로 했다. 그 다리가 우리의 유일 한 연결 고리이기 때문에 약속을 잡을 때만 해도 적당한 장소 같 았는데, 사건이 24시간 지난 후 막상 그곳에 도착해보니 이건 좀 아닌 것 같았다. 그는 다리 위로 올라가지 않고 다리 옆의 배철러 워크에서 강물을 내려다보고 있었다. 그가 무슨 생각을 하는지 알아낼 수만 있다면 뭐라도 다 내줄 수 있을 것 같았다.

"애덤."

내 목소리를 듣고 그가 돌아섰다. 그는 전날과 똑같은 검정 더 플코트에 검정 털모자 차림이었고, 두 손은 주머니에 깊숙이 찔 러넣고 있었다.

"괜찮아요?"

내가 물었다.

"네, 그럼요."

그가 어쩔 줄 몰라 하며 대답했다.

"괜찮아요."

"어젯밤엔 어디로 데려가던가요?"

"경찰서에서 몇 가지 질문에 대답한 다음에 성 요한 병원으로 갔어요. 심리 검사를 받았는데 우수한 성적으로 통과했어요."

그가 농담을 했다.

"어쨌든 제가 전화한 건 직접 만나서 고맙다는 말을 하고 싶어서예요."

그는 한쪽 발에 무게를 옮겨 실었다.

"그러니까, 고맙습니다."

"아니에요."

이 시점에서 악수를 해야 할지 아니면 한번 안아줘야 할지 판단이 안 서 어정쩡하게 대답했다. 여러 정황상 그냥 가만히 있는 편이 나을 것 같았다.

그는 고개를 끄덕이더니 로어 리피 가로 건너가기 위해 돌아섰다. 앞을 제대로 보지도 않고 가다가 차에 거의 치일 뻔했고, 그 차는 무섭게 빵빵대며 지나갔다. 그 소리가 들리는지 마는지 그는 그냥 계속 걸어갔다.

"애덤!"

그가 돌아섰다.

"실습니다. 정말이에요."

그때 알았다. 내가 그를 따라가야 한다는걸. 병원에선 그의 말을 믿고 보내줬는지 몰라도 그런 일을 겪은 사람을 혼자 내버려 둬선 안 될 일이었다. 횡단보도 신호등 버튼을 눌렀지만 너무 느렸다. 그를 놓칠까 봐 잠시 차들이 멈추길 기다렸다가 뛰어서 길을 건넜다. 어떤 차가 경적을 울렸다. 그를 따라잡을 때까지 뛰다가 속도를 늦췄다. 그냥 멀리서 그가 괜찮은지 확인만 할 생각이었다. 그는 미들 애비 가로 바로 꺾어 들어갔고 그가 코너를 돌아 내 시야에서 사라지자마자 나는 전력을 다해 뛰었다. 하지만 내가 코너를 돌았을 때 공중으로 날아오르기라도 한 것처럼 그는 보이지 않았다. 그 시간에는 문을 연 곳도 없어서 그가 들어갈 만한 곳도 없었다. 나는 어둡고 인적 없는 거리를 두리번거리며 그를 놓친 나 자신에게 욕을 해댔다. 전화번호라도 알아둘걸.

"워!"

그가 건물 그림자 속에서 불쑥 걸어 나오며 무표정한 얼굴로 외쳤다.

"엄마야! 이봐요, 심장마비 걸릴 뻔했잖아요."

그는 재미있다는 듯 웃어 보였다.

"형사 놀이는 그만하는 게 어때요?"

나는 어둠 속에서 얼굴이 빨개지는 걸 느꼈다.

"그쪽이 괜찮은지 확인하고 싶었을 뿐이에요. 너무 귀찮게 하고 싶지도 않았고."

"말했잖아요. 괜찮다고."

"그런 것 같지가 않아요."

그가 시선을 돌렸다. 그리고 눈물이 고이기 시작하자 눈을 계속 깜빡거렸다. 가로등 불빛 아래 반짝이는 눈물이 보였다.

"그쪽이 괜찮을 거라는 걸 알아야겠어요. 그냥 내버려둘 수가 없어요. 어디에서라도 도움을 받을 계획이 있나요?"

"사람들이 나를 데리고 나누고 싶어 하는 그 대단한 대화가 도대체 뭘 바꿀 수 있는데요? 그런다고 지금 일어나는 일이 바뀌진 않아요."

"도대체 무슨 일이 일어나고 있는데요?"

그가 뒤로 물러섰다.

"알았어요. 나한테 얘기하지 않아도 돼요. 하지만 적어도 안도하고 있긴 한가요? 뛰어내리지 않았다는 것에 대해?"

"그럼요. 정말 큰 실수였어요. 다리로 갔던 걸 후회하고 있다니까요."

나는 미소를 지었다.

"거봐요. 좋은 신호예요. 이미 한 걸음 나아가고 있어요."

"저 위로 올라가야 했어요."

그렇게 말하고 그는 리버티 홀로 시선을 올렸다. 더블린 시 중심가에서 가장 높은 60층짜리 빌딩이었다.

"그쪽 생일이 언제라고 했죠?"

나는 우리의 거래를 떠올리며 말했다.

그가 진짜로 웃었다.

"어디로 가는 거죠?"

오코넬 가를 따라 성큼성큼 걸어가는 애덤을 따라가느라 나는 뛰면서 물었다. 손과 발에 감각이 없어지고 있었기 때문에 너무 멀리 가지 않기만을 바랄 뿐이었다. 그는 마음속에 정해둔 목적지 없이 무작정 걷는 것처럼 보였다. 다음 자살 방법으로 선택한 것이 얼어 죽는 게 아닌가 하는 생각이 들 정도로.

"나는 그레샴 호텔에 묵고 있어요."

그리고 애덤은 더블린의 오코넬 가에 위치한 120미터 높이의 첨탑인 스파이어를 올려다봤다.

"스카이다이빙을 해서 저 위로 떨어지는 것도 방법이었을 텐데. 배를 정통으로 꿰뚫었을지도 몰라요. 심장을 관통했으면 더 좋았을 테고."

"네, 네. 이제야 그쪽 유머가 이해되기 시작하는데요. 정상은 아닌 거 알죠?"

"고맙게도 병원에선 그렇게 생각하더군요."

"어떻게 빠져나온 거예요?"

"소년 같은 해맑음과 경이로움으로 그들을 매료시켰죠."

그가 웃지도 않으며 무표정하게 말했다.

"그 사람들을 속인 거네요."

나의 비난에 그는 어깨를 으쓱했다.

"어디 살아요?"

그가 머뭇거렸다.

"요즘요? 티퍼레리요."

"그럼 일부러 더블린에 온 건⋯⋯."

"하페니교에서 뛰어내리려고 왔냐고요?"

그는 재미있다는 듯 나를 봤다.

"더블린 사람들, 너무 거만한 거 아닙니까? 더블린 아닌 곳에도 쓸 만한 다리가 아주 많아요. 여긴 누구를 만나러 왔어요."

그레샴 호텔에 도착하자 애덤이 나를 향해 돌아섰다.

"다시 한번, 고마워요. 내 목숨을 구해줘서요. 이럴 땐 어떻게 해야 하는 건가. 어색한 키스라도 해드려야 하나 아니면 안아드려야 하나⋯⋯. 그래, 바로 이거다!"

그가 공중에 손을 들어 올렸다. 나는 어이없다는 표정을 지으며 그와 하이파이브를 했다. 그러고 나니 정말 뭐라고 말해야 할지 알 수가 없었다. 행운을 빌어요? 인생을 즐기세요?

그 역시 마찬가지였는지 빈정거리는 말만 연신 해댔다.

"상이라도 드려야 하는데. 아니면 훈장이라도."

"지금 그쪽을 혼자 두고 가고 싶지가 않아요."

"내 생일은 2주 후예요. 2주는 큰 변화를 기대하긴 힘든 시간이죠. 그래도 날 위해 거짓말을 해준 건 고맙게 생각합니다."

"할 수 있어요."

나는 진짜 느끼는 것보다 더 자신감 있게 말했다.

2주라고? 실은 1년이 통째로 남아 있길 바라고 있었지만, 2주가 내게 주어진 시간이라면, 좋다.

"남아 있는 연차를 다 쓰면 매일 그쪽을 만날 수 있어요. 진짜로 가능해요."

나는 낙천적으로 말했다. 그는 또 재미있다는 표정을 지으며 웃었다.

"이젠 진짜 혼자 있고 싶네요."

"왜요, 또 자살하게요?"

"목소리 좀 낮춰요."

남녀 한 쌍이 우리를 수상쩍게 쳐다보며 지나가자 그가 목소리를 낮춰 말했다.

"또 한번 말하지만, 고마웠습니다."

그가 감흥이 덜한 목소리로 말했다. 그러더니 나를 길에 남겨두고 회전문 사이로 사라졌다. 나는 그가 로비를 가로지르는 걸

본 뒤 뒤를 따랐다.

'나를 떼어내려면 고생 좀 해야 할 거다.'

그가 엘리베이터를 탔다. 나는 문이 닫히기 직전까지 기다렸다가 마지막 순간에 돌진해 들어가 그와 함께 탔다. 그는 멍하니 나를 보더니 버튼을 눌렀다.

우리는 맨 위층에서 내렸다. 나는 그를 따라 그레이스 켈리 스위트룸이라는 펜트하우스로 들어갔다. 방에 들어서자마자 꽃향기를 맡을 수 있었다. 열린 침실 문 사이로 장미 꽃잎이 흩뿌려진 침대가 보였다. 침대 끝에 놓인 은색 바구니 안에는 샴페인과 플루트 두 대가 꽂혀 있었다. 애덤은 침대를 힐끗 보더니 그 광경에 기분이 상한 듯 눈길을 돌려버렸다. 그리고 곧장 서재로 들어가 종이 한 장을 집어 들었다.

나는 그를 따라가 물었다.

"유서인가요?"

그가 움찔했다.

"꼭 그 단어를 써야겠어요?"

"그럼 뭐라고 말해야 할까요?"

"'안녕히 계세요. 만나서 반가웠어요'는 어때요?"

그는 코트를 벗어서 바닥에 던져버리더니 모자를 벗어서 공중에 날려버렸다. 모자는 대리석 벽난로의 진짜 불을 아슬아슬하게 비껴갔다. 그는 기진맥진해서 소파 위로 무너지듯 앉았다.

나는 깜짝 놀랐다. 그 털모자 아래에 그렇게 풍성한 금발이 숨어 있으리라곤 기대하지 않았으니까.

"왜 그러죠?"

그가 묻자 그제야 내가 그의 아름다움에 넋을 놓고 있었다는 사실을 깨달았다.

나는 그의 반대편 소파에 앉아 코트와 장갑을 벗었다. 벽난로의 불이 나를 얼른 녹여주길 기다렸다.

"읽어봐도 될까요?"

"아뇨."

그는 그 종이를 가슴께로 가져가 접었다.

"왜 찢어버리지 않아요?"

"왜냐하면."

주머니에 집어넣으며 그가 답했다.

"기념품이니까요. 이번 더블린 여행의."

"안 웃긴 거 알죠?"

"'내가 잘 못하는 것들'이라는 목록에 추가할 게 생겼네요."

나는 주위를 둘러보며 그에 대해 더 알아내려고 했다.

"오늘 누가 오기로 했었어요?"

"그럼요. 나를 다리 위에서 데리고 내려오는 예쁜 숙녀들을 위해 나는 늘 샴페인과 장미를 준비해둔답니다."

정말 그러면 안 되는 거였지만, 그러면 안 된다는 걸 나도 알았지만, 그가 나를 예쁘다고 한 게 기분이 좋았다.

"아니, 어젯밤이었겠네요."

내가 그를 바라보며 말했다. 농담을 하고 자신만만한 척했지만 사실 그는 안절부절못하고 있었다. 그런 농담들이 그가 바로 지금이라도 그 자리에서 털썩 무너져버리지 않게 지탱해주고 있다는 생각이 들었다.

애덤이 일어서서 TV장으로 걸어갔다. 그리고 그 아래 벽장문을 열자 미니바가 드러났다.

"알코올은 별로 좋은 생각이 아닌 것 같은데요?"

"음료수를 마시려는 걸 수도 있잖아요."

그는 내게 상처받은 얼굴을 해 보였고 나는 죄책감을 느꼈다. 그러나 애덤은 잭 다니엘스를 한 병 꺼내 들고는 장난기 어린 얼굴을 하고 소파 쪽으로 가져왔다.

잔에 술을 따르는 그의 손이 떨렸지만 나는 아무 말도 하지 않았다. 그리고 잠시 그를 지켜보다가 더는 참을 수가 없어 나도 한 잔 받아 음료수와 섞었다. 자살을 하려던 남자와 계약도 맺고, 그 남자의 호텔 방으로 따라 들어오기까지 한 마당에 그와 술 한잔 하면 뭐 어떠랴 싶었다. 만약 도덕적 윤리와 책임 있는 시민의 자질을 열거한 규정집 같은 게 있다면 나는 이미 모두 합격 도장을 받고도 남았을 거다. 그러니 이제 그딴 건 창문 밖으로 집어던져도 되지 않을까. 게다가 나는 뼛속까지 꽁꽁 얼어 있었으므로 몸을 덥혀줄 무언가가 절실했다. 홀짝 한 모금을 넘겼더니 목구멍을 태우며 위까지 내려가는 게 느껴졌다. 그 느낌이 좋았다.

"내 여자 친구였어요."

그가 느닷없이 말하며 내 생각을 끊었다.

"여자 친구가 뭐요?"

"내가 기다리고 있던 사람이요. 그녀를 깜짝 놀라게 해주려고 더블린으로 왔던 겁니다. 요즘 들어 내가 자기한테 신경을 너무 안 쓴다고 했거든요. 너무 곁에 있어주지 않는다나."

그는 얼굴을 거칠게 문질렀다.

"우리 관계에 문제가 있다고, '위기'라는 표현을 쓰더군요."

"그래서 관계를 회복해보려고 더블린에 왔군요."

마침내 그에 대해 알게 된 게 기뻤다.

"근데 무슨 일이 생긴 거예요?"

"다른 놈이랑 함께 있었어요."

그의 입가가 다시 굳어졌다.

"밀라노라는 음식점에 여자 친구들하고 간다고 했어요. 지금은 내가 잠시 티퍼레리에 살고 있지만 우린 그쪽 부둣가의 아파트에 살거든요. 어쨌든 여자 친구들과 있는 게 아니었어요."

그는 유리잔을 응시하며 쓰게 말했다.

"그냥 친구일 수도 있잖아요."

"아, 친구 맞아요. 내가 소개해줬죠. 나의 가장 친한 친구 션. 둘이 테이블 위로 손을 맞잡고 있었어요. 내가 식당 안으로 걸어 들어가는 걸 보지도 못하더군요. 내가 올 거라는 생각을 못 했겠죠. 나는 아직 티퍼레리에 있어야 할 사람이었으니까. 내가 그들에게 정면으로 다가갔고 둘은 부인하지 않았어요."

"그래서 어떻게 했어요?"

"뭘 할 수 있겠어요? 바보 멍청이처럼 그곳을 나와버렸죠."

"션을 한 대 치고 싶지 않던가요?"

"아뇨."

그는 힘없이 뒤로 기대어 앉았다.

"난 내가 뭘 해야 할지 알고 있었어요."

"자살 기도요?"

"그 말 좀 그만할 수 없어요?"

나는 입을 닫았다.

"한 대 친다고 뭐가 달라졌을까요? 한바탕 소란을 피우고, 나를 더 멍청한 놈으로 만드는 거?"

"분을 풀 수는 있었겠죠."

"그러니까 이젠 폭력이 좋다는 겁니까?"

그가 고개를 저었다.

"내가 만약 그놈을 때렸다면, 당신은 그냥 밖으로 나가서 좀 걸으며 마음을 가라앉히지 그랬냐고 했을 겁니다."

"맞아도 싼, 소위 친구라는 그 인간한테 주먹 한 방 날리는 게 자살보단 나아요."

"그 단어 좀 그만 쓰라고 했죠."

그가 조용히 말했다.

"그게 그쪽이 하려던 거예요, 애덤."

"그리고 난 또 할 거예요! 그쪽이 약속을 지키지 않으면!"

이번에는 그가 소리쳤다.

그의 분노에 나는 깜짝 놀랐다. 애덤은 일어서더니 오코넬 가와 노스 사이드의 옥상들이 내려다보이는 발코니 쪽 유리문 앞에 가서 섰다.

단순히 여자 친구가 바람을 피웠다는 이유로 삶을 끝내고 싶은 건 아니었을 거라고, 더 많은 이야기가 있을 거라고 나는 확신했다. 그건 이미 고통스러운 마음에 방아쇠를 당긴 사건일 뿐이라고 생각하지만 지금은 캐묻기에 좋은 때가 아니었다. 그는 신경이 날카로워지기 시작했고, 우린 둘 다 피곤했으며, 잠이 필요했다. 그도 내 생각에 동의하는 게 분명했다. 그는 내게 등을 돌린 채 이렇게 말했다.

"침실에서 자요. 내가 소파에서 잘 테니까."

내게서 대답이 없자 그가 나를 보고 섰다.

"여기에 있고 싶어하는 것 같아서."

"그래도 되겠어요?"

그가 잠시 생각하더니 말했다.

"좋은 생각일 수도 있을 것 같네요."

그러고는 다시 돌아서서 도시를 내려다봤다.

하루를 정리하며 그를 격려할 만한 긍정적인 말은 수없이 많다. 자기계발서는 차고 넘치게 읽었고, 기분을 좋게 만들어주는 말도 굉장히 많다. 하지만 지금 당장은 그 어떤 것도 적당하지 않았다. 지금 상황에서 그가 헤어나도록 도우려면 이야기의 내용뿐만 아니라 이야기를 하는 시점도 잘 골라야 했다.

"잘 자요."

나는 그가 발코니와 가까운 공간에 있다는 게 신경 쓰여서 침실 문을 살짝 열어뒀다. 그리고 그 틈 사이로 그가 스웨터를 벗고 딱 붙는 티셔츠 하나만 입은 모습을 지켜봤다. 그렇게 오래 보고 있을 것까진 없다는 것을 잘 알고 있었다. 나는 그가 자기 스웨터로 스스로를 질식시킬지도 모르니 그의 안전을 위해 지켜보는 거라고 나 자신을 설득했다. 그는 소파에 앉아 다리를 올렸다. 다리가 너무 길어서 팔걸이에 발을 올려야 하는 모습을 보자, 나는 침대를 차지한 게 미안해졌다. 그래서 미안하다고 말하려는데 그가 먼저 말했다.

"구경났어요?"

그는 눈을 감고 팔을 접어 머리를 받친 채 내게 물었다.

볼이 화끈화끈해져서 나는 문 쪽에서 비켜났다. 침대에 걸터앉자 옆에서 유리잔이 부딪히며 쨍강 소리를 냈다. 뒤이어 얼음 통이 엎어지면서 다 녹아 물이 된 얼음이 침대 위에 쏟아졌다. 나는 그것들을 책상 위로 옮겨놓았다. 그리고 초콜릿으로 코팅된 딸기에 손을 가져가다가 그 옆에 놓인 작은 카드를 발견했다. 거기에는 이렇게 적혀 있었다.

'나의 아름다운 약혼녀에게, 사랑하는 애덤.'

그러니까 그는 청혼을 하려고 더블린에 온 거였다. 나는 문제의 겉에서만 빙빙 돌고 있다는 걸 확신하며 그의 유서를 손에 넣어야겠다고 결심했다.

사이먼 콘웨이의 자살을 지켜본 밤, 남편을 떠난 밤, 그리고 그뒤의 모든 밤들 만큼 기나긴 밤은 없다고 생각했다. 하지만 틀린 생각이었다.

6
_

소란한 마음을 진정시키고
잠을 좀 자는 법

잠을 잘 수 없었다. 별일은 아니었다. 나의 결혼 생활을 끝내고 싶다고 생각한 뒤로 지난 몇 달간 불면증을 제대로 앓고 있었으니까. 나는 행복, 성취감, 긍정적인 느낌, 그러니까 내 결혼을 지키기 위한 방법들을 찾아 헤맸다. 끝내기 위한 방법을 찾은 게 아니었다. 하지만 '탈출'이라는 생각이 한 번 떠오르자, 그 생각이 떠나지 않았다. 내 신경을 분산시켜줄 다른 사람들의 문제가 전혀 없는 밤에는 더욱더 그랬다. 대개는 침대 옆에 놓인 스탠드를 켜고『불면증을 퇴치하는 마흔두 가지 방법』이라는 책을 읽었다. 그 결과 휴식을 찾을 수 있길 바라며 새벽 내내 따뜻한 물에 목욕을 하거나, 냉장고를 청소하거나, 매니큐어를 칠하거나, 요가를 하거나—때로는 동시에 두세 가지를 하며—시간을 보내기 일쑤였다. 그 밖에는 그냥 책을 눈알이 빠질 것 같을 때까지 읽다가 덮는 밤들을 보냈다. 책에서 장담한 것처럼 스르르 잠에 빠져드는 일은 절대 일어나지 않았다. 붕 떠올라 부유하는 것처럼 어둑하고 몽롱한 느낌 같은 건 없었다. 나는 좌절하고 지쳐빠진 채 깨어 있거나 좌절하고 지쳐빠진 채 겨우 잠들었다. 하나의 세상에서 다른 세상으로 기분 좋게 활공하는 듯한 경험은 아직이었다.

내가 결혼 생활을 끝내고 싶어 한다는 걸 깨닫긴 했지만 그렇다고 정말로 그 생활을 끝장내겠다는 결심을 한 적은 그동안 한 번도 없었다. 오랫동안 나는 어떻게 이 불행을 떠안고 살아야 하나 밤마다 고민했다. 그러다가 어느 날 그럴 필요가 없다는 깨달음이 홀연히 찾아왔다. 내가 친구들에게 했던 충고들은 내게도 적용할 수 있었다. 그 후론 다른 사람, 내가 진정 사랑하는 누군가, 나를 진정 사랑해주는 누군가와 함께 사는 삶에 대해 상상하며 수많은 밤을 보냈다. 우리도 서로의 시선과 손길이 닿을 때마다 전기가 찌릿찌릿하는 커플이 될 터였다. 그리고 내가 조금이라도 매력을 느꼈던 모든 남자, 다시 말해 나에게 조금이라도 친절한 모든 남자와 나에 대한 상상도 펼쳐봤다. 그중에는 나의 고객 레오 아널드도 포함됐다. 레오는 나의 공상에 자주 등장하는 고객이 됐고, 덕분에 그가 내 사무실로 들어설 때마다 나의 얼굴이 발그레해졌다.

이제야 알게 된 사실이지만, 그런 상상들의 밑바닥엔 근본적인 두려움이 깔려 있었다. 내가 감당하기엔 벅찬 두려움. 그러면서도 쫓아낼 방법이 없는 두려움. 우리 사이의 사소한 문제들은 점점 확대되다가 결국엔 우리 사이가 끝장날 거라는 징조가 됐다. 예를 들면, 잠자리에서 내가 만족감을 느끼기도 전에 남편이 (또!) 끝내버리는 것, 남편이 늘 춥다며 양말을 신은 채 잠자는 것, 발톱 깎은 걸 화장실에 놔두고 쓰레기통에 버리지 않는 것 등. 우리는 더 이상 키스도 거의 하지 않았다. 한때, 깊게 나누던 키스는 이제 볼에 하는 가벼운 입맞춤으로 바뀌었다. 그가 하는 이야기들도 어찌나 지루하던지. 매번 하고 또 하는 럭비 얘기는 정말 진력이 났다. 어느 책에서 배운 것처럼 나의 삶을 색깔로 평가해보자면 우리의 관계는 선명하고 강렬한 빛깔—적어도 우리가 연애하던 한동안은—에서 칙칙하고 단조로운 회색빛으로 변해 있었다.

나도 결혼이 지속되는 내내 불꽃이 활활 타오를 거라고 생각할 만큼 멍청이는 아니었다. 하지만 1년 정도의 신혼 기간까지는 적어도 불씨는 남아 있을 거라고 생각했다. 지금 돌아보면 나는 내가 사랑에 빠졌다는 사실과 사랑에 빠졌던 것 같다. 그리고 이제는 나의 꿈속의 연애마저 끝나버렸다.

그레샴 호텔의 펜트하우스에 뜬눈으로 누워 있던 밤, 나의 모든 근심과 걱정이 살아났다. 결국 배리를 떠났다는 것, 그에 따른 경제적 문제들, 나를 향한 주변 사람들의 시선, 다시는 아무도 만나지 못하고 혼자 늙어 죽게 될 수도 있다는 걱정, 사이먼 콘웨이……. 그리고 성은 알지도 못하는 애덤이란 남자. 24시간 전에는 자기 목숨을 끊으려고 했고 지금은 뛰어내리기 딱 좋은 발코니가 있는 옆방에 잠들어 있는 남자, 2주 후 자신의 서른다섯 번째 생일까지 내가 자신의 인생을 고쳐내야 한다는 약속을 받아낸 남자, 아니면 다시 자살 시도를 하겠다고 선전포고한 남자.

　이런 생각들에 갑자기 속이 안 좋아진 나는 침대에서 나와 애덤을 다시 한 번 확인했다. 음소거가 된 TV에서 나오는 여러 빛깔의 밝은 색채들이 깜빡였고, 그럴 때마다 방안의 색이 바뀌며 너울거렸다. 그의 가슴이 올라왔다 내려갔다 하는 게 보였다.

　『불면증을 퇴치하는 마흔두 가지 방법』에서 읽은, 마음속을 잠잠히 하고 잠을 자기 위한 옵션이 몇 개 있었지만 애덤에게 귀를 기울여가며 적용해볼 수 있는 건 캐머마일 차를 마시는 것뿐이었다. 나는 전기 주전자의 스위치를 한 네 번쯤 켜보았다.

　"어휴, 잠을 전혀 안 잡니까?"

　애덤이 소리쳤다.

　"미안해요, 내가 깨웠나요?"

　"아뇨, 그쪽 옆에 있는 그 증기 기관차 소리가 깨웠어요."

　나는 문을 활짝 열었다.

　"한잔할래요? 아, 거기도 마실 게 충분하네요."

　작은 잭 다니엘스 병 세 개가 탁자에 놓여 있었다.

　"이 정도로 충분하진 않거든요. 매일 24시간 날 감시할 순 없어요. 좀 있으면 어쨌든 잠을 자야 할 거예요."

　그가 마침내 눈을 뜨고 나를 올려다봤다. 그는 조금도 피곤해 보이지 않았다. 술 취한 것처럼 보이지도 않았다. 단지 아름다울 뿐이었다. 완벽하게.

　나는 그에게 내 불면증의 진짜 이유를, 혹은 이유들을 말하고 싶지 않았다.

　"내가 여기서 같이 자는 편이 더 나을 것 같아요."

내가 말했다.

"생각만 해도 마음이 포근해지네요. 하지만 내가 지금 이별한 지 얼마 안 됐는데 너무 빠른 감이 있지 않아요? 그러니 괜찮다면 패스할게요."

그러거나 말거나 나는 소파에 앉았다.

"뛰어내리지 않을 거라니까요."

그가 말했다.

"하지만 생각은 해봤죠?"

"당연하죠. 이 방에서 내가 죽을 수 있는 방법을 100만 가지는 생각해봤어요. 그게 내가 하는 일입니다. 몸에 불을 붙일 수 있겠다는 생각도 했어요."

"저기 소화기가 있어서요, 내가 바로 끄면 돼요."

"화장실에 있는 면도기를 쓸 수도 있어요."

"이미 숨겼어요."

"욕조에서 익사하거나 헤어드라이어를 들고 욕조에 들어가도 되고요."

"욕조 안에 들어가 있는 동안 지킬 거고요, 이 호텔 안에 헤어드라이어는 없어요."

"전기 주전자를 쓰면 되죠."

"물도 겨우 데울까 말까 하던데, 생쥐 한 마리도 감전시킬 수 없을 거예요. 소리만 요란하지 작동은 거의 안 돼요."

그가 살짝 웃었다.

"그리고 저기에 있는 칼은 사과도 잘 못 자르니까 정맥은 턱도 없어요."

그는 과일 그릇 옆에 있는 칼과 포크를 쳐다봤다.

"저걸 하나 가져갈까도 생각했었는데."

"자살 생각을 많이 해요?"

나는 다리를 접어 올려 소파 구석에 깊숙이 앉으며 물었다.

그는 연기를 그만두고 말했다.

"멈출 수가 없어요. 그쪽이 다리 위에서 나한테 한 말이 맞아요. 괴상한 취미처럼 돼버리더라고요."

"꼭 그렇게 말하진 않았는데. 하지만 진짜 실행으로 옮기지만 않는다면 생각을 하는 것까진 괜찮을 것 같아요."

"고맙네요. 적어도 내 생각까지 뺏어가진 않으시니."

"그런 생각을 하는 건 위로가 될 수 있어요. 일종의 목발인 거죠. 그걸 빼앗을 생각은 없어요. 하지만 그게 유일한 수단이 되어선 안 돼요. 누군가와 얘기를 좀 나눠봤어요?"

"그럼요, 왜 안 했겠어요? 데이트할 때 자살 얘기가 최고의 소잰데?"

"상담 치료는 생각 안 해봤나요?"

"하룻밤, 하룻낮 동안 생각해봤어요."

"그보단 좀 더 생각해도 탈 안 나요."

"상담 치료는 나한텐 안 맞아요."

"지금은 제일 좋은 선택이 될 수도 있어요."

"나는 '당신'이 제일 좋은 선택인 줄 알았는데."

그가 나를 바라봤다.

"그렇게 말하지 않았나요? 나를 붙들어라. 그럼 삶이 얼마나 멋진 것인지 꼭 보여주겠다?"

그가 모든 믿음을 나한테 걸고 있다고 생각하니, 덜컥 겁이 나버렸다.

"그렇게 할 거예요. 그냥 혹시나 해서……."

나는 하던 말을 삼키고 물었다.

"여자 친구는 지금 그쪽 감정이 어떤 상태인지 알고 있어요?"

"마리아요? 모르겠어요. 마리아는 계속 내가 변했다고 했어요. 내 정신이 딴 데 가 있다고. 속으로 움츠리고 있다고. 예전 같지 않다고. 내 감정은 모를 거예요. 내가 무슨 생각을 하고 있는지 한 번도 말한 적이 없으니까."

"그쪽은 우울감이 심했던 것 같아요."

"그렇게 말할 수도 있겠네요. 아무튼 어떻게든 기분을 끌어올리려고 애쓰고 있는데 누군가가 계속 '너는 예전 같지 않다' '너는 너무 다운돼 있다' '너는 재미있지 않다' '마음에서 우러나오는 행동이 아니다'라고 말하는 건 전혀 도움이 안 돼요. 정말. 아니, 내가 뭘 어떡해야 되겠어요? 나는 물속으로 가라앉지 않고 머리만이라도 내놓으려고 버둥거리고 있었는데."

그가 한숨을 쉬었다.

"여자 친구는 모든 게 우리 아버지 때문이라고 생각했어요. 그리고 내 직장도요."

"그것 때문이 아니었나요?"

"아, 모르겠어요."

"하지만 도움이 안 된 건 사실이죠?"

"전혀 안 됐죠."

"그럼 직장의 무슨 일이 당신을 괴롭히는지 말해봐요."

"무슨 상담 치료를 하고 있는 것 같네요. 나는 여기 누워 있고 그쪽은 거기 앉아 있는 폼이."

그는 천장을 올려다봤다.

"아버지가 편찮으신 동안 내 직장을 떠나 아버지 회사 경영을 도와야 했어요. 정말 싫었지만 일시적인 거니까 괜찮았어요. 그 랬는데 아버지 병이 깊어졌고 나는 아버지 회사에 더 오래 머물러야 했어요. 가뜩이나 내 직장에 휴직을 연장해달라고 말하기가 어려운 상황이었는데, 의사가 아버지 병에 차도가 전혀 없다고 했어요. 불치래요. 그런데 지난주에 내가 다니던 회사에서 연락이 왔어요. 나를 해고하려고 한다고요. 더 이상은 휴직 기간을 늘려줄 수가 없으니까."

"그러니까 아버지를 잃고, 직장도 잃었네요. 그리고 여자 친구랑 베프도요. 그것도 모두 일주일 안에."

내가 애덤 대신 요약했다.

"와, 그렇게 조목조목 말해주다니. 이렇게 고마울 수가."

"애덤, 나한텐 당신을 고쳐놓을 시간이 14일밖에 없다고요. 슬슬 눈치나 보며 빙빙 돌려 말할 시간이 없어요."

그는 아무렇지도 않게 말했다.

"사실, 13일이에요."

"아버지가 돌아가시면 다들 당신이 그 자리를 맡아야 한다고 생각하는 건 아니죠?"

"사실 그게 문제예요. 이게 집안 사업이라서 할아버지께서 회사를 아버지께 물려주셨고, 그다음엔 그게 저한테 내려오고. 그렇게 계속되는 거죠."

이 문제에 대해 그냥 얘기하는 것만으로도 긴장감이 올라가고 있었다. 나는 신중하게 애덤과 이야기해야 한다고 느꼈다. 그에게 조심스럽게 질문했다.

"아버지께 그걸 원치 않는다고 얘기는 해봤어요?"

그는 씁쓸하게 웃었다.

"그쪽은 우리 집안을 몰라요. 내가 아버지께 뭐라고 해도 소용없어요. 내가 좋아하든 말든 그건 내 몫이에요. 할아버지의 유서에는 회사가 아버지가 살아 있는 동안은 아버지 것이고, 그다음엔 아버지의 아이들 것이고, 내가 만약 그 사업에 참여하지 않으면 그땐 삼촌의 아들과 그의 가족이 상속받게 된다고 명시돼 있어요."

"그럼 빠져나올 구멍이 있네요."

그는 두 손에 얼굴을 묻고 괴롭다는 듯 눈을 문질러댔다.

"그럼 더 엉망이 돼요. 그쪽 노력은 고맙게 생각하는데, 당신은 이 상황을 이해 못 해요. 설명하기엔 너무 복잡하지만 이렇게만 말해둡시다. 이 망할 가족 문제를 정리하는 건 한두 해로 끝날 수 없고, 나는 그 한가운데 처박혀서 빼도 박도 못하고 있다고."

그의 손가락이 떨렸다. 그는 손을 청바지에 연신 문질러댔다. 자기가 그렇게 하고 있는지도 모르는 것 같았다. 분위기를 바꿔야 했다.

"그럼 그쪽이 하는 일에 대해서 말해줘요. 당신이 사랑하는 일 말예요."

그는 그동안 별로 보여준 적 없는 장난기 어린 눈빛으로 나를 봤다.

"내가 뭘 하는 사람 같아 보여요?"

나는 가만히 그를 들여다봤다.

"모델?"

그가 소파에 올려뒀던 다리를 휙 내리고 똑바로 앉았다. 어찌나 재빨리 움직이던지 나는 잠깐이나마 그가 나를 덮치려 한다고 생각했다. 하지만 그는 어이가 없다는 듯 나를 쳐다봤다.

"지금 장난해요?"

"모델 아니에요?"

"도대체 왜 그렇게 생각해요?"

"그건⋯⋯."

"그건, 뭐요?"

그는 어안이 벙벙했지만, 그가 그렇게 생기를 띤 건 처음이었다.

"설마 이런 얘기를 한 번도 못 들어봤다는 거예요?"

그는 고개를 저었다.

"못 들어봤어요."

"어머. 여자 친구한테서도?"

"그렇다니까!"

그가 웃음을 터뜨리는데, 정말 아름다웠다. 다시 한 번 듣고 싶은 아름다운 소리였다.

"지금, 나 놀리는 거잖아요."

그리고 그는 다시 다리를 올리고 누워버렸다. 그 미소와 웃음은 다시 자취를 감췄다.

"아니거든요. 어쩌다보니 나는 지금껏 당신만큼 잘생긴 남자를 본 적이 없어요. 그래서 모델일 수도 있겠다고 생각했어요. 왜요! 그냥 한 소리가 아니라니까요!"

나는 이성적으로 설명했다.

그는 조금 부드러워진 얼굴로, 약간은 당황한 표정으로, 내가 농담을 하는 건지 아닌지 알아내려는 듯 나를 유심히 봤다. 사실 나는 창피했다. 말이 그렇게 툭 튀어나올 줄은 몰랐다. 언젠가 잘생겼다는 말을 하려고 했지만 그렇게 덥석 할 생각은 아니었다.

"그럼 진짜 뭘 하는데요?"

나는 그의 눈길을 피하기 위해 내 바지에 있지도 않은 보풀을 떼며 말을 돌렸다.

"재밌어할 거예요."

"뭔데요?"

"스트립쇼에 출연해요. 라스베이거스쇼 중에 하나에요. 왜냐하면 난 너무 잘생겼으니까."

나는 어이없다는 표정을 지으며 뒤로 벌렁 기대어 앉았다.

"장난이에요, 장난. 아일랜드 해안 경비대에서 헬리콥터 파일럿으로 일하고 있어요."

내 입이 떡 벌어졌다.

"거봐요. 재밌어할 거라고 했죠!"

그가 내 얼굴을 살폈다.

"사람을 구하는 일이잖아요."

내가 말했다.

"우린 정말 공통점이 많아요. 그쪽이랑 나."

애덤이 이런 정신 상태로 그 일을 다시 시작하면 안 될 일이었다. 나는 그렇게 할 수도 없었고, 해서도 안 됐고, 애덤의 직장에서도 허락하지 않을 것이다.

"아버지가 돌아가시면 아버지의 자식들에게 회사가 상속된다고 했잖아요. 형제는 없어요?"

"누나가 하나 있어요. 보스턴에 살아요. 매형이 친구들한테 사기를 쳐서 엄청난 돈을 해먹은 게 밝혀진 다음에 도망갔어요. 투자할 돈을 다 써버린 거죠. 나한테서도 꽤 많은 돈을 빼 갔고, 아버지 돈도 엄청 해먹었어요."

"누나가 참 딱하게 됐네요."

"누나요? 뒤에서 조종은 다 누나가 했을 겁니다. 아무튼 복잡한 다른 문제들이 더 있어요. 원래 회사는 장남인 큰아버지가 상속받아야 했는데 그분이 워낙 이기적인 속물이다보니 할아버지는 큰아버지에게 회사를 맡기면 금방 망할 거라고 생각하셨어요. 그래서 아버지한테 주셨고. 그 결과 이 집안은 둘로 갈라졌죠. 큰아버지를 동정하는 쪽과 아버지 편을 드는 쪽으로. 그러니까 내가 이 회사를 물려받지 않으면 내 사촌이 받게 될 거고……. 아, 이 집안과 무관한 사람한테 설명하기가 참 어려워요. 아무리 경멸하는 일이라고 해도 무언가에 등을 돌린다는 게 얼마나 힘든 건지 당신은 모를 거예요. 도리라는 게 있잖아요."

"난 지난주에 남편 곁을 떠났어요."

그렇게 불쑥 말해버리고 말았다. 심장이 방망이질하듯 뛰었다. 이 일을 누군가에게 소리 내어 말한 건 처음인 것 같았다. 아주 오랫동안 남편을 떠나고 싶었지만 실행에 옮기지 않았던 건 내가 한 결혼 서약을 지키며 아내의 도리를 다하고 싶었기 때문이었다. 애덤이 말하는 도리라는 걸 나는 아주 잘 안다.

그가 놀란 얼굴로 나를 봤다. 내 말이 진실한지 확인하려는 것 같았다.

"남편이 뭘 했는데요?"

"전기 기술자요. 왜요?"

"아니, 왜 남편을 떠났냐고요. 남편이 무슨 잘못을 했는데요?"

나는 침만 꿀꺽 삼키고 손톱만 내려다봤다.

"잘못한 거 없어요, 남편은. 내가 행복하지 않았어요."

그는 김이 샌 것처럼 코로 숨을 훅 내쉬었다.

"그러니까 그를 희생해서 당신의 행복을 찾은 거군요."

애덤은 자기 여자 친구 생각을 하고 있었다.

"그런 철학을 별로 지지하진 않아요."

"하지만 몸소 실천하셨네요."

"누군가를 떠난다는 게 얼마나 힘든 일인지 당신은 몰라요."

나는 그가 한 말을 그대로 반복했다.

"인정!"

"감수해야 했어요. 함께하면 우린 둘 다 남은 평생이 불행할 거예요. 남편은 나를 잊을 거예요. 자기가 생각하는 것보다 훨씬 빨리, 나를 잊을 거예요."

"아니라면?"

어떻게 대답해야 할지 알 수 없었다. 그런 생각은 한 번도 해보지 않았으니까. 배리가 나를 잊을 거라 나는 확신했다. 그래야만 했다.

그 뒤로 애덤은 사라져버렸다. 몸은 방에 그대로 있었지만 자기 생각 속으로 사라졌다. 자신과 여자 친구의 앞날을 생각하는 게 분명했다. 그녀를 잊는 건 그에게 선택 사항이 아니다. 그는 그녀를 되찾길 원한다. 그런데 만약 애덤의 여자 친구가 가진 감정이 내가 남편에게 느끼는 감정과 같다면 희망은 없다.

"그럼 그쪽은 무슨 일을 하죠?"

애덤은 자기 삶을 구해주려는 여자에 대해 아무것도 모르고 있다는 걸 갑자기 자각한 것처럼 물었다.

"내가 무슨 일을 할 것 같은데요?"

나도 그를 따라해봤다.

그는 오래 생각하지 않았다.

"자선 단체의 나눔 장터 같은 데서 일하나요?"

나는 푸핫, 하고 웃어버렸다.

"그냥 막 찍는 거예요?"

혹시 내 청바지와 데님 셔츠와 운동화가 기부받은 물품처럼 보이는 건가 싶어 내 옷을 내려다봤다. 수수한 옷들이긴 했지만 전부 새것이다. 게다가 위아래를 전부 데님으로 코디하는 건 다시 찾아온 유행이고!

그가 웃었다.

"옷을 보고 그런 거 아니에요. 그보다는……. 그쪽한테는 좀 사람을 보살피는 성향이 있다고 해야 하나. 수의사나 아니면 무슨 동물 구조 단체 같은 거?"

그는 어깨를 으쓱해 보였다.

나는 목청을 가다듬었다.

"취업을 알선해주는 회사에서 일해요."

그의 웃음이 사라졌다. 그의 실망감은 손에 잡힐 정도였고, 근심은 더한 것 같았다. 애써 숨기려고 하지도 않았다.

　이제 몇 시간만 지나면 내겐 12일밖에 남지 않는다. 그리고 지금까지 성과는 전혀 없다.

7
—

우정을 쌓아 올리고 신뢰를 키우는 법

내가 여태껏 밤새 한숨도 못 잤다고 말할 땐 정말 그랬다고 맹세할 수 있었다. 왜냐하면 정말로 하나도 못 잔 게 확실했으니까. 그러나 그날 아침에는 평소처럼 '결국 아침이 됐구나' 하는 깨달음이 찾아온 게 아니라, 물소리가 나를 억지로 깨웠다. 내가 잠이 들었었다는 사실에 너무나 혼란스러운 나머지 지금 내가 어디에 있는가를 기억해내는 데에 시간이 조금 걸렸다.

판단이 서자 잠이 확 달아났고 곧바로 정신을 차렸다. 나는 멍하게 앉아 있지 않았다. 애덤이 누워 있던 소파가 비어 있다는 걸 발견하자마자 벌떡 일어나 침실로 돌진하다가 탁자에 무릎을 찧고 문틀에 팔꿈치를 박았다. 그리고 이것저것 제대로 따져볼 새도 없이 화장실로 달려 들어갔다가 아주 탄탄한 근육질의, 오랫동안 햇빛을 보지 못한, 벌거벗은 엉덩이와 마주쳤다. 애덤이 상체를 돌리자 물에 젖은 그의 구불구불한 금발이 물기를 뚝뚝 떨어뜨렸다. 나는 대놓고 쳐다보지 않을 수 없었다.

"걱정 말아요. 살아 있으니까."

그가 재미있다는 듯 웃었다. 나는 얼른 뒷걸음질 쳐 화장실에서 나왔다. 무안한 웃음이 터지려는 걸 참으며 문을 닫았다. 그리고 비록 데님을 위아래 세트로 맞춰 입고 밤을 보낸 몰골이었지만, 남 앞에 내놓을 만하게 수습해보고자 다른 화장실로 튀어 들어갔다. 다시 나왔을 때는 애덤이 있는 화장실에서 여전히 물소리가 들려오고 있었다. 10분이 지나도 여전했다. 어찌해야 하나 싶어 방 안을 왔다 갔다 했다. 한 번 들이닥친 건 실수라고 할 수 있겠지만, 두 번째 들이닥치면 완전히 음흉한 사람으로 몰릴 수 있었다. 그래도 불과 이틀 전에 그가 자살을 시도한 사람이란 걸 우선순위에 두고 생각해보면, 지금 내가 나의 고결함이나 염려하며 여유를 부려도 되는가 싶었다. 하지만 그 안에서 굶어 죽을 때까지 기다리는 것 말고 자해할 방법이 있을까 하는 의문이 들기도 했다. 세면대 근처의 유리란 유리는 모두 치웠고, 거울이 깨지는 소리가 들린 것도 아니었으니까.

에라 모르겠다, 하며 다시 화장실 문을 열어젖히려는 순간 소리가 새어 나왔다. 처음에는 잠잠하게, 그러다가 서서히. 목이 메는 소리, 아픔이 절절한, 저 깊은 곳에서부터 올라오는, 갈망이 담긴 흐느낌이 들렸다. 나는 손잡이를 스르륵 놓아버리고 문에 얼굴을 기댔다. 그를 위로하고픈 마음이 간절했다. 나는 그의 흐느낌을 들으며 속수무책으로 서 있었다.

그러다가 그의 유서가 번뜩 떠올랐다. 그가 샤워를 마치고 나오기 전에 그걸 손에 넣지 못하면 다시는 못 볼 수도 있었다. 방 안을 둘러보니 그의 옷이 구석에 처박혀 있었고 청바지는 여행 가방 위에 걸쳐져 있었다. 모든 주머니를 전부 더듬은 끝에 접혀 있는 종이를 찾아냈다. 그의 자살 동기에 대해 좀 더 많은 정보를 얻어보겠다는 희망으로 종이를 펼쳤다. 하지만 내 눈에 들어온 것은 낙서처럼 끄적인 문장들이 전부였다. 어떤 부분은 직직 그어져 있고 어떤 부분에는 밑줄이 쳐 있었다. 그 종이는 유서가 아니라는 걸 나는 금방 알아차렸다. 그건 마리아에게 청혼하면서 할 말이었다. 몇 번씩 연습하며 완벽해질 때까지 계속 고쳐 쓴.

그때 애덤의 휴대전화가 진동하자 내 관심이 온통 그쪽으로 쏠렸다. 갈아입으려고 펼쳐둔 새 옷 옆에서 울리던 전화는 몇 번 더 드르륵드르륵 진동하다가 멈췄다. 화면에는 '부재중 전화 17통'이라고 떴다. 그리고 전화가 다시 울리기 시작했다. 마리아였다. 나는 오래 생각하지 않고 곧바로 결정했다. 그 전화를 받기로.

샤워하는 물소리가 더 이상 들리지 않는다는 걸 알아차렸을 때 나는 이미 통화를 한창 하고 있었다. 그리고 한참 전부터 물소리가 들리지 않았다는 것을 깨달았다. 나는 그의 휴대전화를 귀에 댄 채로 돌아섰다. 애덤이 화장실 문 앞에 서 있었다. 마치 그곳에 꽤 오래 서 있었던 것처럼, 수건을 허리에 두르고 몸은 완전히 다 마른 채, 화가 많이 난 얼굴로. 나는 얼른 양해를 구하고 전화를 끊은 뒤 그가 공격할 틈을 주지 않고 먼저 선수를 쳤다.

"부재중 전화가 17통이었어요. 중요한 일일수도 있겠다 싶어서 받았고요. 그리고 이 거래가 성공하려면 나는 당신 삶을 속속들이 알 필요가 있어요. 제한 구역도, 비밀도 없어야 해요."

그가 이해했는지 확인하려고 잠시 말을 멈췄다. 항의는 없었다.

"마리아였어요. 걱정하더라고요. 그날 밤 이후에 다친 건 아닌지, 아님 그보다 더한 일이 있는 건 아닌지 걱정했대요. 실은 1년 넘게 그쪽을 걱정했대요. 심하게 걱정한 건 9개월쯤 됐고. 진심이 제대로 전달되지 않는 것 같아서 션에게 도움을 받으러 갔대요. 둘이 같이 의논을 해보려고. 션에 대한 감정을 지워버리려고 했지만 결국은 그렇게 돼버렸대요. 그쪽에게 상처 줄 의도는 아니었다고 했어요. 두 사람의 관계는 6주 정도 됐는데 어떻게 말해야 할지 모르겠더래요. 그쪽이 이상하게 구는 건 누나가 아일랜드를 떠나서라고 생각했대요. 그다음엔 좋아하는 일을 그만둬야 했고, 또 아버지가 위중해지셨고. 매번 얘기하려고 할 때마다 당신한테 안 좋은 일이 생겼대요. 션과의 관계에 대해서 말하려고 결심했을 땐 그쪽 아버지가 가망이 없다는 소식을 들었대요. 지난주에 무슨 일이 있어도 얘기를 하려고 당신을 만났는데 당신이 먼저 곧 해고될 거라는 얘길 했다고 하네요. 그쪽이 시도했던 일 같은 걸 저지르지 않기만을 간절히 바랐대요."

그가 이 모든 걸 받아들이는 모습을 나는 지켜봤다. 그는 그의 표면 아래서 부글부글 끓어오르는 분노를 삭이고 있었지만, 그가 상처받았다는 것도 알 수 있었다. 그는 사실 매우 연약하고, 섬세하며, 상심한 상태였다. 무너지기 직전이랄까.

나는 이야기를 이어나갔다.

"내가 전화를 받아서 기분이 나쁜 것 같았어요. 자기가 모르는 여자가 전화를 받아서 화가 난 것 같기도 했고. 6년이나 사귀었기 때문에 당신 친구들에 대해서는 다 알고 있다고 생각했대요. 분명 질투하는 거예요."

자신과 다른 여자 사이를 질투하는 여자 친구를 생각하니 그나마 분노가 조금 가라앉는 듯했다. 나머지 이야기를 마저 해야 하나 잠시 머뭇대다가 나는 도박을 해보기로 했다.

"이제 더 이상 당신을 모르겠다고 말했어요. 예전에는 참 즐거운 사람이었다고. 즐겁고 자연스러운. 그런데 이제 그 불꽃을 다 잃어버렸다고 했어요."

그의 눈가가 젖어드는 것 같더니 그는 이내 헛기침을 하며 고개를 세차게 저었다. 상남자로 귀환한 건가.

"애덤, 우린 당신의 그 모습을 다시 찾을 거예요. 내가 약속해요. 누가 알아요? 마리아가 자기가 사랑에 빠졌던 그 남자를 알아보고 다시 처음처럼 사랑에 빠질지. 우린 당신의 불꽃을 다시 찾아낼 거예요."

나는 그가 잠시 생각할 수 있도록 자리를 피해주고 거실로 나와 초조하게 손톱을 물어뜯고 있었다. 기나긴 20여 분이 흐르고 그가 문가에 나타났다. 옷도 완벽하게 차려입고, 두 눈에는 그 어떤 절망의 기미도 찾아볼 수 없었다.

"아침 먹어야죠?"

호텔의 조식 뷔페에는 음식이 아주 다양하게 차려져 있었다. 손님들은 몇 번씩 오가며 마음껏 먹을 수 있는 음식들을 즐겼다. 우리는 음식을 진열해둔 바를 등진 채 블랙커피와 테이블 매트만 앞에 두고 앉아 있었다.

"그러니까 먹지도 않고, 잠도 제대로 안 자고, 사람들을 구하는 일을 좋아하고. 그 외에 또 어떤 공통점이 있을까요?"

애덤이 말했다.

내가 식욕을 잃은 건 석 달 전부터였다. 나의 결혼 생활이 행복하지 않다는 걸 깨달은 시점과 비슷하다. 식욕을 잃으니 자연히 몸무게도 엄청 줄었다. 『한 번에 한 입씩 식욕을 회복하는 법』이라는 책을 읽으며 노력은 하고 있었다.

"망가진 관계?"

"당신은 버렸지만, 나는 버림받았죠. 해당 안 돼요."

"내가 남편을 떠난 걸 기분 나쁘게 생각하지 말아요."

"내 맘이죠."

나는 한숨을 폭 쉬었다.

"그럼 당신에 대해 더 말해줘요. 마리아 말로는 당신이 반짝이는 불꽃을 잃은 건 1년 전부터였대요. 그 말이 머리를 떠나질 않네요."

"나도 그런데."

그가 갑자기 활기 있는 척하며 말을 끊었다.

"마리아가 그걸 알아차린 게 내 친구랑 자기 전인지 아님 그다음인지, 아님 자고 있던 중인지 그게 참 궁금하네요. 이야, 그건 정말 사람한테 할 짓이 아니지 않아요?"

나는 그 질문엔 대답하지 않았다. 그저 그가 할 수 있는 만큼 실컷 하게 그냥 놔뒀다.

"어머니가 돌아가셨을 땐 어땠어요? 어떻게 행동했나요?"

마리아는 통화 중에 이런 자세한 얘기도 다 흘렸다. 내가 마치 애덤의 오랜 친구여서 이런 것쯤은 이미 다 알고 있을 거라고 믿는 듯 애덤의 삶에 대해 꽤 많은 걸 얘기했다. 아마 이 상황을 제대로 알았더라면 훨씬 더 말을 조심했겠지만 그녀로선 알지 못했고 나는 그녀가 떠들게 놔뒀다. 자기 행동을 정당화하려는 노력에, 애덤이 내게 말하지 않았을지도 모를 그의 문제들을 일깨워주고자 하는 의도가 더해진 것 같았다.

"그건 왜 묻죠?"

"나한테 도움이 되니까요."

"내게도 도움이 될까요?"

"어머니가 돌아가셨고, 누나가 떠나버렸고, 아버지는 편찮으시고, 여자 친구는 다른 사람을 선택했어요. 여자 친구가 떠난 게 쌓여 있던 감정을 터뜨리게 된 도화선이 됐다고 생각해요. 어쩌면 당신은 사람들이 떠나는 걸 감당 못 하는 것 같아요. 버림받았다고 느끼는 건지도 몰라요. 감정을 증폭시키는 요소가 무엇인지 인지하면, 밑바닥으로 곤두박질치기 시작하기 전에 부정적인 생각들을 미리 알아차릴 수 있어요. 어쩌면 지금 누가 당신을 떠나려고 할 때에도 당신은 다섯 살 때 느꼈던 감정을 떠올리는지도 몰라요."

나는 스스로에게 꽤나 감탄했지만 애덤은 아닌 모양이었다.

"이제 상담 치료사 흉내는 좀 그만 내는 게 어때요?"

"그럼 진짜 상담사를 만나보는 건 어때요? 근데 무슨 이유인지는 모르겠지만 그건 거부하고 있잖아요! 그러니까 나로 대충 만족해요."

그 말에 애덤은 입을 다물었다. 이유를 알 수 없었지만 상담 치료는 그가 고려하지 않는 것 같았다. 그래도 나는 애덤이 결국엔 상담 치료를 받을 것이라는 희망을 버리지 않았다.

애덤은 한숨을 쉬더니 등받이에 등을 기댔다. 마치 천장의 샹들리에가 그에게 질문을 던지기라도 한 것처럼 그것을 올려다봤다. "나는 다섯 살이었고 누나는 열 살이었어요. 엄마는 암에 걸려 있었고요. 모두에게 무척 큰 슬픔이었지만 내겐 잘 와 닿지 않았어요. 그게 슬픈 일이란 걸 알기만 할 뿐 정말로 내가 슬프지는 않았거든요. 엄마가 암에 걸린 줄도 몰랐고, 알았다고 해도 그게 뭔지 알지도 못했을 거예요. 내가 아는 건 엄마가 아프다는 것뿐이었어요. 아래층에 그 방이 있었어요. 엄마가 누워 있는 그 방에 우린 들어갈 수 없었어요. 몇 주였는지 아니면 몇 달 동안이었는지는 기억이 잘 안 나요. 그냥 그 나날들이 무척 길게 느껴졌어요. 우린 그 문 앞에서도 아주 조용히 있어야 했어요. 의사 가방을 들고 그 안으로 들어갔다 나오는 아저씨들은 내 머리를 쓰다듬으며 나를 지나쳤어요. 아버지는 거의 안 들어가는 것 같았어요. 그러다가 어느 날, 그 방문이 활짝 열리더군요. 내가 들어갔더니 예전에는 없었던 침대 하나가 덩그러니 있었어요. 내 머리를 쓰다듬던 의사 아저씨는 내게 엄마가 떠났다고 말해줬어요. 어디로 갔는지 물었더니 천국이래요. 그래서 엄마는 안 돌아오겠구나, 하고 알았어요. 할아버지도 어느 날 거기로 떠난 뒤로는 안 돌아왔으니까. 거긴 돌아오고픈 마음이 절대로 생기지 않을 만큼 정말 재미있는 곳이 틀림없다고 생각했어요. 우린 전부 장례식에 참석했어요. 모두 정말 슬퍼했고. 나는 이모랑 며칠 지내다가 기숙학교에 보내졌어요."

그는 감정을 싹 걷어내고 말했다. 걷잡을 수 없는 고통을 차단하기 위해서 그의 방어 기제가 작동한 것처럼 전혀 상관없는 일을 말하듯 했다. 그 사건들에 자신을 연결하는 걸, 그 고통을 느끼는 걸 감당하기는 어려울 거라고 나는 헤아렸다. 그는 고립된 것처럼, 유리된 것처럼 보였다. 나는 그의 말을 전부 믿었다.

"아버지는 엄마에게 일어나고 있는 일에 대해 얘기해주지 않았나요?"

"우리 아버지는 감정놀음 같은 거 안 해요. 살날이 몇 주밖에 안 남았다는 얘기를 들었을 때도 입원실에 팩스를 놓아달라는 말만 한 사람이에요."

"누나는 대화가 좀 되는 사람이었나요? 대화를 통해 그런 일을 이해해볼 수도 있었을 텐데?"

"그때 누나는 킬데어 지역의 기숙학교로 보내졌어요. 우리는 방학에만 며칠 얼굴을 봤을 뿐이에요. 집으로 돌아온 첫 번째 여름 방학 때, 누나는 시내에 가판대를 차려놓고 엄마의 구두, 가방, 모피 코트, 보석, 그리고 돈이 되는 모든 것을 팔아서 크게 한 몫 챙겼어요. 몇 주가 지난 뒤에야 누나가 한 짓을 식구들이 알게 됐는데, 그땐 엄마의 물건이라고는 하나도 남지 않았어요. 몽땅 다 팔아버렸더라고요. 되찾을 수 있는 게 전혀 없었어요. 돈도 이미 거의 다 써버린 뒤였고. 원래도 누나를 이해하기 힘들었는데 그 일이 있고난 뒤부터는 더 했어요. 누나는 아버지를 많이 닮았어요. 나보다 더 똑똑한데 그 머리를 좀 더 좋은 일에 쓰지 않는 게 유감일 뿐이에요. 아버지의 대를 이을 사람은 누나여야 해요.

내가 아니라."

"기숙사에선 좋은 친구를 좀 사귀었나요?"

나는 어린 애덤에게 사랑과 우정을 느끼게 해줄 어떤 집단이 존재하길 바랐다. 어디에선가는 해피 엔딩을 찾을 수 있기를.

"거기서 만난 게 션이에요."

으, 이건 내가 바라던 해피 엔딩이 아니다. 그렇게 믿었던 친구가 배신을 했으니까. 나도 모르게 손을 뻗어 그의 손 위에 포갰다. 그런데 그가 경직되는 게 느껴져서 얼른 손을 떼야 했다.

애덤이 팔짱을 꼈다.

"자 이제 이런 쓸데없는 소리는 집어치우고 본론으로 바로 들어가는 게 어때요?"

"쓸데없는 소리라뇨. 당신이 다섯 살 때 어머니가 돌아가신 건 정말 중요한 문제라고 생각해요. 그건 당신의 과거와 현재의 행동과 감정에, 그리고 당신이 문제들에 대응하는 방법에 영향을 준다고요."

책에도 그렇게 나와 있었고 개인적으로도 나는 그게 진실임을 알고 있었다.

"그쪽도 어머니가 그쪽이 다섯 살 때 돌아가셨음 모를까. 그런 건 책을 통해서는 알 수 없는 거예요. 그러니까 그만 넘어가요."

"우리 엄마도 그랬어요."

"뭐라고요?"

"우리 엄마도 내가 네 살 때 돌아가셨다고요."

그는 놀라서 나를 쳐다봤다.

"정말 미안해요."

"괜찮아요."

"그게 당신한테 어떤 영향을 줬죠?"

그가 부드럽게 물었다.

"서른다섯 번째 생일에 자살하려는 사람은 내가 아니니까 그냥 넘어가죠?"

애덤에 대한 얘기로 얼른 돌아가고 싶은 마음에 그렇게 팍 쏘아붙이고 말았다. 그런데 그의 표정을 보니 의도한 것보다 내가 훨씬 화난 것처럼 들린 모양이다.

"미안해요. 그러니까 내 말은, 얘기도 안 하려고 하면 나보고 어떡하란 거예요? 내가 어떻게 당신을 돕겠어요?"

그는 앞으로 몸을 내밀고, 목소리를 낮게 깔고, 말 한마디 한마디를 강조하려는 듯 테이블을 손가락으로 쿡쿡 찍어가며 말했다.

"다음 토요일에서 일주일 뒤가 내 서른다섯 번째 생일입니다. 나는 정말 파티 같은 거 원하지 않는데, 무슨 이유인지 식구들이 나를 위해 그렇게 계획을 세워뒀어요. 여기서 식구는 누나를 말하는 게 아니에요. 왜냐하면 누나가 손목에 수갑을 차지 않고 아일랜드에 들어오는 유일한 방법은 화상 통화뿐이거든요. 내가 말하는 식구는, 회사 사람들이에요. 파티는 더블린 시청사에서 열려요. 큰 파티죠. 정말 가고 싶지 않지만 갈 수밖에 없는 게, 이사회에서는 아버지가 살아 계실 때 내가 회사를 물려받는다고 바로 그날 모두에게 선언할 계획이에요. 공식적인 승인 절차를 치르려는 거죠. 딱 12일 남았어요. 아버지가 너무 위독하다보니 지난주에 회의를 열고 내 생일 파티를 앞당기려고 했어요. 난 절대 안 된다고 했고요. 첫째로, 나는 그 자리를 원하지 않아요. 방법은 아직 못 찾았지만 나는 그날 밤 다른 사람을 후계자로 지명할 거예요. 그리고 만약 그놈의 생일 파티에 내 발로 걸어가야만 한다면 나는 마리아와 함께 손을 잡고 들어가고 싶어요."

그의 목소리가 갈라졌고 그는 잠시 감정을 추슬렀다.

"생각을 좀 해봤는데 이해해요. 내가 변했던 거 맞아요. 그녀가 나를 필요로 할 때 그녀 곁에 있어주지 못했어요. 걱정이 많이 됐을 테고, 그래서 션을 찾아갔을 테고, 션은 그런 그녀를 이용한 거예요. 션과 나는 졸업 시험을 마친 뒤 스페인에서 휴양지로 유명한 베니돔에 놀러간 적도 있어요. 열세 살 이후론 주말마다 션과 파티에 갔어요. 그 녀석이 여자들이랑 어떻게 노는지도 난 다 안다고요. 하지만 마리아는 몰라요."

내가 반박하려고 하자, 애덤은 경고하듯 손가락을 들어 올리며 계속 말했다.

"나는 해안 경비대의 내 자리도 되찾고 싶어요. 그리고 지난 100년간 아버지 회사에서 일했던 사람들 말인데요, 그들 대신 내가 아버지 자리에 선택됐다는 이유로 나를 들들 볶는 거 이제 제발 그만뒀으면 좋겠어요. 내가 원하는 건 다른 누구에게라도 그 자리를 맡기는 겁니다. 지금 당장은 가능성이 없어 보이지만 그쪽이 날 도와서 되게끔 해줘야 해요. 우리 할아버지의 바람대로 할 수는 없어요. 누나와 나는 회사를 물려받을 수 없지만 그렇다고 내 사촌인 나이젤이 상속받아도 안 돼요. 그러면 회사는 끝장날 거예요. 무슨 수라도 내야 해요. 이런 것들이 하나도 뜻대로 되지 않으면 나는 강에 몸을 던져야 할 겁니다. 왜냐하면 그럼 정말 살아도 사는 게 아니니까."

그는 마지막 말을 강조하기 위해 버터나이프로 테이블을 쿡쿡 찍었다. 그는 흥분해서 눈을 부라리며, 날더러 어디 한번 나가보라고, 자기를 포기할 테면 해보라고 협박하는 듯했다.

솔직히 말해서 유혹을 느꼈다. 나는 벌떡 일어섰다. 그리고 그 순간에 나는, 그의 얼굴에서 만족스러워하는 표정을 읽었다. 드디어 또 한 사람을 밀어내고 스스로를 파괴하려는 자신의 계획에 자유롭게 착수할 수 있게 됐구나 하듯.

"자, 자!"

나는 주변 청소라도 시작할 태세로 손뼉을 치며 말했다.

"그걸 다 실현하려면 할 일이 엄청 많아요. 당신 아파트로는 들어갈 수 없을 테니 나랑 같이 지내기로 해요. 일단 옷 갈아입으러 집에 좀 가야 하고, 뭘 좀 가지러 사무실에도 들러야 하고, 가게에도 가야 해요. 왜 그런지는 나중에 설명할게요. 일단은 차를 가지러 가야겠어요. 같이 안 갈 거예요?"

그는 예상과 달리 내가 떠나지 않는 게 놀랍다는 듯 나를 쳐다보더니 코트를 들고 따라나섰다.

택시에 타자마자 내 휴대전화가 삑삑 울렸다.

"벌써 세 번째잖아요. 왜 메시지를 확인하지 않아요? 그거 내 입장에선 별로 바람직해 보이지 않는데. 내가 또 어느 다리에 매달려서 당신의 격려 멘트를 기다릴 수도 있지 않겠어요?"

"그냥 메시지가 아니에요. 음성 메시지예요."

"어떻게 알아요?"

이제 겨우 오전 8시였기 때문에 나는 알 수 있었다. 오전 8시가 되자마자 들어오기 시작하는 메시지는 딱 그것뿐이었다.

"그냥 알아요."

그가 나를 빤히 봤다.

"비밀은 없기로 한 거 잊었어요?"

나는 잠시 생각하다가 그의 '프러포즈'를 읽은 게 찔려서 (그리고 그것이 지금 나의 주머니에 들어있다는 것도) 내 휴대전화를 내줬다.

그는 번호를 눌러 음성 메시지를 들었다. 10분 후 그가 휴대전화를 돌려줬다. 나는 그가 어떻게 반응할지 궁금해서 그를 쳐다봤다.

"그쪽 남편이네요. 이미 알고 있는 거죠? 금붕어는 자기가 갖겠답니다. 그리고 변호사에게 얘기해서 당신이 법적으로 다시는 물고기를 소유할 수 없도록 서류를 작성하겠대요. 당신이 동물 가게에 아예 발을 못 붙이게 하는 것도 가능할 거라 생각하는 것 같아요."

"그게 다예요?"

"두 번째 음성에서는 그쪽을 쌍년이라고 스물다섯 번 불렀어요. 내가 센 거 아닙니다. 그쪽 남편이 세었어요. 그 사람이 스물다섯 번이라고 했어요. 그쪽은 쌍년 곱하기 스물다섯 번이라고 하더니 진짜로 스물다섯 번 말하더라고요."

나는 휴대전화를 받아들고 한숨을 푹 쉬었다. 배리는 전혀 진정할 기미가 보이지 않았다. 오히려 더 심해지고 더 미쳐 날뛰는 것 같았다. 하다하다 이젠 금붕어까지? 그 금붕어를 정말 싫어했으면서. 그 금붕어는 배리의 조카가 그의 생일 선물로 사준 것이다. 그에게 금붕어를 선물한 진짜 이유는, 배리의 형도 금붕어를 싫어하기 때문이었다. 그러니까 우리 집에 하나 사다놓고 원할 때마다 와서 보고 먹이도 주기 위해서. 정확히 말하면 조카가 자기 자신한테 준 선물이었다. 그 망할 놈의 금붕어 따위 갖든지 말든지.

"실은……."

애덤이 장난기 가득한 눈빛으로 내 휴대전화를 도로 채가며 말했다.

"나도 한 번 세어보고 싶어요. 만약 남편이란 사람이 틀리게 말했으면 진짜 웃기지 않겠어요?"

애덤이 스피커폰으로 음성을 다시 듣기 시작했다. 그리고 배리가 원한과 비통과 슬픔이 뚝뚝 떨어지는 그 단어를 증오에 차서 내뱉을 때마다 애덤은 함박웃음을 지으며 손가락을 접어나갔다. 그러더니 실망한 얼굴로 말했다.

"안 틀렸네. 쌍년 스물다섯 번. 정확하네요."

그는 휴대전화를 내게 돌려주고 창밖을 내다봤다.

우리는 얼마간 말없이 있었다. 잠시 후 내 휴대전화가 다시 삑삑 울려댔다. 애덤이 말했다.

"이런데 나한테만 문제가 많은 줄 알았다니."

8

타인에게 상처줬을 때
진심으로 사과하는 법

"이 사람이 그 사람인가요?"

"네."

나는 사이먼 콘웨이 침대 옆에 놓인 의자에 앉으며 속삭였다.

"이 사람 당신 말 못 듣는 거 몰라요?"

애덤은 보통 목소리보다도 소리를 높여서 말했다.

"속삭일 필요 없다고요."

"쉿."

나는 그의 무례함이, 자기가 본 것에 대해 아무것도 느끼지 못했음을 대놓고 표현하는 그 태도가 거슬렸다. 나는 뭉클했고 숨기고 싶지도 않았다. 마음이 아려왔다. 매번 사이먼을 볼 때마다 그가 자기 머리에 총을 쏘던 순간을 경험했다. 귀를 울리던 '탕' 하는 총소리가 다시 들렸다. 사이먼이 총을 부엌 조리대 위에 내려놓게 하기 위해 내가 했던 말들을 되짚었다. 다 잘돼가고 있었다. 사이먼의 결심이 흔들렸고 우리는 제대로 소통했다. 하지만 혼자 기쁨에 겨웠던 나는 그다음에 무슨 말을 했는지도 기억이 안 난다. 만약 무슨 말을 했다면 말이다. 나는 눈을 질끈 감고 기억해내려 애썼다.

"그러니까 지금, 내가 뭔가를 느끼기라도 해야 하는 겁니까?"

애덤이 큰 소리로 말하며 내 생각을 끊고 들어왔다.

"그러니까 이게, 저기 저렇게 누워 있는 사람이 내가 아니라 저 사람이라는 걸 다행이라 여기라는 고차원적인 심리학적 접근법 같은 거라도 되는 거예요?"

애덤이 나를 도발했다.

나는 쏴붙이듯 그를 봤다.

"누구시죠?"

갑자기 한 여자가 방 안으로 들어오는 걸 보고 나는 자리에서 벌떡 일어났다. 그 여자는 30대 중후반쯤 돼 보였고 금발머리 여자아이 둘의 손을 잡고 있었다. 아이들의 파랗고 커다란 두 눈은 이 상황이 무엇이냐는 듯 엄마를 올려다보았다.

제시카와 케이트. 사이먼이 나한테 아이들 이야기를 해줬었다. 제시카는 키우던 토끼가 죽은 걸 슬퍼했고, 케이트는 제시카를 위로하기 위해 제시카 대신 자기가 토끼를 지켜주겠다고 했다며, 사이먼은 자기가 죽었을 때도 케이트가 똑같은 행동을 할까 생각했고, 나는 그런 생각은 할 필요가 없다고, 사이먼이 딸들을 위해서라도 죽지 않으면 아이들이 그런 일을 겪지 않아도 된다고 말해줬었다.

그 여자는 완전히 넋이 나간 모습이었다. 사이먼의 아내, 수전. 내가 그 사건에 관련됐다는 죄책감이 온몸을 난타하듯 심장이 쿵쾅거리기 시작했다. 나는 안젤라가 했던 말을, 모두가 했던 말을 기억하려 애썼다. 이건 내 잘못이 아니야. 난 도우려고 했던 것뿐이야. 내 잘못이 아니라고.

"안녕하세요."

내 소개를 어떻게 해야 할지 막막했다. 단 몇 초간의 정적이 영원한 순간처럼 느껴졌다. 수전의 얼굴은 호감형이 아니었다. 따뜻하지도 않았고 상대를 편안하게 해주는 구석도 없었다. 그래서 긴장을 덜어내는 데 전혀 도움이 안 됐을 뿐 아니라 죄책감만 심해졌다. 애덤이 나를 보고 있는 게 느껴졌다. 그의 구세주를 자처했던 인간이 자신감과 정신력 연마를 주제로 야심차게 시작한 강의에서 미친 듯이 삽질하는 꼴을, 그는 지켜보고 있었다.

나는 앞으로 한 발짝 나가서 손을 내밀었다. 마른침을 한 번 삼킨 후 말문을 열었다. 내 목소리가 떨리는 게 내 귀에도 들렸다.

"저는 크리스틴 로즈라고 해요. 그날 밤 그쪽 남편과 함께 있었어요. 남편분이……."

나는 눈이 커다래져서 나를 올려다보는 그녀의 어린 두 딸을 흘긋 보고 다시 말했다.

"……그 일이 있었던 밤에요. 제가 드리고 싶은 말은……."

"나가요."

수전이 조용히 말했다.

"네?"

갑자기 입이 바짝 마르는 것 같았다. 나는 침을 한 번 더 삼켰다. 이것이 그동안 내가 시달려왔던 악몽 중에서 가장 최악의 상황이었다. 늦은 밤과 이른 아침에 엄습하는 두려움 속에서 나는 이 장면을 아주 다양하게 상상해봤지만 현실에서 이런 일이 일어나리라고는 생각하지 못했다. 나는 이런 두려움 자체가 말도 안 되는 거라고 생각했다. 그걸 견뎌낼 수 있었던 유일한 이유도 그게 진짜가 아니라는 생각 때문이었다.

"제 말, 들으셨잖아요."

수전은 두 딸을 방 안쪽으로 끌어당겨 내가 나갈 수 있게 입구를 터줬다.

나는 얼어붙고 말았다.

'이건 꿈일 거야.'

결국 애덤이 내 어깨에 손을 얹어 슬며시 밀어주어서 나는 겨우 정신을 차릴 수 있었다.

우리가 탄 차가 달리기 시작할 때까지 우리 둘은 아무 말도 없었다. 마침내 애덤이 입을 열고 무언가 말하려고 했지만 내가 그보다 빨랐다.

"얘기하고 싶지 않아요."

나는 울지 않으려고 기를 썼다.

"알았어요."

그가 부드럽게 대답하고 뭔가를 더 말하려는 듯 보였지만 이내 멈추더니 창밖으로 시선을 돌렸다.

그는 무슨 말을 하려던 걸까?

나는 노스 더블린의 해안 지역인 클론타프에서 자랐다. 배리를 만난 뒤에는 기꺼이 그가 사는 샌디마운트로 가 그의 원룸 아파트에서 함께 살았다. 배리가 자기 어머니와 가까이 살고 싶어 했기 때문이었다. 배리의 어머니는 내가 아일랜드 성공회라는 이유로 (교회를 열심히 다니고 있지도 않았건만) 나를 싫어했다. 반년 연애 끝에 배리는 내게 청혼했다. 아마도 그게 그 당시 우리 또래 대부분이 하는 일이었기 때문이었던 것 같다. 내가 좋다고 말한 것 역시 그게 그 당시 우리 또래 거의 모두가 하는 말이기 때문이었던 것 같다. 그리고 그것이 성인으로서 마땅히 해야 할 성숙한 행동이라고 생각했다.

그로부터 다시 반년 후, 우리는 결혼했고 함께 아파트를 마련해 살림을 차렸다. 우리가 사는 집은 샌디마운트에 있었다. 그 모든 축제 같은 날들을 뒤로하고, 앞으로는 영원히, 끝도 없이 펼쳐진 현실만 있을 뿐이었다. 나의 회사는 여전히 클론타프에 있었기 때문에 매일 아침 국철을 타고 출근했다. 배리는 총각 때 살던 원룸 아파트를 팔지 못해서 대신 세를 줬고, 우리는 그 세를 받아 담보대출 이자를 갚아나갔다. 만약 배리가 이사 나오던 날까지 그렇게 애면글면 떠나기 싫어하며 혼자 드라마를 찍었던 그 원룸 아파트로 들어가고, 나를 우리 아파트에 살게 해줬으면 지금의 많은 문제들이 쉽게 해결됐을 터였다. 하지만 배리는 우리의 아파트에 대한 권리를 주장했다. 자동차도 마찬가지였다.

그래서 나는 지금 친구 차를 타고 다닌다. 친구, 줄리는 토론토로 이민을 가면서 1년이나 차를 시장에 내놨지만 팔지 못하고 떠났다. 나는 그 차를 쓰는 대신 차의 판매 과정을 도맡았다. 앞뒤에 '차 판매합니다'라는 광고판과 함께 내 전화번호를 써 붙이고 다녀야 했고, 걸려오는 전화를 받고 질문에 답하고 시승 서비스까지 제공해야 했다. 사람들은 시도 때도 없이 전화를 걸어댔다. 자동차 잡지 광고란에 이미 다 명시해둔 판매 정보를 전부 물어봤다. 나는 그런 물음들에 일일이 답변해줘야 했다. 전화로 질문하는 사람들은 완전히 다른 내용의 대답을 기대하는 모양이었다.

회사 사무실은 클론타프 로드에 있다. 원래는 아버지의 독신 이모님들 세 분이 함께 살던 3층 집이었는데, 그 건물의 2층에 내 사무실이 들어가 있다. 그 세 분의 이름은 브렌다, 에이드리엔, 크리스틴이었다. 아버지는 우리 세 자매의 이름을 이분들 이름에서 그대로 따다 지었다.

아버지와 두 언니의 사무실, 로즈 앤 도터스 변호사 사무실도 그 건물에 있다. 홀로 남았던 이모님이 그 커다란 집을 혼자서 관리하는 대신 실버타운 아파트로 옮겨간 뒤, 아버지는 그곳에서 30년간 변호사 사무실을 꾸렸다. 언니들도 자격을 갖추자마자 아버지 회사에 합류했다. 나는 가족 회사에서 일하고 싶지 않다는 말을 어떻게 해야 하나 전전긍긍했는데, 막상 아버지는 나를 정말 잘 이해해줬다. 사실, 아버지도 나를 데리고 일하고 싶어 하지 않았다.

"너는 생각파야."

아버지가 말했다.

"우리는 행동파지. 네 언니들은 나랑 같아. 우리는 행동하는 쪽이야. 너는 엄마를 닮아서 생각하는 쪽이고. 그러니, 가서 생각을 많이 하는 일을 해."

브렌다 언니는 재산법을 담당했고 에이드리엔 언니는 가족법을 맡았으며, 아버지는 사고 현장을 쫓아다녔다. 그런 현장에 돈이 되는 일거리가 있다고 생각했기 때문이다. 아버지의 법률 사무실은 맨 위층에, 내 사무실은 그 아래인 2층에 있었다. 나와 같은 층에는 책상 서랍 안에 보드카를 병째로 숨겨두고 틈틈이 홀짝이면서 아무도 모를 거라고 생각하는 회계사가 20년째 세 들어 있었다. 그의 사무실과 그의 입에서 풍기는 냄새가 모든 걸 말해주고 있기도 했지만, 건물 청소를 맡은 재신타 아줌마가 임대 사무실들의 일을 아버지에게 고해바쳤다. 이런 임무가 계약상에 또렷이 명시돼 있는 건 아니었지만, 아줌마가 아버지에게 많은 정보를 물어다 줄수록 급여도 더 받을 수 있다는 게 암묵적인 동의였다고 본다. 아줌마가 나와 관련하여 어떤 이야기를 전달하는지 나는 종종 궁금했다.

1층은 지난 몇 년 새 세입자가 너무 자주 바뀌었다. 그 덕에 복도에서 세입자들과 마주쳐도 누가 누군지 알 수 없었다. 불경기 때문에 사람들은 임대를 해서 들어온 지 얼마 되지 않아 다시 사무실을 비웠다. 크리스틴 이모할머니가 노년을 보냈던 지하에는 보험회사, 증권 중개사, 그래픽 디자인 스튜디오가 차례로 들고 났다가 지금은 나의 거처로 쓰인다. 크리스틴에게서 크리스틴에게로 주인이 바뀐 셈이다. 아버지는 마지못해 내게 세를 주고 집으로 꾸며줬다. 내가 도착한 날, 침실에는 싱글 침대 하나, 부엌에는 의자 하나, 거실에는 안락의자 하나만 덩그러니 놓여 있었다. 나는 언니들의 집을 습격해서 내게 필요한 나머지 것들을 채워야 했다. 브렌다 언니는 조카의 스파이더맨 이불 커버를 나한테 기부하면서 지나치게 재미있어 했다. 언니는 그게 내 기분을 바닥에서 좀 더 끌어올려줄 거라고 생각했겠지만, 내 작금의 상황이 더 절망적으로 느껴질 뿐이었다. 까짓 이불 커버 정도 바꿀 돈은 나도 있기 때문에 처음에는 바로 바꿀 작정이었다. 하지만 그 뒤로 계속 잊어버리다가 결국은 스파이더맨 무늬를 더 이상 의식도 못 하는 지경이 되고 말았다.

옆집은 북스탠드라는 책방이다. 반경 수킬로미터 안에 있는 작은 서점들이 모두 폐업을 한 상태에서 고집스럽게 영업 중인 유일한 책방. 책방 주인은 내 절친 아멜리아인데, 이곳은 드나드는 손님이 거의 없어서 비어 있다시피 했다. 그래서 책방이 제대로 굴러가는 건 내가 책을 주문하기 때문이 아닐까 하는 생각이 종종 들곤 했다. 재고는 늘 빈약했다. 원하는 책이 있을 땐 거의 대부분 주문을 하고 책이 오기를 기다려야 했다. 그러니 구경하러 들어오는 사람들에게는 매력이 떨어질밖에.

책방에서는 종소리가 자주 울렸다. 손님이 드나드는 출입문에서 울리는 소리였으면 좋았겠지만, 안타깝게도 위층에서 아멜리아의 어머니가 뭔가가 필요할 때 그녀를 부르느라 울려대는 종소리였다. 아멜리아가 어렸을 때 그녀의 어머니가 병이 났고, 내 친구의 간병인 생활은 그때부터 지금까지 이어지고 있다. 내가 보기엔 이 친구에게도 다정한 보살핌과 휴식이 절실하다. 다른 모든 간병인들처럼 아멜리아도 그녀를 보호해주고 아껴줄 사람이 필요하다는 뜻이다. 아멜리아에게 책방은 뒷전이었다. 깨어 있는 모든 순간을 바쳐 어머니의 수발을 들며 하루하루를 보냈다.

"안녕, 친구야."

텅 빈 책방에서 시간을 보내며 책을 읽고 있던 아멜리아가 통 튀듯 일어서며 나를 맞았다. 그러다가 내 어깨너머 나를 따라 들어온 애덤을 보고 눈동자가 튀어나올 듯 커다래졌다.

"차에서 기다리는 거 아니었어요?"

"그쪽이 창문을 하나도 안 열어뒀잖아요."

그는 아무렇지도 않은 얼굴로 가게를 둘러봤다.

"아멜리아, 이쪽은 애덤. 애덤 이쪽은 아멜리아. 애덤은…… 고객이야."

"아."

실망한 아멜리아.

필요한 게 있어 온 것이었으므로 나는 곧장 자기계발 코너로 향했다. 애덤은 약간 멍한 얼굴로 쭈뼛쭈뼛 가게 안을 두리번거렸다. 구경은 하고 있었지만 사실 뭘 제대로 보고 있는 건 아닌 듯했다.

"완전 멋지잖아."

아멜리아가 속삭였다.

"고객이라고."

나도 같이 속삭였다.

"완전 멋지다고."

나는 풋, 하고 웃음이 터졌다.

"너 이러는 거 프레드가 들으면 별로 안 좋아할 텐데."

아멜리아는 멀쩡한 손톱을 들여다보더니 미간을 움직여서 눈썹을 살짝 올렸다.

"프레드가 더 펄에 점심을 먹으러 가자고 하는 거 있지."

"더 펄? 거기 엄청 고급스러운 데잖아."

나는 좀 의아했다. 프레드는 로맨틱한 기분파가 아니었기에 그게 무슨 소린가 싶었다. 그러다 딱 떠올랐다.

"청혼하려나보다!"

아멜리아가 더 이상 나를 똑바로 쳐다보지도 못하는 걸 보니 같은 생각인 모양이었다.

"그게, 아닐 수도 있고, 안 할 수도 있고. 그렇긴 한데……."

"웬일이니! 내 마음이 다 좋다, 얘!"

우리는 와락 껴안았다.

"아직 한 건 아니야. 부정 탈라."

아멜리아가 나를 툭 쳤다.

"이것 좀 달아놓아줄래?"

아멜리아는 내가 골라온 책들을 살펴보더니 말했다.

"드디어! 크리스틴, 정말 잘했다."

아멜리아는 안심한 얼굴이었다.

"무슨 소리야? 이거 내가 읽으려는 거 아니야."

"아, 미안. 아무것도 아냐. 그게……. 음, 아니야."

아멜리아는 얼굴까지 빨개지더니 화제를 돌렸다.

"어젯밤에 배리한테 전화 왔어."

"그래?"

두려움이 쓰나미처럼 몰려왔다.

"꽤 늦은 시간이었어. 한잔한 것 같더라."

나는 애꿎은 손톱만 잘근잘근 씹었다. 어느새 애덤이 와 있었다. 그는 피 냄새를 감지하는 상어 같다. 내 인생이 참담하게 깎

여나가는 순간을 귀신같이 알고 내 옆에 오다니.

"배리가 한 말들은 거짓말일 거라 생각했어. 진짜일 수도 있겠지만, 그렇지만……. 그래도 나한텐 그런 말 하는 게 아닌데. 너희 부부 사이에 한 말들은. 그게 아무리 나에 대한 얘기라고 해도 말하면 안 되는 거잖아. 그러니까 네가 나에 대해 뭐라 말했든 간에 널 탓하는 건 아니야."

아멜리아는 자기가 하는 말들과 정반대의 표정을 짓고 있었다. 상처받은 얼굴이었다.

"뭐라고 했는데?"

아멜리아는 한숨을 쉬더니 입을 열었다.

"아직도 엄마랑 집에서 사는 내가 루저라고. 세상 밖으로 나가 내 삶을 살아야 한다고 했대. 엄마를 시설에 넣고 프레드랑 같이 살지 않으면 나중에 프레드가 날 떠나도 별로 놀랄 일도 아니라고."

"내가 미쳐."

나는 두 손으로 얼굴을 가렸다.

"배리가 그런 말을 했다니. 진짜 미안해."

"괜찮아. 배리한테 말했어. 상처받은 건 이해하지만 이런 태도 정말 역겹다고. 괜찮지?"

"당연하지. 그 인간 그런 말 들어도 싸."

나의 죄를 드러내듯 얼굴이 확확 달아오르는 게 느껴졌다. 배리와 내가 이런 얘기를 했던 사실은 부인 못 하겠다. 하지만 그런 얘기를 감히 아멜리아에게 하다니! 대체 어젯밤 몇 통의 전화를 걸어 얼마만큼의 진실을 떠벌렸을까. 내게 상처를 주기 위해 내가 사랑하는 사람들에게 상처를 주면서.

아멜리아는 내가 그런 것들은 전부 사실이 아니라고 말해주길 기다리고 있었다.

"얘, 나 진짜 그런 식으로 말하진 않았어."

아멜리아는 기분이 상한 것 같았다.

"난 그냥, 네가 너보다 다른 사람들을 더 돌보는 것 같아서. 그리고 프레드랑 둘이 같이 살면서 함께 삶이란 걸 꾸려나가면 좋을 것 같아서."

"하지만 크리스틴. 난 열두 살부터 줄곧 이렇게 살아왔어. 너도 알잖아."

말하다보니 화가 난 것 같았다.

"엄마를 시설에 처박아놓고 나만 신나게 살고 싶진 않아."

"알아, 알아. 하지만 넌 이 나라 밖을 나가본 적도 없잖아……. 한 번도. 휴가 한 번 가본 적 없잖아. 내가 말한 건 그게 다야. 맹세해. 네가 걱정돼서 그랬어."

"내 걱정해줄 필요 없어. 프레드는 이대로도 괜찮아 해. 다 이해해준다고."

우리의 대화는 익숙한 종소리 덕분에 끊어졌다. 아멜리아는 엄마를 돌보기 위해 올라가버렸다. 내 기분은 완전히 엉망진창이 됐다. 애덤의 시선을 피하며 책들을 가방에 쑤셔 넣고 밖으로 나왔다.

"그러니까 이젠 당신 친구들한테 전화를 돌리는 중인가보죠? 똑똑한 친굴세."

애덤이 말했다.

"그쪽 삶도 참, 어째 갈수록 더 꼬이네요."

나는 고개를 빳빳이 들었다.

"그래요. 그래도 늘 내가 어떻게 받아들이냐가 중요한 거예요. 긍정으로 맞설지어다!"

애덤은 어이가 없다는 표정을 지었다.

"나는 그런 부류가 아닙니다. 아까만 해도 그래요. 당신 친구, 오늘 점심 약속에 대해서도 그렇게 앞서나가면 안 되는 거 아닙니까?"

"듣고 있었어요?"

"그렇게 소리를 꽥꽥 질러대는데 어떻게 안 들어요?"

"더 필에 데려간다잖아요!"

"그래서?"

"그래서? 거긴 사람들이 청혼할 때 가는 데라고요."

"거긴 사람들이 밥을 먹으러 가는 곳이기도 하죠. 무슨 일이 일어나기도 전에 그렇게 감정에 휩쓸리면 되겠어요? 안 일어날 수도 있는 일을 갖고."

한숨이 나왔다. 이 남자에게는 내 에너지를 쫙 뽑아가는 재주가 있다.

"우리가 고쳐야 할 게 바로 그거라고요. 당신은 너무 부정적이에요. 아직 일어나지도 않은 나쁜 일들을 계속 생각하잖아요. 자꾸 그러다보면 결국엔 그 일이 일어나는 거라고요. 끌어당김의 법칙이라고 들어봤어요?"

나는 사이먼의 아내와 마주친 일에 대해 생각해봤다. 마주치는 그 순간을 머릿속에서 쉼 없이 그려보고 돌려보고 해댔더니 결국엔 딱 마주치지 않았는가.

"삶이 거지 같다고 생각하기 시작하면 정말로 거지같이 돌아
가는 거예요."

"다시 한 번 말하지만, 이거 공식적인 상담 치료도 아니잖아
요?"

"그러니까 진짜 상담을 받으시라고요."

"싫어요."

우리는 건물로 들어가 2층으로 올라갔다.

나는 내 사무실 앞에 서서 열쇠를 열쇠 구멍에 집어넣는 데에
애를 먹었다. 하나를 먼저 넣어보고, 다른 걸 또 넣어보고, 그러
다가 결국 내 열쇠고리에 달린 열쇠 열 개를 다 넣고 쑤셔댔다.

"뭡니까, 이젠 교도소 간수 놀이해요?"

나는 그의 말을 못 들은 체하고 또 다른 열쇠를 넣어봤다.

"젠장. 또 시작이야, 또! 이쪽으로 와요."

나는 터덜터덜 위층 계단으로 올라갔다.

우리가 들어섰을 때 아버지와 언니들은 회의 테이블에 둘러
앉아 있었다. 아버지는 줄무늬 양복에 넥타이, 행커치프까지 완
벽한 착장을 하고 있었다. 구두에서는 광이 났고 머리카락 한 올
도 흐트러져 있지 않았으며 손톱까지 완벽하게 손질돼 있어서
빤질빤질 윤이 났다. 키가 작은 아버지는 변호사라기보단 재단사
처럼 보였다.

"딴 남자 만난 거라고 했지, 내가!"

브렌다 언니가 애덤을 보자마자 손가락으로 딱 소리를 내면서
말했다.

"세상에, 배리가 보면 죽으려고 하겠네. 그 횅하게 까진 머리로 어떻게 저 머리랑 경쟁하겠어?"

애덤의 무성한 금발에 대한 코멘트였다.

"안녕, 가족 여러분. 이쪽은 애덤, 제 고객이에요. 애덤, 이쪽은 우리 아버지 마이클이고요, 이 두 마녀는 브렌다와 에이드리엔이에요."

"여기서 살던 두 마녀의 이름을 땄죠."

에이드리엔 언니가 얘기하더니 나를 한 번 보고 한 마디 덧붙였다.

"셋째 마녀는 크리스틴이에요. 니가 암만 도망치려고 기를 써 봐야 너도 우리랑 한패야."

"여기 살던 마녀들은 보라색 머리에 담배를 엄청 피워댔어요."

브렌다 언니가 애덤을 구석구석 뜯어보며 말했다

"죽을 때까지 결혼도 안 했지."

아버지까지 거들었다.

"레즈비언이었으니까."

에이드리엔 언니까지.

"아니라니까. 에이드리엔 할머니는 완전 헤픈 여자였어. 청혼 만 다섯 번 받으신 분이라고."

브렌다 언니가 말했다.

"똑같은 남자한테서?"

내가 물었다.

"아니. 다 다른 남자."

아버지가 말했다.

"세 번째 남자는 누군가를 죽이려고 했던 것 같은데……. 딴 남자랑 내가 착각하는 걸 수도 있고."

"헤퍼, 완전 헤펐다고."

브렌다 언니가 한 번 더 확인 사살을 했다.

"청혼한 남자들이랑 다 잔 건 아니었어. 그 당시만 해도 청혼이란 건 지금이랑 달랐다고."

아버지가 말했다.

"레즈비언이라니까."

에이드리엔 언니가 우겼다.

나는 이 어처구니없는 대화가 어서 끝나길 기다렸다. 나의 이 가족들은 허구한 날 이 '헤픈 여자냐 레즈비언이냐'로 설전을 벌여댔다.

"네가 레즈비언이라고 해서 아무나 다 레즈비언이라고 우기면 되겠니?"

아버지가 에이드리엔 언니에게 말했다.

"아버지, 난 양성애자라고요."

"넌 여자 친구가 다섯 명이었고 남자 친구는 한 명뿐이었잖아. 그놈은 실험 대상이었고. 넌 레즈비언이야. 그걸 빨리 자각할수록 빨리 정착해서 가정을 꾸릴 수 있을 거야."

"근데 크리스틴이랑은 어떻게 아는 사이에요?"

브렌다 언니가 애덤에게 물었다.

"여기 좀 앉으세요."

그러고는 의자까지 빼줬다.

애덤이 나를 쳐다봤다. 나는 지쳤다는 듯 어깨를 으쓱해 보였고 애덤은 자리에 앉았다.

애덤은 나의 가족에 대한 자체 평가를 신속하게 마친 후 입을 열었다.

"그게, 이분이 지난밤 제가 하페니교에서 뛰어내리려는 걸 막았어요."

"얘는 하여간 남의 흥을 깨는 덴 선수야."

"재미로 뛰어내리려 한 게 아니라고."

내가 설명하자, 모두 애덤을 다시 쳐다봤다.

애덤이 몸을 움찔거렸다. 사실이 밝혀지자마자 단체로 와서 꽂히는 시선을 어찌해야 할지 모르는 것 같았다. 말할 타이밍을 잘못 잡았던 것인지, 아니면 아예 그런 말은 하는 게 아니었는지 생각하고 있는 게 분명했다. 하지만 우리 가족에 대해 말씀드리자면, 그들은 이런 상황에 아주 능하다. 누군가를 끌어들인 뒤에 그사람의 아주 중대한 일을 별일 아닌 것처럼 느끼게 만드는 신기한 재주가 있고.

에이드리엔 언니는 얼굴을 문지르더니 말했다.

"근데 왜 하필 하페니교지? 그 다린 별로 높지도 않잖아."

"대체 뭔 소리래."

브렌다 언니가 말했다.

"뛰어내리기도 민망할 건데. 물에서 한 2~3미터 되려나?"

"낙하 거리로 자살하려고 한 게 아니겠지. 내 생각엔 익사하려고 했던 거야. 그렇죠?"

모두가 애덤을 봤다.

그는 어안이 벙벙해서 뭐라고 대답을 해야 하나 갈피를 못 잡고 있었다. 나는 내가 집에 데려온 사람들의 다양한 반응에 익숙했다. 어떤 사람들은 어찌 대응해야 할지 몰랐고, 어떤 사람들은 바로 쿵짝이 맞아 이들과 하나가 됐다. 또 지금 애덤처럼 어떤 이들은 반감 없이 우리 가족의 독특한 유머와 대화를 구경하는 것에 만족하기도 했다. 악의가 없다는 건 분명했으니까.

"그러니까 내 말은, 물에 빠져 죽으려고 한 거죠?"

브렌다 언니가 좀 더 크게 말했다.

"지금 저 양반 귓속에 물이 찬 것도 아니고 왜 이렇게 소릴 질러? 크리스틴이 구해줬다잖아. 생각 안 나?"

에이드리엔 언니가 끼어들었다.

언니들은 쿡쿡 웃어댔다. 애덤은 진심으로 놀란 표정이었다. 내가 입모양으로 '미안해요'라고 하자 그는 얼떨떨한 표정으로 사과할 필요는 없다는 듯 고개를 가로저었다.

"참 잘했다, 크리스틴. 정말 잘했어."

아버지가 엄지를 척 치켜들며 말했다.

"감사해요."

"지난번 일 때문에 속상했던 게 조금 나아졌겠어."

애덤은 걱정스런 눈길로 나를 보았다.

"근데 리피 강은 수심이 별로 깊지도 않잖아요?"

에이드리엔 언니가 또 시작했다.

"얘, 얘. 꼼짝 못 하게 되면 물웅덩이에 얼굴만 처박고도 죽을 수 있어. 허리를 다쳤다거나 뭐 그러면 말이지."

브렌다 언니가 친절하게 설명도 해줬다.

에이드리엔 언니가 애덤을 보고 물었다.

"혹시 허리를 다쳤나요?"

"아뇨."

언니가 눈을 가늘게 떴다.

"수영은 할 줄 알아요?"

"네."

"그럼 정말 이해가 안 되네. 그건 마치 브렌다 언니가 살을 빼 겠다며 종일 아이스크림을 먹는 거랑 다를 게 없는데."

에이드리엔 언니는 다시 생각이 났는지 브렌다 언니를 보며 말했다.

"언니, 진짜 그러잖아."

"앤드루, 혹시 내 광고 안 보겠나?"

아버지가 불쑥 말했다.

"이 사람 이름은 애덤이고요, 광고는 안 볼 거예요."

내가 말했다.

"저분이 직접 대답할 수 있을 것 같은데?"

아버지가 애덤 쪽을 봤다.

"네, 그럼요. 보겠습니다."

아버지는 테이블에서 일어나 사무실로 들어갔다.

"아버지는 구급차를 쫓아다니세요."

브렌다 언니가 설명했다.

"아버지는 개인상해법을 다루거든요."

내가 정확히 짚어줬다.

"언니들이 버는 돈을 다 합친 것보다 많이 벌어요."

"그러고는 그 돈을 페디큐어를 하는 데 쓰고 계세요."

브렌다 언니가 말했다.

"전신 제모에도 쓰시지."

에이드리엔 언니가 거들고 둘이 같이 낄낄 웃어댔다.

"다 들었다. 그리고 그건 한 번밖에 안 했다고."

아버지가 사무실에서 비디오테이프를 들고 돌아왔다.

"그땐 인도의 불볕더위 속에 있을 때였고, 그걸 했더니 아주 살겠더라."

아버지는 당황한 기색도 없이 말했다. 우린 모두 그 모습이 상상돼서 얼굴을 찡그렸다.

"앤드루, 다리 위에서 다치진 않았나?"

"애덤입니다. 그리고 다치지 않았습니다."

그는 예의 바르게 대답했다.

"녹슨 못에 찔렸다든가 뒷목이 쑤신다거나, 그런 것도 없고?"

"없습니다."

아버지 얼굴에는 실망한 표정이 역력했다.

"됐네, 그럼. 자, 이걸 어디서 본다?"

"우리 TV로 비디오테이프는 못 봐요. 무슨 선사시대도 아니고."

아버지 얼굴에 한 번 더 실망한 기색이 비쳤다.

"이 광고는 시대를 앞선 거였어. 내가 20년 전에 이걸 찍었는데 아일랜드는 이런 걸 받아들일 준비가 안 돼 있었지. 하지만 지금은 이런 게 TV에서 종일 나온다. 특히 미국에서는. 어쩌다가 손톱깎이로 발톱 한번 잘못 깎으면 돈을 받아낼 수 있다고."

아버지는 암만 생각해도 감탄스럽다는 듯 고개를 설레설레 저었다.

"자네 혹시 비디오 플레이어 있나? 있으면 가서 갖고 오면 좋겠는데."

"아버지, 이 사람은 티퍼레리에 살아요."

내가 말리고 나섰다.

"근데 여긴 왜 온 거냐?"

"아버지. 대체 제 말을 들으시는 거예요, 잡수시는 거예요?"

"하페니교에서 뛰어내리려고 했다잖아요."

에이드리엔 언니가 똑 부러지게 말해줬다.

"하지만 티퍼레리에도 좋은 다리가 수두룩한걸? 캐릭-온-쉬르에도 오래된 다리가 하나 있고, 페트하드에는 마담교가 있어. 그 다리가 참 예쁘지. 그리고 쉬르 강 위로는 철로가 지나가는 구름다리가……."

"네네. 좋은 정보 감사해요, 아버지."

내가 그쯤에서 말을 끊었다.

"근데요, 애덤이라고 했죠?"

브렌다 언니는 턱을 괴고 애덤을 바라보며 본격적으로 떠들 기세였다.

"크리스틴이 남편이랑 헤어졌다는 얘기는 하던가요?"

"네."

"그 일에 대해선 어떻게 생각하세요?"

"잔인한 일이라고 생각합니다. 듣자 하니 남편이 잘못한 게 없는 것 같던데."

그는 마치 나라는 존재가 옆에 서 있지 않다는 듯이 말했다.

"잘못한 거 없죠. 나도 같은 생각이에요."

브렌다 언니가 맞장구를 쳤다.

"무관심하긴 했지."

아버지가 내 편을 들었다.

"지루하다는 게 이혼 사유가 될 수는 없어요. 그런 걸로 이혼하면 브렌다 언니도 형부랑 못 살았어."

"맞아."

브렌다 언니가 순순히 인정했다.

"브라이언은 지루하지 않아."

아버지는 사위 편을 들었다.

"그저 능력 발휘를 다 안 하고, 게으를 뿐이지. 지루한 거랑은 엄연히 달라."

"그것도 맞아요."

브렌다 언니가 말했다.

"우린 가봐야 해요. 누가 내 사무실 열쇠를 바꿔 달았는지는 모르겠지만 새 열쇠 주세요."

언니들은 아버지를 봤다. 아버지가 갑자기 웃기 시작했다.

"미안해, 이 장난을 멈추질 못하겠다. 너무 열 받아 하니까 갈수록 재밌잖니. 열쇠 가져올게."

아버지는 비디오테이프를 들고 다시 사무실로 들어갔다.

"그러니까 젬마가 열쇠 가지러 여기 안 들른 거죠?"

젬마는 나, 피터, 폴보다 일찍 출근하곤 했다. 지난주에 사무실이 아수라장이었던 걸 생각하면 그녀 없이는 하루도 더 못 버틸 것 같았다.

"네가 젬마 발 앞에 『직원을 해고하는 법』을 던져서 해고했다는 말은 들었다. 너무 방법이 후진 거 아니야?"

날 쳐다보는 애덤 얼굴에 '너, 못마땅해'라고 쓰여 있었다.

"사고였다고. 그 말은 안 해?"

"금요일에 일자리 구하러 여기로 왔더라."

"설마 준 건 아니겠지?"

"줄 수도 있지."

"주면 안 돼. 내 직원이야."

"너도 안 가질 거면서 남도 못 갖게 하겠다? 너는 악덕 고용주야. 내가 무조건 채용할 거야."

에이드리엔 언니가 재미있어 죽겠다는 얼굴로 말했다.

아, 이들은 날 놀리는 재미로 산다. 셋 다 똑같다. 아버지와 언니들의 유머 감각은 늘 독특한, 그들만의 것이었다. 나는 그들의 유머 코드를 이해할 수는 있지만 그게 재미있었던 적은 한 번도 없다. 그래서 그들은 더 재미있어했고, 그 점이 그들의 행동을 더 부추겼다. 마치 비밀 클럽을 하나 만든 뒤, 나를 끌어들이기 위해 그 비밀을 흘리고 싶어서 안달인 사람들 같았다. 하지만 나는 도저히 그게 안 됐다. 난 너무 달랐으니까. 미운 오리 새끼는 너무 약한 표현이고, 나는 그들과 완전히 다른 부류였다.

"젬마가 선수를 친 거라니까. 해고는 고려만 하는 중이었어요. 지출을 좀 줄여야 할 것 같으니까. 집세가 너무 많이 들잖아요."

나는 열쇠를 달랑달랑 들고 있는 아버지 손에서 열쇠를 낚아채며 아버지를 흘겨봤다.

"내 사전에 거저 주는 건 없다. 자기 앞가림은 자기가 해야지."

나는 약간 욱했다.

"온정의 손길이란 것도 있는 거잖아요."

"그럼, 남편이랑 다시 합치든가."

아버지가 받아쳤다.

"세상에는 지루한 결혼보다 더한 일들도 많아."

"나랑 같이 지내. 우리는 늘 새로운 얼굴을 원해."

브렌다 언니가 말했다.

"싫어."

"왜?"

"언니가 자꾸 내 신경을 긁으니까. 그리고 형부는, 그러니까, 자꾸 내 옆에 와서 서성거려."

에이드리엔 언니와 아버지가 웃어대기 시작했다. 애덤은 브라이언 형부를 알지도 못하면서 같이 즐거워했다.

"맞아, 형부가 그래. 예전에는 의식을 못 하고 있었네."

"브라이언은 늘 이러지."

아버지는 음흉한 웃음을 띠고 에이드리엔의 어깨너머를 들여다봤다. 아버지도, 언니들도 웃고, 애덤도 웃었다.

"그래, 맞아."

브렌다 언니도 선선히 인정했다.

"난 그저 집주인께서 나의 어깨를 조금만 가볍게 해주기를 바랄 뿐이야."

내가 말했다.

"나도 대출 이자 내야 돼."

아버지는 형부 흉내를 그만두고 의자에 도로 앉으며 말했다.

"아버지가 이 건물로 월세를 얼마나 많이 걷었어요! 그리고 지하는 내가 들어가기 전에 한동안 비어 있었잖아요. 눅눅한 냄새가 진동하고, 변기 물은 잘 내려가지도 않고, 변변한 가구도 하나 없었는데. 그러니 내가 거기 들어갔다고 해서 아버지가 세입자를 하나 놓쳤다고 말씀하실 건 아닌 것 같네요."

"여보세요. 내가 가구는 채워 넣어줬잖아."

"서랍장에 티스푼 몇 개 넣어준 거요?"

이럴 땐 약간의 과장이 필요하다.

"거지는 타박을 않는 법이다."

"난 거지가 아니라 아버지 딸이라고요."

"그건 네가 선택할 수 없는 문제야."

"그게 대체 무슨 말도 안 되는 소리예요?"

아버지는 그게 다분히 말이 되는 소리고, 그 이유는 너 스스로 알아내야 할 것이라는 눈빛을 보냈다.

"근데 그쪽은 내 동생이랑 뭘 하고 있는 건가요?"

브렌다 언니가 애덤에게 물었다.

"쟤가 그쪽한테 새 직장을 찾아주기로 한 건가요?"

애덤은 이 모든 게 다 재미있는 모양이었다. 그의 눈빛이 반짝였다.

"동생분은 저의 서른다섯 번째 생일이 돌아오기 전까지 제가 제 삶을 사랑할 수 있도록 해주셔야 합니다."

모두 아무 말이 없었다. 그때까지 애덤이 자기 삶에 만족하지 못한다면 무슨 일이 벌어질지는 굳이 물어볼 필요가 없었다.

"그게 언젠데요?"

에이드리엔 언니가 물었다.

"2주 후야."

내가 대답했다.

"12일 남았어요."

애덤이 정정했다.

"생일 파티는 할 거예요?"

이번에는 브렌다 언니가 물었다.

"네."

애덤은 대화가 흘러가는 방향에 좀 당황한 눈치였다.

"그럼 우리도 가도 돼요?"

에이드리엔 언니가 물었다.

"케이크는, 겉은 그냥 케이크처럼 생겼는데 사실 속은 치즈로 돼 있는 걸 사. 크고 둥그런 치즈로 여러 층 올린 거. 그게 좋아."

아버지가 말했다.

"아버지는 너무 치즈 케이크에 집착하시더라."

"난 그게 참 기발한 것 같더라."

"근데 그쪽, 좀 슬퍼 보인다."

브렌다 언니가 애덤을 꿰뚫어보며 말했다.

"진짜로 슬프니까 그렇지."

에이드리엔 언니가 대꾸했다.

"크리스틴이 그쪽 문제를 해결할 수 있을지 조금 걱정스럽네요. JJ 리크루트, 거기가 실력이 좋아요!"

브렌다 언니가 말했다.

"아니면, 내가 아주 좋은 상담 치료사를 아는데. 크리스틴은 상담사도 뭣도 아니잖아?"

에이드리엔 언니가 강조했다.

"에이드리엔. 만약 네가 다니는 그곳의 상담사를 소개해줄 거라면, 난 그 사람은 아니라고 본다."

아버지가 끼어들었다.

"잠깐. 지금 다들 내 실력을 의심하는 거야? 구인구직이란 건 단순히 어떤 사람에게 대충 적당한 직장을 찾아주고 끝나는 게 아니야. 나는 늘 사람들을 돕고 있다고. 나는 일단 사람들이 원하는 게 뭔지를 알아내고, 그다음에 그 사람이 살던 인생의 한자리에서 다른 자리로 옮겨주는 일을 하는 거야."

내가 애덤을 보고 있진 않았지만 사실 그 사람 들으라고 한 말이었다.

"택시 운전사처럼. 그치?"

브렌다 언니가 또 시작했다.

"아니! 그거랑 차원이 다르지!"

나를 약 올리려고 하는 말이란 걸 알기 때문에 나는 좌절감을 들키지 않으려고 노력했다.

"누구도 네 실력을 의심하지는 않아."

브렌다 언니가 말했다.

"브렌다 언니는 지금 너 자신도 눈물이 나는 상황에 있으면서 어떻게 그걸 해낼 수 있냐, 뭐 그런 얘기지."

에이드리엔 언니가 정리해줬다.

"그럼, 둘이서 서로를 행복하게 만들어줄 수도 있겠네."

아버지가 일어서며 말했다.

"이제 회의는 이쯤하고 일들 시작하자. 마틴, 행운을 비네. 그리고 생일 케이크는 꼭 치즈로 만든 걸 사. 아주 기발한 케이크야."

아버지는 애덤에게 하얀 치아가 훤히 드러나는 미소를 지어 보이며 사무실로 돌아갔다.

"얘, 네가 데려온 남자들 중에서 제일 괜찮다."

애덤이 방금 목격한 상황을 믿을 수 없다는 듯 고개를 절레절레 흔들며 나가자마자, 브렌다 언니가 조용히 말했다.

"언니, 일요일에 자살하려고 했던 사람이야."

"그래도. 적어도 저 사람은 끝내려고 한 삶이라는 게 있잖아. 배리는 인생 최고의 순간에도 심장이 안 뛰던 사람 아니니."

나는 대답 없이 애덤을 따라 아래층으로 향했다.

"아, 맞다!"

언니가 계단에 대고 소리를 질렀다.

"배리가 어젯밤에 전화해서 너는 샤워하면서 오줌을 눈다고 말해주더라!"

애덤과 나는 우뚝 멈춰 섰다. 그리고 애덤이 서서히 돌아서서 나를 쳐다봤다. 나는 눈을 감고 깊은숨을 들이쉬고, 그를 지나쳐서 꼿꼿하게 아래층으로 내려가며 말했다.

"그 얘기도 하고 싶지 않아요."

애덤이 웃는 소리가 들렸다. 자주 듣기 힘든 그의 아름다운 웃음소리.

사무실에 들어오니 젬마가 내 책상 위에 메시지를 남겨뒀다. 내 책장에 있는 책을 한 권 뽑아 올려두었는데, 책 이름은 『타인에게 상처줬을 때 진심으로 사과하는 법』이었다. 나에게 사과하려는 게 아니라 나한테 충고하려고 읽어보라는 뜻이었다.

아침이 지나가면서 친구와 지인들로부터 전화, 문자, 음성 메시지가 빗발치기 시작했다. 간밤에 배리와 통화를 한 사람들이었다. 그 순간 젬마가 준 저 책을 진짜 읽어야겠다는 생각이 들기 시작했다. 몇몇 사람에게는 진짜 사과를 해야 했으므로.

9
—

인생을 즐기는
서른 가지 단순한 방법

애덤과 자리를 잡고 앉기 전에 제일 먼저 해야 할 일은 앞으로 2주간 잡혀 있는 고객들과의 예약을 모두 취소하는 것이었다. 실무를 도와주던 젬마가 없으므로 내가 직접 내 일과 미팅에 관한 내용을 피터와 폴에게 위임해야 했다. 이들은 내가 젬마를 부당 해고한 것 때문에 나와 말도 안 하는 내 동료다.

나는 젬마의 책상에 앉아 일을 시작했다. 오스카와의 예약을 취소하는 데 시간이 제일 오래 걸렸다. 오스카는 내 전화를 받았을 때가, 이제 막 버스를 눈앞에서 세 대째 그냥 보낸 직후였다고 했다. 결국 나는 버스에 올라타고, 자리에 앉아 호흡을 하는 과정 전체를 다시 말해줘야 했다. 심지어 그의 정신을 딴 데로 돌리기 위해 재미있는 이야기도 하나 들려줘야 했고, 앞으로 2주 동안 내가 사무실을 비운다는 사실에 그가 너무 스트레스를 받아서 내 휴대전화 번호까지 알려줘야 했다. 하지만 전화를 끊을 쯤엔 버스를 타고 세 정거장을 버텨낸 후 세계 정복도 가능하다고 느끼는, 매우 신이 난 오스카와 웃으며 인사할 수 있었다. 그의 다음 과제는 걸어서 집에 가는 것이었다. 그 정도는 가뿐하게 해낼 수 있었다.

전화를 끊자마자 이번엔 애덤이 내 사무실에서 소리를 질러댔다.

"『되는 일이 없을 때 긍정적으로 생각하는 방법 42』……."

내가 소장하고 있는 책들 중 한 권이었다.

"『긍정적 사고를 위한 서른다섯 가지 방법』……."

애덤은 코웃음을 쳤다.

"이 숫자들 정말 흥미롭네. 숫자가 왜 이렇게 구체적인 겁니까? 40이면 됐지 42는 뭐야? 긍정적인 사고를 10단위로 마무리지을 순 없나?"

애덤은 책장을 훑어 나갔다.

"『사랑을 표현하는 다섯 가지 방법』『에너지를 아끼는 다섯 가지 방법』『에너지를 아끼는 열 가지 방법』."

애덤이 하하, 하고 웃었다.

"알겠어요. 숫자에 따라 정리해둔 거죠, 그렇죠? 스스로에게 이렇게 말합니까? '오늘은 나의 에너지를 아끼는 방법 중에 좀 긴 게 땡기네.' 아니면, '오늘은 좀 피곤하니까 에너지를 아끼는 방법 중에 좀 짧은 걸 시도하겠어.' 당신은 분명 에너지를 아끼는 다섯 가지 방법을 선택할 거예요. 왜냐, 다섯 가지짜리 옵션이 있는데도 열 가지를 선택하는 건 목적 자체에 위배되니까. 혹시 다섯 가지 방법을 쓴 사람이 열 가지 방법을 쓴 사람보다 에너지가 더 많다고 생각해요? 방법은 더 많이 알고 있지만 더 짧은 책을 썼으니 아마도 에너지를 덜 소모했겠죠. 아니, 이 두 사람이 만나는 게 좋겠어요. 어쩌면 이 사람이 『안내서를 집필하는 방법을 안내해주는 안내서』라는 책을 쓸 수도 있겠네요. 여섯 가지 방법, 열두 가지 방법, 서른아홉 가지 방법, 예순여섯 가지 방법, 와! 이게 1등이다."

애덤은 책 한 권을 뽑아 허공에 흔들어댔다.

"『경제적 문제를 해결하는 예순여섯 가지 방법』. 예순여섯? 나도 하나 아는데. 여봐요, 일을 하세요, 일을!"

애덤은 책에다 대고 말하고는 다시 훑어나갔다.

"일을 할 수 없는 사람들도 있어요."

"물론입니다. 스트레스가 다시 문제로 대두되고 있잖아요?"

"당신도 일 안 하고 있잖아요. 사실, 좀 궁금해요. 회사에선 당신이 어디 있는 줄 알아요?"

그는 내 말은 뚝 떼어먹고 물었다.

"그러니까 이게 자신에게 치료법을 처방하는 건가요? '나는 살을 빼는 여섯 가지 방법이 필요해' 아니면 '이번 주엔 스무 가지 방법이 필요해' 이렇게? 이번 주에 나는 계단을 올라가는 아홉 가지 방법이 필요할 것 같은데. 어때요?"

"그런 책은 없어요."

"없을지는 몰라도 쓸 수는 있겠죠. 당신이 쓰면 되겠네. 나는 계단을 올라가는 아홉 가지 방법이 필요하다고. 가장 확실하고 빤한 방법을 이 사람들은 생각도 못 하겠지만."

물론이다. 책을 쓰는 건 나의 꿈이었다. 하지만 자기계발서에 대해 저렇게 생각하고 있는 인간에게 그 얘기를 할 생각은 절대 없다. 그래도 나는 이 꿈이 곧 실현될 거라 느꼈다. 지난주만 해도 지하에 쌓아둔 박스 더미에서 『성공적인 책을 쓰는 방법』이란 책을 꺼내야겠다는 생각도 했다. 배리는 나의 꿈을 별로 지지하지 않았다. 그렇다고 내가 하고 싶어 하는 걸 뜯어말렸다고는 말 못 하겠다. 책을 쓰는 일이 두려웠던 나는, 남편이 지지하지 않는 상황을 변명으로 삼아왔음을 깨끗이 인정한다. 이제는 상황이 달라 졌다. 나는 열심히 한번 노력해보겠다고 스스로에게 약속도 했다.

머릿속에 빙빙 돌고 있는 주제는 정말 많지만, 내 책의 임시 제 목은 '꿈의 일자리를 찾는 법'이다. 지금까지 출판된 책들 중에 이 제목과 비슷한 책을 열세 권 찾아냈다. 그중 네 권을 읽었는데 내가 이 주제에 대해 할 말이 더 있다고 느꼈다. 지금껏 내가 읽 은 책은 모두 빨리 부자가 되는 방법에 초점을 맞췄는데, 내가 생 각하는 최종 목적은 개인의 행복이기 때문이다. 브렌다 언니는 개인의 행복 따위는 잘 팔리는 주제가 아니라며 '사무실에서의 섹스' 같은 걸 주제로 쓰거나 책 전체에서 한 챕터 정도는 그런 내용을 다뤄줘야 한다고 주장했다. 역시나, 이놈의 가족이 내 꿈 에 대해 조언해줘봐야 아무 도움이 안 된다.

애덤은 여전히 나의 자기계발서 컬렉션에 대해 열변을 토해내 고 있었다.

"혹시 나를 위한 책들이 산더미처럼 들어 있는 비밀 금고 같은 건 없나요?『자살하지 않는 백 가지 방법』같은?"

자기가 한 얘기가 대단히 재미있기라도 한 듯 그는 안락의자에 풀썩 앉았다. 내 의잔데. 하지만 그가 저 의자에 앉기까지 너무 오래 걸렸다는 걸 알기에 별말은 하지 않았다. 나는 고객들이 앉는 자리에 앉았다. 이 자리에서 보는 방 안의 각도가 익숙하지 않아서인지, 앉자마자 조금 혼란스러웠다.

"뭐 아주 틀린 얘긴 아니네요. 자살하지 않는 백 가지 방법은 제공하지 않을 거지만, 위기관리 계획은 함께 세울 작정이에요."

나는 이렇게 애덤과의 대화를 시작했다.

"뭘 세운다고요?"

나는 내 뒤의 책꽂이에서 책 한 권을 뽑아들었다. 『자살 충동에 대응하는 방법』. 그리고 원하는 페이지를 펼쳤다. 사이먼 콘웨이 사건 이후 잠 못 이루는 밤이 시작되면서 나는 이 책을 읽고 또 읽었다.

"자살 충동이 들 때 따라야 할 기본적인 지시 사항 목록이에요. 당신은 자살 충동이 자주 있다고 시인했으니까. 이미 한 번 시도했으니, 또 할 위험도 있고."

"말했잖아요. 아무것도 변하지 않으면 또 시도할 거예요."

"그렇죠. 하지만 당신은 생일 때까지 내 손안에 있어요."

나는 단호하게 받아쳤다.

"우리는 계약을 맺었어요. 앞으로 12일 동안 나는 내가 계약한 것에 최선을 다할 거고, 당신 역시 계약에 충실해야 해요. 살아 있기. 그게 당신이 할 일이에요. 단계를 차근차근 밟다보면 계속 살고 싶어질 거예요. 원래의 모습을 찾아간다고 느낄 수 있을지도 몰라요. 그게 당신이 마리아를 다시 찾도록 내가 도울 방법이에요."

"좋습니다."

"좋아요. 곧 계획을 세울 수 있을 거예요. 일단은 얘기를 좀 나누고 싶어요. 당신이 당신 삶의 어느 지점에 서 있는지, 어떤 걸느끼는지 제대로 알아야 하니까."

나는 조용히 기다렸다. 그는 숨겨진 카메라를 찾는 사람처럼 왼쪽 한 번 오른쪽 한 번을 보더니 말했다.

"나는…… 자살 충동을 느껴요."

빈정대고 있다는 걸 알았지만 나는 웃지 않았다.

"당신도 알고 있겠지만, 자살 충동은 감정이 아니에요. 그건 존재의 상태예요. 슬픔이 감정이고요. 외로움도, 분노도 감정이에요. 절망도 감정이에요. 질투도 감정이고. 하지만 자살은 감정이 아니에요. 자살하고 싶다는 생각은 할 수 있어요. 하지만 그건 단지 생각일 뿐이에요. 생각은 계속 하는 거니까. 생각은 계속 변해요. 일단 자살하고 싶은 생각과 당신의 감정의 차이를 확실히 할수만 있다면, 스스로의 감정을 제대로 이해할 수 있게 될 거예요. 자살하고 싶다는 생각과 감정은 분리할 수 있어요. '오늘 나는 자살하고 싶어'라고 생각하지 말고, '누나가 나한테 회사를 떠맡기고 해외로 도망쳐서 정말 화가 나'라고 생각하는 겁니다. 그러면 당신의 분노만 처리하면 돼요. '오늘은 일에 대한 책임감이 나를 압도해버리는 것 같아.' 그러면 압도당하는 기분에 대응하면 돼요. 당신의 자살 충동의 근본적인 원인을 규명하고, 그런 생각들에 대응하고 통제하는 법을 배우도록 내가 도울 거예요. 그러니다시 물어요. 애덤, 지금 어떤 감정을 느끼나요?"

그는 불편해 보였다. 의자에서 꿈틀대더니 방안을 둘러보았다. 마침내 그의 시선이 창밖 어딘가에 머물더니 이내 조금 편안해지는 것 같았다. 잠시 생각을 하더니 그가 입을 열었다.

"나는…… 분노를 느껴요."

"좋아요. 왜죠?"

"내 여자 친구가 나랑 가장 친한 친구 놈이랑 같이 자니까."

내가 기다리던 대답은 아니었지만 나는 계속하라며 고개를 끄덕였다.

"나는…… 바보 천치가 된 느낌이에요. 그런 일이 일어나는 줄도 모르고 있었으니."

그는 몸을 앞으로 숙이고 허벅지 위에 팔꿈치를 받쳤다. 그리고 얼굴을 문지르며 다시 곧추앉았다.

"하지만 그녀가 왜 그랬는지 이해할 것 같은 기분이에요. 오늘 아침에 얘기했지만 내가 무심했다는 거, 마리아 말이 맞아요. 내가 한눈을 팔았어요. 내게 일어나던 그 모든 일들 때문에 산만했어요. 내 상황이 정말 안 좋았어요. 하지만 내가 달라졌다고 말하면 될 것 같아요. 그러면 그녀도 마음을 바꾸지 않을까요?"

"당신이 달라졌다고 언제 말할 생각인데요?"

"모르겠어요. 오늘?"

"그럼 밤새 달라졌단 말인가요? 당신 일을 감당하기 어려운 감정, 누나한테 버림받은 기분, 가족에 대한 의무 때문에 사랑하는 일과 삶을 버려야 하는 고통, 분노, 당신 삶과 당신이라는 사람에 대한 모든 실망감, 아버지를 곧 잃는다는 것에 상충한 감정, 더 이상 살고 싶지 않다는 감정……. 이 모든 감정이 갑자기 사라져버렸다고요?"

애덤은 바닥만 보고 있었다. 그 모든 걸 복기하면서 그의 얼굴이 굳어졌다.

"아니요. 하지만 달라질 거예요. 당신이 도울 거고. 나랑 약속했잖아요."

"내가 돕는 건 여기서부터 시작이에요. 바로 이 방 안에서. 하지만 당신이 변하지 않으면 달라지지 않아요. 그러니까 내게 얘기해요."

우리는 2시간가량 얘기를 나눴다. 애덤도 진이 빠질 대로 빠지고 그가 짊어진 책임들 때문에 내 머리가 다 아프기 시작했을 때, 나는 쉬는 시간을 갖기로 했다. 이제 문제가 뭔지 다 알았으니 이젠 그에게 삶의 기쁨을 보여줄 수 있는 편견 없는 시각을 찾아내야 했다. 이건 좀 걱정스러웠다. 나도 자신이 없었으니까. 무엇을 해야 하고 그를 어디로 데려가야 할지 알 수가 없었다. 내가 인생에 신바람을 느끼지 못하는 작금의 상황에선 더더욱 그랬다.

"이젠 뭘 합니까?"

애덤은 피곤해 보였다.

"음, 잠깐만요."

사무실 밖으로 잠깐 나왔더니 피터와 폴은 그제야 막 들어서고 있었으나 여전히 나를 본 척은 하기 싫은 모양이었다. 상관없었다. 나는 다른 일로 바빴으니까. 아멜리아한테서 새로 산 책, 『인생을 즐기는 서른 가지 단순한 방법』을 챙겼다. 아멜리아는 내가 나를 위해 이 책을 사는 줄 알았던 모양이다. 내 친구는 "드디어!"라고 말했다. 내가 그렇게 침울해 보였나? 나는 나의 슬픔들을 누구와도 얘기하지 않고 내 속에 담아두려고 노력했다. 내 딴에는 제법 잘 숨기고 있는 줄 알았는데.

처음 몇 장을 훑어봤다.

1. 그냥 먹지 말고 식사를 즐긴다. 맛을 느끼고 그 풍미를 감상한다.

음식? 장난 아니고 진짜? 내가 애덤과 딱히 달리 할 일도 없긴 했다. 나는 책을 가방에 쑤셔 넣었다.

"자, 가요."

"어딜?"

"먹으러요."

나는 활기차게 말했다.

젬마가 올지는 알 수 없지만 혹시 몰라서 그녀의 책상에 책을 한 권 올려두고 나왔다. 『믿을 수 있는 사람들과 당신의 경제적 문제를 공유하는 법』. 그녀가 내 마음을 이해해주길 바라며.

1번 항목을 실행하기 위한 장소는 더블린 만이 내려다보이는 클론타프의 베이 레스토랑이었다.

"그러니까 먹는 게 즐거운 일입니까?"

애덤은 머리가 너무 무겁다는 듯 턱을 손으로 받치며 물었다.

"난 그냥 사는 데 필요한 건 줄 알았는데."

애덤이 열의라고는 한 톨도 없는 표정으로 메뉴를 훑어보는 동안 나는 사람이 꽉 찬 식당 안을 둘러봤다. 그곳은 사람들로 넘쳐났다. 시끌시끌한 대화 소리, 화려한 색의 음식들이 높이 쌓인 접시들, 그리고 식당 안에 가득 퍼진, 모두의 입에 침을 고이게 할 만한 음식 냄새. 하지만 나는 그 냄새에 속이 뒤집힐 것 같았다.

"당연하죠."

나는 거짓말을 했다. 난 그냥 간단히 샐러드 하나만 먹고 치우고 싶었지만 애덤에게 좋은 본보기가 돼야 했다.

"저는 양고기 조림이랑 채소, 해리사 후무스, 그리고 허브 퀴노아 샐러드로 할게요."

이 많은 음식을 먹을 생각에 공포마저 느끼며 나는 종업원을 향해 억지로 미소를 지어 보였다.

"저는 블랙커피 한 잔만 주세요."

애덤이 메뉴판을 덮으며 말했다.

"아니, 아니!"

나는 그를 향해 손가락을 흔들어 보이고, 다시 메뉴판을 열어 그 앞에 내밀었다.

"음식을. 즐겁게. 먹는. 거예요."

메뉴를 훑어보는 그의 피곤한 눈은 길을 잃은 듯 보였다.

"어떤 걸 추천하시나요?"

내가 종업원에게 물었다.

"마리네이드한 연어 필렛 구이가 정말 괜찮아요. 지중해 채소 스튜와 부드럽게 으깬 감자 위에 얹어 나와요."

애덤은 곧 토할 것 같은 얼굴이었다.

"이분이 좋아할 것 같은데요? 그걸로 할게요. 고맙습니다."

"애피타이저는 따로 안 하시고요?"

"안 해요."

우린 동시에 대답했다.

"언제부터 입맛을 잃었어요?"

내가 물었다.

"글쎄요, 몇 달은 된 것 같은데. 그쪽은 언제부터예요?"

"전 식욕 좋아요."

그가 눈썹을 이마 쪽으로 까닥댔다.

"알코올이랑 카페인은 우울한 사람에겐 별로 좋은 선택이 아니에요."

나는 어떻게든 다시 유리한 고지를 차지하고자 이렇게 말했다.

"그런데 오늘 아침엔 뭘 드셨더라?"

호텔에서 아침으로 달랑 커피 한 잔 마신 게 생각났다.

"알아요. 그래도 나는 우울하지 않으니까."

그가 코웃음을 쳤다.

"우울한 건 그쪽이라고요. 자살하려고 했잖아요. 난 그냥……. 기운이 조금 없었던 것뿐이에요."

"좀 기운이 없었다?"

그가 나를 빤히 봤다.

"너무 심하네. 「곰돌이 푸」에 나오는 당나귀 알아요? 이요는 당신에 비하면 생기가 넘친다고."

나도 모르게 푹 웃고 말았다.

"내 말은, 식사를 신경 써야 한다는 거예요. 분명 도움이 될 거예요. 우울감이랑 밀접한 관계가 있으니까. 그나저나 몸이 아주 좋은 것 같던데 운동 많이 했나봐요."

갑자기 얼굴이 달아올랐다.

"도통 먹는 걸 못 봤는데. 에너지가 어디서 솟아나는 거죠?"

"다섯 가지로 말해줄까요, 열 가지로 말해줄까요?"

"딱 한 가지로 말해주면 고맙겠네요."

"스트립쇼를 하니까요. 무대 위에서 다른 남자들이랑 나란히 춤출 때."

나는 웃으며 말했다.

"당신은 스트립쇼랑 모델 일을 완전히 혼동한 것 같아요."

"그쪽 머릿속에서 어떤 상상이 벌어지고 있는지 솔직히 모르는 일 아니겠어요?"

그가 웃으며 말했다.

그때 종업원이 거대한 접시 두 개를 우리 앞에 놓았다. 우린 둘다 공포에 질려 그것을 쳐다봤다.

"혹시 무슨 문제라도 있나요?"

종업원이 우리의 반응을 감지하고 물었다.

"제가 제대로 가져온 거 맞나요?"

"그럼요. 이건 정말이지……. 맛있어 보이네요. 고맙습니다."

어디서부터 시작해야 할지 난감한 채 나는 포크와 나이프를 집어 들었다.

"그럼 가장 최근에 외식을 한 게 언젭니까? 이게 너무나 즐거운 일이라고 주장하시니 물어봅니다만."

그 역시 자기 접시를 들여다보며 어디서부터 시작해야 할지 막막하다는 얼굴로 물었다.

"좀 오래되긴 했어요. 결혼 때문에 긴축을 해야 했거든요. 음,

이거 정말 맛있다. 그건 어때요?"

책에서는 그냥 먹지 말고 맛을 느끼라고 했다.

"이게 뭔지 모르겠네. 생강인가? 진짜 맛있네. 그리고 레몬 맛도 느껴지는데요? 아무튼, 결혼식을 치르고 신혼여행을 다녀오니 돈이 하나도 안 남아서 거의 1년간 그냥 집에서 먹고, 어쩌다가 사다 먹었어요. 하지만 괜찮았어요. 주위 친구들도 거의 비슷하게 사니까."

"그것참 즐거웠겠네요."

그가 빈정거렸다.

"결혼 생활은 얼마나 했나요?"

"어서 먹어요. 맛이 괜찮아요? 으깬 감자는 부드러운가요?"

"네, 부드럽네요. 그리고 당근은, 당근 맛이 나네요."

"아홉 달이요."

나는 그의 장난은 무시해버렸다.

"아홉 달 만에 남편을 떠난 겁니까? 나는 싫어하는 여자랑도 그보단 오래 사귀었네. 별로 노력하지도 않았구먼."

"진짜 노력했거든요."

나는 음식을 포크로 갖고 놀며 시선을 아래에 두었다.

"어서 먹어요. 그래서 그 양고기는 양고기 맛이 납니까?"

애덤이 물었다.

"그럼. 이건 아니다, 하고 생각한 건 언젭니까?"

그는 포크로 연어를 크게 한 조각 찍어서 천천히 씹어 삼켰다. 마치 거대한 알약을 삼키는 것처럼.

나는 잠시 생각했다. 진실을 말할까, 아님 다른 사람들에게 얘기해온 대로 말할까?

"비밀은 없기로 했죠."

그가 덧붙였다.

"그전에도 잠깐씩 의심이 들긴 했지만, '이게 아니다'라고 확신했던 건, 결혼식 날 신부 입장을 하면서였어요."

그게 진실이었다. 그는 먹는 걸 멈추고 놀란 얼굴로 나를 봤다.

"마저 먹어요. 그를 향해 걸어가면서 눈이 빠지도록 울었어요. 사람들은 아직도 그 얘기를 해요. 가장 감동적인 순간이었다고. 하지만 언니들은 알았어요. 그게 기쁨의 눈물이 아니었단걸."

"그럼 왜 결혼했어요?"

"겁을 먹었거든요. 그만두고 싶었지만 용기가 안 났어요. 그리고 그 사람한테 상처를 주고 싶지도 않았고. 출구가 보이질 않았어요. 덫에 걸린 느낌? 그런데 내 발로 들어간 덫이었으니까 그냥 계속 가야 한다고 생각했어요."

"그가 상처받는 게 싫어서 결혼을 했다고요?"

"그에게 상처주는 게 싫다는 이유 하나만으로 결혼을 계속 유지할 순 없었어요."

그는 곰곰이 생각하더니 고개를 끄덕였다.

"맞는 말이네요."

"그때 내가 잠시 멈추고 생각을 잘 해봤더라면, 정말 깊이 생각해봤더라면 다른 길을 찾았을지도 몰라요. 더 나은 방법이요."

"다리 위로 올라가는 것 같은?"

"바로 그거예요."

나는 내 접시 위의 음식을 이리저리 굴렸다.

"남편을 사랑했어요. 하지만 내게도 사랑에 대한 이론이 있는데, 진정한 사랑이라 해도 영원하지 않는 경우도 있는 거예요."

그는 조용했다. 우리는 음식을 몇 번 더 집어먹었다. 결국 그는 포크를 접시에 내려놨다.

"항복입니다."

그는 두 손을 위로 쳐들며 말했다.

"더 이상은 못 먹겠어요. 이제 제발 멈추면 안 될까요?"

"물론 되죠."

나는 안도하며 포크와 나이프를 내려놓았다.

"와, 진짜 배부르다."

나는 끙 소리를 내며 잔뜩 나온 배를 문지르다가 나도 모르게 본심을 드러냈다.

"세상에, 사람들은 이걸 하루에 세 번씩 한다는 거잖아요."

우리는 마주보고 웃어버렸다.

"다음은 뭡니까?"

그가 눈빛을 반짝이며 물었다.

"음……."

나는 티슈를 꺼내는 척하며 가방 속에서 몰래 책을 펼쳤다.

2. 공원으로 산책을 나간다. 그냥 걷지 말고, 주변을 둘러보고 당신을 둘러싼 삶의 아름다움에 대해 얘기한다.

"산책 가요."

나는 방금 생각난 것처럼 말했다.

우리는 방금 억지로 밀어 넣은 음식들을 소화시킬 준비가 돼 있었다. 그래서 엄청나게 추운 날씨임에도 불사하고 더블린에서 두 번째로 큰 공원인 세인트 앤 공원으로 걷기 시작했다. 한기를 막기 위해 둘둘 싸맨 채, 우리는 울타리가 있는 정원과 주말에 장이 서는 빨간 가판들과 오리 연못 옆의 헤르쿨라네움 신전을 거닐었다. 연못 앞에서는 혹시라도 애덤이 뛰어들까 봐 좀 빨리 끌고 지나갔다. 이 계절의 장미 정원은 실망스러웠다. 잠시 쉬기 위해 마땅히 앉을 만한 벤치도 없었다. 아무 색채도 없는 음산한 나뭇가지들을 바라보는 동안 얼음 같은 바람이 우리의 뺨을 때리듯 매섭게 불었다. 벤치의 찬 기운은 코트와 바지를 뚫고 엉덩이로 스며들었다. 나는 그의 정신 상태를 살펴보기 위해 모든 기회를 이용하기로 했다.

　"마리아에게 꽃은 자주 사줬나요?"

　"네, 하지만 밸런타인데이에는 꽃을 안 샀어요. 너무 식상하다고 못 하게 했죠."

　"그럼 뭘 줬나요?"

　"작년에는 자몽을 줬고, 그 전해에는 개구리를 선물했어요."

　"잠깐 잠깐, 자몽은 좀 이따 얘기하기로 하고. 개구리라고요?"

　"아, 몰라요? 개구리에 키스하면 멋진 왕자님을 받는 거."

　"너무 처절한 거 아니에요?"

　"지금 내 자신감을 높여주려는 거예요, 무너뜨리려는 거예요?"

　"미안해요. 여자 친구가 진짜 좋아했을 것 같아요."

　"진짜 그랬어요. 우리 둘 다 헐크를 사랑했어요. 베란다 창문 사이로 탈출해버리고 말았지만."

그러더니 애덤은 뭔가 재미있는 일이 생각났는지 픽 웃었다.

"뭐예요?"

"아니에요. 그냥 바보 같은 얘기예요……. 지극히 사적인."

그의 비밀스러운 웃음에 마음이 끌렸다. 그건 내가 지금껏 보지 못했던 그의 면모를 드러내는 웃음이었다. 부드럽고, 로맨틱한 애덤.

"아, 얘기해줘요. 비밀은 없기로 한 거 기억 안 나요?"

"진짜 아무것도 아니에요. 내가 여자 친구한테 어떤 꽃을 선물했던 얘기예요."

"어떤 꽃이었는데요?"

"수련이요. 마리아가, 모네가 그린 그 그림을 좋아했거든요."

애덤은 거기까지만 얘기했다.

"그보단 긴 얘기일 것 같은데요?"

"여자 친구한테 그 꽃을 선물하기로 마음을 먹었어요. 밸런타인데이에는 꽃을 받기 싫다고 했지만 이 꽃은 예외일 수 있겠다고 생각했죠. 그때 공원에 있었는데 수련을 보고 여자 친구 생각이 나서 하나 따려고 호수로 들어갔어요."

"옷도 다 입은 채로?"

"네."

그가 웃었다.

"근데 생각보다 깊더라고요. 물이 허리까지 차는데 거기서 멈출 수는 없었어요. 결국 공원 관리인한테 쫓겨났죠."

"수련을 훔치면 안 될 것 같은데."

"바로 그거예요. 안 훔쳤어요. 실은 실수로 못 훔친 거지만. 제가 들고 나온 건 수련 잎이었어요."

그가 웃기 시작했다.

"대체 이게 뭐가 그리 특별하다는 건지 이해를 못 했었다니까요."

나도 같이 웃었다.

"진짜 바보 아니에요? 아니 수련이랑 수련 잎을 구분 못 하는 사람이 어디 있어요?"

"충분히 할 수 있는 실수 아닌가요? 그래도 여자 친구는 그걸 좋아했어요. 집에 갖다 놓고 그 위에 우리 둘의 사진을 올려놓았죠."

"정말 사랑스럽네요. 그러니까 그때만 해도 로맨틱한 커플이었나봐요."

"그런 게 로맨틱한 거라면."

그는 대수롭지 않다는 듯 말했다.

"우린 즐겁게 지냈어요. 아니, 지내요."

그가 바꿔 말했다.

이상하게 마음이 슬퍼졌다. 배리와 내겐 그런 이야기가 없다. 하나 생각해보려고 무지 애를 써봤다. 그에게 얘기하고 싶어서가 아니라 나를 위해 하나 생각해내고 싶었다. 그런데 아무것도 떠오르지 않았다. 그런 행동들은 배리나 나나 생각도 못 해본 것들이었다. 나는 애덤과 마리아의 관계를 짐작해볼 수 있었다. 그건 즉흥적이고, 재미있고, 특별한, 그들만의 것이었다.

우리는 산책로에서 길을 잃었다. 애덤이 우리를 둘러싸고 있는 삶을 보고 느낄 수 있도록 이런저런 것들을 지목하며 얘기하느라 바빴기 때문이다. 어디가 어딘지 몰라 결국 멈춰 서서 표지판을 읽기로 했다. 라틴어를 애덤에게 읽어달라고 했더니 어찌나 말도 안 되게 읽는지 둘 다 웃고 말았다.

"무슨 공룡 이름처럼 들리잖아요."

"무슨 질병 이름 같은데요?"

그는 주머니에 손을 찔러 넣으며 말했다.

"의사 선생님, 제가 아무래도 프루누스 애비엄에 감염된 것 같습니다."

"그게 뭐예요?"

그는 표지판을 가리켰다.

"벚나무인 것 같은데요? 어떻게 이름이 저러냐."

"근데, 진짜 그쪽 성이 뭐예요?"

그의 두 눈에 생겨났던 빛이 살짝 죽는 걸 보며 내가 또 그의 신경을 건드렸음을 알 수 있었다.

"바질이에요."

"아. 초콜릿 이름이랑 똑같네."

나는 그의 기분을 맞춰주려 애를 썼다.

"허브 이름이기도 하죠."

"네, 그렇지만 왜 그 초콜릿 있잖아요. '바질과 함께라면, 황홀한 당신.'"

나는 초콜릿 회사의 카피를 느끼하게 읊었다. 바질 사(社)는 창립한 지 200년이 넘은 아일랜드의 제과 회사다. 바질이라는 그 이름만으로도 이 나라의 어른, 아이 할 것 없이 모두 미소 짓게 만드는 힘이 있다. 하지만 애덤은 아닌 모양이다. 나는 그의 눈치를 보며 말했다.

"미안해요. 생각해보니 평생 지겹게 들은 소리겠어요."

"맞아요. 출구는 어디 있는 거죠?"

그는 갑자기 내가 옆에 있는 게 진력난 것처럼 말했다.

그때 내 전화가 울렸다.

"아멜리아네요."

"그렇지. 프러포즈 못 받은 거예요."

그는 무미건조하게 말하고는 내가 편히 통화할 수 있게 저만치로 걸어갔다.

"아멜리아?"

기대에 찬 목소리로 전화를 받았는데 흐느끼는 소리가 흘러나왔다.

"아멜리아, 왜 그래?"

"네 말이 다 맞았어."

아멜리아가 울면서 말했다.

"뭐? 내가 뭐가 맞았다는 거야?"

내 목소리가 크게 울렸다.

출구를 찾던 애덤이 멈추고 내 쪽을 돌아봤다. 그는 내 얼굴을 보고 무슨 일인지 대번에 알아차렸고, 나는 그가 무슨 생각을 할지 정확히 알 수 있었다.

'긍정적인 생각? 이제 그 소리는 그만하는 걸로.'

바람이 얼굴을 후려치는 클론타프의 산책로를 나는 정신없이 내달렸다. 책방까지 가는 내내 마치 장애물 달리기 선수처럼 빙판을 피해가며 달리고 점프하느라 두 다리의 움직임에 엄청 집중해야 했다. 애덤은 내 뒤 어디쯤에선가 내 아파트 열쇠를 손에 쥐고 느릿느릿 걸어오고 있을 터였다. 그를 물가에 혼자 내놓았다는 사실에 대해선 걱정하지 않으려고 애썼다. 나는 그에게 엄격하게 지시 사항을 몇 가지 알려줬다. 덧붙여 우리의 위기관리 계획에 대해 번갯불에 콩 볶듯 후딱 다시 얘기해준 뒤에 미친 듯이 뛰기 시작했다. 나는 내 친구에게 달려가야 했다.

아멜리아는 눈이 빨개진 채로 책방 구석의 안락의자에 앉아 있었다. 다른 한 귀퉁이에서는 동화 낭독 시간이 한창이었다. 드라큘라 복장에 허연 얼굴을 한 여자가 입에서 피를 뚝뚝 흘리는 모습을 하고 겁에 질린 너덧 살의 아이들에게 책을 읽어주고 있었다.

"그들은 어두운 계단을 통해 지하실로 내려갔어요. 벽으로 치솟는 불길이 그들이 가는 길을 훤히 밝혔어요. 그리고 그들 앞에는 관이 놓여 있었어요."

그 여자는 으스스한 목소리로 말했다. 아이 하나가 울음을 터뜨리며 엄마에게로 달려갔다. 그 엄마는 아이 물건을 챙기더니 드라큘라 아줌마에게 도끼눈을 떠 보이고는 책방을 나가버렸다.

"아멜리아, 이거 애들한테 읽어줘도 되는 책 맞아?"

아멜리아는 완전히 기진맥진한 데다 눈물범벅이 되어 앞을 본다는 것 자체가 불가능해 보였다. 내 질문도 제대로 이해 못 하는 것 같았다.

"누구, 일레인? 괜찮아. 방금 뽑았어. 우린 가서 얘기나 하자."

우리는 아멜리아가 어머니와 함께 살고 있는 위층으로 올라갔다.

"엄마는 모르시는 게 좋을 것 같아."

아멜리아가 부엌문을 닫으며 조용히 말했다.

"엄마는 그 사람이 프러포즈할 거라고 확신하고 계셨거든. 어떻게 말씀드려야 할지 모르겠어."

아멜리아는 다시 울음을 터뜨렸다.

"대체 어떻게 된 거야?"

"프레드가 베를린에 일자리가 생겼는데 정말 좋은 기회라고 꼭 가고 싶다는 거야. 내가 못 가는 거 뻔히 알면서 나보고 같이 가자는 거야. 둘이 같이 사는 건 고사하고 난 엄마 곁을 떠날 수도 없잖아. 다른 나라로는 못 가. 가게는 어떻게 해?"

책방이 지난 10년간 엄청난 적자만 내고 있다는 사실을 아멜리아에게 상기시키기엔 지금은 좋은 때가 아니었다. 인터넷 서점이나 전자책 독서 인구의 증가는 차치하고라도 아멜리아의 작은 책방은 커피도 함께 파는 대형 서점들과 도저히 경쟁이 안 됐다. 내가 할 수 있는 일이라곤 아멜리아가 태블릿으로 책을 읽는 사람들에게 욕을 하려고 할 때 말리는 것 정도였다. 아멜리아는 아이들을 위한 동화 낭독 시간, 작가와의 만남, 저녁 북클럽 등을 마련해가며 최선을 다했지만, 이길 수 없는 싸움이었다. 이 모든 게 아버지를 기억하기 위해서였다. 그 책방은 아버지의 긍지요 기쁨이었지, 아멜리아의 것이 아니었다. 아멜리아가 사랑한 건 아버지였지 이 사업이 아니었다. 나는 여러 번 그 점을 지적해주었지만 아멜리아는 도통 듣지 않았다.

"엄마를 베를린으로 모시고 가는 건 안 되나?"

아멜리아가 고개를 저었다.

"엄마는 여행도 싫어하서. 우리 엄마 어떤지 너도 알잖아. 이 나라를 떠나려고 하지 않을 거야. 거기 가서 사는 건 불가능해."

내가 그런 걸 묻는다는 것 자체가 충격이라는 듯 아멜리아가 나를 쳐다봤다. 나는 프레드가 느꼈을 좌절감을 가늠해봤다. 아멜리아는 그 제안을 잠시라도 조금도 기뻐하지 않았을 것이다.

"그러지 마. 관계가 끝난 것도 아니잖아. 장거리 연애도 가능해. 저번에 프레드가 반년동안 베를린에 간 적 있잖아. 생각 안 나? 좀 힘들긴 해도 할 수는 있잖아."

"그게, 실은 그게 문제야……."

아멜리아가 눈물을 훔치고 말했다.

"그때 그 사람, 딴 여자 만났어. 너한테 얘기는 안 했는데, 우리가 잘 해결하고 넘어갔어. 그 사람이 그 여자랑은 끝났다고 말한 걸 믿어주긴 했는데, 근데……. 그 사람 나는 여기 절대 못 떠난다는 거 알잖아. 고급 레스토랑, 샴페인, 그 모든 게 내가 내 입으로 우리 관계를 끝내게 하려는 쇼였던 거야. 내가 안 가겠다고 할 줄 미리 알았던 거지. 하지만 이렇게 하면 자기가 나쁜 놈이 되는 건 아니니까. 만약 이미 그 여자랑 연락을 하고 있지 않다면, 곧 할 생각일 거야. 난 알아."

"네가 어떻게 알아!"

"모르고 있는 것 같지만 은연중에 마음 속으로 알아챈 적, 넌 한 번도 없었니?"

그 말에 한 방 맞은 느낌이었다. 무슨 말인지 너무나도 잘 알았다. 나의 결혼 생활에 대한 감정들을 나는 딱 그렇게 표현했으니까.

"아⋯⋯."

아멜리아는 기진맥진해서 테이블 위에 엎드렸다.

"정말 대단한 하루다."

"그러게 말이야."

"몇 시니?"

아멜리아는 벽에 걸린 시계를 올려다봤다.

"이상하네. 지금쯤이면 엄마가 저녁 달라고 할 시간인데. 엄마한테 가보고 올게."

아멜리아는 눈을 문지르더니 물었다.

"나 운 것 같아?"

그녀의 두 눈과 빨간 머리카락의 붉기가 쌍벽을 이룰 정도였지만, 나는 그냥 "괜찮아"라고 말했다. 그녀의 어머니도 어차피 알게 될 일이었다.

아멜리아가 방을 나가자마자 나는 애덤에게서 문자가 왔나 확인했다. 내 집 열쇠를 주고 그가 얌전히 잘 있길 바랐지만 그 집 구석에는 TV도, 책도 그의 신경을 다른 곳으로 돌려줄 만한 그 무엇도 없었다. 나는 그에게 전화를 걸기 위해 바빠졌다.

"크리스틴! 구급차 좀 불러줘!"

아멜리아가 옆방에서 비명을 내지르듯 소리쳤다. 나는 아무것도 물으면 안 된다는 걸 직감했다. 애덤의 번호를 지우고 999를 눌렀다.

아멜리아의 어머니는 침대 옆 바닥에 쓰러져 있었다. 구급대원들은 도착하자마자 사망 선고를 내렸다. 뇌졸중이라고 했다. 아멜리아는 무남독녀 외딸에 딱히 의지할 사람도 없었다. 그래서 모든 일을 처리하는 동안 내가 곁을 지키며 그녀가 울 수 있도록 어깨도 빌려주고 일을 수습하는 걸 도왔다.

겨우 전화기를 들여다볼 틈을 냈을 때는 이미 밤 10시였다. 부재중 전화가 6통 있었고, 음성메시지도 와 있었다. 음성 메시지는 클론타프 경찰서에서 애덤 바질과 관련해 통화를 원한다는 내용이었다.

10
–

달걀을 깨뜨리지 않고
오믈렛을 만드는 법

"애덤 바질을 찾으러 왔는데요."

나는 클론타프 경찰서로 돌진해 들어가며 말했다. 그곳까지 가는 내내 이미 과부하가 걸려 있던 나는 '만일'로 시작하는 무서운 생각들 때문에 머리가 뻥 터져버릴 것 같았다. 사실 거기까지 어떻게 갔는지도 기억이 나지 않았다.

경찰은 창구 너머에 있는 나를 뜯어보며 말했다.

"신분증 좀 제시해주실까요?"

나는 신분증을 밀어 넣었다.

"그 사람은 괜찮은가요? 다쳤나요?"

"다쳤다면 지금 병원에 있겠죠. 여기가 아니라."

"그렇네요. 네."

그 생각은 못 하고 있었다. 마음이 놓였다. 그러다가 다시 걱정이 들었다.

"혹시, 뭘 잘못했나요?"

"지금 진정하고 있는 중입니다."

경찰은 그렇게 말하고 사무실 밖으로 나가버렸다.

한 10분쯤 기다렸을까. 드디어 문이 열리고 애덤이 대기실로 들어왔다. 꼴이 말이 아니었다. 표정을 보니 아주 조심스럽게 다뤄야 할 것 같았다. 눈빛이 무척 어두웠다. 셔츠는 입고 잔 것처럼 구겨져 있었고, 아주 지치고 화가 난 얼굴이었다. 이게 진정된 모습이라면 몇 시간 전에는 대체 어떤 모습이었을지 겁이 날 정도였다.

"이렇게 오랫동안 날 가둬두는 건 불법입니다."

애덤이 경찰에게 험악하게 말했다.

"내 권리가 뭔지는 나도 알아요."

"다시는 여기서 만나지 않도록 합시다. 알아듣겠어요?"

직급이 높아 보이는 경찰이 애덤에게 손가락질을 하며 위협적으로 말했다.

"괜찮아요?"

내가 조용히 물었다. 그는 나를 노려보더니 뒤도 돌아보지 않고 나가버렸다.

"공원 벤치에서 놀이터의 아이들을 지켜보고 있는 걸 발견했습니다. 부모들이 걱정도 되고 의심도 들어서 경찰에 연락했어요. 내가 가서 질문을 좀 했더니 미쳐 날뛰기 시작했고요."

"그렇다고 사람을 가둬요?"

"경찰에게 그딴식으로 얘기하고도 기소당하지 않은 걸 다행으로 생각하세요. 저 양반, 상담 좀 받아야겠던데요. 그쪽도 조심하는 게 좋을 겁니다."

벌써 어디론가 사라졌겠지 생각하며 나는 애덤을 따라 밖으로 나갔다. 그런데 그는 차 옆에 서서 나를 기다리고 있었다.

"오후 내내 옆에 못 있어줘서 미안해요. 아멜리아가 남자친구와 헤어져서 엄청 속이 상해 있었어요."

그는 아멜리아의 불행에 완전히 관심 없다는 얼굴을 했다. 오후에 그가 겪은 일을 생각하면 그럴 만도 했다.

"전화를 하고 집으로 막 가려고 하는데 아멜리아 엄마가 쓰러져 있는 걸 발견했어요. 구급차를 불렀지만 너무 늦었고요. 돌아가셨어요. 그런 상황에서 친구를 그냥 두고 나올 수가 없었어요."

갑자기 피로감이 몰려왔다. 너무너무 피곤했다. 굳어 있던 애덤의 얼굴이 풀어졌다.

"유감이네요."

집까지 가는 차 안에서 우리는 아무 말도 하지 않았다. 그리고 집에 도착하자 애덤은 텅 빈 공간을, 도배도 제대로 안 된 벽을, 그리고 나의 스파이더맨 이불 커버를 둘러봤다.

"집이 이래서 미안해요."

나는 당황해서 두서없이 변명을 늘어놨다.

"잠깐 세 든 거라서. 내 물건은 다 인질로 잡혀 있거든요."

그는 가방을 바닥에 툭 던졌다.

"훌륭한데요."

"애덤, 위기관리 계획이 있었잖아요. 당장은 소용없어 보일 수도 있겠지만, 단계를 잘 밟다보면 언젠간 도움이 된다는 걸 알게 될 거예요."

"도움이라고?"

내가 겁에 질릴 정도로 그가 버럭 소리를 질렀다. 그는 주머니에서 구겨진 종이를 꺼내더니 찢기 시작했다. 나는 그로부터 몇 발짝 떨어졌다. 정신적으로 문제가 있는 사람을, 그것도 이 일 직전까지 일면식도 없던 사람을 집에 들였다는 사실을 불현듯 깨달았다. 나는 왜 이렇게 멍청할까. 그는 내가 주춤주춤 물러나고 있는 걸 모르는 눈치였다.

"내가 그 짝이 난 게 바로 이것 때문이란 말입니다. '자살 충동이 생길 땐 비상 연락망에 있는 사람에게 전화를 건다.' 그래서 했어요. 내 비상 연락망 1번은 그쪽이니까 전화를 했죠. 안 받았어요. 2번은 내 여자 친구여야 하고 3번은 제일 친한 친구여야 하겠죠. 하지만 그 인간들은 그 망할 놈의 리스트에 올리지도 못했어요. 엄마는 죽었고 아버지는 죽어가고 있으니 마찬가지고. 그러니 이건 실패. 다음, '자살에 대한 생각이 들 땐 스스로를 행복하게 해줄 만한 일을 한다.'"

그는 손 안에 남아 있는 종이 쪼가리를 꽉 쥐었다.

"이미 음식도 먹었고, 산책도 했고, 오늘 나를 행복하게 해줄 만한 일이 과연 뭘까 생각했어요. 그리고 놀이터가 떠올랐고, 아이들이 웃는 소리가 들렸어요. 그래, 저런 게 우라지게 행복한 거지. 저걸 보고 있으면 나도 우라지게 행복해질지도 몰라. 그래서 거기 1시간쯤 앉아 있었어요. 행복하지도 않았어요. 그런데 경찰이 다가오더니 나더러 소아 성애자가 아니냐고 묻더라고. 애들을 보고 침이나 질질 흘리는 사이코 취급하는데 화 안 낼 사람 있어? 그러니까 그 망할 놈의 위기관리 계획인지 뭔지 개나 줘버리라고!"

그는 너덜너덜해진 종잇조각을 허공에 던져버리며 소리쳤다.

"당신 친구 애인은 그 여자를 버렸고, 그 여자 엄마는 죽었고, 당신도 제대로 되는 일은 하나도 없잖아요. 삶이 퍽이나 아름답네요, 진짜."

"알았어요······."

나는 이제 완전히 낯선 사람이 되어버린 이 남자에 대한 두려움을 떨치려고 애쓰며 말을 더듬거렸다. 사실 요 며칠간 나는 이 사람을 잘 안다고 스스로를 설득하느라 애를 썼다. 친절하고, 로맨틱하며, 유머 감각도 있는 애덤의 일면을 나는 목격하지 않았느냐고. 하지만 이런 분노와 어두운 면을 마주하니 다른 애덤이 존재한다는 것을 믿기 힘들었다.

나는 그가 나를 보지 못하도록 애쓰며 문 쪽을 봤다. 여차하면 도망갈 수 있었다. 경비를 부를 수도 있었다. 불러서 다리 위의 사건을, 그가 자살하려고 했던 일을 말하고 지금 당장이라도 이 짓을 끝내버릴 수도 있었다. 왜냐하면 나는 실패했으니까. 다 망쳐버렸으니까.

나는 쿵덕거리는 마음을 진정시키려고 심호흡을 했다. 그가 고함을 질러대는 게 너무 무서워서 제대로 생각을 할 수가 없었다. 마침내 고요해졌다. 그는 저기에 서서 나를 보고 있었다. 무슨 말이라도 해야 했다. 이해한다는 말. 그의 분노를 다시 폭발시키지 않을 말. 그가 자신을 해치면 견딜 수 없을 것 같았다. 여기서는 안 돼. 나랑 있을 땐 안 돼. 그 어디서도 안 돼.

내 목소리가 어찌나 차분한지 내가 다 놀랄 정도였다.

"당신이 화내는 거, 이해해요."

"그래요. 엄청나게 화나요."

하지만 아까만큼 화가 난 목소리는 아니었다. 내가 알아주니 좀 진정이 되는 것 같았다. 그러자 내 마음도 차분해졌다. 어쩌면 해낼 수도 있을 것 같았다. 얼마 동안은 더 노력해봐도 될 것 같았다. 그를 이대로 포기해버리고 싶진 않았다.

"해결 방법이 있어요."

나는 재빨리 그의 옆을 지나 부엌으로 갔다. 그리고 냉장고에서 달걀 여섯 개를 꺼내 검은색 매직펜으로 그 위에 글씨를 쓰기 시작했다. 손이 덜덜 떨리는 게 느껴졌다. 나는 '바질, 션, 마리아, 아버지, 누나' 그리고 '크리스틴'이라고 적은 뒤, 뒷마당으로 통하는 부엌문을 열었다.

"이리 와봐요."

내가 그를 불렀다. 그는 어두운 눈빛으로 나를 봤다.

"어서요."

나는 위축되지 않으려고 애쓰며 좀 더 단호하게 말했다. 나는 주도권을 쥐고 그가 내 말을 듣도록 해야 했다. 마지못해 그가 따라왔다.

"여기 달걀 여섯 개가 있어요. 달걀마다 지금 당신을 화나게 하는 사람들의 이름이 적혀 있어요. 던져요. 던지고 싶은 데 아무데나 던져요. 원하는 만큼 힘껏. 다 박살 내버려요. 그렇게 분노를 날려버려요."

나는 달걀 담은 통을 그에게 주고 열린 문을 가리켰다.

"당신이 내주는 숙제에 지쳤어요."

그가 이를 꽉 깨물고 말했다.

"알았어요."

나는 달걀 통을 부엌 조리대 위에 올려두고 부엌을 나와 침실로 들어왔다. 문을 잠그고 싶은 마음이 굴뚝같았지만 그가 어떻게 받아들일지 겁났다. 대신 나의 스파이더맨 이불 위에 올라앉아 아이보리색 벽과 달빛이 창문 너머 만들고 있는 격자무늬 그림자를 쳐다보며 이젠 뭘 어떻게 해야 하나 생각했다. 내 앞에 엄청난 과제가 떨어졌는데 어떻게 풀어나가야 할지 막막했다. 어떻게든 애덤이 상담 치료를 받도록 해야 했다. 방법을 생각해봤다. 다른 데 간다고 해놓고 데려가? 하지만 어떤 식으로든 그를 속였다가는 그의 신뢰를 영원히 잃을 게 뻔했다. 그러면 내가 도울 기회도 뺏길 것 같았다. 지금도 도움이 되고 있다고는 말할 수 없지만.

이 도전 과제에 동의하고 처음으로 어쩌면 해내지 못할 수도 있다는 생각이 들기 시작했다. 그가 자살할 수도 있다는 생각을 하니 진짜로 속이 안 좋아져서 화장실로 냅다 달려가 문을 걸어 잠갔다. 허리를 숙이고 쭈그리고 앉았는데, 마치 한 대 맞기라도 한 것처럼 그의 고통스러운 신음 소리가 들려왔다. 깜짝 놀라 다시 정신을 수습하고 세수를 한 뒤 서둘러 나갔다. 그리고 부엌문 앞에 멈춰 섰다. 내 등 뒤의 조명이 컴컴한 마당으로 쏟아졌다. 그 뒷마당은 정원 일에 능숙하던 크리스틴 이모할머니가 돌아가신 후 내내 버려져 있었다. 이제는 기다란 직사각형 형태의 잔디만 남아 있다. 그마저도 10년 넘게 제대로 관리를 하지 않았고, 이번 겨울에는 아예 아무도 돌보지 않았다. 크리스틴 할머니는 줄기에서 막 딴 딸기와 식용 꽃, 달래, 박하 등을 우리에게 먹여주곤 했다. 맛있어서라기보단 직접 딴 걸 먹인다는 상징적인 의미 때문이었던 것 같다.

이모할머니가 잼을 만들기 위해 구스베리를 따던 모습이 생생하다. 햇볕을 가리기 위해 쓴 챙이 넓은 밀짚모자. 정원 일을 하는 동안 주름이 깊어진 목과 축 처진 가슴. 그리고 폐기종 때문에 점점 더 가빠지던 쉰 목소리는 할머니가 무슨 일을 하고 있는지 설명해줬다. 마당은 그때와는 영 딴판이지만, 그곳의 추억은 내 마음 한 귀퉁이에 고스란히 있었다. 따뜻함과 안정감을 느꼈던, 햇살이 가득한 날들의 내 빛나던 유년기는 두려움과 공포에 마음을 점령당한 지금의 이 차갑고 어두운 밤과 대비를 이뤘다.

마당에선 애덤이 손에 든 달걀 통을 내려다보며 신중하게 고르고 있었다. 그러더니 하나를 집어 들고 마당 저 끝에 대고 있는 힘껏 던졌다. 그가 소리를 내지름과 동시에 달걀이 마당 담벼락에서 터졌다. 아까보단 의욕이 생긴 모습으로 그는 다른 달걀을 하나 집어 들었다. 허공을 향해 던지면서 또 소리를 질렀고, 달걀이 벽으로 날아가 박살이 나는 모습을 바라봤다. 그렇게 세 번을 더 반복했다.

다 끝낸 뒤에 애덤은 집으로 성큼성큼 들어오더니 화장실 문을 쾅 닫고 들어갔다. 나는 그에게 혼자만의 시간을 주기 위해 방에서 나가지 않았다. 샤워기에서 나는 물줄기 소리가 들렸다. 분노에 찬 그의 흐느낌은 떨어지는 물소리 속으로 숨어들었다.

밖으로 나가 달걀 통을 살펴봤다. 달걀은 하나 남아 있었다. 쪼그리고 앉아 그 달걀을 집어 올리는데 눈물이 차올랐다. 마지막 남은 달걀에 적힌 이름은 '크리스틴'이었다.

나는 긴장도 풀리지 않고 정신도 말똥말똥해져서 베개로 등을 받치고 침대에 앉았다. 애덤의 기분이 저런데 혼자 편안히 있을 수 없었다. 그때 침실 문 앞에 애덤이 나타났다. 나는 본능적으로 내 안위를 염려하며 이불을 끌어당겼다. 그런 나를 보고 그는 움찔했다. 내가 그를 두려워한다는 것에 상처받은 얼굴이었다.

"미안해요."

그가 부드럽게 말했다.

"다시는 그렇게 행동하지 않는다고 약속할게요. 도우려고 애쓰고 있다는 거 잘 알아요."

나에게 분노를 터뜨리던 아까의 애덤과는 다른 애덤이었다. 나는 긴장을 풀었다.

"내가 더 노력할게요."

"아까 내가 한 말 다 잊어요. 지금도 잘하고 있어요. 고맙게 생각해요."

내가 미소를 지었다. 그도 미소로 화답했다.

"잘자요, 크리스틴."

"잘자요, 애덤."

11
-

아무도 못 찾게
감쪽같이 사라지는 법

　새벽 4시. 나에게 깨달음이 찾아왔다. 간밤에 애덤이 한 말이 맞았다. 나는 더 잘해야 했다. 직접 말하지는 않았지만 그는 넌지시 암시하고 있었다. 그가 얼마나 연약한 상태인지 나는 알았다. 분발해야 했다. 잠은 완전히 달아나 있었고 신경이 너무 곤두서서 다시 잠을 청할 수도 없었다. 나는 침대에서 일어나 추리닝을 입고 최대한 소리를 내지 않으면서 거실로 나갔다. 컴컴한 거실에 애덤이 앉아 있었다. 노트북의 불빛이 그의 고단한 얼굴을 비췄다.

　"잠든 줄 알았어요."

　"영화 보고 있어요."

영화 보기는 기분이 가라앉을 때 주의를 딴 데로 돌리기 위해서 그가 적어 넣은 위기관리 계획 중 하나였다.

"괜찮은 거예요?"

나는 그의 표정에서 상태를 가늠해보려 했지만, 컴퓨터 화면의 빛만으로는 그의 깊은 속내까지 들여다보기엔 부족했다.

"어디 가요?"

그는 내 질문은 무시하고 물었다.

"사무실에요. 금방 올게요. 괜찮다면."

그가 고개를 끄덕였다.

돌아와보니 그의 노트북이 바닥에 뒤집혀 있었다. 그는 전선을 목에 칭칭 감은 채 두 눈을 감고 혓바닥을 내밀고 있었다. 몸은 소파의 가장자리에 걸친 채로.

"하나도 안 웃기거든요."

나는 두 팔 가득 종이, 펜, 형광펜, 그리고 화이트보드를 들고 방으로 걸어 들어갔다.

애덤은 자신에게 필요한 건 물리적인, 실질적인 도움이라고 강조했다. 정신적인 문제에 대해 도움을 받는 것은 거부했다. 그가 원하는 건, 아일랜드 해안 경비대라는 그의 직장과 여자 친구를 되찾고 가족에게서 벗어나는 것이었다. 나는 그의 정신적인 문제를 해결하면 이것들도 동시에 해결이 될 것이라고 생각했지만 시간이 턱없이 부족했다. 정신적인 문제를 치료하면서 실질적인 문제들에도 함께 접근하는 편이 나을 것 같았다. 정신과 감정적 문제에 관련해선 그에게 도구가 있었다. 위기관리 계획이 그것이었다. 하지만 실질적인 문제들에는 해결 도구가 없었다. 나는 그걸 그에게 마련해줄 참이었다.

궁금해서 더는 참을 수 없었는지 애덤이 방문 앞에 나타났다.

"뭐해요?"

나는 계획을 세우고 미친 듯이 도표를 만들었다. 바둑판 모양의 표, 무드 보드, 형광펜, 말풍선 등등. 커다란 화이트보드에 모든 게 동원되고 있었다.

"커피를 대체 얼마나 마신 거예요?"

"엄청 많이요. 하지만 더 이상 낭비할 시간이 없어요. 어차피 우리 둘 다 잠도 안 자는데 지금 당장 시작하지 않을 이유가 없잖아요? 이제 겨우 12일 남았고요."

나는 긴박감 넘치는 목소리로 말했다.

"그건 288시간이에요. 대부분 사람들은 하룻밤에 8시간씩 자요. 우린 아니지만 보통 사람들은 그래요. 그럼 우리가 원하는 일을 추진하는 데 하루에 16시간밖에 안 남고, 그렇게 되면 겨우 192시간 남게 돼요. 별로 긴 시간이 아니죠. 그리고 벌써 새벽 4시니까 공식적으로는 11일 남은 셈이에요."

나는 숫자들을 지우고 열정적으로 다시 계산을 해나갔다. 더블린에서도 할 일이 있었고 애덤의 나머지 문제들을 해결하기 위해 곧 티퍼레리로 넘어가야 했다.

"당신, 아무래도 신경쇠약에 걸린 것 같아요."

애덤은 재미있다는 듯 팔짱을 끼고 나를 보며 말했다.

"아니에요. 깨달음을 얻은 거예요. 나에게서 최고의, 일대일 서비스를 받고 싶죠? 내가 그렇게 해줄 거예요."

나는 옷장을 열고 손전등을 꺼내 건전지가 아직 남아 있는지 확인했다. 그리고 가방에 수건과 갈아입을 옷을 챙겨 넣었다.

"옷을 따뜻하게 입어요. 갈아입을 옷도 챙기고요. 지금 나갈 거니까."

"나가요? 밖은 엄청 춥고 이제 겨우 새벽 4시인데? 어딜 가려고요?"

"우리는요, 마리아를 되찾으러 갈 거예요."

애덤은 미소 비슷한 걸 지었다.

"어떻게 되찾을 건데요?"

나는 그를 현관 쪽으로 밀치면서 밖으로 나갔다. 그는 별 수 없이 코트를 걸치고 나를 따라나섰다.

세인트 앤 공원은 24시간 개방돼 있지만 새벽 4시 30분에 가기에 썩 안전한 장소는 아니다. 폭행 사건이 몇 차례 일어난 적도 있고, 지난 몇 년 사이에 시체가 1, 2구 발견된 적도 있었다. 어두워진 다음엔 조명도 별로 밝지 않은데, 그곳에서 술을 마시곤 했던 10대 이후로는 그 사실을 잊고 있었다.

"제정신이에요?"

손전등으로 주위를 밝히며 앞장서 가는 동안, 그가 뒤따라오며 말했다.

"여기 배회하는 거, 위험하단 생각은 안 들어요?"

"당연히 들어요. 하지만 당신이 덩치가 크니까 날 보호해주겠죠, 뭐."

나는 추위 때문에 이를 딱딱 부딪치며 말했다. 공원 안쪽으로 깊숙이 들어갈수록 카페인의 기운이 날아가기 시작했다. 매일 아침 새롭게 발견되는 맥주 캔과 낙서 들을 생각하면 지금 공원에 우리만 있는 게 아니라는 사실을 쉽게 알 수 있었지만, 앞으로 얼마 남지 않은 날짜를 생각하면 지체할 시간이 없었다. 나는 애덤의 죽음을 품은 채로 살고 싶지 않았다. 정말 그러면 다시는 잠이란 걸 잘 수 없을 것 같았다.

손전등이 있어봤자 1미터 앞도 잘 보이지 않았다. 해가 떠서 우릴 구원해주려면 앞으로도 몇 시간은 더 있어야 했다. 하지만 나는 이 공원을 잘 알았다. 이 공원에서 자라다시피 했고 61만 평이 넘는 공원 내부는 손바닥 들여다보듯 훤했다. 하지만 그것도 밝을 때 얘기였다. 캄캄한 밤에 더듬거리며 공원을 돌아다닌 것도 10대 때 친구들과 술 마시러 다닐 때의 일이니 적게 잡아도 15년 전 일이다.

나는 갑자기 우뚝 멈춰 서서 손전등으로 좌우를 비췄다. 그리고는 빙빙 돌며 방향을 찾으려 했다.

"크리스틴!"

애덤이 경고하듯 내 이름을 불렀다. 나는 그의 말은 무시하고 이 공간이 환할 때의 모습을 그려보려 했다. 오른쪽으로 몇 발짝 가서 멈추고 반대 방향으로 돌아섰다.

"제발 길을 잃었다고 하지는 말아요."

나는 대꾸도 하지 않았다. 애덤은 내 옆에서 덜덜 떨었다. 우리 왼쪽 숲에서 사람 목소리가 들려오더니 술병 부딪히는 소리가 났다.

"이쪽으로."

내가 그 사람들이 있는 쪽을 피해 걸음을 옮기자, 애덤이 낮은 목소리로 꿍얼거렸다.

"어휴, 아무렴 어때요? 어쨌든 죽고 싶으면서."

내가 쏘아붙였다.

"그래요, 하지만 죽어도 내 방식대로 죽고 싶은데요. 술 취한 불량배한테 맞아 죽는 건 계획에 없어요."

"거지는 타박하는 법이 아니에요."

나는 어느새 아버지가 내게 한 말을 인용하고 있었다.

감사하게도 우리는 연못을 찾아냈고 그곳에는 가로등이 켜져 있었다. 숲 속의 술꾼들이 물에 빠지는 걸 막기 위해 켜둔 것 같았다.

"봐요!"

나는 스스로를 대견해하며 말했다.

"운이지, 운. 억세게 운이 좋았던 거예요."

"아, 왜 거기 그러고 섰어요? 얼른 수련 잎을 따 와요."

나는 발을 동동 구르며 장갑 낀 손을 비벼댔다. 그의 시선이 내게 꽂혔다.

"뭐라고요?"

"아니, 그럼 왜 갈아입을 옷을 챙겨 오라고 했겠어요?"

"지금 영하 4도라고요. 연못이 얼지 않은 게 신기하네. 저체온 증으로 죽을지도 몰라요."

"죽을 때를 그렇게 까다롭게 고르지만 않아도 모든 게 훨씬 쉬워질 텐데 말이죠. 뭐, 정 그렇다면 할 수 없네요⋯⋯."

나는 이렇게 말하며 코트를 벗었다. 한기에 뼛속까지 오슬오슬 떨려왔다.

"설마 물속에 들어가려는 건 아니죠?"

"둘 중 한 명은 들어가야 하는데, 그쪽은 싫다고 하니까 어쩌 겠어요."

나는 마음의 준비를 하고 적당한 수련 잎을 고르기 위해 연못을 둘러봤다.

"하지만, 크리스틴, 당신을 사랑하는 사람들을 생각해봐요. 그들은 당신이 이러는 걸 원치 않을 거예요."

애덤은 심각한 척 연기하며 말했다. 나는 그를 무시했다. 수련 잎을 손에 넣기 전엔 공원을 나가지 않을 작정이었다. 가장 예쁜 잎을 찾기 위해 물가에 서서 연못을 샅샅이 살폈다. 어떤 것은 찢어져 있거나 더러워 보였다. 나는 가장 파랗고 가장 동그란 것을 찾고 있었다. 마리아가 애지중지하는 물건들을 그 위에 올려놓을 수 있도록. 애덤의 사진들이 그 위에 다시 올라갈 수 있도록. 어쩌면 애덤이 퇴근 후 집에 돌아와 마리아와 함께 잠자리에 들기 전에 잔돈을 그 위에 무심히 올려놓게 될 수도 있고, 샤워를 하기 전에 손목시계를 풀러놓을 수도 있겠지. 그리고 한때 그가 힘든 날들을 보내던, 뼈가 시리게 춥던 어느 날, 그 잎을 건져준 어떤 미친 여자를 가끔씩 떠올려볼 수도 있겠지.

드디어 내가 딱 원하는 모양을 찾아냈다. 불편하게도 가까운 데 있는 건 아니었지만 얼른 수영해서 다녀올 수는 있을 것 같았다. 몇 초면 끝날 일이야. 최대한 길게 잡아도 10초. 이게 정말 죽고 사는 문제로 연결된다는 생각이 들자 주저하게 되는 마음을 다잡을 수 있었다. 수심이 얼마나 되는지 확실하지 않았으므로 나뭇가지를 하나 찾아서 물에 찔러 넣어보았다.

"정말 하려는 거예요?"

나뭇가지는 딱 중간에서 멈췄다. 뭐야, 하나도 안 깊잖아. 끽해야 1미터도 안 되는 깊이였다. 수영할 필요도 없었고 나는 해낼수 있었다. 몇 발짝만 걸어갔다가 되돌아오면 되는 거였다. 연못은 더께가 앉아 탁한 녹색 빛이었지만, 그까짓 것, 해낼 수 있었다. 나는 추리닝 바지를 무릎 위로 둘둘 걷어 올렸다.

"미치겠네."

내가 진짜로 들어간다는 걸 깨달은 애덤이 웃었다.

"이봐요, 여기 가장자리에도 하나 있잖아요. 저건 내가 여기 서서도 잡을 수 있어요."

정말 몸을 굽혀 충분히 집어 올릴 수 있는 거리였다.

"마리아가 저걸 보고, '우아, 그이는 나를 정말 사랑해!'라고 생각할 것 같아요? 저건 진짜 영 아니잖아. 무슨 털 같은 것도 나있다고요. 그리고 담배꽁초도 있네. 마리아가 저걸 받고 좋아하겠어요? 저건 안 돼."

나는 가장 멀리 있는 걸 가리키며 말했다.

"난 저걸 원해요. 사람 손에 더럽혀지지 않은 저것."

"얼어 죽을 텐데."

"몸은 말리면 되고 그 정도는 극복할 수 있어요. 내가 나오자마자 곧장 차로 달려가는 거예요."

그리고 물에 들어갔다. 생각했던 것보다 훨씬 깊었다. 물이 무릎보다 훨씬 위로 올라오며 추리닝을 적셨다. 허리까지 올라오는 느낌이었다. 나뭇가지가 거짓말을 했거나 바닥의 바위 같은 것에 닿았던 모양이다. 헉 소리가 절로 났다. 뒤에서 애덤이 웃는 소리가 들렸지만 임무에 집중하느라 그에게 뭐라고 할 여력이 없었다. 일단 물에 들어왔으니 계속 앞으로 나가는 수밖에.

연못 바닥은 부드럽고 물컹했다. 수면 아래 뭐가 있는지는 상상하기도 싫었다. 탁한 물을 헤치며 앞으로 나아가는 동안 갈대와 낙엽 같은 것들이 다리에 들러붙었다. 혹시 무슨 병에 걸리는 건 아닐까 걱정됐지만 계속 밀고 나갔다. 내가 찍은 그 잎에 손이 닿자마자 힘을 주어 바로 땄다. 물컹한 바닥을 큰 걸음으로 다섯 번 떼니 뭍에 닿았다. 애덤이 손을 뻗어 나를 끌어올렸다. 추리닝은 몸에 들러붙었고 내 몸에서는 고약한 냄새를 풍기는 연못 물이 비 오듯 떨어졌다. 나는 가방 있는 데까지 질벅거리며 걸어가서 수건을 꺼내고 바지와 양말을 벗어 얼른 몸을 말렸다. 애덤은 계속 웃으며 고개를 돌렸고, 나는 속옷까지 벗었다. 그리고 추위에 이를 득득 갈며 새 옷을 입었다. 손까지 덜덜 떨면서 새 양말과 운동화를 신고 따뜻한 플리스 점퍼도 입었다. 애덤이 내 코트를 들어줬다. 나는 양팔을 끼워 넣은 다음 두 팔로 내 몸을 감쌌다. 애덤은 자기 털모자를 내 머리에 씌워주더니 나를 덥혀주려고 양팔로 나를 감쌌다. 지난번에 우리가 이런 자세로 있었던 건, 다리 위에서 내가 두 팔로 애덤을 감고 있을 때였다. 이제는 애덤의 두 팔이 나를 감고 있었다. 그는 턱을 내 머리 위에 얹고 나를 따뜻하게 해주기 위해 내 어깨를 문질렀다. 그와 바짝 붙어 있으려니 심장이 쿵쾅거렸다. 다리 위에서의 감정이 되살아나서였는지, 아니면 그저 그의 몸과 내 몸이 밀착돼 있어서였는지, 그의 체취가 내 감각을 압도해버려서였는지는 알 수 없었다.

"괜찮은 거예요?"

그가 내 귀 가까이 대고 물었다.

그를 돌아보는 것조차 겁이 났다. 내가 떨고 있는 게 목소리에 드러날까 봐 말도 할 수 없었다. 그래서 고개만 끄덕였다. 나의 상상일지도 모르지만, 그의 팔이 나를 더 꽉 감싸는 느낌이었다.

사람들의 목소리가 가까워졌다. 남자의 저음이었고, 결코 우호적인 소리는 아니었다. 우리의 순간은 시작되자마자 끝나버리고 말았다. 그는 얼른 나를 놓아주고 땅에 놓여 있던 내 가방과 수련 잎을 집어 들었다.

"갑시다."

우리는 왔던 길을 뛰어서 돌아갔다. 차에 타자마자 애덤은 내 몸을 덥히기 위해 히터를 제일 세게 틀었다. 걱정이 되는 모양이었다. 내 입술은 파랗게 변해 있었고 몸은 계속 떨렸다.

"이건 정말 좋은 생각이 아니었어요. 크리스틴."

그는 근심이 잔뜩 오른 얼굴로 말했다.

"난 괜찮아요."

나는 히터 바로 앞에 손을 대고 우겼다.

"조금만 이러고 있음 돼요."

"집으로 돌아가요. 따뜻한 물에 몸을 씻고 커피도 좀 마시고."

"싸구려 커피를 파는 24시간 주유소를 알아요."

나는 이를 딱딱 부딪치며 겨우 말했다.

"아직 할 일이 남았어요."

"지금 이걸 주러 갈 순 없어요."

애덤은 물이 똑똑 떨어지는 수련 잎을 보며 말했다.

"아직 자고 있을 거예요."

"거길 가려는 게 아니에요."

뜨거운 커피가 몸속으로 흘러들고 컵 홀더에 또 하나를 대기 시켜놓고 있자니 몸이 녹기 시작했다.

"근데 왜 호스 쪽으로 가는 겁니까?"

"가보면 알아요."

먹기와 산책하기 다음으로 『인생을 즐기는 서른 가지 단순한 방법』에서 추천한 것은 해돋이나 해넘이 보기였다. 빛이 떠오르는 모습을 보면서 애덤도 무언가 깨닫길 바랐다. 그리고 내게도 그 방법이 먹힌다면 더 바랄 게 없었다.

나는 해안도로를 따라 호스 서밋까지 차를 몰았다. 주차장에는 우리 차뿐이었다. 새벽 6시, 하늘 맑음. 더블린 베이에서 해돋이를 보기에 완벽한 조건이었다.

우리는 의자를 뒤로 젖힌 뒤 커피를 한 잔 들고, 라디오를 잔잔하게 틀어놓고 하늘을 바라봤다. 저 멀리, 분홍 빛깔이 바다로부터 솟아나려 하고 있었다.

"레디. 그리고, 액션."

애덤은 그렇게 말하고 갈색 봉투를 열어 내게 내밀었다. 설탕 냄새가 훅 끼쳤다. 나는 속이 뒤틀려 고개를 저었다.

애덤은 봉투에 손을 넣고 시나몬 롤을 하나 집어 들었다.

"시나몬이 얼마나 시나몬 맛이 나고 레몬 껍질은 얼마나 레몬 껍질 맛이 나는지 좀 먹어봐요. 나는 음식의 맛을 느끼고 감상하고 있어요."

애덤은 로봇처럼 말하고 있었다.

"나는 삶의 여러 가지 기쁨 중 하나를 음미하고 있어요."

"조금씩이라도 이해해가는 것 같아 다행이네요."

애덤은 한입 물고 몇 번 씹어보다가 종이봉투에 금방 뱉어버리고 나머지도 봉투에 던져 넣은 후 봉투를 구겨버렸다.

"사람들은 저런 걸 대체 어떻게 먹는 겁니까?"

나는 어깨만 으쓱할 뿐이었다.

"마리아를 위해 했던 일이나 함께했던 일 중에 재미있는 얘기 있음 또 해줘요."

"왜요?"

"알아야 하니까요."

그편이 쉬워서 그렇게 말한 거였지만 실은 애덤이 마리아에게 해준 일들, 그녀에게 준 평범하지 않은 선물들에 대해 자꾸만 생각하게 됐다. 자꾸만 더 듣고 싶은 마음이 커졌다.

"흠."

애덤이 잠시 생각하더니 말했다.

"마리아는 『월리를 찾아라』를 정말 좋아했어요. 그 책 시리즈 알죠? 그래서 사귀자고 말해야겠다는 마음을 먹고 난 다음에 월리처럼 입고 그녀가 있는 곳으로 갔어요. 그녀 앞에 확 나타나진 않았어요. 마리아가 쇼핑을 하고 있으면 나는 아무 말도 하지 않고 그 매장을 걸어서 지나갔어요. 그렇게 계속 그 앞에 나타나기만 하면서 종일 따라다녔어요."

애덤을 바라보는데 나의 두 눈썹이 올라갈 수 있는 데까지 올라가 붙었다. 그리고 나는 곧 웃음을 터뜨리고 말았다. 그의 얼굴이 빛났다.

"다행히, 마리아도 그렇게 즐거워했어요. 그리고 나랑 사귀겠다고 대답해줬어요."

그 말이 끝나기 바쁘게 그의 미소도 사라져버렸다.

"애덤, 그녀를 꼭 되찾게 될 거예요."

"그러길 바랍니다."

우리는 조용히 하늘만 봤다.

"저 수련 잎으로 마리아의 마음을 돌릴 수 없다면 과연 뭐로 가능할까 싶어요."

그는 진지하게 말했다.

나는 다시 웃기 시작했다. 웃음을 멈췄을 땐 하늘이 밝아 있었다.

"좋아요."

나는 열쇠를 꽂으며 말했다.

"기분이 좀 나아졌나요?"

"완전."

그가 빈정댔다.

"이젠 자살 충동이 전혀 안 생기는데요?"

"그럴 줄 알았어요!"

나는 시동을 걸었다. 우리는 집으로 향했다.

나는 아버지가 부엌에 마련해준 유일한 의자에 앉아 수련 잎을 물티슈로 닦은 뒤 가구용 광택제로 광을 냈다. 그건 제법 훌륭한 잎이었다. 가장자리는 완벽한 테두리를 만들고 있었고, 찻잔을 올려놓아보니 아주 튼튼했다. 꼼꼼하게 광을 낸 뒤, 지금 시작되는 약한 두통과 감기 기운은 충분한 가치가 있다고 혼자 결론을 냈다. 나의 작품에 스스로 감탄하고 있는데 8시가 됐다. 내 휴대전화가 삑삑 울려대기 시작했다. 내 마음은 음성 메시지를 들어야 할지 말아야 할지를 두고 싸우고 있었다. 배리가 보냈다는 걸 나는 알고 있었다. 또 모욕과 미움을 뱉어냈겠지. 듣지 말아야 한다는 것도 알고 있었지만 어쩐지 들어야 할 것만 같기도 했다. 그를 위해 적어도 그걸 듣기는 해야 하는 게 아닐까. 그의 상처를 무시해버리는 건 그를 두 번 버리는 게 되는 건 아닐까. 그런 고민을 하고 있는데 애덤이 부엌으로 들어왔다.

"남편인가요?"

나는 고개를 끄덕였다.

"왜 매일 똑같은 시간에 보내는 거죠?"

"일어나서 옷을 입고 나면 그 시간이 되거든요. 8시에 커피 한 잔이랑 토스트를 앞에 놓고 앉으면 새삼 열이 뻗치는 거겠죠. 그러면 나에게도 똑같은 괴로움을 줄 방법을 찾는 거예요."

애덤의 시선이 느껴졌지만 나는 그를 보지 않고 묵묵히 수련 잎에 광만 낼 뿐이었다.

이 얼마나 어처구니없는 상황인가. 그는 아침마다 꼬박꼬박 광분해서 음성 메시지를 남기고 나는 공원에서 훔쳐온 잎에 광이나 내고 있다니. 우리 둘 다 이 결별을 제대로 극복 못 하고 있는 건 분명했다.

"들을 건가요?"

나는 한숨을 푹 쉬고 그를 쳐다봤다.

"아마도."

"왜 그를 떠났는지 다시 상기하려고?"

"아뇨."

나는 솔직하기로 했다.

"그건 내가 받아야 할 벌이니까요."

그가 이마를 찌푸렸다.

"그 사람이 하는 그 끔찍한 말들은 내 심장을 정통으로 찔러대요. 그렇지만 만약 그게 내가 그를 버린 벌이라면, 그걸 들을 때마다 내가 조금씩 해방되는 기분이 들어요. 그러니 어쩌면 나는 정말 이기적인 인간인 거죠. 다른 사람의 고통을 이용해서 내 마음이나 편해지자는."

애덤은 눈이 커다래져서 나를 봤다.

"세상에. 정말 분석 하난 끝내주네요. 내가 들어도 될까요?"

나는 수련 잎을 내려놓고 고개를 끄덕였다. 그리고 애덤이 부엌 조리대 위에 걸터앉아 배리의 메시지를 듣는 걸 지켜봤다. 배리가 나를 모욕하는 내용이 얼마나 흥미진진한지 그의 표정이 쉴 새 없이 변했다. 눈썹이 올라갔다 내려갔다, 이마에 주름이 가득했다가, 뭐가 그리 놀라운지 입이 떡 벌어졌다가. 그러고는 전화를 끊으며 자기가 들은 내용을 빨리 들려주고 싶어 안달인 것 같았다.

"이거, 진짜 웃겨요."

그는 웃으며 눈을 반짝였다. 그런데 전화가 또 울렸다.

"잠깐만요, 하나 더 남겼나봐! 이 남자 진짜 물건이네."

애덤은 내 사생활을 들여다보는 게 무척 즐거운 모양이었다.

"잘한다, 배리!"

그리고 다음 음성 메시지를 듣는데 애덤의 얼굴이 굳어졌다.

심장이 쿵쿵 뛰기 시작했다.

30초쯤 지났을까, 애덤은 바닥으로 내려서서 내 전화기를 돌려줬다. 그리고 내 시선을 피하더니 부엌을 나가려했다.

"뭐라고 했어요?"

"아, 별로 재미없어요."

"애덤! 첫 번째 메시지는 들려주고 싶어 안달이었잖아요!"

"아 그거, 맞다. 그래, 그건 당신 친구에 대한 말도 안 되는 얘기였어요. 줄리라는 여자가 창녀래요. 아니다, 헤픈 년이었나? 볼 때마다 다른 남자랑 있었다나. 한번은 유부남이랑 있는 것도 봤다고. 그리고 그 여자의 옷차림에 대해서도 할 말이 많더라고요."

"그런데 그게 그렇게 웃기던가요?"

"그게, 전남편분 말솜씨가 아주 특출나시더이다."

나는 고개를 가로저었다. 줄리는 대학 때부터 나랑 제일 친한 친구 중 한 명이었다. 토론토로 이사 가면서 내게 차를 맡기고 간 바로 그 친구였다. 배리는 나에게 계속 상처를 주고 있었다.

"다음 메시지에선 뭐라던가요?"

애덤은 나를 피하려 했다.

"애덤!"

"진짜 별거 아녔어요. 말도 안 되는 얘기예요. 그냥 열이 받아서 지껄인 소리 같아요."

그는 나를 말없이 쳐다보더니 부엌을 나갔다.

애덤이 나를 보는 눈빛은 뭐랄까……. 동정과 연민이 가득했던 것도 같고, 호기심 같기도 했다. 뭘까? 뭐라고 딱 꼬집어 말할 수는 없지만 신경이 자꾸 쓰였다. 나는 음성 메시지를 들어보기로 했다.

"새로운 음성 메시지가 없습니다."

"애덤, 내 메시지를 삭제했잖아요!"

나는 그를 쫓아 거실로 나갔다.

"그랬어요? 어이구, 미안해요."

그는 컴퓨터에서 눈을 떼지 않고 말했다.

"일부러 그런 거잖아요."

"내가요?"

"배리가 뭐라고 했어요? 말해줘요."

"말해줬잖아요. 당신 친구는 헤픈 년이라고. 그건 그렇고 그 친구 한 번 만나봅시다. 아주 흥미로운 사람 같던데."

그는 분위기를 바꿔보려고 농담을 했다.

"두 번째 메시지, 빨리 말해줘요."

"기억이 안 나요."

"애덤, 그건 내 메시지라고요. 얼른 말해요!"

나는 그 앞에 버티고 서서 소리를 질렀다.

내가 소리를 지른다고 달라지는 건 아무것도 없었다. 소리를 치면 그를 도발할 수 있을 줄 알았는데 오히려 그 반대였다. 그는 더 부드러워졌고 나를 동정하는 것 같았다. 그게 더 화가 났다.

"모르는 편이 나아요. 알겠어요?"

애덤이 말했다.

그가 나를 보는 눈빛을 보니 배리가 또 어떤 사적인 얘기를 했을지 생각만 해도 무서웠다. 애덤으로부터 아무 얘기도 들을 수 없을 거라는 게 빤했으므로 나는 그냥 거실을 나왔다. 그를 내버려두고 집을 박차고 나와 내 인생이 어쩌다 요 모양 요 꼴이 됐느냐며 울고불고 소리를 질러대고 싶었지만, 그럴 수 없었다. 나는 애덤에게 묶여 있다고 느꼈다. 마치 엄마가 자식에게 그렇듯, 그 순간 그를 떠나고 싶어도 그럴 수 없다고 생각했다. 그는 밤이나 낮이나 늘 나의 책임이었다. 배리가 뭐라고 말했는지는 모르겠지만 그 덕에 애덤은 나를 보호하는 게 자기가 할 일이라고 느끼는 모양이었다. 그러나 지금 이 순간에도 나는 그를 보살펴야 했다. 애덤의 기분이 예측 불가능하다는 것을 깨닫는 데는 그리 오래 걸리지 않았다. 어떤 때는 나와 대화가 잘 되기도 하고, 때로는 그가 대화를 주도하기도 했지만, 나와의 대화를 억지로 참아내고 있는 때도 있었고 갑자기 어디론가로 한순간에 증발해버리기도 했다. 자취도 없이, 완전히. 그는 자기의 생각 안으로 들어가버리곤 했다. 길을 잃은 듯한 표정으로. 때로는 무척 화난 표정으로. 그러면 나는 그가 무슨 생각을 하는지 몰라 두려워졌다. 이런 현상은 대화 도중에, 어떤 문장을 말하다가, 심지어 자기가 말을 하는 도중에 일어났다. 한번 그러면 헤어나는 데 몇 시간씩 걸렸다. 그는 스스로를 외부로부터 완전히 차단했다. 내 음성 메시지를 삭제했다고 내가 소리를 지른 후에도 역시 그랬다. 애덤은 삶을, 자기 자신을, 다른 사람 모두를, 그리고 주위의 모든 것들을 미워하며 벌써 1시간째 소파에 앉아 있었다. 나는 그런 그를 바라보고 있다가 그 상황을 해결하기 위해 나섰다.

"자, 가요."

나는 그에게 코트를 던져줬다.

"안 가요."

"가야 해요. 어디로든 사라지고 싶지 않아요?"

그는 혼란스러운 얼굴로 나를 봤다.

"사라져버리고 싶잖아요. 어디론가 없어져버리고 싶고. 좋아요. 우리, 없어져버리자고요."

세 살인 알리샤는 옆에 카시트를 놓고 현관 계단참에 앉아 있었다. 알리샤는 내 조카이고, 브렌다 언니의 막내딸이다. 남자 조카 녀석들은 내가 그 집에 발을 들이는 순간 늘 나를 묶어놓은 뒤 통구이를 해 먹겠다고 소리를 질러댔기 때문에, 나는 이모로서의 의무를 알리샤와 시간을 보내며 수행했다. 나 역시 그 시간을 온전히 즐겼다. 나는 매주 한 번씩 알리샤를 데리고 나와 몇 시간을 함께 보냈다. 이런 형태의 나들이는 넉 달 전, 아마도 내 결혼 생활을 청산해야겠다고 마음먹은 무렵에 시작됐다.

나는 알리샤를 뒤에 태우고 놀이 센터에 가고 있었다. 그곳에 가면 모든 게 스펀지로 된 방 안에 아이를 풀어놓을 수 있었다. 아이가 이쪽 벽에서 저쪽 벽으로 방방 뛰다가 계단을 굴러 플라스틱 공이 가득찬 볼풀로 점프해 들어가는 모습을 지켜봤다. 그러다가 내가 자기를 보고 있는지 아이가 확인하려고 할 때면, 겁에 질린 표정을 황급히 감춰야 했다.

그날도 늘 가던 놀이 센터에 가는데, 우리가 늘 우회전을 하던 신호등 앞에서 갑자기 알리샤가 왼쪽으로 갔으면 좋겠다고 말했다. 서둘러 가봐야, 아이가 빙빙 돌아가는 거대한 스펀지 원기둥 사이로 으깨지며 재미있어하는 모습을 겁에 질려 지켜보는 것 말고 뭐가 더 있을까 싶기도 했고, 지난밤 다른 남자와의 판타지에서 완전히 깨어나지 못하고 있었기 때문에 나는 알리샤의 말대로 좌회전을 한 뒤 그다음에는 어디로 가고 싶은지 물었다.

우리는 알리샤의 명령대로 방향을 잡으며 1시간가량 드라이브를 했다. 그리고 매주 이렇게 시간을 보냈다. 우리는 매번 다른 곳에 도착하곤 했다. 이 놀이를 하면 나는 생각이란 걸 할 수 있었다. 시간도 잘 갔다. 심지어 알리샤는 어른 위에 군림하는 신선한 기분을 만끽할 수 있었다.

『인생을 즐기는 서른 가지 단순한 방법』에 등장하는 충고 중 하나는 '아이들과 시간 보내기'였다. 책에는 아이들과 함께하는 동안 얻는 행복은 엄청난 것으로 조사됐다고 쓰여 있었다. 아이라는 존재가 쇼핑하러 가는 것보다 더 큰 행복을 주지 못한다고 밝힌 연구 결과도 많이 읽어봤지만, 내 생각에 이건 아이들을 좋아하느냐 아니냐에 달린 문제인 것 같다. 나는 이 시간이 애덤에게 삶의 아름다움에 눈뜨는 또 하나의 과정이 되길 바랐다. 그리고 그가 내 조카를 지켜본다고 또 체포될 염려는 없기도 했고.

"안녕, 알리샤."

나는 아이를 꼭 안아줬다.

"안녕, 웅가."

"왜 혼자 여기 나와 있어?"

"리는 웅가하고 있어."

리는 6개월 된 아기 제이든을 팔에 안고 창가에서 손을 흔들었다. 알리샤를 데리고 가도 좋다는 뜻 같았다.

나는 조수석 문을 열고 얼이 빠져 있는 애덤에게 말했다.

"알리샤랑 뒤에 앉아요. 이 아저씨는 애덤이야. 오늘 우리랑 같이 길을 잃을 사람이야."

나는 애덤이 알리샤와 대화를 나눌 수 있기를 바랐다. 앞에 타면 아이를 무시하기가 훨씬 쉬울 테니까.

"이 아저씨가 웅가 이모의 하나밖에 없는 진짜 사랑이야?"

"아니, 웅가야, 아니야."

알리샤가 까르르 웃었다.

나는 카시트를 차에 장착하고 알리샤를 그 위에 태웠다. 애덤은 여전히 정신이 딴 데 가 있는 채로 옆자리에 앉아 창밖만 내다봤다. 그러다가 생각하기를 잠시 멈추고 옆에 묶여 있는 귀여운 세 살배기를 힐끗 봤다. 그렇게 둘은 아무 말 없이 서로를 빤히 봤다.

"오늘 몬테소리는 어땠어?"

내가 물었다.

"좋았어, 웅가야."

"오늘은 말할 때마다 웅가라고 말하기로 한 거야?"

"응, 쉬야!"

애덤은 이게 뭔가 싶으면서도 재미있다는 얼굴이었다.

"가족 중에 아이들이 있나요?"

내가 애덤에게 물었다.

"있어요. 누나네 애들. 하지만 그 콩알만 한 것들은 망할 놈의 가식 덩어리들이죠."

"참 어른답네요."

내가 비꼬며 말했다.

"미안해요."

애덤이 움찔했다.

나는 그 둘을 백미러로 지켜봤다.

"너는 몇 살이니?"

애덤이 알리샤에게 물었다.

알리샤가 손가락 네 개를 들어 올렸다.

"네 살이구나."

"세 살이에요."

내가 끼어들었다.

"그리고 거짓말도 잘하는구나."

애덤이 말했다.

"봐요. 내 코! 우우우우!"

알리샤는 자기 코가 길어지는 시늉을 했다.

"우리는 어디로 가는 거니?"

애덤이 물었다.

"왼쪽!"

알리샤가 말했다.

"세 살인데 방향을 알아요?"

나는 미소를 짓고 왼쪽 깜빡이를 켰다. 그리고 길 끝에 다다랐을 때 나는 뒷거울로 알리샤를 봤다.

"오른쪽!"

알리샤가 말했다.

나는 우회전을 했다.

"진짜로 방향을 아는 거야?"

애덤이 알리샤를 보며 말했다.

"넹."

알리샤가 말했다.

"어떻게? 넌 겨우 세 살인데."

"난 방향은 다 알아요. 어딜 가도. 전 세계 어디도. 옹가 거리로 가볼래요?"

알리샤는 머리를 뒤로 젖히고 깔깔 웃었다.

우리는 여러 번 방향을 바꿨다. 우회전, 좌회전, 직진. 모두 알리샤의 지시대로였다. 그렇게 10분을 보냈다.

"근데, 우리가 어디로 가고 있는 건지 물어봐도 될까?"

애덤이 물었다.

"왼쪽."

알리샤가 또 말했다.

"왼쪽으로 가는 건 알겠는데, 왼쪽으로 가면 뭐가 있어요?"

애덤이 이번엔 내게 물었다.

"이게 길을 잃는 방법이에요."

"그러니까 이렇게 돌고 도는 거예요? 애가 시키는 대로?"

"바로 그거예요. 그다음에 집을 찾아가는 거예요."

"얼마나?"

"2, 3시간쯤?"

"이걸 얼마나 자주 하는데요?"

"보통은 일요일에 하는데. 이번엔 특별히 한 번 더 외출한 거예요. 차가 안 막힐 때가 다니기 훨씬 낫죠. 이거 은근히 재미있어요. 유일한 규칙은 고속도로는 출입 금지라는 거예요. 한번은 더블린 산맥에 도착한 적도 있고, 말라하이드 해변에 도착한 적도 있어요. 우리가 좋아하는 곳에 도착하면 차에서 내려서 주변을 구경해요. 매주 새로운 걸 발견하는 거죠. 클론타프 밖으로 못 벗어나고 계속 그 안을 돌다가 끝나는 날도 있는데 알리샤는 전혀 몰라요."

"그렇군요."

"웅가야, 저건 바다야."

알리샤가 웃었다.

"맞아."

애덤은 마지못해 대답만 겨우 했다.

그러고는 한 15분간 다시 자기 기분 속으로 침잠해 들어갔다.

"나도 한 번 해볼래요."

그가 불쑥 말했다.

"내가 방향을 말하면 안 될까요?"

"안 돼!"

알리샤가 냅다 소릴 질렀다.

"알리샤!"

내가 경고를 보냈다.

"내가 방향을 말하면 안 될까요? 웅가님?"

애덤이 물었다.

알리샤가 웃었다.

"알았어."

"좋아."

애덤은 골똘히 생각하더니 말했다.

"저 신호등에서 좌회전!"

나는 뒷거울로 그를 가만히 봤다.

"지금 마리아한테 갈 순 없어요."

"그러는 거 아니에요."

우리는 좌회전을 해서 몇 분간 계속 달렸다. 하지만 결국은 막다른 길이 눈앞에 나타났다.

"이런 적은 진짜 한 번도 없었는데."

나는 후진을 하기 시작했다.

"내가 하는 일이 그렇지 뭐!"

애덤은 성질을 내며 팔짱을 꼈다.

"웅가야, 다시 해봐."

알리샤는 애덤이 안 됐다는 듯 말했다.

"저 아래쪽에 좁은 길이 있네요."

애덤이 말했다.

"저긴 비포장도로잖아요. 어디로 가는 길인지 전혀 모르겠는데요?"

"어디론가 데려다주겠죠."

좌회전을 하는데 전화가 울렸고 나는 스피커폰으로 받았다.

"크리스틴, 저예요."

"안녕하세요, 오스카 씨"

"지금 저 버스 정류장에 있어요."

"잘하고 있어요! 기분은 좀 어때요?"

"썩 좋진 않아요. 2주나 자리를 비우신다니 정말 너무해요."

"미안해요. 대신 전화는 언제든지 해도 돼요."

"여기 직접 와주면 진짜 좋을 것 같아요."

오스카의 목소리가 떨렸다.

"나를 만나서, 같이 버스에 타주면 안 되나요?"

"그건 안 돼요. 미안해요, 그럴 수 없다는 거 알잖아요."

"알아요, 알아요. 그건 프로답지 않은 거라고 하셨죠."

그가 풀죽은 목소리로 말했다.

나는 고객을 돕기 위해서라면 무슨 일이든 발 벗고 나섰지만 오스카와 같이 버스를 타는 일에는 선을 딱 그었다. 나는 애덤을 뒷거울로 봤다. 지금 내 삶도 엉망이면서 남을 가르치고 있다고 날 비웃지는 않는지 보려고.

"오스카 씨, 할 수 있어요. 숨을 깊이 들이쉬면서 긴장을 풀어 봐요."

나는 오스카와 통화하는 데에 온통 신경이 쏠려서 길 양쪽으로 초록 벌판이 펼쳐진 시골길을 계속 달렸다. 한 번도 가본 적 없는 길이었다. 가끔씩 사거리에 다다르면 애덤이나 알리샤 중 한 명이 방향을 불러줬다. 마침내 오스카는 버스에서 네 정거장을 버텨냈고 잔뜩 의기양양해져서 전화를 끊었다. 아마 춤을 추며 집으로 돌아갔을 거다. 그때 조수석에 있던 애덤의 전화가 울리기 시작했다. 액정 화면에 마리아라고 떴다. 애덤이 눈치채지 않게 얼른 전화를 받았다.

"아, 안녕하세요."

마리아가 내 목소리를 듣고 말했다.

"그때 그분이시네요."

"네, 안녕하세요."

애덤이 전화기를 빼앗을까 봐 나는 그녀 이름을 부르지 않았다.

"이제 그 사람 전화 대행 서비스를 맡게 된 건가요?"

마리아는 농담을 하려던 것이었지만 목소리에 날이 서 있는 걸 감출 수는 없었다.

나도 아무것도 모르는 척 가볍게 웃었다.

"진짜 그런 것 같네요. 그럼 어떻게 도와드릴까요?"

"도와주신다고요? 글쎄요, 저는 그냥 애덤과 통화를 하고 싶었던 건데요?"

그녀는 퉁명스럽게 딱 잘라 말했다.

"미안하지만, 애덤은 지금 전화를 받기 어려운데요."

나는 그녀가 나를 들이받을 빌미를 주지 않으려고 아주 친절하게 말했다.

"메모를 남겨드릴까요?"

"어제 아침에 제가 한 얘기는 전달이 된 건가요?"

"그럼요. 제가 끊자마자 전했어요."

"그럼 왜 전화를 다시 안 한 거죠?"

사거리가 가까워지고 있었다.

"왼쪽!"

알리샤와 얘기를 하다 말고 애덤이 갑자기 소리를 질렀다.

"오른쪽!"

알리샤가 말했다.

"왼쪽으로 가!"

애덤이 소리를 질렀다. 알리샤가 깔깔 웃어댔고 애덤과 함께 꽥꽥 소리를 질러댔다. 애덤은 알리샤의 입을 막으려고 했고 알리샤는 그럴수록 더 소릴 질러댔다. 그리고 알리샤가 애덤의 손을 핥아버리자 애덤이 비명을 질렀다. 완전히 아수라장이었다.

나는 마리아가 뭐라고 하는지 거의 들을 수가 없었다.

"전화를 다시 안 한 걸 원망할 순 없지 않나요? 애덤이 알게 된 사실을 생각하시면?"

나는 비난이나 비판의 뉘앙스 없이 부드럽게, 마리아가 자신의 처지를 깨닫도록 간단하게 말했다.

"맞아요. 그러네요. 지금 들리는 소리, 그 사람인가요?"

"네, 맞아요."

"왼쪽!"

애덤은 알리샤가 방향을 소리치지 못하게 아이의 입을 틀어막으며 소리쳤다. 알리샤는 배꼽이 빠지도록 웃어댔다.

"내 손 또 핥기만 해봐!"

그는 장난이 가득한 목소리로 말했다. 그러더니 아프다는 듯 손을 얼른 뺐다.

"윽! 얘가 날 물었어!"

알리샤는 숨을 헐떡이며 고함을 질렀다.

"그쪽이 전화했다고 전해줄게요. 들리겠지만 지금은 한참 뭘 하는 중이라."

"아, 알겠어요."

"그런데, 오늘은 어디로 가면 만날 수 있나요? 집에 계실 건지, 직장에 계실 건지."

내가 물었다.

"늦게까지 직장에 있을 거예요. 하지만 상관없어요. 휴대전화로 연락하면 되니까. 그 사람, 아직도…… 저한테 화가 나 있나요? 멍청한 질문이네요. 당연히 그렇겠죠. 나라도 그럴 거예요.

그렇다고 그 사람이……."

내 뒤에 있는 두 미치광이가 더 큰 소리로 웃어대는 통에 마리아가 한 나머지 말은 들을 수가 없었다.

"누구예요?"

내가 전화를 끊자 애덤이 물었다.

"마리아예요."

"마리아? 왜 당신한테 전화를 하죠?"

그가 앞으로 다가와 앉았다.

"당신 전화였어요. 비밀은 없기로 했으니까."

"대체 왜 나한테 말하지 않은 거예요?"

"왜냐하면 그러면 당신이 웃음을 그쳤을 테니까. 그리고 이제 마리아는 당신이 아주 즐거운 시간을 보내고 있는 줄 알아요."

애덤은 잠시 생각하더니 말했다.

"하지만 내가 마리아를 그리워하고 있다는 걸 당사자가 알았으면 좋겠는데요."

"애덤, 나를 믿어요. 당신이 울고 있는 것보다 웃고 있는 걸 마리아가 듣는 편이 나아요. 당신이 계속 우울해 있으면 마리아는 자기가 선에게 가길 잘했다고 생각할 거예요."

"알았어요."

애덤은 얼마간 조용히 있었고 나는 그를 다시 잃어버렸다고 생각했다. 알리샤는 괜찮은지 돌아보았다. 아이는 창문 위를 손가락으로 걸어 다니고 있었다.

"있잖아요, 이거 정말 재미있는 아이디어네요."

애덤에게서 들은 말 중에 가장 긍정적인 표현에 가까웠다.

"잘됐네요."

기분 좋게 대답하자마자 나는 브레이크를 밟아야 했다. 우리 앞에 웬 차들이 서 있었다.

원래 이 길은 차 한 대만 다닐 수 있는 공간인데, 우리 앞에 차 두 대가 옆이 거의 딱 붙다시피 서 있었다. 한 대는 우리 쪽을 향하고 있었고 한 대는 반대 방향을 향해 있었다. 두 차의 문은 맞닿아 있었다. 차창은 모두 까만색이었다. 이렇게 빤히 쳐다보면 안 되겠다는 걸 깨달은 순간, 앞차의 문이 열리더니 검정 가죽 재킷을 입은 무시무시하게 생긴 남자가 내렸다. 키도 크고 몸집도 큰 그 남자는 우리를 본 게 영 기분 나쁘다는 얼굴이었다. 뒷좌석에 어깨를 나란히 붙이고 앉아 있던 다른 세 남자 역시 얼굴을 돌려 우리를 보는데 비슷한 표정이었다. 그들은 옆 차에 타고 있던 다른 남자를 바라보더니 신경질적으로 고개를 젓고 어깨를 들썩여댔다.

"어, 애덤."

내가 초조하게 그를 불렀다. 애덤은 알리샤와 응가 얘기를 하느라 내 말을 듣지 못했다.

"애덤!"

내가 한 번 더 다급하게 부르고서야 그가 고개를 들었다. 애덤이 정면을 봤을 땐 이미 덩치 큰 남자가 방망이를 들고 우릴 향해 걸어오고 있었다.

"후진!"

애덤이 급히 말했다.

"크리스틴, 후진해요. 당장!"

"아냐! 왼쪽이야!"

알리샤는 우리가 아직도 게임 중인 줄 알고 소리쳤다.

"크리스틴!"

"노력하고 있어요!"

클러치가 맹렬하게 돌았다. 나는 너무 겁에 질려 맞는 기어를 제대로 찾지도 못하고 있었다.

"크리스틴!"

애덤이 다시 소리 질렀다.

덩치 큰 남자가 우리 차에 한 걸음 더 다가오더니 차 앞유리에 '차 판매합니다'라는 팻말에 적힌 내 전화번호를 들여다봤다. 그러더니 내 눈을 정면으로 보며 방망이를 들어올렸다. 바로 그 순간, 나는 액셀을 밟았고 우리는 초고속으로 후진했다. 그 바람에 애덤은 뒷자리로 나자빠졌다. 덩치 큰 남자는 굴하지 않고 방망이를 붕붕 휘두르며 쫓아왔다. 뒤쪽을 보며 직진으로 계속 후진을 잘하고 있었는데 갑자기 길이 엄청난 각도로 휘어지기 시작했다. 아까 올 때는 전화 통화에 정신이 팔려 미처 몰랐다.

"젠장, 더 여럿이 쫓아와요!"

애덤의 말에 앞을 봤더니 차에서 세 명이 더 기어 내리고 있었다.

"길을 봐야지, 길을!"

애덤이 소리쳤다.

"아, 젠장!"

나는 욕을 할 뻔했다. 다행히 알리샤가 있다는 게 먼저 생각났다.

"이런 똥, 똥, 똥, 똥!"

나는 그 말만 계속해서 반복했다.

알리샤는 뒤집어지게 웃어대더니 같이 하기 시작했다.

"똥! 똥! 똥!"

"최대한 밟아요."

애덤이 말했다.

"안 돼요. 길이 휘었잖아요."

나는 차를 다른 풀숲에 박으며 말했다.

"알아요, 그냥 더 집중해요. 그리고 더 밟아요."

"아직도 따라와요?"

애덤은 대답하지 않았다. 나는 참을 수가 없었다. 알아야 했다. 앞을 보니 유리를 검게 코팅한 차가 우릴 향해 달려오고 있었다.

"오 마이 갓."

"근데 우리 왜 뒤로 가?"

알리샤가 차 안에 감도는 공포를 감지했는지 웃음을 그치고 물었다. 마침내 나는 제법 빠르고 능숙하게 차도로 올라설 수 있었고, 알리샤의 지시대로 이쪽저쪽으로 방향을 바꾸며 미친 듯이 달아났다. 그리고 길에 다른 생명체들이 있는 커다란 주택가로 다시 들어서자 나는 속도를 늦추고 되는대로 몇 번 더 방향을 바꿨다.

"됐어요, 이제 그만 멈춰도 될 것 같아요."

내가 로터리를 세 번쯤 돌았을 때 애덤이 말했다.

"이제 안 따라와요."

"우아, 우아, 우아, 난 어지러워요."

알리샤가 노랠 불렀다.

"난 토할 것 같아."

애덤이 말했다.

나는 깜빡이를 켜고 로터리를 벗어났다.

알리샤를 집에 데려다 준 뒤에는 왜 애가 흥분해서 "후진!"이라고 소릴 질러대며 온 집안을 뒤로 뛰어다니는지 브렌다 언니에게 설명하느라 진땀을 빼야 했다.

"애덤, 내 동생의 처방들이 삶을 즐기는 데 도움이 좀 되고 있나요?"

언니는 테이블 앞에 앉아 애덤에게도 의자를 하나 빼주었다. 언니의 저 태도에는 상대로 하여금 도저히 거절할 수 없게 하는 무언가가 있다.

"지금까지 우리는 식사를 하고, 공원을 산책하고 아이랑 드라이브를 했어요."

"그랬군요. 식사는 어땠나요?"

"실은, 속이 안 좋아졌습니다."

"재미있네요. 공원은 어땠어요?"

"거기서 체포됐어요."

"체포된 거 아니잖아요. 좀 진정하라고 잠깐 구치소에 넣었던 것뿐이라고요."

나의 치료 요법들에 의문이 제기되는 이 분위기가 마음에 안 들어 쏘아붙였다.

"그리고 드라이브를 하다가 마약 거래 현장에 말려들 뻔했고."

언니가 우리 대신 결론을 지었다. 우리는 아무 말도 하지 않았다. 브렌다 언니는 머릴 뒤로 젖히고 웃더니 대화 주제를 바꿨다.

"애덤, 그 생일 파티 있잖아요, 잘 차려입고 가야 하는 파티인 가요?"

"완전 제대로요."

"좋았어. 내가 얼마 전에 아주 완벽한 드레스를 발견했거든요. 맞춰 신을 구두도 사야겠네."

그리고 언니는 일어섰다.

"이제 나는 제이든 저녁을 준비해야 하니까 두 사람은 얼른 사라지는 게 좋을 거야. 아니면 두 사람 엉덩짝을 퓌레로 만들어버릴지도 모르니까."

애덤이 재미있다는 얼굴로 나를 보는데 그의 눈빛이 다시 반짝였다. 정상이 아닌 나의 가족 때문인지, 온통 재앙이 돼버린 삶을 즐기기 위한 나의 처방 때문인지는 상관없었다. 난 그저 그가 살아 있는 모습을 보는 게 행복했다.

집으로 돌아간 후, 수련 잎을 가지러 집에 들어갔다가 다시 차로 돌아왔더니 차 앞유리가 완전히 박살이 나 있었다. 불과 몇 분 사이에 일어난 일이었다.

12
-

마리아라는 문제를 해결하는 법

마리아는 그랜드 카날 도크에 있는 바둑판처럼 생긴 고층 건물에서 일했다. 수련 잎 배달은 내가 맡을 예정이었다. 애덤은 자기가 보낸 물건이라고 하면 마리아가 직접 받으러 내려올 거라고 확신했다. 애덤에게는 밖에서 기다려야 한다고 확실히 말했지만, 적어도 그녀의 반응을 직접 볼 수 있는 곳에는 있어도 좋다고 했다. 건물 전체가 철과 유리로 만들어졌기 때문에 애덤이 있을 만한 좋은 위치는 많았다. 문제는 그녀가 그를 볼 수 없어야 한다는 것이었다. 나는 애덤이 준비가 됐을 때 마리아와 다시 만나길 바랐다. 지금 애덤은 준비가 전혀 되지 않은 상태였다.

마리아를 만난다고 생각하니 기분이 이상했다. 바로 그 마리

아. 나는 그녀의 꽤 은밀한 얘기들을 알고 있었고, 통화를 두 번 했다. 그녀는 애덤이, 아름다운 애덤이 자신의 삶을 위기로 몰아간 이유, 혹은 그 이유들 중 하나였다.

하이힐을 신고 대리석 바닥 위를 또각또각 소리를 내며 걸어가자 한 줄로 늘어앉은 안내 데스크 직원들이 일제히 고개를 들었다. 나는 그때 내가 마리아에게 분노를 느끼고 있음을 불현듯 깨달았다. 이런 걸 꼭 지금 깨달아야 할까? 한때 애덤을 사랑했을지 모르겠으나 자기가 버린 뒤의 결과에 대해선 깜깜하며, 아직도 그를 지배하는 마리아를 나는 원망하지 않을 수 없었다. 그녀를 되찾기 위해 힘든 시간을 보내는 애덤과 아무것도 모르고 여기 있는 마리아를 생각하니 피가 끓었다. 역시나 타이밍이 좋지 않았다. 더구나 중립적이어야 하는 나의 역할을 생각할 때 내가 애덤을 과도하게 보호하려고 드는 것 역시 적절치 않았다. 그런데도 내 감정은 너무 한쪽으로 치우쳤다.

이성적으로 볼 때, 마리아에게 잘못이 없다는 걸 알고 있다. 만약 마리아가 내 친구이고 애덤의 행동에 대해 내게 털어놓았더라면, 관계를 구제하기 위해 할 수 있는 걸 다 해본 그녀를 위해, 그를 떠나겠다는 그녀의 선택을 나 역시 지지했을지도 모른다. 그럼에도 불구하고 이 마리아라는 여자는 신경에 거슬렸다. 나는 애덤에게 이제 그만 잊으라고, 그녀를 되찾으려 하지 말라고 말해야 함을 알고 있었다. 그녀는 이미 다른 사람, 당신의 친구를 만나고 있으니, 그녀는 자기 갈 길을 갔으니, 당신도 그렇게 하라고. 하지만 그러면 애덤이 더 망가질까? 물론. 그는 죽을 수도 있다. 나는 그걸 안다. 그러므로 애덤을 위해 그들의 관계가 회복되어야만 했다. 그러자니 다시금 마리아에 대한 분노가 고개를 들었다.

"레드 립스 프로덕션의 마리아 하티에게 배달할 게 있어요."

나는 안내 데스크 직원에게 말했다.

"보내신 분은요?"

"애덤 바질이요."

밖에 서 있는 애덤이 보였다. 털모자를 깊이 눌러쓰고, 더플코트를 턱밑까지 잠가서 얼굴이 거의 보이지 않았지만, 찬바람과 맞닿는 피부는 추위 때문에 빨개지고 있었다. 애덤이 마리아의 반응을 볼 수 있도록 내가 위치를 잘 잡아야 했다. 마리아가 수련잎을 던진 다음 밟고 지나가버리지 않기만을 바랐다. 만약 애덤이 운하로 다이빙을 하려고 든다면 내가 바로잡을 수 있는 거리가 아니었으니까.

엘리베이터 문이 열리고 인형 같은 여자가 걸어 나왔다. 블랙 스키니 진에 바이커 부츠, 나체의 여인이 도발적인 포즈를 취하고 있는 프린트 티셔츠, 풍성하고 윤기가 나는 새까만 머리, 파랗고 커다란 두 눈, 완벽한 코, 그리고 새빨간 입술. 다른 데서 봤으면 마리아라고 생각도 못 했을 것 같았다. 정장을 입은 여자를 기다리고 있었기 때문이다. 나는 그녀의 외적인 분위기가 대기업 직원 같을 것이라고 상상했다. 하지만 그녀를 본 순간 나는 알았다. 빨간 입술이 그녀임을 결정적으로 알게 했고 회사 이름과도 곧장 연결됐다. 눈치를 챘으면서도 그녀가 내가 있는 쪽으로 걸어오는 동안 이름을 부를 수는 없었다. 애덤과 그녀가 얼마나 눈에 띄는 커플이었을지 자연스레 상상이 됐다. 그들이 함께 가는 곳이면 모든 사람이 고개를 다시 돌려 바라보게 되는 그런 커플. 그러자니 더욱더 마리아에게 분노를 느꼈다. 촌스러운 여자의 질투였다. 그전에는 이런 기분을 느껴본 적이 한 번도 없었기에 스스로에게도 짜증이 났다. 나는 그런 류의 여자가 아니었다. 과거의 나는 늘 행복했고 삶도 안정적이었다. 하지만 지금의 나는 그렇지 못하므로 조금이라도 안정된 사람을 보면 위태해질 대로 위태해진 내 자신감이 볼링 핀처럼 와르르 무너졌다.

직원이 나를 가리키자 마리아가 나를 들여보냈다. 지금은 젬마일로 말도 안 하지만 내 동료들이 나와 말을 섞고 지내던 때는 내게 '캐주얼 프라이데이'라는 아침 인사를 건네곤 했다. 내가 주로 청바지를 입고 다녔기 때문이다. 그것도 그냥 평범한 청바지가 아니라 거의 무지개색으로 갖추고 있었고, 다른 옷들도 마찬가지였다. 내게 옷이란, 나의 하루를 화사하게 밝혀줄 만화경이었다. 세상의 다른 모든 것들이 그 화려함에 발맞추길 거부할 때에도 말이다.

검정과 베이지 색으로만 구성된 나의 패션 세계를 무지개빛깔의 향연으로 바꾼 건 20대 중반 때였다. 『우리가 입는 옷으로 영혼을 풍요롭게 하는 법』이라는 책을 읽은 뒤 나는 늘 한 가지라도 색깔이 있는 아이템을 입었다. 그 책에는 우리의 피부와 영혼은 우리가 입는 색깔들로부터 에너지를 받으며, 어두운색의 옷을 입으면 에너지가 빠져나간다고 설명했다. 우리의 몸은 햇빛을 필요로 하는 것처럼 다양한 색을 갈구한다고 했다. 그런데 고급의류 카탈로그에서 지금 막 걸어 나온 것처럼 검은색으로 쫙 빼입은 완전 세련된 마리아 앞에 스키틀즈 사탕 봉지 같은 내가 서

있었다. 게다가 나의 긴 갈색 웨이브 머리 위에 쓴 줄무늬 털모자
는 어린이를 위한 인형극단에서 훔쳐온 것 같았다. 나는 해변의
금모래 빛깔이 나는 머리카락을 매주 정성스럽게 관리했다. 아무
렇게나 만진 듯 무심하게 헝클어져 있었지만, 이 머리로 말할 것
같으면 전혀 무심하지 않았다. 그런 척할 뿐이었다. 내 머리카락
은 가벼운 미풍에도 휘날렸다. 도무지 가만히 있으려고 하질 않
았다. 그런데 마리아는…… 센스 좋은 사람들이 하는 단발머리
를 했다. 특히 일자로 자른 앞머리는 어떤 고난 앞에서도 끄떡없
을 것 같았다.

내가 들고 있는 수련 잎에 마리아의 시선이 꽂힌 순간 (워낙 눈
에 잘 띄기도 했고) 그녀의 얼굴이 환하게 빛났다. 안도감이 파도
처럼 밀려왔다. 하지만 마리아가 애덤을 보게 될까 봐 그의 얼굴
은 돌아볼 수가 없었다. 마리아는 웃음이 터져 나오는 입을 두 손
으로 가리며 사람들의 이목을 끌지 않으려고 조심했지만, 마리아
하티가 수련 잎을 선물받았다는 소문이 직장에 퍼지는 건 시간
문제라는 생각이 들었다.

"세상에!"

마리아는 두 눈을 문질렀다. 마리아의 눈은 순식간에 젖었다.
기쁨의 눈물일 수도 있겠고, 한때 어떤 사람과의 추억이 갑자기
떠올랐을 수도 있겠지. 마리아는 손을 뻗어 광이 나는 수련 잎을
받아들며 이렇게 말했다.

"이렇게 이상한 물건은 처음 배달해보시죠?"

그리고 나를 향해 미소를 지었다.

"세상에, 그 사람이 이걸 보냈다니 믿기지가 않아요. 벌써 다

잊어버렸을 줄 알았는데. 아주아주 오래전 일이거든요."

마리아는 그 잎을 두 팔로 조심스럽게 안아 들었다. 그러다가 갑자기 정신이 들었다는 듯이 당황해서 말했다.

"미안해요. 이런 얘길 일일이 듣고 있을 시간이 없으실 텐데. 또 다른 배달이 있겠죠? 어디에 사인해드리면 되나요?"

"마리아, 저는 크리스틴이라고 해요. 우리 전화로 통화했었죠."

"크리스틴……."

그녀의 이마에 주름이 지더니 이내 알겠다는 얼굴이었다.

"아, 그쪽 이름이 크리스틴이에요? 애덤의 전화를 받던 분이죠?"

"네."

"아."

마리아는 나를 위아래로 훑어보더니 말했다.

"이렇게 어린 분인 줄 몰랐어요. 전화 목소리로는 나이가 더 있을 거라고 생각했거든요."

"아."

이 말이 듣기 좋았지만 그런 걸로 즐거워할 때는 아니었다.

어색한 침묵이 흘렀다.

"이거 진짜 애덤이 제게 보낸 건가요?"

"그럼요. 영하의 날씨에 물속에 뛰어들어서 홀딱 젖었죠. 입술은 새파래졌고."

나는 아직도 그 추위를 선명히 느끼며 말했다. 그러자 마리아는 고개를 설레설레 저으며 "미쳤나봐, 정말"이라고 말했다.

"당신한테요."

나는 마리아의 말을 이렇게 받았다.

"애덤은 그 얘기를 전하고 싶은 건가요? 아직도 나를 사랑하고 있다고?"

나는 고개를 끄덕이며 "진심으로요"라고 말해줬다. 그런데 왜인지는 모르겠으나 나의 목이 꽉 잠겼다. 그저 타이밍이 나쁜 것이려니. 나는 목청을 가다듬었다.

"저는 꽃도 함께 따야 한다고 생각했는데 저것만 고집하더라고요. 이게 그쪽한테 무슨 의미가 있는 건진 모르겠지만요."

마리아는 수련 잎을 가만히 내려다보다가 빨간색 포일로 포장된 아주 작은 입술을 발견했다. 애덤은 내가 건물로 들어서기 직전에 그걸 올려놓았는데 이제야 그게 뭔지 알 것 같았다. 그건 그날 그레샴 호텔의 침대 위에 흩뿌려져 있던 아주 작은 초콜릿이었다.

"어머나."

마리아는 그걸 집어 올리려고 했지만 잎이 너무 거대해서 한 손으로 들 수가 없었다. 나는 마리아가 그 조그마한 입술을 살펴볼 수 있도록 수련 잎을 받아들었다.

"아직도 이게 남아 있었다니. 이게 뭔지 아세요?"

나는 고개를 저었다.

"우리가 처음 만난 해에 그이가 이걸 만들어줬어요. 빨간 입술은, 그러니까, 제 트레이드마크 같은 거거든요."

마리아는 포일 포장을 열더니 그 속에 진짜 초콜릿이 들어있는 걸 보고 웃었다.

"진짜네!"

"애덤이 초콜릿도 만들 줄 안단 말이에요?"

나는 그건 아닐 거라는 듯 웃었다. 만약 마리아가 그렇게 믿고 싶다면야 내가 의심을 심어줄 필요는 없었지만 참지 못하고 그렇게 말하고 말았다.

"그게, 손수 만드는 건 아니에요. 회사가 만들죠."

마리아는 계속 초콜릿을 들여다보고 있었다.

"그냥 몇 개만 만들었던 거예요. 세상에 나올 물건은 아니었고요. 우리가 다 먹은 줄 알았는데."

"회사가……."

나는 이게 무슨 소리인지 이해해보려고 애쓰고 있었다.

"저를 위해서 디자인한 거예요. 그리고 바질 사 직원들이 만들도록 한 거죠. 헤이즐넛이랑 아몬드를 안에 넣었어요. 내가 좀 '이상한(nutty)' 여자라고."

마리아는 웃고 있었지만 목이 잠겨 소리가 나오지는 않았다. 눈에는 눈물이 고였다.

"이런, 미안해요."

마리아는 돌아서더니 눈물을 멈추게 하려고 눈가에 손부채질을 해댔다.

나는 살짝 충격을 받았지만 아무렇지도 않은 척하려고 굉장히 애를 썼다. 마리아에게 애덤에 대해 더 물어보고, 그에 대해 더 알아볼 수도 있었지만, 무슨 이유 때문인지 내가 이런 걸 모르고 있음을 마리아가 몰랐으면 하는 마음이 들었다. 그녀를 만난 이후로 불안정해진 내 상태가 임무 수행에 차질을 주고 있었다.

"미안하기요. 좋았던 시절을 떠올리는 게 쉬운 일은 아니겠죠.

하지만 애덤은 당신이 그때를 다시 기억해주길 바랐어요."

마리아가 고개를 끄덕였다.

"내가 기억하고 있다고 전해주세요."

"애덤은 아직 그 자리에 그대로 있어요. 알죠? 그쪽이 기억하는 것처럼 재미있고 예측할 수 없는 사람이에요. 두 사람이 처음 만난 때와 똑같을 수는 없겠지만, 그건 누구에게도 불가능한 일 아닐까요? 하지만 저는 애덤 덕에 늘 웃어요."

마리아가 나를 가만히 응시했다.

"그런가요?"

내 볼이 뜨거워지는 걸 느꼈다.

'털모자 때문이야. 너무 추운 데 있다가 따뜻한 건물 안에 들어와서 그럴 수도 있고, 얼음장 같은 연못에 들어갔다 나오면서 코감기가 걸렸기 때문일 거야.'

그래도 완벽한 머리를 한 그녀 앞에서 모자를 벗을 순 없었다. 내가 모자를 벗으면 어떤 사태가 벌어질지 아무도 모를 일이었다.

"애덤을 곁에서 잘 돌봐주고 있는 것 같아요."

"뭐, 그렇죠."

나는 그녀의 시선을 더 감당할 수 없어 수련 잎을 다시 건넸다.

"이제 들어가서 일하셔야죠."

"옆에 당신 같은 사람이 있어서 얼마나 다행인지 애덤이 알았으면 좋겠네요."

마리아는 한 발짝 더 나아갔다.

나도 모르게 눈물이 차올랐다.

"저는 제가 할 일을 하는 것뿐이에요."

나는 마리아에게 밝고 가벼운 미소를 지어 보이고 나의 대답
이 유치한 슈퍼 히어로의 멘트처럼 들리지 않게끔 신경 써서 말
했다.

"그 할 일이란 게 뭔가요?"

"친구가 돼주는 거죠."

나는 몇 걸음 물러나며 말했다.

"나는 애덤의 친구예요. 그뿐이에요."

그 길로 돌아서서 그곳을 나왔다. 나의 얼굴이 활활 타오르는
것 같았다. 밖으로 나오자마자 내 볼을 때리는 칼바람이 고마울
지경이었다. 나는 마리아의 시선이 내 뒤통수에 꽂히는 걸 느끼
며 계속 걸었다. 첫 번째 모퉁이를 끼고 돌면서 그 빌딩의 투명한
벽면을 벗어났을 때, 마침내 마리아와 나 사이에 견고한 벽돌담
이 자리했다는 사실에 안도했다. 나는 그 자리에 멈춰 서서 등을
벽에 기댔다. 그리고 눈을 감은 채 극심한 공포 속에서 마리아와
나눈 대화를 복기했다.

'내가 왜 이러는 거지? 왜 그런 반응을 보인 거지?'

마리아는 나도 모르는 내 감정에 대해 알고 있는 것처럼 행동
했다. 내가 느끼지도 않았던, 느낄 수도 없었던 어떤 감정에 대
해 죄책감을 느끼도록 만들었다. 여기서 나의 목표는 그 두 사람
을 다시 엮여주는 것이지 애덤에게 딴마음을 먹는 게 아니었다.

'이건 아니야. 말도 안 돼.'

"안녕."

갑자기 누가 내 귀에 대고 흥분된 목소리로 말하는 바람에 나
는 놀라 자빠질 뻔했다.

211

"깜짝이야!"

"왜 그래요? 지금 울어요?"

"울긴 왜 울어요. 감기에 걸린 것 같아요."

나는 두 눈을 문질렀다.

"그럴만도 하죠. 꼭두새벽부터 연못에서 수영을 하셨으니. 그래, 마리아가 뭐라고 하던가요?"

애덤은 빨리 얘기를 듣고 싶어 무척 흥분한 상태였다.

"다 봤으면서 뭘 물어요."

"좋았어!"

그는 허공에 대고 주먹을 날렸다.

"완벽했어요, 정말 완벽했어요. 울던가요? 우는 것처럼 보이던데. 마리아는 절대 안 울거든요. 울었다면 그건 정말 큰 사건이에요. 정말 오래 얘기하던데. 마리아가 뭐라고 했어요?"

애덤은 아주 작은 것 하나도 놓치지 않겠다는 듯 내 얼굴을 뜯어보았다. 나는 내 감정은 냉정하게 도려내고 애덤에게 모든 얘기를 들려줬다.

"마리아는, 당신이 아직도 그녀를 사랑하고 있다고 얘기하고 싶은 거냐고 물었어요. 그리고 누군가를 무척 사랑하지 않고는 그 사람을 위해 영하의 날씨에 수련 잎을 따러 물속으로 들어갈 순 없을 거라고도 하더라고요. 그래서 애덤이 바로 그걸 한 거라고 얘기해줬어요."

"하지만 내가 한 게 아니잖아요."

애덤이 그 파란 눈으로 나를 봤다. 나의 심장을 고동치게 하다가 이내 아프게 만드는, 그 두 눈으로.

"당신이 했죠, 날 위해서."

우리의 시선이 허공에서 엉켰다. 내가 먼저 눈길을 피했다.

"요점은 그게 아니에요. 중요한 건 마리아가 알아들었다는 거예요."

나는 움직이기 시작했다. 그래야만 했다. 도망쳐야 했다.

"크리스턴? 어디 가요?"

"어……. 아무 데나요. 너무 추워서 움직여야겠어요."

"아, 좋은 생각이에요. 초콜릿은 좋아하던가요?"

"정말 좋아했어요. 그것 때문에 울었어요. 맞다, 마리아한테 초콜릿을 만들어줬어요? 당신이 '바질과 함께라면, 황홀한 당신'의 그 애덤 바질이에요?"

그는 잠시 듣기 싫어하는 표정이었지만 내가 마리아와 한 이야기를 전해 듣는 덕에 계속 황홀한 상태였다.

"뭐라고 하던가요?"

"초콜릿과 사랑에 빠진 것 같더라니까요. 그걸 다시 보니 너무 좋았나봐요. 여자한테 초콜릿을 만들어주다니. 세상에, 애덤, 정말 대단했네요."

"왜 과거형이죠?"

"무슨 말인지 알잖아요. 곧 다시 그렇게 될 거예요."

"프랄린, 헤이즐넛, 아몬드를 초콜릿 안에 넣었죠."

"알아요. 마리아한테 들었어요."

"그래요? 또 뭐라고 하던가요?"

듣고 싶어 안달이 난 모습이 사랑스러워서 나는 우리의 대화를 그대로 전해줬다. 마리아가 애덤의 인생에 나의 역할이 무엇이냐고 질문한 부분만 빼고. 그 부분에 대해선 나도 아직 답을 얻지 못했으므로.

"그러니까 당신은 바질 초콜릿의 애덤 바질인 거죠?"

나는 아직도 믿을 수 없다는 듯 고개를 설레설레 저었다.

"어제 얘기해줬어야죠. 부정했잖아요."

"부정하진 않았어요. 내 기억으로는 이렇게 말한 것 같은데요. '네, 허브이기도 해요.'"

"아. 이 모든 게 끝나면 내 초콜릿도 하나 만들어줘야 할 거예요. 감사의 표시로다가."

"쉬워요. 블랙커피 맛으로 하면 돼요."

나는 어이없다는 표정을 지었다.

"별로 독창적이진 않네요."

"에스프레소 컵 모양으로."

그는 나의 환심을 사보려고 애를 썼다.

"바질 사에 훌륭한 크리에이티브 팀이 있기를 바랄 뿐입니다."

"왜요? 어차피 먹지도 않을 거면서."

그가 웃었다.

우리는 조용히 걷기만 했다. 나의 뇌는 휴식이 필요했다. 두통 때문에 생각이란 걸 하면 머리가 더 아팠다. 겸사겸사 애덤이 길잡이를 하도록 놔뒀다. 새뮤얼 베케트 다리가 가까워졌을 때는 내가 그의 손을 잡았다. 본능적인 행동이었다. 지금은 마리아의 반응 덕에 그의 기분이 좋긴 했지만 그래도 언제 뛰어들지는 알 수 없었다. 그도 거부하지 않았다. 우리는 다리를 건너는 동안 손을 잡고 있었고, 다리를 다 건넌 뒤에도 애덤은 손을 놓지 않았다.

"바질 사에서는 당신이 지금 어디 있는지 알고 있나요?"

내가 물었다.

"아버지께 가 있는 걸로 알아요. 원하는 만큼 가 있으라고 하더군요. 내 남은 평생 그렇게 하겠다면 허락할까요?"

"다른 선택 대신이라면 회사에서도 기꺼이 좋다고 할 것 같은데요?"

애덤이 나를 쏘아봤다.

"회사에선 알면 안 돼요."

"자살하려고 했던 거 말이에요?"

그가 내 손을 놓았다.

"그 단어는 쓰지 말라고 했잖아요."

"애덤, 만약 당신이 자기 삶을 스스로 끝내고 싶을 정도로 괴로웠다는 걸 회사에서도 알게 되면, 그 자리에서 벗어나기가 한결 쉬워질 거예요."

"그건 괜찮은 선택이 아니에요. 당신도 알고 있고요. 꼭 회사때문에 그런 건 아니었어요."

우리는 한참 아무 말도 하지 않았다.

"아버지께 가봐야 하는 거 아니에요?"

"오늘은 안 가요. 오늘은 좋은 날이니까."

그는 마리아를 생각하니 다시 기분이 좋은 모양이었다.

"이제 어디로 갈까요?"

"좀 피곤하네요. 집에 가서 잠시 쉬어야 할 것 같아요."

애덤은 실망한 것 같더니 이내 걱정이 되는 모양이었다.

"진짜 괜찮은 거예요?"

"네."

나는 밝게 보여야 한다는 생각에 고개를 끄덕였다.

"잠깐 눈 붙이고 나면 바로 괜찮아질 거예요."

"팻한테 우릴 데리러 오라고 해뒀어요."

"팻이 누구예요?"

"아버지 기사예요."

"아버지의 기사요?"

"아버지는 병원에 계시니 팻은 할 일이 없고, 당신 차는 탈 수 없게 됐고. 그래서 팻을 불렀어요. 그 친구도 늘 대기만 하고 있는 거 지겨울 거라고요."

잠시 후 팻은 25만 유로짜리 최신 롤스로이스를 몰고 나타났다. 나는 차에 대해서 아는 게 없었다. 하지만 인생의 그 무엇에도 별다른 열정을 보이지 않는 배리가 차에 대해서는 빠삭했고, 늘 달리 잘나지도 않은 '멍청이'들이 몰고 다니는 좋은 차들을 지목하곤 했다. 배리의 견해에 따르면, 롤스로이스는 제일 한심해 보이는 멍청이들이 타고 다니는 가장 좋은 차였다.

나는 팻에게 인사를 하고 차에 탔다. 엄청 추운 데에 서 있다가 차에 타니 정말 따뜻했다. 애덤은 문을 닫지 않고 뭔가 골똘히 생각하며 나를 빤히 봤다.

"왜요?"

"장미 꽃잎."

"장미 꽃잎? 좋아해요. 왜요?"

"당신 성이 로즈니까 초콜릿을 장미 꽃잎 모양으로 만들어야겠어요."

"제법인데요, 당신을 살려놔야 할 이유가 하나 늘었네요."

"그럼 다른 이유도 있단 말이에요?"

그가 농담을 하며 차 문을 닫았다.

나는 그가 차의 반대편 문으로 돌아가는 걸 보며 속으로 '그럼
요'라고 말했다.

13

오늘 당신의 삶을 함께하는
이들을 기억하고 감사하는 법

나는 아멜리아 어머니의 장례식에서 아멜리아의 바로 뒷줄에
앉았다. 장례식 참석차 요양원에서 하루 외출을 나온 연로하신
숙부 한 분을 제외하고 가족석에는 아멜리아 혼자였다. 며칠 전
에 아멜리아에게 베를린으로 함께 가겠냐고 물었던 프레드는 두
번 묻는 수고는 하지 않았다. 나는 프레드와 얘기를 나누다가 그
가 겁을 먹었다는 것을 느꼈다. 그가 아멜리아에게 같이 가자고
했을 때는 엄마 때문에 거절할 게 확실한 상황이었다. 하지만 지
금 어머니는 돌아가셨고, 이제는 아멜리아를 더블린의 작은 책방
에 묶어둘 게 전혀 없었다. 그의 걱정이 손에 잡힐 것 같았다. 베
를린에서 그를 기다리는 여자가 있다는 아멜리아의 말이 맞는

게 틀림없었다. 나는 몇 줄 뒤에 앉은 프레드와 눈이 마주치자 더럽다는 듯한 눈빛을 쏘아줬다. 그는 바로 눈을 내리깔았고, 몹시 당황하는 것 같았다.

그 정도에 만족하고 다시 앞을 향해 몸을 돌리는데 내가 더러운 위선자라는 생각이 들면서 곧바로 후회가 됐다. 나를 기다리는 비밀 애인 같은 건 없지만, 그것만은 분명하지만, 나도 배리를 버렸고, 정당한 이유 하나 없이 관계를 끝내버렸다. 그게, 다른 사람들이 알 만한 이유는 없었다고 해야겠지. 그러니까 나의 불행은 충분한 이유가 못 되는 모양이었다. 그가 바람을 피우지 않고, 나를 때리거나 학대하지 않았다면, 내가 그를 사랑하지 않고 내가 불행한 것은 이혼의 충분한 이유가 안 된다고 사람들은 생각했다. 나는 완벽한 인간이 아니지만, 다른 사람들처럼 실수를 하지 않으려고 최선을 다하며 살았다. 그런데 결혼 자체가 실수였다는 건 당황스럽기는 말할 것도 없고, 내 인생의 가장 뼈아픈 일이었다. 배리도 이곳에 와 있을 수 있다는 생각이 들자 두리번거리던 눈동자가 절로 멈췄다.

프레드가 아멜리아에게 상처를 주긴 했지만, 이런 일이 생길 거라 이미 배리와 함께 예견했던 내가, 어떻게 프레드에게 돌을 던질 수 있겠냔 말이다. 아멜리아는 엄마의 간병과 아버지가 사랑한 책방이라는 굴레에 콕 박혀서 살았다. 숭고한 굴레였다. 그리고 아멜리아는 본인의 의지로 그 굴레를 선택했다. 하지만 프레드가 감수하기는 쉽지 않았을 거다.

고개를 숙인 아멜리아의 얼굴을 그녀의 빨간 머리카락이 가리고 있었다. 나를 향해 고개를 돌렸을 때 그녀의 초록빛 눈동자는 빨갛게 테두리를 두르고 있었고, 코끝은 빨개진 데다 티슈 때문에 헐어 있었다. 얼굴에 고통이 역력했다. 위로의 미소를 짓는데 온 교회가 조용해진 가운데 목사님이 나를 보고 계셨다.

"아!"

모두 나를 기다리고 있었다. 나는 일어서서 제단으로 갔다.

나는 애덤이 원하건 원하지 않건 우리 식구들과 장례식에 참석하라고 우겼다. 마리아와의 만남 이후 애덤의 기분이 아주 좋은 상태였지만 그를 혼자 두는 모험을 감행할 순 없었다. 우리는 엄청난 도약을 하고 있는 중이었다. 마리아와 조금, 애덤 본인이 조금, 하지만 큰 도약을 할 때마다 몇 발짝 뒤로 물러나기도 했다. 나는 애덤에게 신문과 뉴스 금지령을 내렸다. 그는 긍정적인 것에만 집중해야 하는데 뉴스는 도움이 안 됐다. 다른 사람들이 생각하는 것처럼 정보의 폭격에 스스로를 노출시키지 않고도 현실과 접촉하는 방법은 얼마든지 있다. 어제는 종일 퍼즐 맞추기를 하며 그의 머릿속에 든 생각들을 들어보려 애썼다. 그다음에는 모노폴리를 했다. 막상 그 게임을 시작하자 질문은 못 하게 됐다. 애덤한테 참패를 당하지 않기 위해 기를 쓰고 게임에만 집중해야 했기 때문이다. 하지만 아무리 집중을 해도 소용이 없었다. 나는 패배자의 기분으로 잠자리에 들어야 했다.

이런 활동 자체가 그를 구할 수 없다는 걸 알았지만 그래도 이런 게임을 하면 그에게 말을 걸기가 훨씬 쉬웠기 때문에 애덤에 대해 더 많은 걸 아는 데에 도움이 됐다. 그리고 애덤에게도 자기 문제에 대해 생각해볼 시간을 줄 수 있다고 생각했다. 문제를 무대 한복판에 펼쳐놓지 않고, 다른 일에 집중하면서 가만가만 생각해볼 수 있게 만드는 것이다. 오늘 아침에 애덤이 샤워 중에 조용히 흐느끼는 소리를 들으며 나는 그의 나머지 문제들을 해결할 방법을 생각했다. 작정하고 전념하면 해결 못 할 일은 거의 없다고 믿어왔지만 나는 현실주의자이기도 하다. '거의'는 전부가 아님을 나는 알고 있다. 하지만 확률이나 따지고 있을 수는 없었다. 이 문제에 있어서 결과는 하나여야 하니까.

제단 앞에 서서 내가 읽을 종이를 펼쳤다. 아멜리아는 나보고 추도사로 읽을 만한 걸 골라 와서 낭독해달라고 했다. 이 글을 읽는 데는 큰 결심이 필요했다. 내게는 정말 특별한 이 글을 지금까지 큰 소리로 낭독해본 적은 없다. 늘 혼자서 나 자신에게만 읽어줬고, 눈물 없이 읽는 경우는 드물었다. 하지만 이 글을 읽기에 이보다 더 적절한 때도 없을 것 같았다. 나는 아멜리아에게 미소를 지어 보인 뒤, 그녀의 어깨너머 나의 가족을 보고, 그다음에 애덤을 보았다. 그리고 떨리는 숨을 길게 들이쉬고, 애덤을 향해 읽기 시작했다.

"내일이 없다면 우리는 어디에 있게 될까요? 만약 그렇게 된다면 그 대신 우리가 갖는 건 오늘일 겁니다. 당신과의 내일이 없다면, 나는 오늘이 가장 긴 하루가 되길 기도합니다. 나는 그 오늘을, 내가 가장 사랑했던 일들을 하며 당신과 함께 채울 겁니다. 나는 웃고, 이야기하고, 듣고, 배우고, 나는 사랑하고, 사랑하고, 또 사랑할 겁니다. 나는 모든 날을 오늘로 만들어 그 모두를 당신과 함께 보내겠습니다. 그리고 당신이 없는 내일에 대해선 걱정하지 않으렵니다. 그리고 때가 되어, 그 끔찍한 내일이 우리에게 다가온다고 할지라도, 내가 당신을 떠나고 싶었던 적도, 혼자 남겨지는 것도 결코 원하지 않았음을 알아주길 바랍니다. 내 삶의 가장 행복한 시간은 당신과 함께 보낸 모든 순간이었음을 꼭 알아주기를."

"직접 쓴 거예요?"

장례식이 끝나고 간단한 식사 자리가 마련됐을 때 밀크티와 햄 샌드위치를 앞에 놓고 앉았다. 그때 애덤이 내게 물었다. 둘 다 음식에는 손을 대지 않은 상태였다.

"아뇨."

한동안 긴 침묵이 흘렀다. 그럼 그 글을 누가 쓴 거냐고 그가 물을 경우를 대비해서 나는 대답을 준비해놓고 있었다. 그런데 그는 묻지 않았다.

"아버지를 만나러 가야겠어요."

애덤이 불쑥 말했다.

그걸로 충분하다고 생각했다.

애덤의 아버지는 세인트 빈센트 개인 병원에 입원 중이었다. 한 달 전에 치료를 위해 짧은 일정으로 들어갔다가 지금껏 나가지 못하고 있었다.

바질 씨는 누구에게나, 평생 겪어본 사람 중에 가장 무례한 사람이었다. 바질 씨만 없다면 병동의 모든 사람이 훨씬 수월하게 지낼 수 있었음에도 불구하고 모두들 그를 살리기 위해 현대 의학으로 가능한 모든 것들을 쏟아부었다. 그의 병실에 자의로 들어가고 싶어 하는 사람은 아무도 없었다. 그의 병실에 들어가본 의료진은 누구든 그의 말에서 모욕감을 느꼈다. 그가 '농익은'이라고 표현하는 젊은 간호사들은 육체적인 모욕도 감수해야 했다. 전화받는 걸 방해했다는 이유로 어떤 간호사에게는 소변 통이 날아가기도 했다. 그는 여자 간호 인력 중 제한된 몇 명만 자신을 돌볼 수 있게 했고, 그렇게 뽑힌 간호사들에게는 그에게 실질적인 선택권이 있는 것처럼 느끼게 해줬다.

바질 씨는 여자 간호사만 원했다. 그 이유는 그들의 멀티태스크 능력과 타고난 냉정함, 그리고 현실적이고 효율적인 사고방식 때문이기도 했지만, 무엇보다도 여성이 공인된 열등한 성(性)이기 때문에 남성들보다 뛰어난 자신의 능력을 입증해야 할 필요와 욕구가 있다고 믿기 때문이었다. 바질 씨는 남자는 쉴 새 없이 한눈을 판다고 생각했다. 바질 씨에게는 한 번에 한 가지에 집중할 수 있는 사람들이 필요했고, 그 한 가지가 바로 자기 자신이어야 했다. 그는 회복을 원했고, 회복되어야만 했다. 규모가 수십억인 글로벌 기업을 운영해야 하기 때문이다. 그러니 회복되기 전까지는 바질 제과의 심장을 이 병실로 옮겨와서 꾸려가야 했다.

저녁 식사를 하고 들어가는 직원을 뒤따르며 보니 노인 한 명이 눈에 들어왔다. 숱이 별로 없는 흰 머리가 보였고, 역시나 숱이 적은 흰 수염이 턱 부분에서만 아래로 자라 있었다. 아래로 갈수록 가늘어지는 수염은 마치 지옥 깊은 곳을 가리키는 화살표 같았다. 그가 치료를 받기 위해 들어와 있는 이 방에는 편안함이라곤 찾아볼 수 없었다. 대신 노트북 컴퓨터 세 대, 팩스 기계, 아이패드, 여러 대의 블랙 베리와 아이폰이 다 죽어가는 침대 위의 환자를 위해 준비돼 있었다. 제복을 입은 여자 둘이 그 옆에 허리를 굽히고 서 있었다. 그 공간에서는 세상에 작별을 고하는 분위기 같은 건 전혀 느낄 수 없었다. 그 방은 바쁘게 살아 움직이며 무언가를 창조해내는 공간처럼 느껴졌다. 꺼져가는 불빛에 대항해서 발길질하고 비명을 질러대는 듯했다. 이 방의 주인은 아직 세상에 할 일이 많이 남아 있으며, 필요하다면 세상과 싸울 준비도 돼 있었다.

"바르톨로뮤 제품을 비행기에서 나눠준다고 들었는데."

그는 나이가 많은 여자에게 쏘아붙였다.

"작은 아이스크림 컵을 모두에게 나눠준다고. 심지어 이코노 미석까지."

"네, 아일랜드 국영 항공사인 에어 링구스와 1년 계약이 됐다고 합니다."

"왜 비행기에서 바질 제품을 안 주는 거야? 우리가 아니고 바르톨로뮤라니 어처구니가 없잖아. 이 엿 같은 상황은 누구 책임이야? 메리, 자넨가? 중요한 걸 놓치지 말라고 몇 번을 얘기해야 알아들을 거야? 그 망할 놈의 말들한테 정신 팔려서 일할 능력을 다 상실한 거야?"

"당연히 에어 링구스 사와는 다년간 이야기를 여러 차례 나눠봤습니다. 하지만 그쪽에서 바르톨로뮤를 더 고급 브랜드로 생각하고 우리 브랜드는 좀 더 가족적인 이미지로 생각하기 때문에, 우리 초콜릿은……."

"우리? 내 거야."

바질 씨가 말을 잘랐다.

하지만 그녀는 마치 그가 아무 말도 하지 않은 것처럼 차분하게 하던 말을 이어나갔다.

"……기내 쇼핑에서 구입할 수 있게 돼 있습니다. 여기서 들어오는 수익은……."

그리고 메리는 서류를 몇 장 넘겨 보았다.

"나가!"

그가 갑자기 고함을 지르자 방에 있던 모든 사람이 깜짝 놀랐지만 냉정하고 차분한 메리는 여전히 아무 소리도 못 들었다는 듯이 행동했다.

"지금 회의하고 있잖아! 전화를 먼저 하고 왔어야지."

식사 수레 뒤에 서 있어서 나는 바질 씨를 거의 볼 수도 없었는데 그는 우리를 어떻게 봤는지 신기할 따름이었다.

"그냥 가요."

애덤이 발길을 돌리며 말했다.

"잠깐만요."

나는 그의 팔을 잡았다. 그리고 그를 방에서 나가지 못하게 팔로 막은 후 속삭였다.

"오늘 해치우자고요."

영양사는 바질 씨 앞의 테이블 위에 쟁반을 올려놨다.

"이게 뭐야? 이 쓰레기같이 생긴 걸 어떻게 먹어."

머리카락을 망에 단정하게 넣은 영양사는 모욕에 익숙해졌는지, 이런 반응도 이제 지겹다는 듯 그를 가만히 볼 뿐이었다.

"바질 씨, 이건 으깬 감자 안에 다진 고기를 넣어 만든 셰퍼드 파이입니다."

더블린 억양이 강한 그 여자는 말투를 바꿔서 마치 아랫사람에게 얘기하듯 말했다.

"양상추와 방울토마토 샐러드, 그리고 빵과 버터가 곁들여 나왔습니다. 디저트로는 젤리와 아이스크림이 준비돼 있고, 그다음에는 관장제가 준비돼 있습니다. 식사를 마치시면 간호사를 불러주세요."

그녀는 아주 잠깐 미소를 지어 보이더니 바로 원래의 무서운 얼굴로 돌아갔다.

"셰퍼드 파이 좋아하네. 셰퍼드 똥이다. 그리고 그 옆에 샐러드는 풀떼기 같고. 매그, 내가 말로 보이나?"

영양사는 명찰을 달고 있지 않았다. 어쩌면 이런 모욕에도 불구하고 바질 씨가 자기 이름을 기억해준 것에 대해 살짝 기분이 좋았을지도 모르겠다. 이름을 틀리게 부른 게 아니라면 말이다.

"아뇨, 전혀 말처럼은 안 보이십니다. 바질 씨는 식사가 필요한 늙고 깡마른 노인으로 보이십니다. 그러니까 어서 드십시오."

"어제 저녁은 음식처럼 보였는데 먹어보니 똥 맛이었어. 오늘 이 똥 같아 보이는 저녁은 음식 다울지도 모르겠군."

"그렇게 똥을 찾으시니, 오늘 관장제는 바질 씨가 변을 보는데 도움이 되길 빌겠습니다."

그러더니 그녀는 쟁반을 챙겨서 고개를 꼿꼿이 세우고 밖으로 나갔다.

나는 바질 씨가 언뜻 웃는 걸 봤다고 생각했는데, 그 한 가닥의 가능성은 잠깐 보인 것만큼이나 빨리 사라져버리고 말았다. 그의 목소리는 걸걸하고 힘이 없었지만 듣는 사람으로 하여금 권위를 느끼게 했다. 그가 죽어가는 침대에서 이 정도로 센 모습을 보이고 있다면 회사에서, 또 아버지로서 평소에 어땠을지 어느 정도 상상이 갔다.

나는 애덤을 쳐다보았지만 그의 표정에서 읽을 수 있는 것이 없었다. 이 방문은 아주 중요했다. 나는 이 자리에서 바질 씨의 부성 본능에 호소해야 했다. 회사를 물려받으라고 강요하는 것이 아들의 건강을 망가뜨리고 있음을 알려야 했다. 나는 여기에 모든 걸 걸었다.

"잠깐, 다시 이쪽으로 와."

바질 씨가 말했다.

매그가 나가다가 멈춰 섰다.

"자네 말고, 너희 둘."

매그는 동정하듯 나의 손을 토닥이고 지나가며 나직이 말했다.

"아주 재수 없는 양반이셔요."

애덤과 내가 침대 곁으로 다가갔다. 아버지와 아들 사이에 애틋한 대화는커녕 간단한 인사조차 오가지 않았다.

"오늘 뭘 해야 하는 거냐?"

바질 씨가 대뜸 소릴 질렀다.

애덤은 못 알아듣겠다는 표정이었다.

"속삭이는 거 다 들었다. '오늘 해치우자고' 했잖아. 그렇게 놀란 얼굴 할 거 없다. 내 청각에는 전혀 이상 없으니까. 내가 여기 들어와 있는 건 간 때문인데, 간 때문에 죽어가는 것도 아니야. 날 죽이는 건 암이지. 하지만 암이 날 죽이기 전에 이놈의 음식 때문에 먼저 죽을 것 같다!"

그는 접시를 밀쳐버렸다.

"죽든 말든 왜 날 내보내주지 않는지 모르겠다. 할 일도 많은데 말이야."

의사가 들어와 차트를 살피려 하자 바질 씨는 더 큰 소리로 말했다. 의사 뒤에는 의과대학생 둘이 따라 들어왔다.

"이미 일은 많이 하고 계신 것 같은데요."

의사가 말했다.

"한 입원실에 허락된 면회객은 두 명입니다."

의사는 마치 이 방에 있는 사람들이 바질 씨의 암을 빨리 키우는 이유인 것처럼 모두를 노려봤다.

"제가 잘 쉬셔야 한다고 말씀드린 걸로 기억하는데요."

"그리고 나는 꺼지라고 말씀드렸던 것 같은데."

바질 씨가 말했다.

불편한 정적이 이어지는 와중에 나는 갑자기 웃음이 터질 것 같았다.

"하루 종일 빌어먹을 의사를 기다렸더니 셋이 한꺼번에 나타나네. 날 이렇게 병실에 처박아놓고 무시하라고 매일 그 많은 돈을 내는 줄 알아?"

"바질 씨, 말조심하셔야 한다고 말씀드렸을 텐데요. 평소보다 짜증이 많이 난다면 복용하는 약을 다시 살펴봐야 할 것 같네요."

그는 마치 항복하듯이 창백하고 가는 손을 흔들어댔다.

"모두 몇 분만 더 계시다가 바질 씨를 혼자 쉬게 해주셔야 합니다. 우린 그때 다시 얘기하죠."

의사가 단호하게 말하면서 팀원들을 거느리며 방을 나갔다.

"아마 다음 주쯤에나 얼굴을 내밀겠지. 그리고 또 아무짝에도 쓸모없는 얘기들을 하겠지. 그런데 넌 누구야?"

바질 씨가 나를 노려보며 물었다. 모두의 시선이 나에게 꽂혔다.

"저는 크리스틴 로즈라고 합니다" 하고 내가 손을 내밀었다.

바질 씨는 그 손을 쳐다보더니 튜브가 꽂혀 있는 손을 내밀어 내 손을 잡고 힘없이 흔들며 애덤에게 말했다.

"마리아가 이 여자에 대해 알고 있는 거냐? 양다리를 걸칠 놈으로는 안 봤는데. 계집애처럼 나약한 놈, 공처가가 될 놈으로 봤지. 로즈, 무슨 이름이 그 모양이야?"

바질 씨는 다시 나를 보고 말했다.

"아마도 원래는 로젠버그였던 것 같습니다."

바질 씨는 나를 위아래로 훑어보더니 다시 애덤을 보고 이렇게 말했다.

"나는 마리아가 좋다. 내가 좋아하는 사람이 별로 없는데 그 애는 좋아. 저녁밥을 들고 들어오는 매그도 마음에 들어. 마리아는 똑똑해. 일단 마음을 잡고 제대로 일하기 시작하면 크게 될 재목이야. 레드 립스라는 그 거지 같은 사업은 별로야. 이름이 무슨 포르노 같잖아."

나는 도저히 참을 수가 없어 그만 푸핫, 웃고 말았다. 바질 씨는 조금 놀란 눈치더니 나를 보면서 얘기를 계속 이어갔다.

"정신을 차리고 그 만화 쪼가리 만드는 걸 그만두면……."

"애니메이션입니다."

아까 웃은 게 마음에 걸려서 마리아에게 빚을 갚는 마음으로 내가 끼어들었다.

"그게 뭐건 상관없어. 아무튼 나중에 잘할 거야. 나중에 네가 회사를 맡게 되면 도움이 될 거야. 왜냐하면 네놈은 할 줄 아는 게 아무것도 없으니까."

"그런데 왜 아드님이 회사를 물려받길 원하시나요?"

그러자 방 안의 모두가 나를 향해 일제히 고개를 돌렸다. 모두가, 특히 바질 씨가 놀란 것 같았다. 그 사실을 누설하면 안 되어서 놀란 것은 아닌 듯했다. 그의 권위는 잠시 잠깐이라도 도전받아서는 안 되며, 그 누구도 그 앞에서 주도권을 잡아서는 안 되기 때문인 것 같았다.

"그거 혹시 말하면 안 되는 거였나요?"

나는 혼자 중얼거리듯 애덤에게 물었다.

애덤은 조심스러운 눈길로 나를 보며 고개를 저었다.

"근데 왜요?"

나는 내가 무슨 짓을 했는지 파악이 되지 않아서 주위를 둘러봤다. 메리라는 여자분이 침대에서 몇 발짝 떼자 회색 옷을 입은 젊은 여자도 따라 움직였다.

"저희는 밖에 나가 있을 테니 필요하면 부르십시오."

바질 씨는 그 말을 무시했다. 메리는 나가야 할지 방에 남아야 할지 망설이는 것 같았다.

"내 아들을 어떻게 아는지 말해봐."

"우린 친구예요."

애덤이 나서서 말했다.

"아, 쟤도 말은 할 줄 아는구나! 그래, 애덤, 회사에선 일요일 이후로 네 꼴을 못 봤다고 하고. 더블린에 나를 보러 온다고 했다는데 여태 안 나타나고 있었지. 그렇게 여자나 후리면서 시간을 보내고 다닐 요량이면…….”

“여자나 후리고 다닌 거 아…….”

“……네 개인 시간에 하라고. 나 말 끊기는 거 제일 싫어해, 로즈 양.”

“선생님과 조용히 상의할 일이 있습니다. 애덤, 원하면 당신도 나가 있어도 괜찮아요.”

바질 씨는 침대 옆에 서 있는 두 여자를 쳐다봤다. 두 사람은 방을 나가고 싶어 안달인 것처럼 보였다. 그럴수록 바질 씨는 그들을 남아 있게 할 작정인 듯했다.

“나는 나 자신보다도 메리를 더 신임하고 있어. 메리는 내가 40년 전에 회사를 맡았을 때부터 함께했지. 내 아들이 기저귀를 찼을 때부터 봐왔어. 저놈은 기저귀도 우리의 기대보다 훨씬 늦게 뗐어. 할 말이 있으면 해. 메리 앞에선 못 할 말이 없어. 같이 있는 저 여자는 나는 잘 모르겠지만 메리가 높이 평가한다고 하니 믿고 놔두는 거야. 그러니까 쓸데없는 소린 싹 빼고 왜 여기 왔는지나 말해.”

메리 옆에 서 있던 젊은 여자는 당황해서 고개를 숙였다. 나는 의자를 하나 당겨서 앉았다. ‘죽어가는 노인에게 민감한 소식을 전하는 법’은 과연 뭘까? 그런데 이분이 주위 사람들에게 하는 걸 보니 이분에게는 민감할 것도, 세심하게 할 필요도 없을 것 같다.

하지만 애덤이 그에게 곧이곧대로 말하지 않을 거라면, 내가 할 작정이었다. 나는 마지막으로 할 얘기를 다시 한번 정리해봤다. 나는 정직하고 단도직입적으로 말하는 편이었고, 감상적인 과장도 하지 않는 사람이다. 관계를 개선시키는 일이거나 매우 중요한 일이 아닌 이상, 사람들과의 문제를 나서서 지적하는 사람도 아니다. 하지만 나는 애덤의 상황만큼은 중요하다고 생각했다. 만약 한 사람의 행위가 당신 삶에 부정적인 영향을 미친다면, 그 사람과 대화하고, 문제를 공유하고, 의논하고, 결론을 함께 찾아야 한다. 이런 상황에서는 대화와 소통이 열쇠인데, 이 부자간에는 그런 것이 전혀 없었다. 나는 애덤이 이 대단하신 아버지에게 맞서길 두려워한다고 느꼈고, 그래서 내가 나서야 했다.

나는 노인의 눈을 똑바로 쳐다보면서 단호하게 말했다.

"선생님께선 앞으로 사실 날이 얼마 남지 않았고, 회사의 경영권이 조카에게 넘어가지 않도록 애덤이 회사를 물려받길 원하신다는 걸 알고 있습니다. 저희는 그 문제에 대해 얘기하려고 찾아왔습니다."

애덤은 한숨을 푹 쉬더니 눈을 질끈 감았다.

"닥쳐."

바질 씨는 아직 아무 말도 하지 않은 애덤에게 소리를 질렀다.

"메리, 퍼트리샤. 밖에 나가 있어."

바질 씨는 내게 시선을 고정한 채 그들이 나가는 모습은 쳐다보지도 않았다. 나는 애덤을 안심시키려고 미소를 지어 보였지만 애덤의 얼굴은 경직됐다. 대체 무슨 생각을 하고 있는 걸까?

바질 씨는 세상에서 가장 말 섞기 싫은 사람을 보듯 나를 보았다.

"로즈 양, 당신 뭔가 잘못 알고 있어. 나는 애덤이 회사를 맡기를 바라지 않아. 쟤 누나, 라비니아가 내 다음 서열이었고 늘 상속받길 원했지. 내 말 믿어. 그 애가 저 녀석보단 훨씬 적격이야. 근데 지금 보스턴에 가 있어."

"네, 친구들과 가족들의 돈을 엄청나게 해먹고 도망가셨다고 들었습니다."

나는 현실을 다시 일깨워드리고 덧붙였다.

"본론을 말씀드리자면, 애덤은 그 자리를 원하지 않습니다."

그리고 얼마간의 정적. 바질 씨는 내 입에서 다른 얘기가 더 나오길 기다렸지만 나는 아무 말도 하지 않았다. 내가 할 말은 그게 다였다. 더 이상 예의 바른 설명 같은 건 할 필요가 없었다.

"내가 그걸 모르고 있는 줄 아나?"

그는 나와 애덤에게 차례로 시선을 돌리며 말했다.

"이게 무슨 대단한 천기누설이라도 된다고 생각한 거야?"

나는 이마를 찌푸렸다. 상황이 나의 계획과는 다르게 전개되고 있었다. 바질 씨는 웃기 시작했다. 하지만 그의 웃음은 유쾌하지 않았다.

"내가 하는 그 어떤 일에도 저 녀석은 관심이 없다는 건 모르는 사람이 없어. 말이란 걸 배울 무렵부터 헬리콥터에 빠져 허송세월을 하더니 지난 10년간은 해안 경비대에서 빈둥거렸지. 나는 저 녀석이 회사를 원하건 원하지 않건 상관 안 해. 그 일이 저 놈을 불행하게 한다 해도 상관없어. 그렇다고 당연한 일이 바뀌는 건 아니야. 이 회사는 바질 가가 맡아야 해. 지금껏 그래왔고 앞으로도 바질 가가 회사를 지켜나갈 거야. 하지만 나이젤 바질은 안 돼. 절대로. 내 눈에 흙이 들어가도 안 돼."

바질 씨는 이 아이러니를 알아차리지 못하는 것 같았다.

"나의 조부, 나의 부친, 그리고 나. 우리는 이 회사 창립 이래, 힘든 시기든 호시절이든 이 회사를 우리 손에서 지키기 위해 힘겨운 싸움을 해왔어. 그러니 주둥이만 살아 있는 주제넘은 계집이 끼어든다고 바뀔 일은 없어."

내 입이 떡 벌어졌다. 그리고 또 한 번 자존심 으깨지는 소리.

"아버지, 그만하세요."

애덤이 단호하게 말했다.

"이 여자한테 그런 식으로 말하지 마세요. 뭘 바꾸겠다고 이러는 거 아니에요. 아버지가 모른다고 생각하시는 걸 말씀드리는 것뿐이에요. 도우려는 거라고요."

"그런데 왜 내 아들이 할 말을 네가 대신 나서서 하는 거지?"

그리고 바질 씨는 애덤을 향해 말했다.

"네가 그러고도 사내새끼야? 왜 남이 네 뒤치다꺼리를 하게 하는 거야?"

그때부터 바질 씨의 말투가 고약해지기 시작했다. 그전까지는 약간 코미디같이 고약했다면 그때부터는 진정 쓰디쓴 고약함이, 조롱과 경멸이 뒤섞인 독설이 그의 입에서 쏟아져 나왔다.

"회사에 들어와 10년 이상 일하기 전까지는 단 한 푼도, 어떠한 형태의 상속도 받지 못한다는 사실을 이놈이 얘기하던가? 내가 살아 있건 죽어 없어지건 간에 이놈은 아무것도 못 받아. 그러면 별수 없이 내 말을 따르겠지."

애덤은 굳은 얼굴로 벽만 노려봤다.

"아뇨, 그런 말 안 했어요."

이제 나는 이 불쾌한 노인네 때문에 완전히 열이 치받았다.

"하지만 애덤에게 돈은 문제가 아니라고 생각합니다. 바질 선생님, 만약 회사가 친자식의 행복보다도 중요하다고 생각하신다면 적어도 회사에 무엇이 최선인지는 고려하셔야 하지 않을까요? 이 회사가 바질 가의 기업으로 몇 대째 이어 내려왔다는 거, 잘 알겠습니다. 선생님의 평생을, 피와 땀과 눈물을 바치셨겠죠. 그렇다면 선생님이 안 계실 때 그렇게 해줄 사람을 찾아서 앉히셔야죠. 애덤은 선생님 같은 욕망이 없기 때문에 회사는 애덤 손에서 번창할 수 없어요. 만약 선생님의 유산을 진정으로 아낀다면 선생님만큼 그걸 사랑하고 키울 수 있는 사람을 찾으세요."

바질 씨는 차가운 경멸의 눈빛으로 나를 쏘아보더니 애덤을 향해 고개를 돌렸다. 독설이 쏟아질 거라고 예상했는데 놀랍게도 차분하게 말하기 시작했다.

"애덤, 마리아가 널 도와줄 거다. 혼자 결정할 수 없어서 난감한 문제들이 생기면 마리아와 의논해. 내가 처음 일을 시작했을 때 너희 엄마 생각을 물어보지 않은 날이 하루라도 있었을 것 같으냐? 그리고 메리도 있어. 메리는 내 오른팔이다. 혼자 해야 한다고 생각하고 있는 게냐? 그렇지 않아."

바질 씨는 갑자기 기진한 듯 말을 잠시 멈췄다.

"나이젤이 개입하게 둘 수는 없다. 너도 그럴 수 없다는 거 잘 알잖아."

"마리아는 션이랑 자고 다니느라 바쁠 텐데요. 그렇지 않나?"

우리는 모두 깜짝 놀라 병실 문 쪽으로 고개를 돌렸다. 잘생긴 젊은 남자가 우릴 보고 있었다. 그의 각진 턱과 파란 눈에서 그도 이 사람들과 같은 핏줄임을 쉽게 알 수 있었다. 하지만 그의 머리카락은 금발이 아니라 어두운색이었고 그의 영혼 역시 그런 듯했다. 그에게서 나쁜 기운이 나오는 것을 나는 느낄 수 있었다.

재미있다는 듯 그는 한쪽 눈썹을 올리며 두 손을 주머니에 찌른 채 건들건들 다가왔다.

"나이젤."

애덤의 목소리는 굳어 있었다.

"안녕, 애덤. 안녕하세요, 딕 삼촌."

나는 그 순간 바질 씨를 진심으로 동정하고 싶었다. 자신이 경멸하는 인간을, 환자복을 입고 병들어 누워 있을 때, 스스로를 방어할 수 없는 무력한 상태에서 만나야 하는 것만큼 끔직한 일이 또 어디 있을까. 하지만 당사자를 향한 동정을 끌어내는 건 도저히 불가능했다.

"여긴 왜 나타났어?"

애덤은 예의를 차릴 가치도 없다는 듯, 마치 당장 한 대 패주고 싶다는 듯 물었다.

"나야 삼촌 뵈러 왔지. 그런데 웬걸, 타이밍이 아주 좋았네. 너랑 나도 지난주에 못다 한 얘기를 마저 해야지? 엄청 서둘러서 가버렸잖아."

"너희 둘이 만났다고?"

바질 씨는 마치 심장에 비수가 박히기라도 한 듯 말했다.

"애덤이 내가 바질 사를 승계받는 문제를 의논하겠다며 날 찾아왔어요. 애덤은 바르톨로뮤와 바질의 이름을 합치는 것을 아주 좋게 생각하는 눈치던데요? 우리 할아버지께 이보다 더 위대한 헌정이 뭐가 있겠어요?"

나이젤이 히죽거리며 말했다.

"거짓말!"

애덤의 눈에 분노가 타올랐다. 그는 내 발을 밟고 나이젤에게 다가가더니 그의 멱살을 잡고 그의 머리가 반대편 벽에 부딪힐 때까지 밀어붙였다. 그리고 몸부림치는 나이젤의 목을 그대로 눌렀다.

"애덤."

나는 놀란 가슴을 붙들고 애덤을 진정시키려 했다.

"너, 어디서 그런 거짓말을 떠들어!"

애덤은 이를 꽉 깨문 채 말했다. 나이젤이 자기 목을 누르고 있는 애덤의 손을 뿌리치려고 버둥댈수록 이마의 핏줄만 선명히 붉어질 뿐, 애덤의 힘을 이기지 못했다. 그러자 나이젤은 자기 손가락을 애덤의 콧구멍에 집어넣어서 애덤의 머리를 뒤로 밀쳐내버렸다.

"애덤!"

그들을 말려보려고 했지만 둘이 뒤엉켜 싸우고 있는 틈을 비집고 들어가기가 쉽지 않았다. 나는 바질 씨를 돌아보았다. 바질 씨는 곧 천둥이라도 내리칠 얼굴을 하고 있었지만 그는 병상에 누워 있는 무기력한 노인일 뿐이었다. 본인도 그 사실을 잘 알았다. 거칠게 숨을 쉬며 바라만 볼 뿐이었다.

"바질 씨, 괜찮으세요?"

나는 그의 옆으로 달려가 간호사를 부르는 버튼을 눌렀다.

그의 눈가가 젖어들고 있었다.

"그럴 사람이 아니에요. 애덤은 그럴 사람이 아니에요."

나는 단호하게 말했다.

바질 씨는 내가 잘못 안 것은 아닌지 더듬더듬 내 얼굴을 탐색했다.

"아니에요, 아니라는 거 아시잖아요."

나는 점점 더 겁을 먹고 비상벨을 연거푸 눌러댔다. 경비들이 방으로 뛰어들었을 때 애덤과 나이젤은 바닥을 뒹굴고 있었다. 경비들이 애덤을 나이젤에게서 떼어내어 두 팔을 등 뒤로 해서 붙들자마자 나이젤이 일어나 애덤의 얼굴에 한 방, 배에 한 방 주먹을 차례로 날렸다. 애덤의 몸이 앞으로 푹 꺾어졌다.

"이제 모델은 날 샜네요."

집으로 돌아온 후, 나는 애덤의 찢어진 입술을 닦아내며 힘 빠진 농담을 던졌다. 애덤이 웃자 찢어진 상처 사이로 다시 빨갛게 피가 흘러나오기 시작했다.

"아, 웃지 말아요."

나는 다시 상처를 두드리며 말했다.

"괜찮아요."

그는 한숨을 쉬더니 벌떡 일어나 나를 밀쳐냈다. 그에게서 다시 공격적인 면이 드러났다.

"샤워해야겠어요."

나는 사과를 하려고 입을 뗐다. 잘해보겠다고 한 일이었는데 모든 게 엉망이 돼버렸다.

함께 점심을 먹은 뒤에는 위경련이 났고, 공원을 산책한 뒤에는 감방에 들어갔다. 정처 없는 드라이브를 하고서 자동차 추격

전에 휘말렸으며, 아버지에게 진심을 얘기하려고 갔다가 얼굴만 보기 좋게 얻어맞고 돌아왔다.

'미안해요.'

하지만 나는 아무 말도 하지 않았다. 말해봐야 무슨 소용인가. 이미 돌아오는 차 안에서 할 수 있는 건 다 해봤다. 병실에서 있었던 모든 일을 긍정적인 경험담으로 해석해보려고 노력했다. 진실을 용감하게 대면했으니, 그 결과는 감수해야 되지 않겠냐고. 하지만 말이 안 된다는 건 내가 더 잘 알았다. 내가 상황을 잘못 판단했다. 나는 단순히 애덤이 아버지를 너무 두려워해서 말하지 못한다고 생각했는데, 애덤의 두려움은 바질 씨가 애덤의 생각을 다 알면서도 끄떡도 않기 때문에 생긴 것이었다. 애덤이 지난 몇 년간 벗어나보려 발버둥 쳐도 소용없던 상황을 제삼자가 나서서 단칼에 해결할 수 있다고 자신한 내가 순진했다. 가능한 모든 탈출구를 다 찾아본 뒤에 애덤은 하페니교 위로 올라가는 절박한 결정을 내렸던 걸 텐데. 진작 알았어야 했는데. 이제야 그걸 깨닫고 나니 너무나 무안하고 당황스러웠다. 이제 애덤은 더 이상 내 말을 듣고 싶지 않겠지. 내 말대로 해서 나아진 게 아무것도 없었으니. 이렇게 미안해하는 것만으로는 아무것도 바꿀 수 없었다.

새벽 4시, 나는 이불을 박차고 일어나 앉았다. 그리고 잠을 좀 더 자보려는 노력을 그만뒀다.

"깼어요?"

내가 어둠에 대고 소리치자 그가 대답했다.

"아뇨."

나는 슬며시 웃었다.

"탁자 위에 종이 한 장 놔둔 게 있어요. 찾아봐요."

간밤에 올려둔 종이를 가져오려고 그가 방을 가로지르는 소리를 나는 가만히 듣고 있었다.

"이게 대체 뭡니까?"

"하나 읽어봐요."

"'세상에서 가장 아름다운 것들은 볼 수도, 만질 수도 없다. 우리는 그것들을 마음으로 느껴야 한다.' 헬렌 켈러."

그는 잠잠했다. 그리고 곧 콧방귀 소리가 들렸다.

"'우리의 가장 어두운 날들이, 바로 빛을 보기 위해 가장 집중해야 할 순간들이다.' 아리스토텔레스 오나시스."

나는 침대에 벌렁 누우며 외우고 있던 걸 말했다. 애덤은 잠시 동안 가만히 있었다. 나는 그가 곧 그 종이를 찢어버리거나 그의 기운을 추슬러보려는 이런 시도를 비웃을 거라고 생각했다.

"'할 수 있다고 믿어라. 그러면 이미 절반은 이룬 것이다.' 시어도어 루스벨트."

나는 애덤이 하나를 읽어주길 기대하며 하나 더 말해보았다.

"되지도 않을 일에 힘만 빼지 말지어다."

애덤이 소리쳤다. 나는 이마를 찌푸렸다.

"뭐야, 그건 거기 없는 말인데?"

"망원경은 사지 말 것. 그저 보고 싶은 것에 한 걸음씩 다가갈 것."

나는 피식 웃었다.

"더러운 눈은 퍼먹지 말 것. 담배를 피우지 말 것. 속옷을 갖춰 입을 것. 아이스바를 먹는 동안 다른 사람과 눈 맞추지 말 것."

나는 침대에서 낄낄거리며 그가 하는 말을 들었다. 마침내 애덤이 말을 멈췄다.

"알았어요, 무슨 말인지. 다 헛소리란 뜻이죠? 그래도 기분이 좀 나아지지 않나요?"

"당신은 어때요?"

나는 그냥 웃음이 나왔다.

"사실, 진짜 기분이 좀 나아졌어요."

"나도요."

그는 부드럽고 나직한 음성으로 대답했다.

나는 그가 웃고 있다고 상상해봤다. 적어도 그러고 있다고 믿고 싶었다. 그의 목소리에서 그의 웃음이 들리는 듯했다.

"잘자요, 애덤."

"잘자요, 크리스틴."

나는 그날 밤 아주 잠깐 눈을 붙였다. 하지만 내내 이 생각이 머리를 떠나지 않았다.

이제 8일 남았어.

14
-

케이크로 할 수 있는 몇 가지

경찰서의 조사실 테이블에는 나와 머파이어 형사가 마주 앉아 있었다. 그의 눈에는 핏발이 서 있었고 눈 밑에 처진 두툼한 살엔 주름이 깊었다. 지난밤 요란한 파티라도 하며 밤을 지새운 사람처럼. 하지만 그럴 리가 없다는 걸 나는 알고 있었다. 그는 일단 내 얘기를 들어보고 동료 경찰에게 연결해줄지를 결정할 거라고 단단히 경고를 한 뒤, 마지못해 나를 만나줬다. 그의 행동은 나를 걸러내려는 것처럼 보였다. 내 문제가 가치 없는 것으로 판단되면 경찰의 시간을 낭비하지 않으려고 그러는 듯했다.

송골송골 올라오는 땀 때문에 이마가 간지러웠다. 창문도, 통풍구도 없는 방에서 나는 숨이 막힐 것 같았다. 내가 만약 용의자로 불려 왔다면 이 방에서 나가려고 뭐든 자백할 것 같았다. 다행히 나는 애덤을 계속 지켜보기 위해 문을 좀 열어두겠다고 했다.

"자살 시도한 사람을 달고 다니는 데 재미 붙였습니까?"

내가 애덤과 함께 나타나자 머과이어가 대뜸 말했다.

"취업을 도와주고 있을 뿐이에요."

아주 틀린 말은 아니었다.

나는 애덤이 그 자리에 있는지 확인하려고 문 쪽을 한 번 더 확인했다. 그는 지루하고 피곤해 보였지만 그래도 잠자코 앉아 있었다.

"퇴근할 때도 집에 일을 가지고 갑니까?"

머과이어가 물었다.

"그러는 형사님은 집에 가기는 하나요?"

그렇게 쏘아붙인 뒤에야 그가 방금 나한테 마음을 열기 직전 이었다는 걸 깨달았지만 이미 늦어버렸다. 그는 곧바로 문을 닫 아걸었고, 우리 사이에 보이지 않는 힘의 장벽이 올라갔다. 머과 이어 형사는 불편한 듯 의자에서 몸을 뒤척였다. 가면을 잠시 벗 어두려고 했던 본인의 나약함을 질책하고 있는 게 분명했다.

방금 한 말 때문에 죄책감이 들었다. 그리고 까칠한 머과이어 를 상대하는 편이 훨씬 낫다는 것도 깨달았다. 이 남자와 마음을 탁 풀어놓고 서로의 비밀을 주거니 받거니 하려는 마음은 전혀 없었으니까.

"다시 말해보세요. 검은 가죽 재킷에, 검은 터틀넥 스웨터를 입 은 남자, 동유럽 사람으로 추정되는 남자가 차 앞유리를 헐리 스 틱으로 박살 냈다는 거죠? 왜냐하면 이 남자와 유리를 검게 선팅

한 차 사이의 마약 거래 현장을 당신이 목격했기 때문에? 그리고 시골길이었다는 것 말고 다른 사항에 대해선 알고 계신 게 없고? 길을 잃어버리는 게임을 하던 중이었기 때문에 방향도, 위치도 하나도 모르시겠고. 맞습니까?"

그는 아주 지루하다는 투였다.

"제 친구의 차 앞유리예요. 제 차가 아니라. 하지만, 네. 나머지는 다 맞아요."

내가 이 일을 겪고 경찰에 알리는 데는 사흘이나 걸렸다. 아멜리아의 어머니 장례식 절차를 돕느라 경황이 없었고 애덤과의 일정을 진행하느라 바쁘기도 했지만, 사실은 머과이어 형사와 대면하는 걸 피하고 싶었다는 게 가장 큰 이유였다. 하지만 결국 나를 도울 수 있는 사람은 머과이어 형사뿐임을 인정할 수밖에 없었다.

"그런데 왜 동유럽 사람일 거라고 추정합니까?"

"그렇게 생겼거든요."

그렇게 말하면서도 그 말은 하지 않는 편이 나았겠다고 생각했다.

"몸집이 엄청 컸고, 각진 턱에, 어깨가 떡 벌어졌어요. 근데 헐리 스틱을 들고 있었던 걸 보면 아일랜드인 같기도 하고……."

머과이어 형사가 재미있어 죽겠다는 표정을 짓는 바람에 나는 얼굴을 붉히며 말끝을 흐렸다.

"그렇다면, 만약 그 남자가 완벽한 공중제비를 선보였다면 러시아 사람일 수도 있겠네요. 야구 방망이를 들고 있었으면 미국 사람일 수도 있겠고? 젓가락을 쥐고 있었다면 어느 나라 사람이 될까요? 일본? 중국? 어떻게 생각하세요?"

머과이어 형사는 자기 농담에 웃음이 터져버렸다. 나는 그냥 대꾸를 않기로 했다.

"이 얘기를 입증해줄 다른 사람이 있습니까?"

"네, 애덤이요."

"자살남 말입니까?"

"자살을 시도했던 남자요. 네."

"5분 전에 자기 목숨 끊으려고 했던 사람 말곤 없습니까?"

"자살을 시도했던 건 벌써 댓새 전이거든요. 그리고 네, 있어요. 제 조카도 봤어요."

"조카 신상 정보 좀 주세요."

나는 잠시 생각하다 말했다.

"받아 적을 수 있나요?"

그는 마지못해 수첩을 폈다. 내가 10분 동안이나 사건에 대해 말했음에도 불구하고 수첩은 텅 비어 있었다.

"불러봐요."

"이름은 알리샤 로즈 탤보트. 클론타프 버는 가 치키 멍키 몬테소리에 가면 만날 수 있어요."

나는 천천히 말했다.

"거기서 일합니까?"

"아뇨, 거기 다녀요. 세 살이에요."

"지금 장난합니까?"

그가 펜을 집어던졌다.

애덤이 내가 걱정됐는지 안쪽을 들여다봤다.

"나는 대답한 내용이 거의 진실인 경우에만 움직입니다. 힐리스틱을 들고 다니는 러시아 마약상에 관한 당신 얘기는 확실한 게 하나도 없어요."

"하지만 진짜로 일어난 일이라고요."

"그랬을 수도 있겠죠."

"진짜라니까요."

머과이어는 가만히 있었다.

"그럼 어떤 게 대체 확실한 대답인가요?"

내가 물었다.

"당신이 남편을 떠났다고 들었습니다."

얘기가 생각도 못한 쪽으로 흘렀다.

"총기 사건이 있었던 밤에."

그가 덧붙였다.

"내가 남편을 언제 떠났는지가 왜 그렇게 중요한 건가요?"

머과이어는 면도만 자주 하고 보습은 제대로 하지 않아서 까끌까끌하고 빨개진 턱을 문질렀다. 그러고는 얼마간 나를 가만히 응시했다. 갑자기 내가 취조를 당하고 있다는 느낌이 들었다.

"그게 그 사건과 관련이 있습니까?"

"아뇨……. 네……. 어쩌면."

더듬거리다가 깨달았다. 이 남자에게 그 얘긴 하고 싶지 않다는걸.

"왜 그걸 알고 싶은 거죠?"

"왜냐하면."

그는 한 번 고쳐 앉은 후 수첩에 뭔가를 끼적이기 시작했다.

"나는 아주 오랫동안 이쪽 일을 해왔어요. 이런 일에 경험이 많은 사람으로서 얘기하는데, 바깥에서 일어난 일로 집안일에 영향을 주면 안 좋기 때문입니다."

좀 놀라웠다. 한마디 쏘아붙이려고 했다가 나는 입을 다물었다. 그런 말을 나에게 해주는 게 그로서도 쉬운 일은 아니었을 테니까.

"사이먼과의 일 때문은 아니에요. 하지만 충고, 고마워요."

그는 아무 말 없이 나를 보더니 요점을 말했다.

"전남편이 그쪽 차가 파손된 일과 관련이 있을 수 있다는 생각은 안 하십니까?"

"전혀요."

"어떻게 알죠?"

"전남편은 그런 사람이 아니에요. 그럴 열정조차 없어요. 응원하는 축구팀도 없어요. 그만큼의 믿음도 없는 사람이에요. 어느해 생일에는 친구들이 울타리를 선물했다니까요. 그 위에 앉아서 그냥 구경이나 하라는 뜻으로. 그 정도로 의견도 주장도 없는 사람이에요. 솔직히 형사님이 남편을 안다면 이런 대화 자체가 필요 없었을 거예요. 넘어가요."

"당신이 떠난 걸 남편은 어떻게 받아들이던가요?"

"기막혀. 그게 대체 형사님이랑 무슨 상관이에요?"

나도 모르게 소릴 지르며 벌떡 일어섰다.

"차 앞유리랑은 상관이 있을 수 있습니다."

그는 그대로 앉아 차분하게 말했다.

"아내로부터 버림받은 남편. 모욕감, 상처, 분노를 느꼈겠죠. 함께 살 때는 다정한 사람이었을지 몰라도 사람이 변하는 거, 순간입니다. 지난 몇 주간 당신을 협박하지는 않았나요?"

내가 아무 대답도 못 하는 것이 그에게는 충분한 대답이 됐다.

"하지만 그건 내 차도 아닌 걸요. 그 사람도 그걸 알아요. 그걸 박살 내면 내가 아니라 다른 사람에게 피해가 가는 거라고요."

"친구, 줄리의 차라고 했죠? 하지만 당신이 쓰고 있고. 그리고 지금 전남편은 이성적인 사고가 불가능한 것 같고. 전남편은 줄리라는 친구를 어떻게 생각하나요? 그 친구에 대해 최근에 뭐라고 한 적 있나요?"

나는 최근에 배리가 보낸 음성 메시지를 떠올리며 한숨을 푹 쉬었다. 그리고 우리 얘기를 다 듣고 있는 애덤을 봤다. 그는 머과이어 형사에게 어서 다 말하라는 듯 고갯짓을 했다.

"젠장."

나는 피로를 느끼며 얼굴을 문질렀다

"그럼 신고하지 않겠어요. 차 수리는 자비로 알아서 할게요."

나는 일어나서 방 안을 서성였다.

"어찌 됐든 당신의 전남편을 한번 만나봐야겠습니다."

"안 돼요! 내가 경찰에 알린 걸 알면 미쳐 날뛸 거예요."

"보아하니 이미 미쳐 날뛰고 있는 것 같은데요. 이런 짓 다신 안 하게 확실히 해둬야겠습니다."

"제발 접촉하지 말아주세요."

그는 한숨을 쉬더니 일어섰다.

"뭐가 먼저였습니까? 분노가 담긴 전화? 처음에는 슬퍼하다가 나중에는 모욕하기 시작하고? 이젠 당신 차를 부쉈네요."

"친구 차예요."

"그게 누구 차인지가 문제가 아니잖아요. 다음번엔 어떻게 나올까요? 당신이랑 마주 앉아 우유와 쿠키나 먹자고 할 것 같습니까?"

"하지만 그 러시아 사람이……."

"그 사람이 아니라니까요. 집에 당신이랑 같이 지내는 사람은 있습니까?"

나는 이런 사적인 질문은 좋아하지도 않을뿐더러 어찌 대답해야 할지도 알지 못했다. 애덤과 함께 지내고 있다는 걸 말하기는 난감해서 얼굴만 붉혔다. 그리고 결국엔 얘기할 필요도 없게 됐다. 애덤과 머과이어 형사가 눈빛을 주고받는 걸 보고 말았기 때문이다.

"알겠습니다."

머과이어는 내 안전을 걱정하지 않아도 되는 게 만족스러운 모양이었다.

"잘 생각해보시고 내가 전남편을 한번 찾아가는 게 좋겠다 싶으면 알려주세요."

"시간을 너무 뺏어서 죄송해요."

머과이어가 방을 나갈 때 나는 굴욕 비슷한 것을 느끼며 말했다.

"이젠 어느 정도 익숙해졌습니다."

그는 그렇게 대답하면서 복도를 걸어갔다.

"못 살아."

나는 전화를 끊으며 말했다.

"차를 보고 싶다는 사람이었어요. 수리는 얼마나 걸릴까요?"

나는 전화번호부를 찾기 위해 빈 찬장을 뒤졌다.

"빨리할 수 있어요. 걱정하지 마세요."

애덤은 부엌 조리대 위에 앉아 다리를 앞뒤로 흔들며 나를 지켜보고 있었다.

"그런 거 하는 사람을 좀 알아요. 전화를 넣어볼게요."

"그래주면 정말 고맙죠. 돈은 얼마나 들까요?"

나는 손톱을 뜯으며 대답을 기다렸다.

"그렇게 많이 들진 않을 거예요. 친구가 보험을 들어놨을 거 아니에요. 걱정 안 해도 돼요."

"줄리한테는 절대 말 못 해요. 줄리한테 말하지 않고 내가 해결할 거예요. 얼마나 들겠어요?"

"크리스틴, 마음 놔요. 고작 차 앞유리일 뿐이에요. 툭하면 깨지는 거라고요. 길에서 돌멩이 하나만 튀어 올라도 금이 가요."

"내 전남편이라는 작자가 산산조각을 냈다고요. 이건 얘기가 달라요."

"이러나저러나 수리하는 데 걸리는 시간은 어차피 똑같아요. 근데 정말 그 사람이 했다고 생각해요?"

"모르겠어요. 머과이어 형사는 확신하는 것 같던데 나는 상상이 안 가요."

그는 한참 생각하는 눈치더니 내 안전을 걱정하듯 창밖을 살폈다. 나를 보호하려는 애덤의 모습이 좋았다.

"차 유리값은 내가 낼게요."

그가 불쑥 말했다.

"아니에요. 무조건 안 돼요. 그건 바보 같은 생각이에요, 애덤."

나는 화를 내다시피 말했다.

"그건 내가 원하는 게 아니에요. 그러라고 한 말이 아니었어요. 동정은 사양할래요."

그는 어이없다는 표정을 지었다.

"이게 무슨 동정이에요. 당신이 날 위해 일하고 있잖아요."

"애덤, 나는 이 일로 그쪽에게 뭐든 청구할 생각이 없어요. 돈 때문에 하는 일이 아니에요. 나는 사람 목숨 하나 살리고 싶은 거예요. 당신이 '산다면' 내겐 그보다 충분한 보상은 없어요."

주책없이 눈물이 차올라서 나는 얼굴을 돌려야 했다. 나는 그가 지인에게 전화를 넣겠다고 한 것도 다 잊어버리고 이미 뒤진 찬장을 다시 뒤졌다. 정신이 하나도 없었다.

"하지만 2주간 잡혀 있는 예약을 모두 취소했잖아요. 나 때문에 분명 손해가 있을 거예요."

"그렇게 생각하지 않아요."

"알아요. 당신은 착한 사람이니까. 그러니까 이제 누군가가 당신에게 친절을 베풀겠다고 하면 그냥 받아요. 당신도 정말 거지 같은 시간을 보내고 있는 것 같은데 누구 하나 도와주러 오는 걸 못 본 것 같거든요. 당신은 남을 돕느라 혼자 난린데 당신 돕겠다고 나서는 사람은 없잖아요."

그가 나를 빤히 보며 말했다. 의외의 말에 나는 잠시 돈 걱정을 잊어버렸다. 우리 가족이 좀 특이하긴 하지만 나는 그들이 늘 내 편이라 믿어 의심치 않았다. 아멜리아가 지금 정신이 없는 건 충분히 이해할 만했고, 줄리는 토론토에 있고, 그리고 다른 사람들은……. 그게, 나는 그들이 나를 존중해서 혼자 있을 시간을 주는 거라고 생각했다. 하지만 이렇게 등 떠밀려 생각이란 걸 해보게 되니 그들은 어느 한쪽 편을 들고 있는지도 모르겠단 생각이 들었다. 나는 그런 생각을 머리에서 밀어내고 다시 돈 걱정으로 돌아갔다. 언젠가는 배리에게 내가 우리 공동 계좌에 넣은 돈을 돌려달라고 얘기할 생각이었다. 처음에는 결혼 및 신혼여행 자금을 모으기 위해 계좌를 텄고, 그 뒤로는 대출금을 갚기 위해 그대로 놔뒀고, 돈을 허투루 써버리지 않기 위해 상당한 금액을 그 계좌에 넣어뒀다. 어느 날 아침, 배리는 음성 메시지를 통해 내가 대출금을 갚기 위해 넣어둔 예금과 그 외에 예치해둔 돈을 자기가 전부 가져갔다고 통보했다. 정말인지 알아보려고 계좌를 확인해보니 진짜로 돈이 한 푼도 남아 있지 않았다. 그 계좌의 현금 인출 카드를 만든 게 좋은 생각은 아니었던 것 같다. 배리가 돈을 전부 인출해버렸으니까.

"아무튼 그건 그렇고, 지금 이 얘길 하다보면 당신 기분이 좀 나아질지도 몰라요. 다른 문제로 당신 도움이 필요하거든요."

애덤이 화제를 바꿨다.

"마리아에게 선물을 해야 하는데 좀 도와줘요."

"그럼요."

나는 마리아를 생각하는 것만으로도 마음이 더 가라앉는다는 사실에 엄청난 혼란스러움을 느끼며 대답했다.

"핑크색 립스틱은 어때요?"

내 대답을 들은 그는 얼굴을 찌푸렸다. 내 말투에서 그녀를 향한 적의를 느꼈는지, 조금 혼란스러워하는 눈치였다.

"아니."

그가 천천히 입을 뗐다.

"립스틱은 생각도 하지 않았어요. 그게, 마리아 생일 선물이라서……."

"뭐라고요?!"

나는 갑자기 기운이 다시 뻗치는 걸 느끼며 말했다.

"생일이 언제예요?"

"오늘이요. 그런데 왜 그렇게 화를 내요?"

"근데 그걸 지금 말하는 거예요? 애덤, 이건 그녀를 되찾을 수 있는 절호의 기회란 말이에요. 이걸 제대로 계획하자면 며칠도 걸릴 수 있는 일이라고요."

"혼자서 선물을 생각해보려고 했는데 좋은 생각이 떠오르질 않았어요. 흔한 선물은 많은데. 보석, 다이아몬드, 함께하는 휴가. 하지만 그런 건 이미 다 해봤어요. 이번에는 이거다 싶은 게 없네요. 게다가 당신은 마리아를 만나지도 못하게 하잖아요."

애덤의 말이 맞긴 했지만 그래도 나한테 이걸 여태 말하지 않은 게 여전히 화가 났다.

"작년에는 뭘 해줬어요?"

"함께 파리에 갔어요."

어쩐지 마리아에 대한 분노가 더 치솟았다.

"하지만 내 마음은 딴 데 가 있었어요. 기분도 별로였고."

"왜요, 무슨 일 때문에?"

"별것도 없었어요. 누나가 보스턴으로 가버린 게 그즈음이었어요. 생각이 너무 많았어요. 마리아는 내가 프러포즈를 계획하느라 그런다고 생각했는데, 그런 일은 전혀 안 일어났고……. 사실, 그 여행은 재앙에 가까웠어요."

그의 누나가 떠났다. 그는 사람들이 떠나는 걸 자신을 버리는 거라고 생각하는 것 같았다. 우리가 서로 헤어질 때도 나는 조심해야 했다. 그런 생각을 하자니 좀 슬퍼졌다.

"괜찮아요?"

애덤이 물었다.

"네, 잠시 생각 좀 하느라."

나는 영감을 받기 위해 침실로 들어가서 책을 찾아 들었다. 마지막 장은 요리를 배우면 얻게 되는 긍정적인 효과에 대한 내용이었다. 나는 그게 우리의 이번 고민에 대한 해결책으로 마땅하다는 생각이 들지 않아 책을 내던졌다. 사실, 여태껏 그 책의 솔루션에 별다른 감동을 받지 못하고 있었다. 치료법으로 요리를? 요리를 해서 마리아를 되찾아? 애덤이 마리아를 위해 저녁을 짓는다면 또 모를까. 하지만 그게 가능할까?

"애덤, 예전에 살던 아파트 열쇠는 아직 갖고 있어요?"

"네. 왜요?"

그가 침실 문 앞에 나타났다. 그는 늘 딱 저기서 멈췄다. 절대 내 사적인 공간의 문지방을 넘지 않았다. 나의 공간을, 보이지 않는 경계를 존중해주는 그가 나는 참 고마웠다.

마리아의 생일상을 그들이 함께 살던 아파트에 몰래 차려놓는 건 어떨까 생각해봤다. 만약 션이 그 자리에 나타난다면 그건 정말 재앙이 될 테고, 그러면 힘들여 이만큼이나 발전한 애덤은 바로 원점으로 돌아가겠지.

"생일에 마리아가 어디에 있을지 알았으면 좋겠어요. 그걸 알아닐 방법이 있을까요? 마리아의 친구들이나 식구들한테 물어볼 수 있겠어요? 물론 아무렇지도 않게 물어야겠죠."

"우리 두 사람 생일이 같은 주에 있으니까, 거의 같이 생일 파티를 했어요."

애덤은 생각하면 또 화가 나는지 한숨을 길게 쉬었다.

"이번엔 친구들이 그랜드 카날 도크의 엘리 브래서리에 데려간대요."

"그건 어떻게 알죠?"

애덤은 멋쩍은 눈치로 말했다.

"그냥 알아요."

"애덤, 마리아랑 얘기하면 안 된다고 분명히 말했잖아요."

"안 했어요. 어쩌다가 션의 음성 메시지를 듣게 된 것뿐이에요."

"어떻게 하면? 어쩌다가 들을 수가 있죠?"

"왜냐하면 션은 비밀번호를 바꿀 생각을 한 번도 못 하는 멍청한 놈이니까요. 실은 월요일부터 듣기 시작했어요."

나는 헉 소리를 냈다.

"그런 짓을 할 수 있는 줄은 또 몰랐네요."

"당신도 비밀번호 안 바꾸고 있죠?"

나는 당장 바꿔야겠다고 머릿속에 적어뒀다.

"어차피 상관없잖아요? 내 음성 메시지는 다 들었잖아요."

애덤이 혼자 듣고 삭제해버린 음성 메시지가 다시 떠올랐다. 배리가 무슨 말을 했는지 궁금해 죽을 지경이었지만, 이미 물어볼 만큼 물어봐도 애덤은 대답하지 않았고, 그 답을 듣고 싶지 않은 마음도 컸다. 넘어가기로 한다.

"그래서 들어보니 무슨 얘기가 있던가요?"

"요즘 마리아가 좀 멀게 느껴져서 고민인 것 같더라고요. 내가 둘 사이를 알게 된 그 일요일부터. 그리고 요 며칠 새 더 심해졌나봐요. 잠깐 떨어져 있기로 했나본데, 마리아가 생각할 시간을 좀 달라고 한 것 같아요."

"당신에 대한 생각이겠죠."

내가 속삭였다. 애덤은 대수롭지 않다는 듯 어깨를 으쓱해 보였지만 눈동자는 빛나고 있었다.

"정말 잘 됐어요!"

나는 두 손을 번쩍 들었다. 우리가 하이파이브를 한 후 애덤은 나를 당겨서 끌어안았다. 그리고 두 팔로 내 허리를 감싼 뒤 귀에 대고 속삭였다.

"고마워요."

그의 숨결 때문에 온몸에 닭살이 쭉 돋았다.

"뭘요."

나는 그대로 머물고 싶은 마음이었지만 애써 몸을 뺐다.

"자 이제 서둘러야겠어요."

"뭘 하는데요?"

"작년에는 그녀에게 파리를 선물했을지 모르겠지만 올해는 생일 케이크를 구워줄 거예요."

〈키친 인 더 캐슬〉은 1177년에 아일랜드 호스 지역에 지어진 호스 성의 주방에서 운영하는 특별한 요리 강좌다. 데이트하는 연인들과 여자 친구들의 특별한 모임 장소로 인기가 많다. 금요일 밤도 예외는 아니었다. 이날 역시 다양한 연령대의 연인들과 첫 데이트임이 분명한 커플 한 쌍이 눈에 띄었다. 20대 초반인 여자 셋이 함께 온 그룹도 있었는데 애덤이 방에 들어서자마자 뭔가 재미있는 일이라도 있는지 깔깔 웃어댔다.

"크리스틴! 여기요!"

웬 여자가 내 이름을 불렀다. 몸집이 크고 둥글둥글한 여자가 소녀 같은 얼굴에 미소를 띠고 있었다. 이 여자가 대체 누구지?

"나예요, 나! 일레인!"

그녀를 한참 뚫어지게 본 뒤에야 기억이 났다. 마지막으로 봤을 때 그녀는 아멜리아의 책방에서 드라큘라 복장을 하고 겁을 잔뜩 집어먹은 아이들한테 책을 읽어주고 있었다. 아멜리아의 어머니가 돌아가신 뒤부터 며칠간 서점 일을 돕고 있는 모양이었다.

"저는 데이트하러 여기 온 거예요."

옆에 있는 상대가 듣지 못하게 속삭였지만 의도대로 된 것 같진 않았다.

악수를 하려고 그 남자에게 손을 뻗은 순간, 나는 그가 게이임을 직감했다.

"〈사랑에 빠지는 법〉이라는 강좌에 갔다가 만난 남자예요."

"무슨 강좌요?"

"아니 여태 못 들어봤단 말이에요? 세상에, 거기 안 나가는 여자들이 없는데. 남자들도 많고요. 그래서 나도 다니는 건데."

일레인은 여전히 소리를 낮춰 말하고 있었다.

"마빈도 거기서 만난 거고요."

일레인은 낄낄 웃으며 자랑스레 마빈을 가리키고는 다시 웃었다. 이번에는 웃다가 코 고는 소리가 났다. 그녀는 흠칫 놀라더니, 혹시 또 소리가 날까 봐 얼른 손으로 코를 가렸다. 20대 여자애들이 다 같이 까르르 웃기 시작했다. 애덤을 쳐다보는 눈길로 보건대 아무래도 야한 농담을 한 것 같았다. 그중 하나는 애덤 곁으로 가까이 다가왔고, 애덤은 그녀를 향해 싱긋 웃어 보였다.

"이쪽은 애덤이에요."

나는 쓸데없이 큰 소리로 말하며 그의 팔을 내 쪽으로 당겼다.

"애덤, 이쪽은 일레인. 요즘 다닌다는 〈사랑에 빠지는 법〉 강좌 얘길 하고 있었어요.

"아, 정말 좋아요! 어마 리빙스턴이라는 사람이 하는 강의인데……."

일레인은 갑자기 목소리를 낮췄다.

"……섹스에 관한 책을 많이 쓴 그 여자요. 동네 교회에서 수업을 하는데."

"장소가 아주 딱이네요."

애덤이 대뜸 한마디 했다.

"네."

일레인은 애덤이 뭐라고 하는지 듣지도 않고 대답했다.

"매주 상대를 만나 사랑에 빠지는 방법에 대한 팁을 가르쳐주고, 그다음에는 반에 있는 사람들과 배운 것을 실천해보는 시간을 가지라고 해요."

"그러니까 지금은 숙제하는 중인가요?"

애덤이 물었다.

"아뇨, 이건 엄연히 데이트예요."

일레인은 얼른 방어적으로 말했다.

마빈은 약간 짜증이 난 듯 보였다.

"크리스틴도 오세요."

일레인이 나를 툭 친다는 것이 힘 조절을 잘못해 너무 세게 밀친 바람에, 나는 애덤에게로 날아가다시피 했다.

"그래요, 크리스틴도 한번 가봐요."

애덤이 장난기 가득한 웃음을 띠고 말했다.

"내가 가면 당신도 따라와야 해요."

내 말에 애덤의 얼굴에서 웃음이 싹 가셨다.

"남편과의 일은 얘기 들었어요."

일레인은 다시 목소리를 낮췄다. 동정 어린 눈길이었다.

"크리스틴 남편을 만났거든요, 전남편요. 며칠 전에 일하러 가는 길에. 무슨 일이 있었는지 다 얘길 하더라고요……. 그리고 골프채를 갖다주러 가는 길이라고. 그렇게 원만하게 끝났다니 다행이에요. 나랑 전남편은 그러질 못 했어요."

늘 밝은 그녀 얼굴에 잠시 그림자가 드리워졌다.

"골프채요? 난 골프 안 치는데."

"안 치긴. 치잖아요. 그래서 남편분이 차 앞유리에 살포시 두고 갔잖아요. 생각 안 나요?"

애덤이 말했다.

"아아아아. 맞다, 그러네!"

그러니까 범인은 배리였다.

요리 선생님은 사람들 모두를 반갑게 맞이했다. 우리는 가슴에 이름표를 붙이고 메인 작업대로 모여들었다. 건성건성 듣는 나와 애덤과는 달리 열심히 받아 적기까지 하는 사람들도 있었다.

드디어 케이크를 만들 차례가 됐다. 애덤은 팔짱을 끼고 나를 쳐다봤다. 그러니까 자기가 여기 있는 건 본인이 원해서가 아니라 나 때문이라는 것을 온몸으로 말하는 중이었다. 나는 붓을 들어 팬에 버터를 바르기 시작했다.

"그래서 오늘은 뭘 배웠어요?"

애덤이 일레인에게 물었다.

"오늘은 사랑에 빠지게 만드는 자연스러운 이유들에 대해 배웠어요. 그 이유들을 알아보는 법에 대해서요."

일레인은 열심히 대답했다.

"와우. 그 코스는 대체 얼마예요?"

애덤이 비꼬듯 물었다. 일레인은 바보가 아니었다. 약간 기분이 상해서 애덤을 의심 어린 눈길로 봤다.

"10주에 150유로요. 하지만 어마는 2주를 권해요."

"당연히 그러겠죠."

애덤은 진지하게 고개를 끄덕이더니 내게 물었다.

"크리스틴, 그게 맞는 것 같아요?"

"난, 그놈의 사랑이란 것 때문에 갖고 있던 모든 걸 잃었는데. 그걸 지금 나한테 물어요?"

나는 버터를 바른 팬 위에 밀가루를 균일하게 뿌리려고 무지 노력하면서 말했다.

"그 말이 아니고, 케이크 말이에요."

애덤이 나를 보고 웃었다.

"아. 선생님이 케이크가 들러붙지 않게 버터를 바르라고 했고, 밀가루는 케이크가 너무 찐득거리지 않을 정도로만 뿌리라고 했잖아요."

말은 그렇게 하면서도 밀가루가 들쭉날쭉 팬에 들러붙어 엉망으로 뭉쳐진 걸 보며 나는 좌절했다. 나는 그 시간을 전혀 즐기지 못하고 있었다. 나는 요리를 싫어했고 제빵은 더 싫었다. 그리고 삶에서 또 하나의 '기쁨'을 경험해야 할 애덤 대신 내가 그걸 하고 있었다. 나의 진짜 기쁨은 찾기 힘들었다.

"오케이, 이제 당신 차례예요. 반죽을 좀 만들어봐요."

나는 버터가 잔뜩 묻은 손을 닦을 행주를 찾으며 말했다. 애덤은 아주 재미있다는 표정으로 나를 보고 있었다.

"왜요?"

내가 쏘아붙였다.

"아무것도 아니에요. 당신이 삶을 즐기는 모습을 구경하는 중이에요."

그러고는 일레인에게 다시 물었다.

"그 수업에서 사랑에 빠지는 아주 자연스러운 방법이라고 가르쳐준 게 뭔가요?"

일레인은 데이트 상대에게 등을 돌리고 우리에게 수업에 대한 얘기를 해줬다.

"어마 선생님은, 우리가 사랑에 빠지는 걸 마법같이 신비로운 사건이라고 생각한대요. 그래서 사랑에 '빠진다'고 표현하는 거고요. 하지만 사랑에 빠지는 일은 어떤 특정한 사람과 연속적인 이벤트가 생기다보면 자연스레 생겨나는 것이랬어요."

애덤은 그 얘기에 완전히 몰입한 것 같았다.

"그리고 삶의 다른 부분들과 마찬가지로, 무슨 일이 일어나길 바란다면 그게 일어나도록 스스로 만들어야 한댔고요. 집구석에 손 놓고 앉아서 사랑에 빠지길 기대해서는 안 된다는 거예요. 적극적으로 몸을 던져야 해요. 어마 선생님은 사랑에 빠지는 과정에서 어떻게 적극적으로 임해야 하는지 단계별로 가르쳐줘요."

"예를 들면……."

"흠, 예를 들자면, 원하는 것 중 중요한 몇 가지만 추릴 것. 자연스럽게 행동할 것. 사회적 인맥을 넓힐 것. 문제는 현실적으로 직시할 것. 많이 웃을 것. 경청할 것. 재치를 잃지 말 것. 비밀을 공유할 것. 즐거운 관계를 유지할 것. 수업에서 이런 걸 가르쳐주고 수업이 끝난 뒤에 실제로 연습해보는 시간을 가져요."

"연습이라면 어떤?"

"지난주엔 데이트를 하면서 경청하는 기술을 연습해야 했어요. 말은 20퍼센트만 하고 들어주기의 비율을 80퍼센트로 잡는 거예요."

"이제는 듣는 것도 기술이 필요한가요?"

애덤은 재미있다는 듯 물었다.

"얼마나 많은 사람이 제대로 듣지 않고 사는지 알게 되면 정말 놀랄 거예요. 저도 이 클래스의 한 사람과 데이트를 했는데 잘 안 됐어요. 둘 다 잘 들으려고만 하고 서로 말을 안 했거든요."

애덤이 웃었다.

"셰프 여러분! 집중하고 있나요?"

성격 좋은 요리 선생님이 외쳤다. 고개 몇몇이 우리 쪽을 향했고 애덤은 급히 바쁜 척을 했다.

"다음 수업의 주제는 '비밀 공유'예요."

일레인은 흥분해서 속삭였다.

"일단 '나는 죽어도 한 번도 ~한 적 없다!'라는 게임을 한 뒤에, '당신의 가장 당황스러웠던 순간은?' '가장 소중한 어린 시절의 기억' '가장 두려워하는 것' '나의 숨겨진 재능' '혼자 있을 때만 하는 것들' '당신의 가장 완벽한 날은?' 같은 질문들 알죠? 그런 질문들을 던질 거예요."

"그게 다음 수업이란 거죠?"

애덤은 수업 내내 모든 걸 혼자 다 만들고 있는 일레인의 데이트 상대를 쳐다보며 물었다. 내가 애덤이 할 일을 대신 다 하고 있는 모습이 꼭 저럴지도 모르겠다.

일레인은 열정적으로 고개를 끄덕였다. 애덤은 또 뭔가 비꼬는 말을 할 것처럼 보였지만 자제하는 것 같았다.

"행운을 빌어요, 일레인."

"고마워요, 그쪽도 행운을 빌어요."

애덤은 반죽과 씨름하느라 얼굴이 벌게진 나를 쳐다보며 씩 웃었다.

"일레인이 마빈의 비밀 한두 개는 확실히 알게 될 것 같은데요?"

내가 속삭이자 애덤이 킥킥 웃었다.

"듣고 있는 줄 몰랐네요."

"20퍼센트는 듣는 데, 80퍼센트는 반죽하는 데 쓰고 있었죠."

"도와줄게요."

애덤이 달걀을 하나 집어 들었다.

"벽에다 집어 던지지 않도록 주의하세요."

내가 쭝얼거렸다. 애덤이 웃으며 달걀을 깼다.

"은근 재치 있다니까."

그러더니 잠시 생각에 잠긴 듯 나를 골똘히 봤다.

"왜요, 얼굴에 밀가루라도 묻었어요?"

"아뇨."

"흰자와 노른자를 분리해야 돼요."

나는 그릇을 애덤 쪽으로 밀어줬다.

"난 할 줄 모르는데. 남편과도 분리해본 당신이 잘할 것 같은 데요?"

"하, 하, 하. 사람이 어떻게 점점 그리 재미있어져요?"

나는 아무 감흥 없이 말했다.

"그거야 당신이 삶의 기쁨을 찾으라면서 내게 시키고 있는 이 모든 것들 덕분이죠."

일레인이 재미있다는 듯 우릴 바라봤다.

"내가 세 개 할 테니까 당신이 세 개 해요."

애덤은 달걀을 하나 깨더니 손가락에 닿는 흰자의 느낌 때문에 신음 소리를 냈다. 그리고 깨진 노른자를 한쪽 그릇에, 흰자와 껍질은 다른 그릇에 넣었다. 두 번째 것은 더 망쳤고, 세 번째 것은 좀 나았다. 나는 흰자와 같이 들어간 달걀 껍데기들을 건져 올려보려고 애를 썼다. 그런데 노른자에 설탕을 넣는다는 것을 실수로 흰자 쪽에 몽땅 쏟고 말았다. 내가 한 짓을 알아차리자마자 나는 선생님에게 들키지 않기만을 바라며 다시 마구 퍼냈다. 애덤이 키득키득 웃었다.

나는 바닐라와 레몬 추출물을 붓고 달걀 흰자를 저어서 부풀리기 시작한 후에 애덤에게 눈길을 돌렸다. 그는 그새 몽상에 잠겨 있었다. 그 소중한 마리아를 생각하고 있는 게 뻔했다. 나는 나도 모르게 잔뜩 부풀어 오른 달걀흰자에 턱을 담갔다가 꺼내어 하얗고 얇은 턱수염을 붙였다. 그리고 애덤에게 얼굴을 돌렸다. 그 후 목소리를 낮게 깔고 잔뜩 쉰 목소리로 애덤 아버지 흉내를 냈다.

"아들아, 회사를 물려받아야지. 너는 황홀한, 바질이니까."

그는 깜짝 놀라 나를 보더니 이내 머리를 뒤로 홱 젖히며 웃기 시작했다. 한 번도 들어보지 못한, 크고 제대로 된 시원한 웃음, 아주 즐겁고 자유로운 소리였다. 선생님은 말을 하다 멈췄고, 반 전체가 고개를 돌려 우리를 봤다. 애덤은 모두에게 사과했지만 그래도 웃음을 단번에 멈추지는 못했다.

"죄송합니다, 잠깐만 나갔다가 들어올게요."

그러고는 소리 죽여 웃으며 아파 죽겠다는 듯 배를 움켜잡고 조용해진 주방을 가로질러 나갔다.

그러자 사람들의 시선이 모두 내게로 향했다. 턱에서 달걀흰자를 똑똑 떨어뜨리며 나는 씩 웃어 보였다.

"케이크는 오븐에 넣었어요. 20분쯤 걸릴 거예요. 자, 받아요."

나는 애덤을 따라 밖으로 나갔고, 그에게 코트와 샴페인 한 잔을 건넸다.

"10분 휴식 후에 아이싱을 한대요."

나는 샴페인을 꿀꺽꿀꺽 마셨다.

애덤은 그런 나를 눈을 반짝이며 지켜보더니 다시 웃기 시작했다. 또 웃음보가 터진 모양. 전염성이 있는 웃음이었다. 어느새 나도 따라 웃고 있었다. 나는 그를 보며 웃었고, 그런 그는 무얼 보고 웃는 것이었는지…… 잘 몰랐다. 얼마 후 애덤이 웃음을 겨우 멈췄다가 다시 조금 웃고, 그쳤다.

"이렇게 웃은 건, 정말 오랜만이에요."

그의 입김이 차가운 공기 위를 동동 떠다녔다.

"사실 그렇게 웃기지도 않았다고요."

애덤은 또 웃으며, "웃겼다니까" 하고는 끽끽 소리까지 냈다.

"턱에 달걀흰자를 발라서 당신을 고칠 수 있단 걸 알았으면 진작 했을 텐데요."

나도 씩 웃었다.

"크리스틴, 당신은 원기 회복제예요. 우울한 사람한테는 약 대신 당신을 처방해줘야 해요."

애덤의 얼굴에는 생기가 돌았다. 말하는 동안 눈빛도 유난히 밝았다.

그 칭찬에 나는 정말 우쭐해졌다. 그건 여태껏 그가 한 말 중에 가장 좋은 말이었다. 내가 결코 그의 인생에 방해되는 존재가 아니라는 느낌을 주는 말이었다.

나는 듣기 좋은 말로 화답하는 대신 상담사 모드로 전환했다.

"항우울제 복용해본 적 있어요?"

애덤은 질문을 받은 환자의 입장으로 돌아가 잠시 생각에 잠겼다.

"한 번이요. 지역 보건의를 찾아가서 그때 나의 감정에 대해 얘기했더니 처방해주더군요. 하지만 내가 원하는 쪽으로 도움이 되지는 않았어요. 한두 달 먹다가 끊은 것 같아요."

"근본적인 문제를 해결하려 하지 않았으니까요."

애덤의 눈빛을 보니 내 말에 기분이 상한 것 같았다. 내가 또 정식으로 상담을 받으라고 말할 거라고 짐작하는 게 분명하게 느껴져서 나는 한발 물러났다.

"근본적인 문제에 접근하는 데는 케이크 만들기가 딱이죠."

"그럼요. 당신은 당신이 뭘 하고 있는지 똑똑히 알고 있을 테니까."

애덤이 부드럽게 말했다.

"물론이에요."

우리는 둘 다 잠시 말없이 있었다. 나는 지금이 내 능력의 한계를 느끼고 있음을 인정해야 하는 순간이 아닌가 하고 생각했다. 어쩌면 애덤이 그걸 암시하는 것만으로도 이미 인정된 것일 수도 있었다. 애덤은 그다음에 무슨 말이 이어질지를 감지했는지 침묵을 깨고 말했다.

"오케이, 이제 아이싱하러 갑시다."

장식을 하기 전에 케이크를 오븐에서 꺼내야 했다. 반 전체에서 케이크 한가운데가 푹 꺼진 경우는 우리뿐이었다. 정말 마법처럼, 공기에 닿자마자, 우리의 눈앞에서 한가운데가 픽 소리를 내며 함몰됐다.

그다음엔 우리도 미친 듯이 웃으며 무너져 내렸다. 나는 웃다가 오줌을 지릴 뻔했고, 정중하게, 그러나 매우 신속하게 우리 둘은 교실을 떠나달라는 요구를 받았다.

15
–

뿌린 것들을 거둬들이는 법

마리아의 생일을 축하하기 위한 저녁 식사 장소는 더블린 시내에 있었다. 가는 길에 케이크 장식에 쓸 것들을 사기 위해 가게에 들렀다. 우린 아직도 술에 취한 것처럼 잔뜩 들떠 아무것도 아닌 일에도 신나게 웃어댔다. 마치 너무 오랜 시간 그런 감정에 굶주려 있었던 것처럼. 가운데는 덜 구워져서 곤죽처럼 된 데다 푹 꺼져버리고 가장자리는 타버린, 하트 모양의 케이크는 애덤이 들고 있었다.

"이렇게 못생긴 케이크는 평생 못 본 것 같아요."

애덤이 웃으며 말했다.

"약간만 시술받으면 돼요."

나는 상품 진열대를 돌아다니며 말했다.

"이거야!"

그러고는 생크림 스프레이 캔을 집어 들고 흔들어댔다.

"이봐요!"

가게 주인이 화난 듯한 목소리로 소리치자 애덤이 얼른 돈뭉치를 꺼내 들었다. 주인은 입을 다물었다.

애덤은 케이크를 들고 스프레이를 뿌렸다. 제1차 분사의 결과는 참담했다. 내가 스프레이 캔을 충분히 흔들지 않아서인지 실망스럽게도 공기가 함께 폭발하듯 뿜어져 나오며 애덤의 얼굴과 머리, 그리고 케이크에 잔뜩 튀었다.

"케이크에 20퍼센트, 내 얼굴에 80퍼센트 되겠네요."

이 말에 나는 또 옆구리가 터지도록 웃었다. 겨우 머리를 제대로 가누고 제2차 분사를 시도할 수 있었다. 두 번째 시도는 다행히 성공적이었고 케이크 윗면을 생크림으로 잘 덮을 수 있었다. 내가 분사를 마치자 애덤은 케이크를 가만히 내려다보더니 여러 가지 사탕을 골라 담을 수 있는 코너로 갔다. 그러고는 치아 모양을 한 우유맛 사탕, 밀키 티스를 한 스쿱 떠서 케이크 위에 뿌렸다.

"어때요?"

애덤이 가게 주인에게 물었다.

긴 머리를 하고 히피같이 생긴 주인은 감정이 전혀 담기지 않은 말투로 대답했다.

"뭔가 부족해요."

나는 또 웃었다. 뭔가 부족한 정도가 아니라, 부족한 게 대단히 많은 케이크니까.

"나라면 바삭바삭한 뭔가를 더 얹겠어요."

주인이 마침내 한마디 거들었다.

"바삭바삭한 거! 그거 진짜 좋은 생각이에요."

애덤은 허공에 손가락을 번쩍 들어 보이며 말했다.

그러더니 내게 홀라후프라는 과자를 뜯어서 뿌려보라고 시켰다. 나는 그렇게 하고 작품을 감상하기 위해 몇 걸음 물러섰다.

"완벽해."

애덤은 모든 각도에서 케이크를 살펴보더니 말했다.

"내 평생 가장 최악인 케이크예요."

"바로 그거예요. 완벽해. 마리아는 내가 만든 거란 걸 확실히 알 거예요."

가게를 나오기 전에 애덤은 축구공 모양의 초를 한가운데 푹 꽂고 "마리아는 축구를 진짜 싫어해요"라고 말하며 좋아했다. 그리고 기사가 대기 중인 차로 돌아갔다.

우리는 엘리 브래서리라는 레스토랑 근처에 서 있었다. 마리아와 친구들에게 들키지 않도록, 그리고 식당 종업원들한테 쫓겨나지 않도록 각별히 조심하면서 창문을 통해 그들을 지켜봤다. 거리는 무척 추웠고 작은 눈송이들이 날리기 시작했다. 두 발은 감각이 무뎌졌고 입은 잘 움직여지지도 않았으며, 코는 한참 전에 이미 떨어져 나갔거나 그렇게 느껴지는 것이거나 둘 중 하나였다.

"오늘은 정말, 우라지게도 춥네요."

내가 이렇게 말을 뱉자 애덤이 씩 웃었다. 조금 전까지 과도하게 흥분해 있던 우리의 상태는 추위에 싹 달아나버렸다.

"저 친구들 알아요?"

나는 추위에 굳어버린 입으로 겨우 물었다.

애덤이 고개를 끄덕였다.

"마리아랑 제일 친한 친구들이에요."

어쩌면 하나같이 그리 다 예쁜지. 심지어 스타일까지 멋진 그녀들을 보기 위해 수많은 고개들이 돌아갔지만 정작 그들은 서로에게 정신이 팔려 그걸 모르는 눈치였다. 레스토랑 한구석에 모여 앉은 그녀들은 삶과 사랑과 세상에 대한 이야기에 빠져 있었다. 나는 마리아에게서 눈을 뗄 수가 없었다. 역시나 트레이드마크인 빨간 입술과 차르르 윤이 나는 검은색 단발머리를 했고, 오늘은 멋진 검은색 가죽 치마를 입고 있었다. 그녀는 완벽했다. 친구들과 담소를 나누는 그녀는 누가 얘기를 하든 그 친구의 말에 흥미를 보이고 즐거워하며 공감해주고 있었다.

내가 마리아로부터 눈을 떼는 순간은 그녀를 보는 애덤을 볼 때뿐이었다. 애덤 역시 나와 비슷한 걸 느끼는 게 분명했다. 그녀는 최면을 걸듯, 모든 시선을 끌어당기는 여자였다. 게다가 착하기까지 했다. 그걸로 게임은 끝이었다. 나는 그 어느 때보다도 그녀에게 화가 났지만, 그녀가 애덤에게 완벽한 여자임을 깨끗이 인정했다. 두 사람은 정말 눈에 띄는 한 쌍이었을 거다. 둘 다 무척 아름답지만 각자 특별하고 별난 구석이 있는, 개성 뚜렷한 남녀니까. 그녀에게서 눈을 떼지 못하는 애덤은 슬퍼 보였다. 마치 그녀를 잃으면서 그의 영혼을, 모든 것을 잃은 것처럼.

나는 몇 걸음 물러나 주변을 둘러보며 언 발을 동동 굴렀다. 협잡꾼 혹은 연인 사이에 낀 곁다리가 된 기분을 떨쳐내기 위해서 뭐라도 해야 했다. 내 인생은 도대체 얼마나 꼬였기에 레스토랑 밖에 서서, 자기 삶을 충실히 살아가고 있는 저 아름다운 여인을 하염없이 쳐다보고 있어야 하는 걸까.

나는 그녀를 질투하고 있었다. 그녀가 앉은 실내가 내가 서 있는 곳보다 따뜻해서 그런 것만은 아니었다. 정말 어처구니없는 일이었다. 스스로가 바보처럼 느껴졌다. 루저도 이런 루저가 따로 없었다. 갑자기 더 이상은 그곳에 있고 싶지 않아졌다.

"드디어!"

마리아의 테이블 위가 정리되고 후식이 나올 차례가 되자 애덤이 외쳤다.

나는 이미 케이크를 레스토랑 안으로 들여보내놓았다. 별로 어려운 일은 아니었다. 마리아의 눈에 띄지 않으면서, 이미 자리를 잡고 앉아 있는 생일 주인공에게 보내는 깜짝 선물이라고 직원에게 설명하면 끝이니까. 웨이트리스는 케이크를 보더니 웃음을 터뜨렸다.

우리는 이제 웨이터 네 명이 줄지어 마리아에게 다가가는 걸 지켜보고 있었다. 애덤은 더 잘 보이는 자리를 잡기 위해 길을 건너 창가 쪽으로 다가갔다. 마리아는 놀라서 고개를 들었다. 주위의 다른 손님들이 생일 축하 노래를 함께 불러주자 얼굴이 환해졌다. 마리아의 친구들이 서로 눈빛을 주고받으며 이 깜짝 선물을 누가 준비한 것인지 찾아내려고 했다. 케이크가 앞에 놓이자 마리아는 혼란스러운 듯했다. 커다란 곤죽 덩어리 크림 위에, 크림에 젖어 질척해진 밀키티스와 홀라후프 과자가 뿌려진 케이크라니. 그러나 마리아는 이내 아무렇지도 않다는 듯 예의 있게, 감사한 표정을 지어 보였다. 케이크를 보낸 익명의 사람을 위한 배려였을 거다. 소원을 불고 초를 끈 후 마리아는 누가 준비한 것인지 묻는 듯 친구들을 둘러봤다. 친구들은 어깨를 으쓱하며 웃기만 했다. 마리아는 웨이터를 불러 케이크가 제대로 전달된 게 맞는지 확인하는 것 같았다. 초조하게 지켜보는 애덤 옆에 서서, 나는 마리아가 그 케이크가 애덤에게서 온 것임을 알아차리기만을 바랐다. 그걸 알리기 위해 레스토랑으로 뛰어들려는 애덤을 붙잡고 달래는 일은 벌어지지 않도록 말이다.

"마리아, 밀키티스랑 홀라후프 과자를 잘 봐."

그는 나만 겨우 들을 수 있는 작은 소리로 재촉했다.

"무슨 의미가 있는 거였어요?"

가게에서 아무거나 잡히는 대로 집어 케이크 위에 뿌린 줄 알았지 의미가 있으리라곤 생각도 못 했다.

눈을 창에서 떼지 못한 채 정신은 온통 다른 데 빼앗긴 말투로 애덤이 대답했다. 마치 내가 방해꾼이 된 것 같은 기분이 들게 하는 말투였다.

"연애 초기에 마리아가 내가 축구하는 걸 구경하러 온 적이 있어요. 사이드 라인에 서 있다가 얼굴에 공을 맞고 앞니가 나갔죠. 내가 밀키티스를 사와서 집까지 물고 가게 했어요. 그리고 뭘 씹기엔 이가 아프다고 해서 홀라후프 과자를 내가 물렁해질 때까지 물고 있다가 줬어요."

애덤이 내게 해준 얘기를 마리아도 기억해낸 게 틀림없었다. 케이크에서 고개를 들더니 이제 알겠다는 얼굴로 웃기 시작했다. 그리고 친구들에게도 얘기를 하는 모양이었다. 비록 그들의 얘기가 들리지는 않았지만 애덤도 그녀와 함께 웃고 있었다. 그때쯤 나는 유머 감각마저 잃고 말았다. 집에 가고 싶을 뿐이었다.

웃고 있던 마리아는 어느새 울기 시작했다. 여섯 친구는 일제히 그녀를 에워쌌고 그녀는 포옹과 위로의 말 속에 파묻혔다.

나는 애덤을 쳐다봤다. 그의 눈에도 눈물이 고였다. 나는 돌아섰다. 애덤이 거기 남든 말든 그 순간엔 정말 아무 상관없다고 생각했다. 사실 내가 가버려도 알아차리지 못할 것 같았다.

"이봐요, 해결사 아줌마."

애덤이 내가 가는 길을 막아서며 나직이 말했다.

그는 장갑 낀 두 손을 들어 보였다. 내가 마지못해 그의 손에 하이파이브를 하자 그가 손가락을 접어 내 손을 꽉 잡았다. 그가 나를 내려다봤고 나는 침을 꿀떡 삼켰다. 그의 시선 아래 꼼짝할 수 없었다. 심장만 팔딱거렸다.

"그거 알아요? 당신은 천재예요."

그는 부드럽게 말했다.

"아직 그녀가 완전히 당신 품에 들어온 것도 아닌데요, 뭐."

나는 시선을 피했다.

애덤은 다시 레스토랑 안을 들여다보았다. 마리아는 냅킨으로 눈물을 닦고 있었다. 그러고는 다시 케이크를 보더니 가볍게 고개를 흔들며 웃었다.

'아직은 아니지만, 거의 해내긴 한 것 같군.'

나는 야릇한 안도감을 느꼈지만 그 안엔 슬픔도 들어 있었다. 그렇지만 내 감상에 젖어 있을 때가 아니었다. 마리아가 코트를 걸치고 레스토랑을 나오려 했기 때문이었다.

"망했다. 마리아가 당신을 본 거예요?"

내 손가락을 그의 손가락에서 풀어내며 물었다.

"그럴 리가 없어요."

그도 당황한 기색이었다. 우리는 레스토랑에서 최대한 먼 쪽으로 걸어가기 시작했다. 안심할 만큼 멀리 간 뒤 내가 고개를 돌려 마리아가 식당 밖에 서 있는 걸 확인했다.

"담배를 피우려나봐."

내가 한숨 돌리며 말했다.

"마리아는 담배 피우지 않아요."

우리는 가만히 지켜봤다. 그녀의 손에서 휴대전화의 화면이 반짝였다. 그러고는 애덤의 전화가 울리기 시작했다. 그는 얼른 벨소리를 죽였지만 애타는 눈빛으로 액정화면을 바라봤다.

"받지 말아요."

"왜요?"

"부재가 마음을 더 깊게 만드는 거예요. 그녀가 당신을 더 그리워하고 원하게 해야 해요. 게다가, 당신은 아직도 화가 나 있어요. 내가 알아요. 안 할 말을 해버리고 그녀를 멀리 쫓게 될 거예요."

"배리한테 한 것처럼?"

나는 그에게 등을 돌려버렸다.

"남편이 당신을 되찾으려고 노력하길 원해요?"

그는 잠시 뜸을 들이다가 물었다.

나는 슬프게 웃었다. 우리는 배리에 대해서는 별로 얘기한 적이 없었다. 진지하게는 아니었다.

"그는 시도조차 하지 않았어요. 나는 돌아가지도 않았겠지만, 그래도 그가 노력이라도 했다면 좋긴 했을 것 같아요. 그는 한 번도 뭔가를 간절히 원해본 적이 없어요. 나조차도요. 그를 떠난 건 나면서 이런 소리 하는 게 말도 안 된다는 거 알지만."

"나름대로 노력하는 건지도 몰라요. 그 많은 음성 메시지들. 전화들……."

"오늘 아침에는 우리가 한 해의 마지막 날을 늘 함께 보내던 친구에게 전화를 해서 내가 그 친구 파티에 가는 걸 지긋지긋해 했다고 했대요. 그 친구 요리도 싫어했고 그 집 아이들의 형편없는 노래를 듣는 것도 참을 수 없어했고, 빨리 집에 가고 싶어서 카운트다운을 하는 그 순간만을 기다렸다고. 그 친구가 그렇게 문자를 보냈더라고요. 정말 마음이 많이 상해 있었어요. 이제 그 친구 파티에 초대받기는 글렀어요."

"알았어요. 당신을 되찾을 생각이 없는 거, 맞네요."

"배리는 그냥 열이 받은 거예요. 심사가 뒤틀리면 그런 전화를 걸어대는 거고. 화해하려는 시도가 아니에요."

"친구한테 사실이 아니라고 해명해요."

나는 그를 물끄러미 봤다.

"아. 진짠가보네. 그러니까 샤워하면서 쉬하는 것도 진짜고?"

애덤이 놀리기 시작했다. 빨개진 내 얼굴을 감출 수 있는 어둠이 참 고마웠다.

"그 사람 말이 다 맞는 건 아니라고요."

"맞네, 맞아!"

그는 혼자 키득거렸다.

"모기에 물렸었다고요. 진짜 심하게. 내가 뭘 좀 하려고……. 아무튼 그때 그 사람이 갑자기 들어왔고."

"그럼 모기 물린 데 쉬를 하려고 했던 거예요?"

그가 웃어대기 시작했다.

"쉿!"

나는 그의 팔을 쳤다.

"아무튼, 뭐 소용도 없었고."

그리고 우린 같이 웃었다.

애덤의 휴대전화에 메시지가 들어왔다.

"오래도 말했네. 줘봐요."

내가 말했다.

"애덤, 나야."

부드럽고 나직한 마리아의 목소리. 그녀가 어떤 감정인지 단번에 느낄 수 있었다. 더 이상 들을 것도 없었지만 그래도 전화를 놓지는 않았다.

"케이크 잘 받았어. (웃음) 내가 받아본 케이크 중에 제일 못난, 하지만 제일 사려 깊은 케이크였어. 그날은, 나도 절대 못 잊을 거야. 그날 우리가 첫 키스를 했지. 그 사탕 이빨을 입에 물고서. (웃음) 고마워. 당신, 정말 제정신이 아니야. (웃음) 그런 당신이 그리웠었어. 하지만…… 이젠 당신이 다시 돌아온 것 같아. 상처 준 거, 정말 미안해. 너무 혼란스러웠고, 걱정이 됐었어. 어찌할 바를 몰랐어, 내가. 션은, 그 사람이, 거기 있었고 날 위해줬고, 그리고…… 당신 걱정도 정말 많이 해. 그 사람 미워하지 마. 아무튼, 고마워. 전화해줘, 알았지?"

애덤은 활짝 웃고 있었다.

그는 나를 번쩍 들어 올려 빙빙 돌았다. 나는 차갑고 어둡고 텅 빈 거리에서 큰 소리로 웃었다. 내 웃음소리는 레스토랑 바깥에 서 있던 마리아에게까지 흘러갔다. 하지만 걱정할 필요는 없었 다. 그녀가 본 것은 그저 어둠 속에 있는 커플 한 쌍일 뿐이니까. 둘만의 즐거운 시간을 보내고 있는, 어둠 속으로 스며들고 있는, 그리고 아마도 사랑에 빠진 게 분명한.

16

삶을 단순하게 정리하는 법

음식을 포장해서 집으로 돌아오는데 아멜리아의 책방에 아직도 불이 켜져 있는 게 보였다. 밤 10시였다.

"이상하네. 먼저 가요."

나는 애덤에게 집 열쇠를 건네줬다.

"유리나 전기 제품 근처에는 얼씬도 하지 말고요. 나는 얘한테 별일 없는지 확인 좀 해봐야겠어요."

애덤은 어이없어하며 말했다.

"그냥 같이 가면 되잖아요."

우리가 책방으로 다가가자 아멜리아는 마치 거기 서서 우리가 오길 기다리고 있었다는 듯 곧바로 문을 열었다. 아멜리아의 커다래진 눈은 다급해 보였다. 나는 책방 안을 둘러봤다. 테이블 위에는 와인과 치즈, 크래커가 있었다. 빈 와인 병이 다섯 개 있었다. 책방 중앙, 책꽂이가 놓여 있던 자리에는 의자가 네 개씩 네줄 놓여 있었고 거기에 몇 안 되는 사람들이 앉아 한 여자가 책을 낭독하는 걸 듣고 있었다. 아름답게 찰랑이는 선명한 회색의 긴 머리에, 어깨와 가슴이 드러나도록 네크 라인이 깊게 파인 딱 붙는 검정 드레스를 입은 여자였다.

일레인이 돌아보고 우릴 향해 신나게 손을 흔들더니 얼른 낭독자 쪽으로 돌아앉았다.

"누구야?"

내가 속삭였다.

"어마 리빙스턴."

아멜리아가 한심하다는 표정으로 말했다.

"일레인 말을 들은 내가 미쳤지. 저 여자가 일레인이 다니는 〈사랑에 빠지는 법〉 강좌 선생이야. 저 여자를 여기 불러서 본인 저서를 읽게 하면 정말 좋을 것 같다고 했거든. 읽은 지 1시간쯤 됐나봐."

아멜리아가 내게 책 한 권을 건넸다. 『나만의 성감대의 주인이 되는 법』이었다.

"뭐야? 지금 내 것의 주인은 대체 누군 거니?"

내가 그렇게 말하고 아무 감흥 없이 책을 훑는데 애덤이 내 손에서 책을 빼갔다.

맨 앞줄에 앉은 연세 지긋한 아저씨는 책방이 떠나가게 코를 골고 있었고, 책깨나 좋아하게 생긴 젊은 여자는 뭔가를 열심히 받아 적고 있었다. 그리고 한 남자는 엄청 티나게 발기된 본인의 물건을 숨기려고 애를 쓰고 있었다. 일레인은 그것도 못 본 모양인지 그와 데이트라도 한 번 할 수 있을까 싶어 열심히 눈빛을 보내고 있었다.

어마 리빙스턴은 애덤이 들어선 걸 보고 말했다.

"이쯤에서 끝내려고 했는데 새로운 분이 들어오셨네요. 다음은 제4장 「파트너와 함께 나 자신을 만족시키는 법」을 읽어보겠어요. 미리 경고해드리는데 이 챕터는 제법 야하답니다. 말장난도 들어 있고요."

그러고는 애덤을 향해 미소를 지었다.

"좋았어."

애덤이 날 보며 씩 웃었다.

"나 야한 거 엄청 좋아해요. 두 사람은 가서 얘기나 나눠요. 안녕!"

어마의 끈적거리는 목소리가 천천히 관능적으로 본인의 에로틱한 책을 읽어 내려가자 나는 웃음을 참기가 어려웠다.

위층의 조용한 아멜리아 집으로 올라가서야 우린 비로소 대화라는 걸 나눌 수 있었다.

"좀 어때?"

"난 괜찮아."

아멜리아는 지친 모습으로 의자에 앉았다.

"엄마가 안 계시니 조용해. 외롭고."

"여기 같이 못 있어줘서 미안해."

"같이 있어줬어, 넌. 그리고 사이먼에, 애덤에, 배리까지, 너도 정신없잖아. 애덤 때문에 특히."

아멜리아는 살짝 웃으며 말했다.

"그만해."

시작하기도 힘든 얘기였다. 나는 고개를 흔들었다.

"배리가 우리 엄마 일로 고마운 문자를 보냈더라."

"웬일로, 그래도 그랬다니 다행이다."

"애덤이랑은 어떻게 돼가는 거야?"

"괜찮아. 좋아. 좋아지고 있어. 얼마 안 있어 혼자 힘으로도 설 수 있게 될 거야. 그럼 난 더 이상 필요 없어질 거고…….. 정말 잘 된 일이지."

내 목소리가 떨리고 있었다. 상대에게 내 말이 진심처럼 들리지 않는 건 말할 것도 없었고.

"그래. 그렇게 그 사람을 도와주고, 넌 참 착해."

"그래. 뭐, 워낙 힘든 시간을 보내고 있는 사람이니까."

"그럼, 그럼."

아멜리아는 웃음을 참으려고 입술을 깨물었다.

"그만해라, 진짜."

나는 아멜리아를 툭 쳤다.

"나 지금 진지하게 말하는 중이거든?"

"알아, 그래 보여."

아멜리아가 또 웃었다.

그러더니 곧 그 웃음이 걷히고 그늘이 드리워졌다.

"왜 그래?"

"엄마 물건들을 정리하다가."

아멜리아는 일어나서 부엌 서랍에서 종이 뭉치를 꺼내왔다.

"이걸 발견했어."

아멜리아가 건넨 종이 뭉치가 너무 여러 장이라 나는 그냥 물었다.

"이게 뭐야?"

"엄마 소유로 돼 있는 창고. 나한테는 한 번도 얘기한 적이 없는 거야. 그게 이상해. 왜냐하면 내가 엄마 일은 다 관리했거든. 사용료는 내가 모르는 계좌에서 매달 자동이체 되고 있어."

아멜리아가 내게 계좌번호를 보여줬다. 봐도 모를 거라고 생각했는데 아는 번호였다. 매달 내 집세가 들어가고 있는 그 계좌, 아버지 회사의 것이었다. 아멜리아가 내 반응을 놓친 것 같아서 나는 일단 아무 말 안하고 좀 더 지켜보기로 했다.

"만약에 이 열쇠랑 창고에 대한 세부 내용이 적힌 종이를 못 봤으면 나는 아무것도 몰랐을 거야. 10년 전 것 같아. 봉투에 주소를 좀 봐봐."

봉투에 적힌 주소는 로즈 앤 도터스 변호사 사무실이었다.

"이거에 대해서 너 아는 거 있니?"

"아니, 전혀."

아멜리아는 나를 못 믿겠다는 표정이었다.

"좋아, 2초 전까지만 해도 진짜 몰랐어. 계좌번호를 보기 직전까진. 진짜야. 나한테 아무도 얘기 안 해줬어. 우리 아버지가 네 어머니의 유언장을 관리하고 있는 거지?"

아멜리아가 고개를 끄덕였다.

"유언장에 이 창고에 보관된 물건에 대한 언급은 전혀 없어?"

"모르겠어. 이걸 물어보려고 너희 아버지께 가진 않았어. 그래도, 나는 엄마의 유언장에 대해선 다 안다고 생각했었는데. 엄마랑 그런 얘길 다 했었거든."

"아버지한테 물어보자."

나는 전화를 꺼내 들었다.

"간단하잖아. 지금 해결해버리자."

"아냐."

아멜리아는 내 손에서 전화기를 빼앗아 갔다.

"그렇게 성급히 막 해결해버릴 일이 아니야."

아멜리아는 무안해하는 나에게 설명했다.

"너희 아버지가 나는 그 창고에 접근할 권리가 없다고 하시면 어떡해?"

"그럴 리가 없어. 왜 그러시겠어? 네 어머니의 소유물은 이제 다 너에게 상속됐는데."

"이게 내가 알면 안 되는 거면 어떡해? 너희 아버지께 여쭤보는 바로 그 순간 내 운명이 결정돼버릴지도 몰라. 내가 직접 가서 거기 뭐가 있는지 확인하고 싶어."

나는 아멜리아의 눈동자가 뿌옇게 흐려지고 천 가지 만 가지 생각이 머릿속에 떠오르는 모습을 물끄러미 보고 있었다.

"내가 그 안에 있는 걸 볼 수 없게, 이렇게까지 한 이유가 대체 뭘까?"

다음 날 아멜리아와 애덤과 나는 더블린의 커다란 상점가에 위치한 개인 창고의 복도를 따라 걸어 들어갔다. 각각의 창고의 문과 로고는 근처의 도로에서도 잘 보이도록 온통 분홍빛으로 번쩍거리고 있었다. 그것만으로도 충분히 머리가 아픈데, 애덤의 미래를 위한 계획들을 세우느라 밤새 잠을 못 자서 더 머리가 아팠다. 하지만 난 친구를 위해 그곳에 갔음을 다시금 상기했다. 사실 아멜리아의 삶에 예기치 못했던 굴곡들이 생겨서 내 신경이 분산되고 있었고, 고마워해야 할 입장이었다.

애덤은 자신의 미래를 가업인 회사에 봉사하며 바쳐야 한다는 생각에 다시 사로잡힌 후론 기분이 급격히 푹 가라앉았다. 게다가 그날 아침에 내가 좋은 생각이랍시고 떠올린 아이디어—감사 일기장을 주며, 매일 그가 감사함을 느끼는 것을 다섯 가지씩 쓰면 주말에는 서른다섯 가지 감사할 일이 생길 것이라는—는 가뜩이나 가라앉은 그의 기분에 바윗덩이를 달아 우물에 던진 것과 똑같은 결과를 가져왔다. 우리는 위기관리 계획을 실행해야 했다. 애덤은 자기 삶에서 감사한 내용을 찾느니 차라리 내 냉장고 청소를 하겠다고 나섰다. 그건 정말 시사하는 바가 컸다. 내가 바질 제과라는 문제를 해결하지 못하면 마리아에 대해 거둔 성공마저 헛수고가 될 판이었다.

그 문제를 고민함과 동시에 아멜리아를 위해 분위기를 띄우려고 나는 무지 애쓰고 있었다.

"너희 엄마가 실은 비밀 요원이셨고 그래서 그 창고 안에는 비밀 신분증, 가발, 여권, 봉인된 서류가방 같은 것들이 있는 거 아닐까?"

나는 차에서 오는 내내 했던 게임을 이어나갔다. 그리고 애덤을 쳐다보며 그에게 차례를 넘겼다.

"그쪽 아버지께서 어마어마한 포르노 컬렉션을 갖고 계셨는데 딸이 보길 원치 않으셨던 거예요."

아멜리아가 움찔했다.

"부모님이 사디즘과 마조히즘에 관심이 많았고 여기가 바로 관련 기지였던 거야."

내가 말했다.

"이야, 기발한데?"

애덤이 나를 칭찬했다.

"고마워요."

"부모님이 엄청난 돈을 횡령해서 여기다 숨겨놓았을지도 모르고요."

애덤이 말했다.

"그러면 좋게요."

아멜리아가 중얼거렸다.

"아주머니가 실종된 그 유명한 경주마 셔가를 훔쳐서 거기에 보관하신 거야."

내 말에 애덤이 웃음을 빵 터뜨렸다.

그러다가 아멜리아가 어느 분홍색 문 앞에 우뚝 멈춰 섰다. 우리는 그 뒤를 따랐다. 아멜리아는 마음의 준비를 하듯 나를 한 번 보더니 열쇠를 꽂고 천천히 돌려 문을 열었다. 혹시라도 안에서 무엇인가 튀어나올 때를 대비해 몸은 방에서 최대한 멀리 떨어뜨리고 있었다. 하지만 우리를 맞이하는 건 퀴퀴한 어둠뿐이었다.

애덤이 벽을 더듬어 불을 켰다.

"와우."

우리는 안으로 들어가 방 안을 둘러봤다.

"너희 엄마, 이멜다였어."

내가 말했다.

창고의 모든 벽면에는 선반이 설치돼 있었다. 그 선반 위를 신발 상자들이 빼곡하게 채우고 있었다. 상자에는 저마다 연도가 적혀 있었는데 왼쪽 구석 가장 아랫부분의 1954년부터 시작돼서 10년 전의 연도가 적힌 그 반대편 벽의 상자로 끝나 있었다.

"부모님이 결혼하신 해야."

아멜리아가 그 상자를 열며 말했다. 그 안에는 부모님 결혼식 날의 사진들과 신부 부케를 말린 꽃들이 함께 들어 있었다. 청첩장, 신혼여행 사진들, 기차표, 배표, 첫 데이트에서 함께 본 영화 티켓, 식당 영수증, 운동화 끈, 「아이리시 타임스」의 십자 낱말 풀이 등이 모두 가지런히 담겨 있었다. 추억의 상자 정도가 아니라 추억의 방이었다.

"세상에, 모든 걸 다 간직하고 계셨어!"

아멜리아는 줄지어 놓인 신발 상자들을 손가락으로 조심스레 쓸다가 마지막 해가 적힌 상자에서 멈췄다.

"아버지가 돌아가신 해야. 다 아버지가 하신 건가봐."

아멜리아는 감정을 꾹꾹 억누르고 있었다. 아버지가 이 추억의 컬렉션을 만들었다는 사실에 미소를 짓다가 이 모든 걸 자기에겐 숨겨왔다는 사실에 다시 상처받은 얼굴이 됐다.

아멜리아는 아무 상자나 잡히는 대로 집어 안을 들여다보고는 또 다른 상자, 또 다른 상자를 끄집어냈다. 상자 하나하나를 열어보고 부모님의 추억을, 그녀의 추억을 대변하는 물건들이 나올 때마다 아멜리아는 탄성을 질렀다. 아멜리아의 오래전 학교 성적표, 입학 첫날 학교에 꽂고 갔던 리본, 첫 이, 미용실에 처음 갔던 날 가져온 머리카락 한 줌, 여덟 살 때 아버지와 다툰 후 보낸 사과 편지. 아멜리아만 남겨두고 자리를 비워줘야 하는 건 아닐까 하는 생각이 들었다. 몇 시간이고 혼자 이 상자들을 들여다보며 부모님과 자신의 삶을 다시 떠올려보고 싶을 것 같았기 때문이다. 하지만 아멜리아는 이 추억들을 함께 나눌 사람을 필요로 했고, 애덤도 함께 있어줄 정도의 참을성은 있었으므로 친구를 위해 그렇게 하기로 했다. 심지어 애덤은 방금 본 광경에 감동을 받은 것처럼 보였기 때문에 이 공간에 고이 보관된 누군가의 사랑을 목격하는 것이 그에게 좋은 치료가 된다면 나는 더 바랄 게 없을 것 같았다.

아멜리아는 부모님이 오스트리아의 산에서 찍은 사진을 들어 보였다.

"이건 우리 삼촌의 별장 오두막에 가셨을 때야."

그리고 손가락으로 사진 속 부모님 얼굴을 어루만지며 미소 지었다.

"내가 태어나기 전까지는 매년 가셨대. 사진을 보고, 나도 데려가 달라고 졸랐는데 엄만 갈 수가 없으셨어."

"아주 어릴 때부터 어머니가 편찮으셨나요?"

애덤이 물었다.

"처음부터 그런 건 아니었어요. 뇌졸중으로 처음 쓰러진 건 내가 열두 살 땐데 그전에는 너무 걱정이 돼서 못 간 것 같아요. 나를 가진 후에는 무척 예민해지셔서. 엄마는 그런 건가봐요……."

아멜리아는 확인을 원하듯 우릴 쳐다봤는데 애덤이나 나나 엄마 없이 자란지라 대답을 할 수 없었다.

"이 모든 걸 다 간직하고 계셨다는 걸 꿈에도 몰랐어."

"왜 딸에게 이런 걸 숨겼을까?"

애덤은 구경을 하느라 자기가 무슨 말을 하는지 인식도 못 한 채 말했다. 아멜리아에게 하는 말이라기 보단 혼잣말이었다.

누구도 선뜻 못 하고 있는 금기의 질문을 애덤이, 그것도 큰 소리로 해버리고 말았던 거다. 그리고 말을 마치자마자 얼른 수습을 해보려고 했다.

"이 모든 걸 다 간직했다니 정말 대단해!"

하지만 너무 늦었다. 아멜리아는 알 수 없는 표정을 하고 있었다. 애덤은 이 방이 그녀의 부모가 그녀와 공유하고 싶어 하지 않은 공간이었음을 상기시켰다. 왜일까?

"아멜리아? 괜찮은 거야? 왜 그래?"

나는 걱정이 됐다. 그리고 마치 최면에서 갑자기 깨어나기라도 한 듯 아멜리아는 갑자기 뭔가 찾을 게 생각난 사람처럼, 한시도 지체할 수 없다는 듯 미친 듯이 선반들을 훑기 시작했다. 상자 위에 쓰여 있는 연도를 손가락으로 짚어가면서.

"뭘 찾는 거야?"

내가 물었다.

"우리가 도와줄게."

"내가 태어난 해."

아멜리아는 위쪽 선반의 연도를 읽기 위해 까치발을 하고 대답했다.

"78년."

내가 애덤에게 말했다.

180센티미터가 넘는 애덤이 우리보단 수월하게 찾을 수 있을 테니까.

"찾았어요."

애덤이 먼지가 뽀얀 상자를 내리며 말했다.

애덤이 아멜리아의 눈높이로 상자를 내리는 도중에 아멜리아가 동시에 손을 뻗다가 상자를 툭 쳤다. 상자는 창고를 가로지르며 날아갔다. 뚜껑이 날아갔고 내용물이 허공에 폭포수처럼 쏟아지며 온 바닥에 흩어졌다. 최대한 많이 주워 담기 위해 우리는 모두 바닥에 엎드렸고 애덤과 나는 서로 머리를 박았다.

"아야."

나는 웃음을 터뜨렸고 애덤은 내 머리를 문질러줬다.

"미안해요."

그는 아프겠다는 듯 얼굴을 살짝 찡그렸다. 애덤이 그 커다랗고 시원한 파란 눈으로 나를 보자 나는 그만 녹아내리고 말았다. 그 조그마한 사랑의 창고에 그와 영원히 함께 있고 싶었다. 그 생각만으로도 설레어 얼굴이 화끈 달아올랐다. 이런 느낌을 다시 갖게 되다니. 너무나 오랜만이었다. 배리와 끝난 뒤, 이제 나는 누구에게도 다시는 이런 감정을 느끼지 못할까 봐 겁이 났었다. 하지만 여기, 내 안에 그 감정이 살아 있다. 이 긴장감과 열망과 흥분의 감정 덩어리가. 하지만 그 감정이 생겨난 그 즉시 나의 현실이 정신 차리라는 듯 내 머릴 때렸다. 그 감정은 다시 어느 구석으로 슬그머니 물러났다.

"괜찮아요?"

그가 가만히 물었다.

나는 고개만 끄덕끄덕했다.

"다행이네."

그가 얼핏 미소를 지으며 말하자 나의 머리끝부터 발끝까지 윙윙 울리는 것만 같았다.

그게 거의 망상의 수준이 됐을 때 그제야 내 옆에 서 있던 아멜리아가 너무 조용해졌다는 생각이 들었다. 애덤과 나의 미묘한 순간을 다 보고 있었을 거라 생각하며 고개를 들었는데 아멜리아는 손에 든 종이를 읽으며 눈물을 흘리고 있었다. 나는 튀어 오르듯 일어섰다.

"아멜리아, 왜 그래?"

"엄마가……."

아멜리아는 내게 그 종이를 건넸다.

"내 엄마가 아니었어."

사랑하는 나의 아가, 아멜리아에게

내가 너를 돌봐줄 수 없어서 정말 미안해. 네가 자라면 엄마의 이 결정에 사랑 외엔 그 어떤 것도 작용하지 않았다는 걸 이해해주리라 생각해.

마그다와 렌의 사랑 가득한 품 안에서 네가 안전할 거라 엄마는 굳게 믿어. 늘 너만을 생각할게.

영원히 사랑해,

너의 엄마가.

나는 아멜리아의 부엌에 앉아 그 메모를 아멜리아와 일레인에게 큰 소리로 읽어줬다. 아멜리아는 부엌 안을 계속 서성였다. 충격은 슬픔으로, 슬픔은 다시 불편하게 곤두선 분노로 변했다. 그래서 나와 일레인은 쉽게 아무 말이나 할 수도 없었다. 일레인은 구두 상자의 물건들을 만지작거렸다. 아기 이, 스웨터, 모자, 치마, 딸랑이 등등.

"다 손으로 만든 거예요."

일레인이 말했다.

"그래서?"

아멜리아가 쏘아붙였다.

"지금 그게 문제야?"

"그게, 이건 켄메어 레이스라고요."

"그게 무슨 레이슨지가 무슨 상관이야?"

"그게 그러니까 이런 건 지금도 흔한 게 아니에요. 그러니까 70년대에는 이런 걸 만드는 데가 딱 한군데였을 수도 있어요."

아멜리아는 우뚝 멈춰 서더니 일레인을 쳐다봤다. 얼굴에 어떤 깨달음이 번졌다.

"자, 자."

나는 이 정적을 깨야 했다.

"너무 멀리 가는 것 같지 않아? 일레인, 이런 건 세상 어디에서도 만들 수 있는 것 같은데. 괜히 부모님을 찾을 수 있다는 기대만 높아지면 어떡해."

"내 부모님을 찾아?"

아멜리아는 멍해져서 가만히 속삭였다. 그 생각까지는 여태 못

했던 모양이었다. 왜 자신을 입양한 부모님이 그 사실을 숨기고 평생 거짓말을 했을까 하는 의문에 사로잡혀 진짜 부모님을 찾을 수 있다는 가능성 같은 건 생각도 못 하고 있었던 거다.

"내가 하고 싶은 말은, 이 켄메어 레이스는 사랑과 정성으로 만들어졌다는 거예요. 내가 남자 좀 만나보겠다고 레이스 뜨기 강좌를 들어봤기 때문에 알아요. 이 상자 안에 들어 있는 모든 물건들이 켄메어를 가리키고 있어요. 레이스는 켄메어 레이스고 스웨터는 퀼스 것인데 이것도 켄메어잖아요."

"이 스웨터가 퀼스 것인지 어떻게 알아요?"

나는 얼른 이 말도 안 되는 생각의 꼬리잡기에서 벗어나야겠다는 생각으로 물었다.

"상표가 붙어 있잖아요."

일레인이 내게 상표를 보여주며 말하고는 아멜리아를 올려다봤다.

"아멜리아, 내 생각에는 생모가 켄메어에 계세요."

"기막혀."

나는 지쳐서 얼굴을 문질렀다. 우리는 그렇게 아주 긴 밤을 보내고 있었다.

애덤은 내가 그를 위해 장만해둔 1,500조각짜리 퍼즐을 완성하라는 지령을 받아들고 집에 먼저 가 있었다. 매일 나와 함께 맞추던 '풍랑이 치는 바다' 퍼즐에 애덤이 아무 감흥도 느끼지 못하고 동기 부여도 전혀 안 되는 것 같아, '상반신을 노출한 해변의 여인' 퍼즐을 온라인으로 주문했는데 마침 아침에 택배로 도착했다. 그 퍼즐은 절대 테두리부터 맞추지 않을 것이라고 나는 쉽게 예상할 수 있었다.

나는 아멜리아와 계속 생각의 제자리걸음을 하느라 지칠 대로 지쳐 아침이 다 돼서야 집에 도착했다. 만약 일레인이 거기 함께 있지만 않았어도 아멜리아가 정신을 차리도록 설득하기 쉬웠을 텐데, 나의 갖은 노력에도 불구하고 결국 아멜리아는 켄메어에 가는 걸로 마음을 완전히 굳혔다.

"아멜리아는 좀 어때요?"

애덤은 퍼즐 조각을 손에 꼭 쥐고 탁자 위로 몸을 숙인 채 물었다. 그의 이마에는 주름이 깊게 패여 있었고, 집중하느라 입술이 쭉 나와 있었다. 그 귀여운 모습이 나를 미소 짓게 만들었다.

"왜요?"

그가 고개를 들고 자기를 가만히 보는 내게 물었다.

"아무것도 아니에요. 맞추는 걸 보니까, 당신이 엉덩이와 가슴 중 어느 쪽을 선호하느냐는 질문에 답이 대충 나오네요."

"일편단심으로 가슴입니다."

애덤은 한쪽 가슴을 성공적으로 완성했다. 내가 예측한 대로 가장자리는 한 개도 맞추지 않은 상태였다.

"이 퍼즐이 저번 것보단 훨씬 낫네. 고마워요."

"내가 비위 하나는 잘 맞추잖아요."

나도 무릎을 꿇고 앉아 함께 조각을 찾기 시작했다.

그의 시선이 느껴졌다. 그가 나를 빤히 보는데도 내가 시선을 맞추지 않자 그는 다시 퍼즐 맞추기로 돌아갔다.

"지금은 오른쪽 젖꼭지를 찾는 중이에요."

우리는 머리를 맞대고 유리 탁자 위를 더듬어나갔다.

"여기요."

내가 그에게 조각을 건넸다.

"이건 젖꼭지가 아니잖아요."

"맞거든요. 젖꼭지 조금, 겨드랑이 조금, 바다 조금 있잖아요. 여기 상자 뚜껑을 봐요. 이 여자 젖꼭지가 이 배경에서 서핑하고 있는 아저씨를 보드에서 밀어 넘어뜨릴 기세잖아요. 봐요, 이게 서핑 보드라고요."

나는 퍼즐 조각 한 끝을 가리키며 말했다.

"하, 그렇구나."

애덤이 웃으며 말했다.

"그거 알아요? 당신 말하는 게 어마 그 여자만큼이나 날 흥분시킨다는 거."

"어마 좋아하네."

나는 코웃음을 쳤다.

"그 여자, 당신 전화번호를 따가다니 정말 어이가 없어서."

"그리고 난 그 여자한테 당신 전화번호를 알려줬다니……. 정말 어이가 없죠?"

"뭘 어쨌다고요?"

나는 그를 툭 밀쳤다. 그도 나를 밀쳤다. 정말 유치하기 짝이 없는 장난이었지만 그렇게 재미있을 수가 없었다.

"그래서 아멜리아는 어쩌려고 한대요?"

"지금 상태가 좀 안 좋아요. 엄청난 충격이긴 하잖아요. 근데 사실 난 내가 입양된 아이라고 해도 별로 놀라지도 않을 거예요.

어쩌면 약간 좋을 것 같기도 하고."

"맞아요, 맞아."

"이건 이 여자 끈 팬티예요."

나는 그에게 조각 하나를 건넸다.

우리는 아무 말하지 않아도 편안한 침묵 속에 앉아 있었다.

"근데 아멜리아는 그렇게 충격을 받은 것 같지도 않던데."

그가 불쑥 말했다.

"자기가 태어난 해의 상자를 찾아 돌진하는 거 봤어요? 제정신이 아닌 것 같더라고."

"전혀 몰랐다고 했어요."

그렇게 우겨보긴 했지만 사실 마음 깊은 곳에서는 나도 애덤의 직감과 같은 걸 느꼈다.

"알고 있었던 것 같아요. 모르고 있는 것 같아도 실은 어렴풋 알고 있을 때가 있잖아요."

애덤이 나를 보며 말했다.

또 저 말을 듣다니. 바로 저 문장. 나는 놀라서 그를 쳐다봤다.

"왜 그래요?"

"아니에요. 그냥……."

나는 화제를 돌렸다.

"일레인이 아멜리아한테 친부모를 찾으려면 켄메어로 갈 필요가 있다고 설득하고 있어요."

"일레인은 머리 검사를 좀 받을 필요가 있어요."

나는 아무 말도 하지 않았다.

애덤이 고개를 들고 나를 보며 말했다.

"말도 안 되는 생각인 건 알죠?"

"아는데……. 아멜리아는 가고 싶은가봐요."

"당연히 가고 싶겠죠. 일주일 새에 자기의 세상이 완전히 뒤집혀버렸는데 생각이란 걸 제대로 할 수 있겠어요? 누가 달나라로 가자고 꾀어도 따라나설 걸요?"

애덤의 이 말에 퍼뜩 깨달음이 왔다. 아멜리아에 관해서가 아니라 애덤에 관해서였다. 애덤의 세계는 일요일 밤에 끝장이 났고 그 역시 제대로 생각할 수 없는 상황이었다. 그걸 바로잡기 위해선 아무거나 붙잡을 판이었다. 내가, 바로 그 아무거나였다. 이 경험들은 그를 위한 거였다. 내가 아니라.

나는 이 상황에서 나를 걷어내야 했다. 그에게 자꾸 끌리는 것도 멈춰야 했다. 나는 그를 더블린에서, 내 삶에서 내보내고 그의 인생을 바로잡아줘야 했다. 그래서 그가 자기의 삶에 편안하게 스며들 수 있도록 기반을 잘 다져놔야 했다. 그리고 그를 아늑한 본인의 자리에 데려다놓고 포근하게 이불을 덮어준 뒤 말해야 했다. 굿나잇, 굿바이.

"내가 그 애와 친구로 지내는 동안 아멜리아는 단 한 번도 어딜 가고 싶어 한 적이 없어요. 주말에도 어딜 가는 법이 없었고, 어쩌다 간다 해도 군소리를 하며 등 떠밀려 간 거였고, 어디도 갈 수가 없었으니까. 이 나라 밖으로도 나가본 적이 없어요. 친부모를 찾고 못 찾고를 떠나서 이 여행을 가고 싶어 한다는 것만으로도 정말 보통 일이 아니에요. 혹시라도 이 일에 도움이 될까 싶어 내일 사설탐정한테 같이 가보자고 했어요."

나는 한숨을 쉬었다. 아멜리아의 일은 잠시 제쳐둬야 했다.

"애덤, 우린 티퍼레리에 가야 될 것 같아요. 거기서 해결할 일들이 있잖아요. 마리아에게 할 수 있는 일들을 다 했으니 이젠 며칠간 더블린을 떠날 시간이 됐어요. 당신 생일 파티에 딱 맞춰서 돌아올 거고, 그 자리에서 당신은 바질 사를 승계하지 않겠다고 발표할 수 있도록 모든 준비를 해서 올 거예요. 마리아를 되찾고, 해안 경비대의 당신 자리를 되찾고, 바질 사도 구제될 거고, 나는 당신을 더 이상 들볶지 않고, 영원히 빠져줄 거예요."

나는 애써 웃어 보였다. 애덤은 이 얘기에 별로 기뻐하는 눈치가 아니었다.

"그렇게 우울할 거 없어요. 며칠간 마리아를 두고 떠나기 전에 내일 한 가지 할 게 더 남아 있으니까."

나는 문 옆에 있는 상자를 집어 들었다. 오늘 아침에 도착한 택배였다. 어떤 면으론 불면증이 좋은 점도 있었다. 온라인 쇼핑하기에 딱 이라는 것.

"상자에 뭐가 들었어요?"

애덤이 의심스러운 눈초리로 상자를 보았다.

"마리아가 당신을 보고 싶다고 했죠. 내일이면, 당신을 보게 될 거예요. 아주 많이."

나는 상자를 열고 내용물을 공개했다.

"짜잔!"

그의 아름다운 얼굴이 환해지면서 그는 놀랍다는 듯 나를 바라봤다.

"크리스틴, 나는 이 세상이 당신 같은 사람들로만 가득했으면 좋겠어요. 알아요?"

그리고 그가 웃었다.

'그럼 당신의 세상을 나로 채워요!'

나는 속으로 외쳤다.

17
-

군중 속에서 눈에 띄는 법

다음 날 아침. 퍼즐은 방치돼 있었다. 다음 프로젝트에 무척 들뜬 애덤은 더블린의 시내 한복판에 서 있었다. 빨간 방울이 달린 흰색과 빨간색 줄무늬 털모자 아래로 보이는 까만 가발, 검은색 둥근 안경테, 빨간색과 흰색 줄무늬 스웨터, 그리고 청바지와 지팡이를 갖춘 모습이었다. 『월리를 찾아라』의 월리처럼 입고 서 있는 그를 한 번 본 사람은 웃음이 터져 멈출 수가 없었다. 하지만 월리처럼 입고 있어도 애덤은 아름다웠다.

마리아는 막스 앤 스펜서 안의 에스컬레이터를 타고 올라가는 중에 그를 보았다. 꼭 애덤처럼 생긴 사람이 월리 복장을 하고 있었다. 그는 한 번도 그녀 쪽을 쳐다보지 않았고, 고개를 꼿꼿이

든 채 정면만 보고 있었다. 표정의 변화조차 전혀 없어서 마리아는 이것이 그녀만을 위한 연출인지 아니면 단순한 우연인지 알 수가 없었다. 하지만 그녀가 브로콜리를 골라 바구니에 담고 있을 때 월리가 빈 쇼핑 카트를 밀고 그녀 옆을 지나 모퉁이를 돌아 사라지자, 어쩌면 자신을 위한 것일 수도 있겠다는 생각을 하기 시작했다.

마리아가 브라운 토머스 백화점 4층에서 손톱 손질을 받고 있을 때 그 남자가 또 지나갔다. 걸려 있는 의류들 사이사이로 모습을 드러냈다가 사라졌을 때 마리아는 그 사람이 애덤이라고 확신했다. 그래프톤 가에서 꽃을 사고 있을 때 곁눈으로 보고 또 한 번 그를 확인했고, 버틀러스에서 커피를 사고 있을 때 그가 창문 앞을 지나간 뒤 그녀의 시야에서 숨어버리자 마리아는 깔깔 웃었다. 스티븐스 그린 공원의 다리를 건널 때는 그의 모습을 찾아 공원을 샅샅이 훑었다. 빨간색이 언뜻 눈에 잡혔고 마리아는 그를 다리 아래의 길에서 포착했다. 그가 한쪽으로 들어서는 걸 보고 마리아는 그가 나오는 걸 잡기 위해 다리의 다른 쪽으로 달렸다. 바로 그때부터 마리아는 빨간색이 눈에 띨 때마다 멈춰서 쳐다보고 있는 자신을 발견했다. 그가 다시 나타날 거라는 기대감으로 뱃속이 울렁울렁했다.

"애덤!"

다리 위에서 마리아가 외쳤지만 그는 그녀를 보지 않았다. 그녀를 무시한 채 그는 쾌활한 월리라는 캐릭터의 여정을 이어갔다. 커다란 배낭을 등에 메고 지팡이를 신나게 돌리며 약간은 바보 같고 괴짜 같은 걸음걸이로.

마리아는 웃음을 터뜨렸다. 지나가는 사람들이 이상하게 쳐다 봤지만 상관하지 않았다. 만약 그녀가 그가 사라져버린 나무 뒤 까지 볼 수 있었다면 웃음을 멈췄겠지. 그랬다면 생일에 레스토 랑 근처 어두운 거리에서 봤던 바로 그 커플을 또 보았을 것이고, 월리 복장을 벗어버려도 괜찮다고 안심한 순간 두 사람이 함께 웃음을 터뜨리는 걸 또 보게 됐을 테니까. 마리아가 그 남자를 볼 때마다 그녀는 그의 뒤에 있는 한 여자를 보지 못했다. 그의 뒤에 서, 그와 함께, 그의 곁에서 그를 응원하고, 격려하는 그녀를. 만 약 마리아가 그 여자를 보았다면 이 모든 것들이 진정 누굴 위한 것이었는지 의아했을지도 모르겠다.

"이리 와요, 당신은 정말 제정신이 아니에요."

나는 애덤이 쓰고 있던 월리 모자를 벗겨서 그의 얼굴에 던 졌다.

"얼른 가요. 배고파 죽겠어요."

"배가 고파요?"

그는 깜짝 놀란 척하며 물었다.

"믿을 수가 없어! 우리 치유됐나봐요."

우리는 함께 앉아, 나는 호두까지 들어간 제법 그럴듯한 샐러 드를 먹고 애덤은 따뜻한 닭고기 요리를 먹었다. 우리는 금세 접 시를 비웠다.

내가 소리를 죽여 트림까지 하자 애덤이 웃었다.

"우리가 얼마나 발전했는지를 좀 봐요."

그는 나의 뱃속을 저릿저릿하게 만드는 표정을 지어 보였다.

하지만 이 모든 것의 결말이 어떨지 다시 생각하게 되자 입맛이 도로 달아나고 말았다. 다행히도 오스카로부터 걸려온 전화 덕에 다른 생각을 할 수 있었다. 그는 버스를 타고 가는 동안 대화할 사람이 필요했다. 아주 적절한 시기에 나의 역할을 다시 상기한 나는 다시 일로 돌아갔다.

"오늘 나는……."

나는 어서 말을 이으라며 애덤을 쳐다봤다.

"오늘 나는…… 배불러요?"

"어휴, 지금 퀴즈하자는 게 아니잖아요. 이건 너무 쉬운 대답이 에요."

그는 잠시 생각하더니 말했다.

"오늘 나는. 행복해요. 회복된 느낌. 아니, 회복된 게 아니라 새로워진 느낌. 나는 나인데 더 나은 버전의 내가 된 것 같은. 이게 말이 되는 건가요?"

그의 눈빛이 간절했다.

나는 시선을 돌릴 수밖에 없었다. 그러지 않으면 내 눈빛을 아주 들켜버릴 것 같았다. 나는 그의 시선을 마주하는 대신 테이블 위의 소금통과 후추통에 초점을 고정하고 그것들을 손으로 이리저리 돌려댔다.

"좋아요. 아마도 그건 이제 마리아를 되찾았다고 생각하기 때문인가요?"

그는 이 질문이 약간 혼란스러운 것 같았다.

"그러니까 내 말은, 다음 일로 넘어갈 준비가 된 거냐고요?"

그는 숨을 한 번 들이쉬고 말했다.

"근데 그날 병원에선 일이 썩 잘 되질 않았죠."

그 일에 대해선 할 말이 없었다. 나는 다시 샐러드를 께지럭거리기 시작했다.

"나이젤은 왜 만났던 거예요? 그 사람은 당신이 합병에 대해 얘기했다고 주장했잖아요."

"만나고 싶었어요. 나는 열두 살 이후로 걔를 본 적도 없어요. 믿어져요? 내가 아는 한, 바르톨로뮤와 바질 사이의 악감정은 우리가 아니라 아버지들 때문이었는데 말이죠. 할아버지의 유언장에는 내가 회사를 승계하지 않으면 나이젤에게로 간다고 명시돼 있어요. 나는 나이젤 생각을 알고 싶었어요. 회사를 어떻게 할 생각인지."

"휴전을 원했던 건가요?"

"우리 사이에 휴전이 필요하다는 생각조차 못 했어요. 아까도 말했지만, 싸움은 우리 아버지들끼리 한 것이지 우리가 한 게 아니니까. 크리스틴, 나는 출구를 찾고 있었을 뿐이에요. 나이젤이 회사를 정당한 방식으로 운영하길 바랐어요. 그런데 갑자기 합병 얘기를 하기 시작하더군요. 바로 그 자리에서 거래라도 할 기세였어요."

"그래서 싫다고 했어요?"

"그냥 듣기만 했어요. 그렇잖아요, 바르톨로뮤와 바질이 합병하는 게 꼭 나쁜 일일까요? 바르톨로뮤는 할아버지 이름이니까 딱 맞고, 우린 서로 악감정은 다 뒤로하고 새로운 시작을 할 수 있고. 회사를 합병하는 건 두 브랜드에 다 득이 돼요. 만약 사이가 틀어지지만 않았어도 우리 아버지도 생각할 것도 없이 당장 동의하셨을 거예요. 하지만 나이젤은 리암 삼촌처럼 이 가업에 좋은 감정이 없어요. 나이젤은 두 회사를 합병시켜서 팔아버리고 싶어 해요. 그렇게 하면 우리 둘 다 이 업계를 떠나서 남은 삶을 어느 해변가에 누워서 보낼 수 있을 거라고 했어요."

애덤은 벽이라도 한 대 치고 싶은 것 같았다. 그 안의 공격성이 다시 살아나고 있었다. 나는 그의 팔에 내 손을 잠시 얹었다.

"그래도 회사를 매각하면 당신 문제는 해결될 것 같긴 해요."

"그 회사를 운영하고 싶은 마음도 없지만, 나 때문에 회사가 사라져버리는 꼴도 볼 수 없어요. 정말 많은 사람이 나한테 달려 있어요. 나는 바질 제과가 믿을 수 있는 사람 손에 들어가 계속 번창하는 걸 보고 싶어요. 우리 할아버지와 아버지께 내가 그 정도는 해드려야 마땅하고."

그는 이 모든 일에 지친다는 듯 손가락으로 머리카락을 쓸어 올렸다.

"누나도 회사를 맡으면 팔아버릴까요?"

"누나는 10년간 버텨서 상속 자격을 갖춘 뒤에, 그다음에 가장 비싼 값을 부르는 사람에게 넘기겠죠. 그게 누구든 상관없이. 하지만 그렇게 하려면 일단 집으로 돌아와야 하는데, 저지른 일을 생각하면 와서 바로 감방에 갇힐 거예요. 다른 사람이 하지 않으면 내 손으로 잡아넣을 거예요."

"애덤."

나는 조심스럽게 말했다.

"만약 그날 뛰어내렸다면, 뛰어내린다면, 회사는 어떻게 됐을까요?"

"내가 뛰어내렸으면, 크리스틴, 나는 더 이상 이 거지같은 상황에 대해 걱정할 필요가 없었겠죠. 그게 포인트예요."

애덤은 돈을 테이블에 던져놓고 일어나서 식당을 나가버렸다.

나는 아버지의 책상 앞에 앉았다. 아버지는 멍하게 나를 보고 있었다.

"다시 말해볼래?"

아버지가 말했다.

"어느 부분을요?"

"전부 다."

"아버지, 이미 10분도 넘게 얘기했잖아요!"

나는 소리를 꽥 질렀다.

"내 말이 딱 그 말이야. 너무 오래, 너무 지루하게 얘기를 하니까 내가 딴생각을 하게 되잖니. 아, 그리고 화요일부터 왜 우리 마당에 달걀이 잔뜩 깨져 있는지 설명 좀 해볼래?"

나는 진정하기 위해 심호흡을 하고, 두 눈을 꾹 감고 콧대를 손가락으로 눌렀다.

"치료의 일부예요."

"하지만 넌 심리 치료사도 아니잖아."

"나도 알아요."

나는 방어적으로 굴었다.

"그래서 그 남자는 왜 상담을 안 받는 거니?"

"하라고 했지만, 안 해요."

아버지는 시종일관 농담만 할 것 같았던 표정을 거두고 잠시 가만히 있다가 말했다.

"크리스틴, 너는 여기에 너무 많은 걸 뺏기고 있어."

"저도 알아요. 기분 나쁘게 듣지는 마세요, 하지만 저는 제가 하기로 선택한 일에 대해 설교나 듣자고 여기 온 것도 아니고요, 도움이 필요한 사람을 모르는 척할 생각도 없어요. 자, 이제 하던 얘기로 돌아가면 안 될까요, 제발?"

"그래, 근데 다시 말하지만 그게 뭐였는지 생각이 나지 않는구나."

"아버지, 애 좀 그만 놀려요."

브렌다 언니가 사무실 뒤쪽에 서서 말했다. 고갤 돌려보니 언니 둘이 어느새 몰래 들어와 있었다.

"이 집안엔 비밀은 도저히 있을 수가 없는 건가요?"

"당연하지."

에이드리엔 언니가 다가와 우리 옆에 앉으며 말했다.

"크리스틴, 내 귀여운 강아지."

아버지는 손을 뻗어 내 손을 잡았다.

"내가 이 회사를, 이 세상을 떠날 때 네가 갑자기 모든 걸 책임지게 할 생각은 전혀 없단다. 세상 말고, 회사 얘기야."

아버지는 내 속을 알고 싶다는 듯 내 눈을 봤다.

"난 네가 걱정이다. 나나 네 언니들은 행동파인데, 너는 늘 생각하는 사람이었지. 근데 지난 몇 주간 너는 생각은 별로 하지 않고 너무 많은 일을 벌이기만 하는 것 같구나."

나는 한숨을 쉬었다.

"논점을 벗어나셨어요. 저는 지금 제 얘기를 하려는 게 아니에요. 제가 아버지 회사를 물려받지 않을 거란 건, 저도 알아요."

"그 자살남 얘기하는 거잖아요."

브렌다 언니가 포테이토칩을 정신없이 먹으며 말했다.

"그 사람 이름은 애덤이야. 그 정도 존중은 보여줄 수 있잖아?"

내가 쏘아붙였다.

"오우!"

셋이서 합창을 했다.

"키스는 했나?"

아버지가 물었다.

"아뇨."

나는 인상을 썼다.

"지금 여자 친구랑 다시 잘 되게끔 돕고 있다고요. 그다음엔 일 문제를 정리해줘야 해요. 전 지금 도움이 필요하다고요. 어떻게 생각하세요? 도와줄 수 있겠어요? 저는 법적인 걸 잘 몰라서 그래요."

모두 어깨만 으쓱할 뿐이었다.

"정말 도움이 안 돼!"

나는 일어나버렸다.

"내가 아는 사람들은 가족한테 가서 도움을 청하면 다들 잘만 도움을 받던데."

"그런 건 할리우드 영화에나 나오는 얘기지."

아버지가 딱 잘라 말했다.

"이런 문제는 변호사한테 가서 얘기해야지."

"아버지가 변호사잖아요."

"아니, 다른 변호사."

"신경을 써줄 만한 그런 변호사?"

에이드리엔 언니가 눈썹을 찡긋 올리며 말했다.

"나도 신경은 써."

아버지가 웃었다.

"하지만 안 바쁜 사람을 찾아가야지."

아버지는 일어서서 완벽하게 정돈된 서류함으로 서류철을 가져가더니 문서를 몇 장 들고 왔다.

"그러니까 그 사람은 불가항력적 사유에 의한 휴직을 한 거야. 자, 2006년도 가족 돌봄 휴직에 관한 (수정) 법률로 개정된 1998년도 가족 돌봄 휴직에 관한 법률은, 가정에 위기가 생겼을 때 근로자가 휴가를 받을 수 있는 제한된 권리를 부여한다. 근친의 상해나 질병에 따른 긴급한 사유로 근로자의 휴가가 불가피한 상황에 신청할 수 있다. 휴가의 최대 기간은 12개월 내 3일, 혹은 36개월 내 5일이며, 기간 내 급여를 받을 권리가 있다."

심장이 쿵 떨어졌다. 애덤은 이미 직장에서 두 달을 떠나온 상태였다. 일자리를 다시 찾을 수 있는 법적 근거마저 상실했던 거다.

"만약 네 친구와 그 사업주 사이에 불가항력적 휴직에 대한 분쟁이 생기면 여기 이 서류철에 내가 동봉한 항의 서식을 사용해서 사안을 정식으로 제기할 수 있어."

아버지는 서류철을 내 앞에 놓았다.

"내가 너한테 아무것도 해주는 게 없단 소린 하지 마. 그 친구의 할아버지의 유언장에 관해선, 내가 그걸 보지 못했기 때문에 법적 조언을 해줄 수가 없어. 유언장 사본을 가져오면 그 친구가 출구를 찾도록 최선을 다해 도와줄게. 만약 그게 옳은 일이라면 말이지."

"'그게 옳은 일이라면'이라니, 그게 무슨 뜻이에요? 당연히 옳은 일 아닌가요?"

약간 혼란스러워져 나는 말했다.

"얘가 찾아야 할 사람은 상담 치료사야."

아버지가 언니들에게 말했다.

"얘는 언제든지 우리와 얘기할 수 있어요. 크리스틴, 그걸 꼭 기억해라."

브렌다 언니가 말했다.

"내 얘기가 아니야. 애덤한테 상담 치료가 필요하단 얘기지."

내가 말했다.

"예전에 네 고객이었던 그 귀여운 상담사는 어때? 섹스 중독, 레오 뭐시기란 사람."

에이드리엔 언니가 말했다.

"레오 아널드. 그리고 그 사람 섹스 중독 아니거든."

대답을 하면서도 내 기분을 좀 달래보려는 에이드리엔 언니의 말에 절로 웃음이 났다.

"아쉽네."

"그 사람은 담배를 끊으려고 노력하는 중이었고, 내가 몇 가지 조언을 해줬을 뿐이야. 그리고 내가 일자리를 주선해줬고. 그러니 내가 그 사람한테 상담을 받으러 가는 건 프로답지 못한 일이야."

"그럼 고객이랑 일주일을 같이 사는 거는 프로답고?"

아버지가 말했다.

"그건 달라요."

엄밀히 말해 애덤은 내 고객이 아니라는 걸 발설하고 나면 그 다음 상황은 감당하기도 수습하기도 어려울 거였다.

"그 레오라는 남자한테 애덤을 보내는 게 정말로 프로다운 행동 같은데?"

아버지가 말했다.

"애덤은 상담 치료를 받지 않으려고 해요."

반복해서 말하기도 정말 지쳤다.

"스스로 노력을 안 하니까 네가 그 모든 걸 자기 대신하게 하고 있는 거다. 내가 한마디만 할게. 네가 별짓을 다해서 그를 도와준다고 하더라도 본인이 혼자 힘으로 일어서지 않는 한, 그 모든 건 다 소용없을 거다."

모두 조용했다. 놀랄 정도로 일리 있는 말이었다.

"딴 얘긴데, 배리는 네가 레오랑 잤다고 생각하더라. 그래서 자길 떠난 거라고. 어제 전화해서 그러더라."

듣자하니 분노가 치밀었다.

"브렌다 언니가 임신하고 찐 살이 안 빠지는 이유는 그게 애기 때문에 찐 게 아니라 식탐 때문에 찐 살이기 때문이라는 말도 했다며?"

에이드리엔 언니는 손가락에 묻은 포테이토칩 소금을 쪽쪽 빨아먹고 있는 브렌다 언니를 눈으로 가리키며 말했다.

"그런 말은 한 적 없어."

"없겠지. 하지만 진짜 했대도 할 말은 없지."

"맞는 말이다."

아버지가 브렌다 언니를 보며 말했다.

브렌다 언니는 우리 셋에게 손가락을 들어 보이더니 계속 먹어댔다.

"생일 파티 때 입을 옷은 샀어? 뭘 입고 갈 거야?"

에이드리엔 언니가 물었다.

"난 지금 생일 주인공을 살려두는 데 더 집중하고 있다고!"

나는 배리가 레오 아널드에게 집착하고 있다는 얘기에 정신이 팔린 채 대답했다. 내가 그 남자에 대한 판타지를 품고 있었다는 걸 배리가 어떻게 정확하게 감지했는지 알아내려고 애를 쓰고 있었기 때문이었다. 나는 내 고객에 대한 얘기를 배리와 한 적이 전혀 없다.

"네 꼬라지가 그 모양이면 애덤을 살려놔도 아무 소용없어."

브렌다 언니가 말하자 모두 웃었다.

"브렌다가 아주 멋진 구두를 샀던데. 예쁜 진주가 달린 검은색 오픈토야."

아버지가 말했다.

아버지는 여자 구두에 관심이 엄청 많았다. 우리가 자랄 때 딸들을 데리고 쇼핑하러 가는 걸 정말 좋아했고 특별한 일이 있을 때는 깜짝 선물로 구두를 사주셨다. 감각도 뛰어났다. 어떤 면을 보면, 아버지는 남자의 몸에 갇힌 여자 같았다. 아버지는 여자들을, 여자의 사고방식을 무척 좋아했다. 근무시간을 전부 여자들과 보냈고, 아버지의 이모들을 포함해서 항상 여자들이 더 많은 집에서 살았으며, 그래서 여자들을 무척 존중했다. 아버지는 여자들의 행동과 경향, 뉘앙스를 잘 이해했다. 여자들이 한 달에 한번 초콜릿을 필요로 할 때를 외우고 있기도 했다. 이건 혼자서 10대 딸 셋을 키울 수 있는 아버지의 전제 조건이다. 끊임없이 요동치는 호르몬에 대해, 감정과 일상에 대해 대화하고 분석해야 한다는 필요성에 대해서도 잘 이해했다.

"왜 다들 파티에 당연히 갈 거라고 생각하는 거예요?"

다들 준비하고 있다는 사실에 놀란 내가 물었다.

"그때 애덤이 여기 왔을 때 우릴 초대했잖니, 기억 안 나? 설마 우리가 그 큰 파티를 놓칠 거라 생각하는 건 아니겠지?"

아버지가 말했다.

"대단한 생일도 아니에요. 이제 겨우 서른다섯일 뿐이라고요."

"그렇지, 하지만 그날 밤에 애덤이 아버지로부터 바질 사를 승계받는다는 발표가 있잖니. 그게 보통 일은 아니지. 딕 바질이 40년 이상 실권을 잡고 있었던 걸 생각하면 말이야. 딕 바질의 부친은 딕이 겨우 스물한 살 때 경영권을 넘겼다. 그 어린 나이에 그 엄청난 책임감이 어땠을지 생각해봐라. 바질 사는 아일랜드 무역 중에 총 1억 1,000만 유로에 달하는 상품을 전 세계 40개국으로 수출하고 있는 거 알고 있니? 그리고 매년 아일랜드에서 생산되어 수출되는 초콜릿은 2억 5,000만 유로가 넘어. 이게 보통 일이 아니란 걸 너도 알아두는 게 좋을 거다. 재료도 모두 국내산으로만 쓰는데 요즘처럼 이런 게 중요한 때도 없지. 장담하는데 아일랜드의 수상도 참석할 거다. 딕 바질이랑 좋은 친구 사이거든. 만약 지금 여기 없다면 외교통상부 장관이 대신 참석할 거야.

고용, 산업 혁신부 장관이 올 수도 있어."

아버지는 손뼉을 마주쳤다.

"정말 볼거리가 엄청난 밤이 될 거야. 난 진짜 기대하고 있어."

"아버지는 그런 건 다 어디서 주워들으신 거예요?"

"「타임」지, 비즈니스면."

아버지는 잡지를 들어서 내게 보여주더니 다시 테이블 위로 던졌다.

"네 친구는 왕좌를 물려받는 거야."

"애덤은 원하지 않아요."

애덤을 걱정하는 마음이 더 커지기 시작했다.

"그래서 지금 돕고 있는 거예요. 만약 회사를 물려받아야 한다면 스스로 목숨을 끊을 거예요. 바로 그날 밤에."

모두들 말없이 나를 봤다.

"그렇다면, 그걸 해결해볼 날이 엿새 남았구나."

아버지가 내게 격려의 미소를 보내며 말했다.

"사랑하는 우리 막내딸, 너의 짧은 생에 내가 해줬던 충고 중, 최고의 충고를 하나 해주마."

나는 마음의 준비를 했다.

"그 섹스 중독자를 찾아가봐."

아버지에게 그 어떤 부적절한 언사도 해서는 안 된다고 신신당부를 한 뒤, 애덤에게 노트북 컴퓨터를 안겨주면서 그를 아버지의 사무실에 남겨두었다.

나는 혼자 레오 아널드를 찾아가 대기실에 앉아 있었다. 많은 밤들을 그에 대한 판타지로 채운 일은 결국 배리를 떠나기로 한 결정의 서곡이 됐다. 나는 단 한순간도 그런 판타지가 현실이 되길 바란 적이 없었다. 그것들은 현실이 너무나 캄캄하게 느껴질 때 나의 정신을 딴 데 돌릴 수 있는 판타지, 그 이상도 이하도 아니었다. 심지어 그는 내 타입도 아니었고, 우리 사이엔 그 어떤 끌림도 없었다. 나는 레오 아널드를 내 머릿속에서 완전히 다른 사람으로 만들어놓았다. 심야에 상담 치료 예약을 잡고, 더 이상 감정을 주체하지 못해 내가 혼자 사무실에 있을 때 찾아오기도 하고, 심지어 어떨 때는 고객이 바깥에서 대기하고 있을 때 들이닥치기도 했다. 나의 망상이 얼마나 어처구니 없었는지를 생각하니 얼굴이 절로 붉어졌다. 그런데 이제는 내가 그의 대기실에 앉아 있다. 이것이 현실이었다.

"크리스틴."

레오가 문 앞에 불쑥 나타났다. 그의 비서가 내가 기다리고 있다고 미리 얘기를 해줬을 텐데도 많이 놀란 눈치였다.

"레오, 예약도 안 하고 와서 미안해요."

대기실에 있는 다른 사람들이 기분 나쁘지 않게 나는 목소리를 낮췄다.

"괜찮아요."

그가 나를 방 안으로 안내하며 유쾌하게 말했다.

"예약 사이에 잠깐 짬이 있어요. 시간을 길게는 못 드릴 것 같긴 한데, 급한 일인 것 같아서."

나는 그의 책상 앞에 앉아 두리번거리지 않으려고 노력했다. 하지만 머릿속에서만 그 방의 모습과 그곳에서 무엇인가를 하는 상황을 너무 많이 상상했던 터라 진짜 현실은 어떨지 궁금해하지 않기란 무척 힘들었다. 나는 서류 캐비닛을 힐끗 보고 수갑을 떠올렸다. 얼굴이 달아오르기 시작했고 시뻘게지는 것도 시간문제였다.

"남편 때문에 온 거라 저는 추측하는데."

그가 헛기침하며 말했다.

"배리라는 분이요."

나는 깜짝 놀라 그를 봤다.

"그건 아닌데요."

"혹시 상담을 받으러 오셨나요?"

그가 의외라는 듯 물었다.

"그럼 제가 뭣 때문에 여길 왔다고 생각한 거예요?"

"그게, 어쩌면은, 음……. 내가 받은 전화와 관련 있을 수도 있겠다고 생각했어요."

"무슨 전화요?"

"배리라는 사람에게서 온 전화요. 그분이 남편 아닌가요? 본인이 크리스틴의 남편이었다고 이야기하던데요. 제가 실수를 했나 보네요."

"아!"

내 얼굴은 불타오르기 시작했다.

"그 사람이 전화를 했어요?"

이 말을 크게 말하기조차 두려워 나는 속삭였다. 정말 생각만 해도 아찔했다. 전화번호는 대체 어떻게 안 걸까? 집에 두고 나온 컴퓨터가 번뜩 떠올랐다. 내 연락처 목록을 손에 넣은 게 틀림

없었다. 나는 이제 영원히 기를 펴고 살기는 틀렸다.

이제는 레오의 얼굴이 빨개졌다.

"어, 네. 나는 알고 있는 줄 알았어요. 만약 모르는 줄 알았으면 절대 아무 얘기도 안 했을 거예요. 미안해요."

"뭐라고 하던가요?"

나는 아까보다 조금 목소리를 높여 물었다.

"그분은 음, 우리가, 그러니까 당신이랑 나랑, 음……. 그게, 표현을 좀 순화하자면 우리가 관계를 맺었다고 생각하더라고요."

'헉.'

"기막혀……. 레오…… 미안해요. 대체 그 사람이 어쩌자고 그런……."

나는 적당한 표현을 찾지 못해 쩔쩔맸다.

"그게, 그분이 말한 것보다 훨씬 고상하게 표현한 겁니다."

"정말 미안해요."

내 목소리는 프로의 자세를 잃지 않으려 무지 애쓰는 것처럼 들렸다.

"그 사람이 왜, 어떻게 그런 결론에 도달했는지 정말 전혀 모르겠어요. 그 사람은 지금……. 약간 뭐랄까……. 그게, 우리는 지금……."

머릿속에서는 '악몽을 꾸고 있어요'라고 문장을 마무리했다.

"내 이름을 하트 안에 적어둔 걸 발견했다는 뭐 그런 얘기를 하더라고요……."

레오는 나만큼이나 시뻘게진 얼굴로 계속 말했다.

"뭐라 그랬다고요?"

내가 눈을 똥그랗게 떴다.

"대체 무슨, 정말 전혀 모르겠어요."

나는 컴퓨터 옆에 놓아두고 일하면서 이것저것 끼적이던 메모
장을 떠올렸다. 내가 늘 그리곤 하던 하트, 종종 그리던 별, 소용
돌이 등을 생각하다가 한 번, 내가 말도 안 되게 유치해진 어느
순간 하트를 그리고 그 안에 레오의 이름을 썼던 걸 기억해냈다.
마치 여학생 때로 돌아간 것처럼, 내가 좋아할 사람을 마음대로
찍을 수 있다고, 남편을 배신하는 것보다는 차라리 이런 게 속편
하고 재미있는 일이라고 생각했던 기억이 났다. 딱 걸렸네, 딱 걸
렸어. 꼼짝할 수 없는 기분이었다. 하트 안에 이름 하나 적는 일
이 그때 그 순간엔 나를 자유롭게 해줬지만 지금은 유령처럼 나
를 따라다니고 있다. 나는 몸을 움찔했다. 살짝 속이 안 좋았고,
어서 이 방을 나가고 싶었다.

"실은, 그분이 제 아내에게 말했어요."

이제 레오는 조금 딱딱하게 말하고 있었다. 얼굴도 더 이상 붉
지 않았고 약간 화가 나기 시작하는 것 같았다.

"나는 아내에게 전해 들은 거예요. 지금 임신 6개월이에요. 그
런 얘기를 듣기에 이보다 더 안 좋은 시점도 없겠죠."

"그 사람이 뭘 어쨌다고요? 세상에, 기막혀. 레오, 다시 한번 정
말 미안해요. 난……."

나는 계속 고개를 절레절레 저으며, 사방을 둘러보며, 그저 바
닥이 올라와 나를 삼켜주기만을 바랄 뿐이었다.

"아내분이 사실이 아니라고 생각하시겠죠? 제가 전화를 드리
고 해명할 수 있어요. 만약에 그게……."

"아뇨. 그건 도움이 안 돼요."

그는 내 말을 딱 자르고 들어왔다.

"네. 이해해요. 충분히 이해해요."

나는 다른 곳을 보았다. 당장 나가고 싶은데 몸이 마비된 것 같았다.

"그런데 그게 아니라면 왜 절 보러 왔나요?"

"아, 신경 쓰지 마세요."

나는 너무 치욕스러워 손으로 얼굴을 가리고 벌떡 일어섰다.

"크리스틴, 괜찮아요. 중요한 일 같은데. 그리고 급한 일이라고 했잖아요."

정말 떠나고 싶었다. 당장 이 방을 나가서, 다시는 레오의 얼굴을 보지 않고, 이 모든 기억을, 여기서 오간 모든 대화를 삭제할 방법을 찾고 싶을 뿐이었지만, 그럴 수 없었다. 나는 최선을 다해 애덤을 도와야 했고, 그건 내 자존심을, 내 모든 걸 내려놓고 도움을 구해야 함을 의미했다.

모든 걸 내려놓자 나는 자유로울 수 있었다.

"실은 내 문제 때문에 온 게 아니고 친구 일로 왔어요."

"그렇겠죠."

나를 믿는다는 말투는 아니었다.

"아뇨, 진짜로 친구 일인데, 그 친구가 상담받는 걸 거부해서 제가 대신 왔어요."

"그렇겠죠."

그는 계속 똑같은 말투로 대답했다. 막막했다. 내가 애완용 원숭이 때문에 왔다고 해도 똑같이 대답할 것 같았다.

그래서 나는 애덤과 나의 이야기를, 내게 주어진 짧은 시간에 그에게 들려줬다. 애덤이 삶을 끝내려 했던 일, 내가 그를 돕겠다고 약속한 일, 우리가 함께한 여정. 그리고 그가 삶을 즐길 수 있도록 돕기 위해 내가 해온 일을.

"크리스틴."

레오는 걱정스러운 눈으로 그의 커다란 가죽 의자에서 일어나 앉았다.

"이건 생각보다 문제가 크네요."

"맞아요. 이제 내가 왜 여기까지 왔는지 아시겠죠?"

"당신 친구의 상황이 걱정되는 건 사실이에요. 하지만 상담 치료사의 견해로는, 당신이 그 친구를 위해 해온 일들이 실은 그 친구에게 엄청나게 좋지 않은 영향을 주고 있어요."

나는 그대로 얼어붙었다.

"뭐라고요?"

"어디서부터 시작해야 하나."

그는 정리하려는 듯 고개를 흔들었다.

"삶을 즐기는 방법들에 대한 '팁'은 어디서 알게 된 거죠?"

"책이요."

심장이 쿵쾅거렸다.

그의 눈에 분노의 기미가 잠깐 스치더니 단호하게 말했다.

"이 대중 심리학이란 게 정말 위험한 거예요. 크리스틴, 당신이 그 친구의 힘을 빼앗아버렸어요."

나의 혼란스러운 얼굴을 보며 레오는 계속했다.

"당신은 그 사람보다 그에 대해서 더 많이 알 수 없어요. 그 사람의 정체성을 빼앗는 것으로 그를 도울 순 없어요. 그의 삶을 '고쳐준다'면서 당신은 그를 무장해제시키고 있어요. 왜냐하면 본질적으로 달라진 건 하나도 없이, 당신은 그저 그를 당신에게 의지하게 만든 거예요. 당신이 그 책에서 읽었다는 응급처치 방법을 따른다는 것 자체가."

"도우려고 한 거예요."

나는 화가 나서 말했다.

"그랬겠죠. 이해해요."

그가 부드럽게 말했다.

"그리고 친구의 입장에서, 나는 당신이 뭘 하려고 했는지 이해해요. 하지만 상담 치료사 입장에서는…… 여기서 분명히 해야 할 게 당신은 전문가가 아니라는 거죠. 덧붙여 당신의 방법이 옳지 않았다고 지적할 수밖에 없네요."

"그럼 나는 그 남자를 다리 위에서 밀어버려야 했나요?"

나는 화가 나서 일어나버렸다.

"당연히 아니죠. 내 말은, 그에게 전권을 주라는 거예요. 그 친구의 삶은 그 친구의 손에 맡겨야 해요."

"그 사람은 자기 삶을 끝내려 했다고요."

"마음 상한 거 이해해요. 옳은 일을 하려고 했던 것도 이해해요. 그리고 지금이 당신에게 무척 힘든 시간이란 것도."

"레오, 지금 내가 문제가 아니에요. 문제는 애덤이에요. 내가 알고 싶은 건 어떻게 하면 그를 낫게 하느냐예요. 그냥 그를 어떻게 해결해야 하는지만 알려주세요!"

그는 나를 가만히 보았고 긴 침묵이 이어졌다. 그러더니 그가 미소를 짓고 말했다.

"크리스틴, 당신이 방금 뭐라고 했는지 들었어요?"

나는 들었고, 나는 떨고 있었다.

"당신이 그 사람을 해결할 수 없어요. 그 사람 스스로 해결해야 해요. 그의 곁에 있어주고, 그의 얘길 들어주고, 지지해주는 선에서 더 나가지 말라고 충고하고 싶네요. 그를 고치려고 하는 건 그만둬요. 일이 되돌릴 수 없게 되기 전에."

나는 슬픈 눈으로 그를 봤다.

"도움이 됐길 바랍니다. 오늘 시간을 많이 못 내서 미안해요. 만약 당신 친구가 나한테 예약을 잡고 싶다고 하면 기꺼이 도울게요. 그리고 만약 당신도 누군가와 얘기하는 게 도움이 될 것 같다고 느끼면 내가 아주 훌륭한 분을 소개해줄 수 있어요."

나의 혼란스러움을 읽고 그가 덧붙였다.

"내가 당신과 상담하는 건……. 아내가 적절하지 않다고 생각할 것 같아서요."

"그럼요."

나는 더 위축되는 걸 느끼며 속삭였다.

"이렇게 시간 내줘서 정말 고마워요. 그리고 다시 한번 말하지만, 정말 미안해요."

"개인적으로 한마디 해도 된다면……."

그는 자유롭게 말해도 되는지 허락을 구하는 듯 나를 보았다.

나는 고개를 끄덕였다.

"당신은 일을 정말 잘해요. 힘든 시기를 보내고 있는 제 고객들한테도 당신 회사를 정말 많이 추천해줬어요. 당신이 일하는 방식이 그들에게도 깨달음을 주고 희망을 줬을 거라고 생각해요. 당신은 사람들에게 좋은 자리를 찾아주기 위해 정말 신경을 많이 써주죠. 내 흡연 문제도 당신이 책임질 일이 아니었는데도 도와주려고 무척 노력해줬고요. 아직도 그 방면으로 읽어야 할 책들이 산더미예요."

레오가 웃으며 말했다. 그의 옷에서 담배 냄새가 났지만 그래도 그가 고마워한다는 게 나 역시 고마웠다.

"크리스틴, 당신은 해결사예요. 하지만 정말 누군가를 돕고 싶다면 그냥 친구가 돼주세요. 때로는 그냥 듣기만 하고 그들이 알아서 하게 놔둬야 해요. 그냥 곁에 있기만 해요."

18
–

모든 것을 제자리로
완벽하게 되돌리는 법

레오와의 만남을 통해 나는 하나를 배워야만 했다. 그건 바로, 참견하지 않는 자세. 그 메시지는 확실하고 분명하게 와 닿았지만 궁지에 빠진 아멜리아를 위한 이 일은 레오와 만나기 전에 이미 약속된 것이었다. 나는 캄덴 가의 아프리카계 카리브해식 식료품점의 위쪽 계단으로 길을 안내했다. 나의 사촌이자 사설탐정인 바비 오브리언의 사무실이 거기 있었다. 32세, 도니골 주 출신인 그는 경찰이 된 후 별로 할 일도 없는 부유층 거주지, 더블린 교외에 배치를 받았다가 결국 그 일을 그만두기로 했다. 그 뒤에 내가 알선해준 직장에서 해고되거나 자기 발로 걸어 나오기를 반복하며 문턱이 닳도록 내 회사를 드나들었다. 결국은 나의 조언대로 서부극의 주인공처럼 혼자 흥미진진한 사건들을 조사하고 나서는 일을 선택했다.

아멜리아의 친부모를 찾기 위한 막막한 추적 여행에 나는 동참할 수 없었기 때문에 바비가 아멜리아에게 옳은 방향을 제시해주길 바랐다. 내가 세웠던 계획은 그들을 서로에게 소개한 뒤 나는 빠지는 것이었다. 아멜리아가 모든 권한을 가져야 했다. 그 권한을 침범하지 않겠다고 다짐했다. 각자의 삶은 각자의 손에 맡길 것. 이것이 나의 새 좌우명이었다.

막상 바비의 사무실 문 앞에 서자 아멜리아는 얼어버렸다.

"못 할 것 같아."

"네 맘이 그렇다면 괜찮아."

나는 그렇게 말하고 곧장 돌아서서 계단을 내려가기 시작했다.

"그렇다고 아무도 너를 욕하지 않아."

"야."

아멜리아가 나를 불러 세웠다.

"마음 바꾸라고 설득도 안 할 거야?"

"응. 네가 하고 싶지 않은 일을 억지로 하게 할 마음은 없어."

나는 애덤도 이 말의 속뜻을 알아듣길 바라며 말했다.

"지금은 네게 힘든 시간이고 난 그걸 충분히 이해해. 이건 네 인생이고 주도권은 전적으로 네게 있어. 모든 건 네가 결정해야 해. 나는 어떤 식으로든 네게 영향을 주고 싶지 않고, 내 문제를 너한테 투영해서 보고 싶지도 않아. 왜냐하면 네 문제를 해결해준다고 내 문제가 해결되는 건 아니거든."

애덤과 아멜리아는 뭔가 이상하다는 듯 미간을 찌푸렸다.

"얘한테 무슨 일 있었어요?"

아멜리아가 애덤에게 물었다.

"머리를 어디 부딪쳤나봐요."

애덤은 표정 하나 바꾸지 않고 말했다.

"자, 그러지 말고."

애덤은 아멜리아를 사무실 문 쪽으로 재촉했다.

"여기까지 왔는데, 들어갑시다."

"아멜리아가 원해야만 하는 거예요."

내가 계속 주장했다.

애덤은 어이없다는 표정을 지었고, 아멜리아는 눈이 똥그래져서 나를 빤히 봤다.

"친부모를 찾고 싶은 거잖아요?"

애덤이 물었다.

아멜리아는 고개를 끄덕였다.

"그럼 가봅시다."

내가 계속 이상하게 굴자 애덤이 상황을 이끌기 시작했다.

"그리고 이게 소용없으면 또 다른 방법을 시도하면 돼요. 여러 가지 가능성을 열어놔요. 자, 그럼 마음의 준비를 하시고…….."

그는 지저분한 복도와 벽의 낙서들을 둘러보고, 그 건물 전체를 감도는 지독한 생선 비린내, 눅눅한 습기, 하수도 냄새를 들이마시지 않으려고 애를 쓰면서 말했다.

"……안에서 뭐가 나오든 간에."

애덤은 바비의 사무실 문을 두드렸다.

"누구요?"

바비가 긴장한 목소리로 물었다.

"나, 크리스틴이야."

"크리스틴?"

무척 놀란 눈치였다.

"예약했어?"

"아, 아니. 도움 좀 받을 수 있을까 해서 왔어. 친구들 데리고."

애덤은 예전보다 상태가 많이 좋아졌지만, 여전히 변덕스럽고 여리기 때문에 나는 그를 혼자 두기 두려웠다. 오늘 아침, 추월이 불가능한 차선에서 어떤 차 한 대가 로터리를 돌기 위해 우리 앞으로 갑자기 끼어들었다. 신호에 걸려 그 차와 나란히 서게 되자마자 애덤은 차에서 뛰어내렸다. 그러고는 뒷자리에 애 셋을 태우고 운전대를 잡고 부들부들 떨고 있는 아주머니에게 고함을 질러댔다. 내가 차에 다시 타라고 애원을 했지만 듣지도 않았고, 그런 와중에 신호등은 초록불로 다시 바뀌었다. 아줌마는 거의 울면서 속도를 높여 죽어라 도망갔고, 그제야 겨우 애덤을 차에 태울 수 있었다. 그는 다시 조용해져서 손가락 관절만 우둑우둑 꺾어댔다. 그리고 1시간 전부터야 겨우 나와 다시 대화할 수 있었다. 애덤은 내가 자길 벌주려고 여기까지 끌고 왔다고 생각했지만, 그렇지 않았다. 그냥 두려워서였다. 혹시라도 그 무언가가 그를 벼랑 끝으로 툭 밀어버릴까 봐 그를 혼자 두기가 늘 두려울 뿐이었다.

"친구 누구?"

바비가 물었다. 약간의 두려움과 의심이 느껴졌다. 장난을 치는 것 같기도 했고, 정말 잡히기 싫어서 그러는 것 같기도 했다.

"만약 남편 때문에 그러는 거면 그놈한테 그렇게 말한 거 미안하다. 됐냐? 원래 네 남편이랑 난 사이가 좋았던 적이 없어. 놀랄일도 아니잖아? 그래도 그 자식, 나한테 그런 식으로 말하면 안돼지."

그 얘길 듣고 나는 눈을 질끈 감고 셋까지 셌다.

"제발 문 좀 열어줄래?"

나는 초조하게 말했다.

자물쇠와 빗장 푸는 소리가 나더니 문이 아주 살짝, 겨우 몇 센티미터, 체인이 걸린 채로 열렸다. 파란 눈 한 짝이 우릴 내다봤다. 왼쪽, 오른쪽, 애덤과 아멜리아, 그리고 그 뒤의 복도까지 살살이 살핀 후, 그제야 만족했는지 바비는 문을 당겨 체인을 풀고 문을 열어 우릴 맞아들였다.

"미안해. 내 일이 그렇잖아. 조심해야 하거든."

바비는 문을 닫은 후 빗장을 걸고 자물쇠를 잠갔다.

"바비 오브리언입니다."

바비는 매력을 발산하며 미소를 짓더니 애덤과 아멜리아에게 차례로 손을 내밀었다.

"아멜리아는 전에 만난 적 있어. 학교 때 친구야. 우리 가족 행사에도 매번 참석했고."

"정말?"

바비는 아멜리아를 유심히 봤다.

"이렇게 예쁜 여성분이면 내가 기억을 못 할 리가 없는데."

아멜리아의 볼이 핑크빛으로 물들었다. 아멜리아에게 작업을 걸다니 어이가 없었다.

"내 여덟 번째 생일에 네가 쟤 아이스크림을 빼앗아서 옆집 담에다가 던져버렸잖아."

바비는 잠시 생각하더니 말했다.

"그게 그쪽이었어요?"

아멜리아가 푹 웃었다.

"남자들 때문에 울고불고할 때랑은 제가 좀 많이 달라 보이거든요."

"그다지 변한 건 없네요."

애덤은 나만 들을 수 있게 중얼댔고 나는 그를 째려봤다.

"크리스틴, 어떻게 지내?"

바비는 나를 따뜻하게 안아줬다.

내게서 팔을 푼 뒤 바비는 책상 뒤의 창가로 갔다. 블라인드가 닫혀 있었다. 그는 블라인드 사이를 살짝 벌려 아래쪽 길을 내려다본 뒤 다시 우리에게 돌아왔다.

"그럼 무얼 도와드릴까요?"

바비는 '비어 헤븐(Beer Heaven)'이라고 적힌 초록색 티셔츠에 찢어진 청바지를 입고 있었다. 까만 곱슬머리는 그의 눈까지 내려왔고 창백한 얼굴에는 수염이 까칠하게 돋아 있었다. 바비는 늘 무슨 장난을 꾸미고 있는 것처럼 보였다. 아마도 정말로 그랬기 때문일 수도 있다. 지금도 마찬가지였다. 아멜리아가 바비를 호감 어린 눈빛으로 살펴보는 게 내 눈에 들어왔다. 반가운 일이었지만 참견하고 싶은 충동은 눌러야 했다. 둘이 서로 알아서 하게 놔둬야 해, 라고 나는 스스로를 타일렀다.

"바비, 실은 아멜리아 때문에 왔어. 부모님이 친부모가 아니라는 걸 최근에 알게 됐거든. 아멜리아, 네가 찾은 걸 보여줄래?"

아멜리아가 신발 상자에서 발견한 내용물에 대해 얘기하는 동안 나는 바비를 불안하게 한 게 무언가 싶어 창밖을 내다봤다. 아무도 없었다. 나는 얼른 블라인드를 닫고 창가에서 물러났다. 바비는 내 행동을 눈치채고 초조함이 스민 미소를 희미하게 지었다. 대체 무슨 일을 벌인 건지 알고 싶지도 않았다.

"그러니까 이 상자에 든 모든 것들이, 당신이 입양됐을 때 양부모에게 전달된 물건들인데, 이것들이 모두 켄메어를 지목하고 있다는 겁니까?"

바비가 정리해서 말했다.

"꼭 그렇다고 할 순 없는데."

애덤이 끼어들었다.

"그런 추리를 한 사람이 정신적으로 상당히 불안정하거든요."

"그건 그쪽 생각이고요."

아멜리아가 쏘아붙였다.

"그럼 켄메어로 갑시다."

바비가 손뼉을 치면서 얼른 말했다. 나는 눈을 가늘게 뜨고 의심스럽다는 듯 바비를 봤다.

"좋은 생각인 것 같아요?"

아멜리아가 의외라는 듯 물었다.

"내 친구 말이 맞는 것 같아요?"

"내 생각에 당신 친구는 천잽니다. 나도 어느 정도 단계에선 레이스를 알아봤겠지만 그 친구는 바로 알아봤잖아요. 킬라니로 갑시다."

"켄메어거든."

내가 끼어들었다.

"그래요, 켄메어."

바비는 아멜리아에게 매력적인 미소를 지었다.

"난 켄메어로 꼭 갔으면 좋겠어요. 가서 몇 가지 물어보고 나면 부모님은 금세 찾을 수 있을 겁니다."

나는 눈썹을 까닥댔다.

"입양과 관련된 일은 전에도 많이 맡아봤어요."

나와 애덤이 불신의 파장을 쏘고 있는 걸 느꼈는지 바비는 좀 더 열심히 자신을 홍보했다.

"보통은 입양 기관을 찾아가고 제가 거기서의 절차를 돕죠. 스트레스를 많이 받게 됩니다. 그 모든 걸 생각하고 절차를 밟는다는 게 쉽지 않아요."

바비는 이제 제법 진지해져 있었다.

"그렇게 해서 찾는 방법도 있지만 그래도 본인이 손에 쥐고 있는 실마리를 직접 따라가는 게 가장 좋죠."

"실은 이미 입양 기관과 연락을 했어요. 웹사이트에서 서식도 다운받았고."

아멜리아는 주위에 다른 사람이 있는 것도 아닌데 목소리를 낮췄다.

"근데 이 입양이 공식적으로 이루어진 게 아닐 수도 있을 것 같아서요. 서류를 하나도 발견하지 못했거든요."

"그렇군요……."

바비는 노트를 손가락으로 만지작거리며 깊은 생각에 빠져 있는 것처럼 보였다.

"저도 동의합니다. 그럼, 어떻게 하시겠습니까?"

바비는 손을 내밀었다. 이 계약을 마무리해서 이곳으로부터 도망칠 수 있기를 간절히 바라는 것 같았다.

"비용은 얼맙니까?"

냉소적인 애덤이 그들의 거래에 끼어들었다.

"부모님을 찾으면 150유로, 제 숙박비는 따로이고요. 다른 비용은 제가 부담하고요. 하시겠습니까?"

바비는 여전히 내밀고 있는 자기 손을 내려다봤다. 아멜리아는 확신이 없는 눈치였다. 바비가 손을 떨어뜨렸다.

"기적을 장담할 수는 없습니다."

바비가 담담히 말했다.

"하지만 부모님을 찾아서 가족들끼리 다시 만나게 한 적이 있어요. 여기가 체계가 딱 잡혀 있는 곳은 아니지만 저는 실력이 좋아요. 퍼즐을 완벽히 맞추기 전까지는 돈을 받지 않는데, 월세 한번 밀린 적 없습니다. 제가 할 말은 뭐, 대충 그렇습니다."

"바비를 못 믿어서가 아니에요."

아멜리아가 입을 열었다.

"그게. 지금 이 상황이. 만약 내가 이걸 추진하면, 그러면, 이젠 진짜 현실이 되는 것 같아서."

아멜리아는 도움을 바라는 눈길로 나를 봤다.

어느 정도까지 참견해도 되는 걸까?

"네가 옳다고 느끼는 걸 해야지."

나는 겨우 그렇게 대답하고 한마디 덧붙였다.

"지금 네가 잃을 게 뭐가 있니? 휴가란 걸 가본 지도 너무 오래 됐잖아. 다른 게 다 안 되더라도, 적어도 이 나라의 다른 곳을 구경할 수는 있잖니."

아멜리아는 수줍은 듯 웃었다.

"그래."

그리고 바비 손을 잡았다. 둘은 악수했다. 애덤은 고개를 절레 절레 흔들었다.

"이거 미친 짓인 거 알아."

차로 걸어가며 아멜리아는 작은 소리로 말했다.

"하지만 더블린을 벗어나야 할 것 같아. 책방에서도 벗어나고 싶어. 어디로든 떠나야 해. 생각을 정리할 필요를 느껴. 모든 게 다 뒤집혀서 제대로 생각조차 할 수가 없어."

"여행이 도움될 것 같다고 생각하니?"

"아니."

아멜리아가 웃었다.

"하지만 적어도 이 완전히 혼란스러운 상황을 즐길 수는 있을 것 같아. 바비는 재미있는 사람 같아."

나는 뒤따라오는 두 남자의 얘기를 듣느라 아멜리아의 말은 반쯤만 듣고 있었다.

"크리스틴은 어떻게 만난 거예요?"

바비가 애덤에게 물었다.

"다리에서요."

"어느 다리요?"

"하페니교요."

"낭만적이네."

바비는 친구한테 하듯 애덤의 등을 때리며 말했다. 애덤은 두 손을 주머니에 깊숙이 찌르고 빨리 이 친구를 피할 수 있게 내가 아멜리아와의 대화를 마치기만을 기다렸다.

나는 다시 아멜리아에게 집중했다.

"내 기분 맞춰주느라 애써줘서 고마워."

"친구 됐다가 뭐하니. 근데 뭐 하나만 물어봐도 될까? 우리 그때 창고에 갔을 때, 너 곧장 네가 태어난 해가 적힌 상자를 찾았잖아. 그동안 의심해왔던 거지, 그렇지?"

"늘 그럴 수도 있다고 생각했어. 날 임신했던 때랑 내가 태어난 곳에 대해 부모님께 물어본 적이 있는데 그때마다 대답이 너무 두루뭉술한 거야. 심지어 그런 얘기를 하고 싶지도 않다는 인상을 받았어. 나는 두 분을 불편하게 하거나 상처를 주고 싶지 않아서 더는 물어보지 않게 됐고, 답을 찾는 것도 포기했어. 두 분이 숨기고 싶은 게 뭔지는 전혀 몰랐어. 그렇지만 엄마가 나를 갖기 전에 네 번이나 임신했고 그 아이들을 모두 잃었다는 건 알고 있었지. 엄마는 나를 얻은 게 신의 은총이라고 했어. 그래서 그 아이들을 잃은 것처럼 나도 잃을까 봐 두려워하는 거라고, 그래서 나를 그렇게 끔찍이 여기는 거라고 생각했지."

"너희 부모님은 널 정말 사랑하셨지."

"사랑 많이 받았지."

아멜리아가 설핏 웃었다.

"그러니까 괜찮아. 내가 나를 낳아주신 부모와 재회하고 싶다기보다는 그냥 알고 싶은 거야. 그러고 나선 그냥 다시 내 갈 길을 가면 된다고 생각해. 그쪽에서 나와 아무것도 하고 싶지 않다 해도 상관없을 것 같아. 사실 나조차도 그분들과 딱히 뭘 하고 싶은지 모르겠어. 나는 사연을 알고 싶은 거야. 그 정도는 알 자격이 있는 것 같아."

"있지, 그럼."

나는 잠시 생각했다.

"네가 맞아. 만약 내가 너였어도 생모가 어딘가에 살아 있고 찾을 기회가 주어진다면 모든 걸 감수하고 찾아 나섰을 거야. 친엄마를 찾기 위해선 무슨 짓이라도 했을 것 같아."

"그래, 너라면 그럴 거야."

아멜리아는 걱정스런 눈길로 애덤을 한 번 보더니 그걸 감춘답시고 너무나 급하게 너무나 밝은 미소를 지어 보였다.

나는 침만 꿀꺽 삼켰다.

"이건 정말 말도 안 돼."

애덤은 내가 짐 싸는 걸 방문 앞에서 지켜보며 말했다.

오늘은 애덤에게 모든 게 말도 안 돼 보이는 하루였다. 무의미하거나 시간 낭비거나 말도 안 되거나.

"뭐가 그렇게 말도 안 되는데요?"

너무 진이 빠진 것처럼 들리지 않도록 노력하며 나는 물었다.

"티퍼레리에 가는 거요."

"회사에 가서 직접 정리하지 않으면, 대체 어떻게 회사를 '안' 물려받을 건데요?"

"정리할 수가 없다니까요. 할아버지 유언장에 딱 나와 있어요. 바꿀 수 있는 방법이 없다고요. 이 여행은 완전 시간 낭비가 될 거라고요."

그의 목소리가 냉정했다.

나도 이 문제를 어떻게 정리해야 할지 알 수 없었지만, 뜻이 있는 곳에 길이 있다고 했다. 애덤도 머지않아 자신의 책임을 직시해야 했다. 이 일이 그를 초조하게, 신경질적으로 만들고 있었다. 그는 다시 우울해졌다.

"그러니까 지금이 여기서의 마지막 시간인가요?"

애덤은 거실로 가서 말했다.

그제야 이해가 갔다. 애덤은 사람들이 자신을 떠나는 상황과 자신이 누군가를 떠나는 것을 견디기 힘들어했다. 나는 얼른 그를 쫓아갔다.

"한 걸음 나아가는 거예요. 이건 좋은 거라고요."

그는 믿음 없이 고개만 끄덕끄덕했다.

"지금 이 순간 나는?"

나는 애덤이 감정을 말하도록 유도했다.

애덤은 한숨을 푹 쉬었다.

"지금 이 순간, 나는, 감상적이에요."

내 기분도 그랬다. 그때 전화가 울렸다.

"마리아예요."

애덤이 내게 전화기를 건넸다. 나는 가만히 그걸 봤다. 당장 끊어버리고 싶었지만 레오의 충고가 생각났다.

"받아요. 받고 생일에 초대해요. 그걸 원한다면."

"정말이에요?"

그는 확신이 없어 보였다.

"그럼요."

나는 오히려 그의 반응이 혼란스러웠다.

"마리아가 생일에 오길 바란 거 아니었어요?"

전화는 계속 울려댔다.

"그래요. 그게, 그러니까……."

우리는 서로를 응시했다. 그가 무슨 생각을 하는지는 확실치 않았지만 내가 무슨 생각을 하는지는 확실히 알았다.

'받지 말아요. 그녀와 사랑에 빠지지 말아요. 그녀를 사랑하지 말아요. 나를 사랑해줘요.'

전화벨이 멈추자 방에는 고요함만이 남았다. 그는 자기 손 안의 전화는 보고 있지도 않았다. 그는 마른 침을 삼키고 나에게 한 발짝 다가섰다.

전화가 다시 울리기 시작하자 그가 그대로 멈춰버렸다. 그리고 전화를 받더니 방을 나가버렸다.

애덤이 팻과 차에서 기다리는 동안 나는 머뭇머뭇 사이먼 콘웨이의 병실로 향하고 있었다. 그의 아내와 아이들, 혹은 나한테 덤벼들면 그들의 고통이 완화되거나 사이먼이 다시 돌아올 거라 생각하는 일가친척들과 마주치지 않으려고 조심하고 있었다.

내 눈에 들어온 유일하게 낯익은 얼굴은, 그리고 눈이 마주친 순간 내가 몸을 숙여버리게 된 사람은, 안젤라였다. 내가 애덤을 만났던 날 밤인 지난주에 나를 사이먼의 병실로 안내해준 바로 그 간호사다. 나는 그녀를 보고 얼어붙었지만 안젤라는 나를 보고 따뜻한 미소를 지었다.

"안 잡아먹어요. 면회는 가족만 가능하지만 따라오세요."

안젤라는 나를 입원실로 안내했다.

"지난번에 여기 왔을 때 무슨 일이 있었는지 들었어요. 제가 근무가 아니었던 게 유감이에요. 그리고 그 일로 전혀 마음 쓸 것 없어요. 그분은 원망할 사람이 필요했던 거예요. 그쪽 책임이 아니에요."

"내가 거기 있었어요. 내가 바로……."

"당신 책임이 아니에요."

안젤라가 단호히 말했다.

"그쪽이 떠난 다음에 그 아내분도 엄청 괴로워했대요. 감정이 주체가 안 돼서 딸들을 밖으로 내보내고 진정시켜야 했다고 하더라고요."

썩 아름다운 얘기는 아니었지만 그래도 스트레스가 조금은 덜한 느낌이었다.

"아직 아무하고도 얘기를 해보지 않은 건가요?"

안젤라가 물었다. 내가 전문가와 얘기를 해보았느냐고 묻는 거였다.

나는 애덤에 관해 레오가 해준 조언은 잊지 않고 있었지만 이건 완전히 다른 문제였다. 그래도 생각은 늘 하고 있었다. 그제야 마침내 내가 누구와 얘기를 해야 할지 알 수 있었다.

나는 사이먼과 단둘이 있었다. 고요 속에 기계음만 삑삑 울릴 뿐이었다. 나는 사이먼 곁에 앉았다.

"안녕하세요."

나는 속삭였다.

"나예요. 크리스틴, 크리스틴 로즈. 그쪽 목숨을 살리는 데 실패한 여자요. 누군가가 그쪽을 나로부터 구했어야 했던 건 아닌가 하는 생각을 해봤어요."

기를 쓰고 최선을 다해 억누르고 있던 감정들이 한꺼번에 와락 몰려오면서 눈물이 차올랐다.

"그날 밤 무슨 일이 일어났던 건지 생각하고, 생각하고, 또 생각했어요. 내가 뭔가 말을 잘못한 게 틀림없어요. 근데 기억이 안나요. 그쪽이 총을 내려놓으니까 그게 너무 안심이 됐어요. 내가무슨 말을 했는지는 모르겠지만 내가 한 말 때문에 당신이 하찮은 사람이라고, 당신 삶을 살 가치가 없다고 생각했다면 미안해요. 왜냐하면 당신은 소중한 사람이니까요. 그리고 사이먼, 만약내 말을 들을 수 있다면 살기 위해 싸워야 해요. 당신 자신을 위해서가 아니라면 딸들을 위해서라도 그렇게 해야 해요. 딸들은당신을 필요로 해요. 아이들의 인생에는 당신을 필요로 하는 순간이 대단히 많아요. 저는 엄마 없이 컸기 때문에 삶의 모든 순간마다 누군가의 혼령이 나를 따라다니는 듯한 느낌이 어떤 건지잘 알아요. 늘 생각하죠. 그분은 어떻게 생각할까, 그분이 여기있었다면 어떻게 했을까, 나는 그분의 자랑스러운 딸로 잘 크고있는 걸까."

나는 긴 적막이 흘러가도록 놔둔 채 눈물을 떨궜다. 그리고 마음을 추슬렀다.

"어쨌든, 나는 그 일 이후로 죄책감을 안고 살았어요. 그리고

<u>스스로</u> 아주 곤란한 상황을 자초했어요. 다리 위에서 어떤 남자를 만났는데, 그 사람이 삶의 아름다움을 볼 수 있도록 도와야 해요. 삶이 살아갈 가치가 있다는 걸 이해시키지 못하면 그 사람마저 잃게 돼요."

나는 줄줄 흐르는 눈물을 닦아냈다.

"제가 해야 할 일 중 하나가 그의 여자 친구를 되찾는 건데, 만약 실패하면 그는 자기 목숨을 버릴 거예요. 그렇게 정했어요. 이제 일주일 됐는데 어떨 땐 그냥 알게 되는 것들이 있잖아요. 이번 주에는 새로운 걸 알게 됐어요."

나는 내 손가락을 내려다봤다. 확실히, 100퍼센트 확실하게 깨달으면서.

마음이 좀 가라앉길 바랐다. 하지만 두통 때문에 머리가 깨질 것 같았다. 마음은 무겁기만 했다. 내게 돌아오는 반응은 심장 모니터가 삑삑 울리는 소리와 산소호흡기의 공기 소리뿐이었다. 나는 *그가* 내 말에 고개를 *끄덕여주기*를 바랐다. 너를 이해한다고, 다 괜찮다고, 그건 너의 잘못이 아니라고, 너는 다 잘해낼 거라고 말해주기를.

나는 도구가 필요했다. 나의 도구들은 다 어디로 갔을까? 모든 걸 해결해줄 좋은 책이 필요했다. 『모든 것을 다시 제자리로 완벽하게 되돌리는 법』. 다친 마음을 봉합하고, 양심의 가책을 덜어내고 모두가 아픔을 잊을 수 있게 해줄 수 있는 단계별 가이드 같은 것.

어쩌면 깨달음만으론 부족한지도 몰랐다. 무언의 인정만으로는 부족한지도 몰랐다. 큰 소리로 말해야 했다.

나는 고개를 들어 사이먼에게 시선을 고정했다. 마치 나의 마음에서 뚝뚝 떨어지는 솔직한 말들이 그의 눈을 뜨게 할 만큼 강력하기라도 한 것처럼.

"나는 애덤을 사랑해요."

19
-

흙을 툭툭 털어내고
혼자 일어서는 법

"괜찮은 거예요?"

덕 바질 씨의 기사가 운전하는 차로 돌아왔을 때, 나의 세계에서 가장 아름다운 남자가 내게 말을 걸었다.

나는 고개를 끄덕였다. 애덤은 눈물이 글썽글썽한 내 눈을 보고 이마를 찌푸렸다.

나는 시선을 돌렸다.

"울고 있잖아요."

나는 코를 훌쩍이면서 창밖만 내다봤다.

"그 남자는 상태가 좀 어때요?"

애덤이 조용히 물었다.

나는 목소리가 차분히 나올 것 같지 않아서 고개만 저었다.

"그 남자 마누라가 또 뭐라고 했어요? 크리스틴, 당신이 그런 꼴을 당할 이유가 없잖아요. 그건 부당해요."

"다음 주면 마리아도 나한테 똑같이 할지 몰라요."

나는 불쑥 말해버렸다. 그런 말이 내 입에서 나올 줄은, 아니 그런 생각 자체가 내 머릿속에 있을 거라고 생각도 못 했다.

팻이 라디오를 켰다.

"뭐라고요?"

"들었잖아요. 마리아, 당신의 가족들, 모두 나를 탓할 거예요. 당신을 제대로 돕진 않고 2주 동안 당신을 데리고 놀러나 다녔다고 하겠죠. 당신이 그 계획을 밀고 나간다면 내가 어떤 일을 당하게 될지 한 번이라도 생각해봤나요?"

"당신을 탓하지 않을 거예요. 내가 그렇게 두지 않아요."

내가 이 일로 이런 영향을 받게 된다는 것에 그는 마음이 상한 것 같았다.

"당신은 여기 없을 테니 날 보호해주지 못해요. 애덤, 당신은 나를 감싸줄 수 없을 거예요. 나 혼자 그 모두를 상대로 싸워야겠죠. 당신이 떠난 뒤에 모든 게 얼마나 엉망이 될지 당신은 전혀 몰라요."

나는 화가 치밀어 말도 겨우겨우 했다. 그리고 나는 꼭 상황만을 말하는 건 아니었다. 내가, 내가 엉망이 될 거라는 뜻이었다.

애덤의 전화가 울렸다.

그가 전화를 받는 표정을 본 순간 나는 바로 직감했다. 그의 아버지가 돌아가셨다는 것을.

애덤은 병원으로 가서 아버지의 시신을 보고 싶지 않으며, 티퍼레리로 가는 계획을 틀고 싶지도 않다고 했다. 그리고 이젠 어차피 장례 절차를 진행하기 위해 가야만 했다. 그래서 우리는 아무 일도 일어나지 않은 것처럼 차에 남았다.

물론 아주 많은 일이 일어났다. 애덤은 아버지를 잃었고, 공식적으로 바질 사의 대표가 됐다.

"누나로부턴 연락이 왔나요?"

내가 물었다. 그는 그 전화를 받은 후 전화기를 그의 주머니 안에 넣어두고 있었다. 그는 아무에게도 연락을 하지 않았다. 충격을 받은 건 아닌지 걱정됐다.

"아뇨."

"전화기를 확인 안 하고 있잖아요. 누나에게 전화해야 하는 거 아니에요?"

"분명 연락받았을 거예요.

"장례식에 올까요?"

"그러길 바랍니다."

그의 긍정적인 대답에 마음이 좀 놓였다.

"그리고 경비들이 활주로에 대기하고 있다가 잡아가길 바라고요. 내가 전화해서 미리 알려줄까 봐요."

좋아할 일이 아니었다.

"어쩌면 생일 파티가 예정대로 열리지 않을 수도 있겠어요."

사랑하는 이의 죽음에서 한 가닥 희망을 찾으려는 나의 태도가 마음에 걸려 작은 소리로 말했다. 하지만 애덤에게도 그런 희망이 절실했다.

"농담해요? 이제 절대로 파티를 취소하는 일은 없을 겁니다. 우리는 그 어느 때보다도 강하고 준비가 돼 있다는 걸 만천하에 증명할 아주 좋은 기횐데?"

"아. 내가 도움이 될만한 일이 있을까요?"

"없어요."

애덤은 말없이 창밖을 응시했다. 지나가는 풍경들을 일일이 붙잡으려는 듯, 우리가 가고 있는 끔찍한 곳과의 거리를 어떻게든 유지하고픈 듯, 달리는 차의 속도를 늦추고 싶은 듯.

나는 그가 내가 함께 가는 걸 원하는지도 짐작이 되지 않았다. 내가 그의 생각에 영향을 받을 건 아니었고, 특히 지금 상황에선 나는 무슨 일이 있어도 그의 옆에 붙어 있을 생각이지만, 그래도 그가 나와 함께하길 원한다면 나도 이 일이 좀 수월할 것 같았다. 하지만 아닌 것 같았다. 그는 자기만의 생각에 잠겨 있고 싶은 것 같았다. 나를 두렵게 하는 게 바로 그의 그런 생각들이었다.

"저기."

애덤이 불쑥 말했다.

"아멜리아 어머니의 장례식에서 읽었던 그 글, 읽어줄래요?"

뜻밖이었다. 그는 그 글을 내가 썼느냐고만 물었을 뿐 장례식에서 별다른 언급이 없었다. 그의 말에 나는 깊이 감동받았다. 그 글은 내게 의미가 컸으니까. 나는 창밖을 내다보며 눈을 여러 번 깜빡이면서 눈물을 참았다.

우리는 시골길을 달리고 있었다. 얼음처럼 차가운 아침인데도 초록빛 풍경은 풍요롭고 생기가 넘쳤다. 그곳은 말의 영토였다. 말에게 먹이기 좋은 최상의 녹지와 조련사와 마구간이 많았다.

경주마든 공연용 말이든 간에 이 지역에선 이게 제법 큰 사업이었다. 이곳 대부분은 초콜릿 만드는 일에 종사하지 않으면 말과 관련한 사업을 했다. 팻은 그다지 세심하게 운전하는 편이 아니었다. 커브가 심한 길을 돌 때도, 계속 비슷하게 우회전 좌회전을 할 때도 속도를 늦추거나 멈추지 않았다. 나도 모르게 손톱이 가죽 시트를 파고들었다.

나만큼 긴장하고 있는지 궁금해서 애덤을 바라봤다. 그런데 그가 나를 보고 있었다.

애덤은 헛기침을 하더니 시선을 돌렸다.

"난 그냥……. 저, 귀걸이 한 짝 빠진 건 알고 있어요?"

"뭐라고요?"

나는 귓불을 더듬었다.

"젠장."

나는 귀걸이를 찾기 시작했다. 어디선가 톡 떨어지길 기대하며 몸을 더듬고, 옷을 탈탈 털었다. 찾아야만 했다. 그래도 나오지 않자 나는 차 바닥에 엎드렸다.

"크리스틴, 조심해요."

팻이 코너를 거칠게 돌 때 내가 문짝에 머리를 박자 애덤의 손이 내 머리를 받쳤다.

"우리 엄마 거예요."

나는 애덤이 앉은 쪽으로 몸을 뻗어 그의 다리를 치우고 바닥을 살폈다. 애덤은 그걸 잃어버린 내 속상함을 느낀 듯 움찔했다.

아무것도 찾지 못한 채 나는 얼굴이 벌게져서 정신없이 자리에 앉았다. 잠시 누구와도 얘기하고 싶지 않았다.

"그분을 기억해요?"

나는 엄마 얘기는 거의 하지 않았다. 일부러 그랬다기보다는 엄마가 내 삶에 머문 시간이 너무 짧아서 말할만한 기억이 없기 때문이었다. 때때로 기억 속에서 엄마를 불러내보려 했지만 기억나는 건 거의 없었고, 그래서 할 말도 없었다.

"그 귀걸이는 정말 몇 안 되는 엄마에 관한 기억 중 하나예요. 나는 욕조 끝에 걸터앉아 외출 준비를 하는 엄마를 지켜보곤 했어요. 화장하는 엄마를 보는 걸 정말 좋아했죠."

나는 눈을 감았다.

"지금도 그 모습이 보여요. 머리를 어깨 뒤로 묶고 거울을 마주하고 있는 모습이. 이 귀걸이를 하고 있었죠. 밤에 특별히 외출할 때는 꼭 이 귀걸이를 했어요."

나는 아무것도 없는 귓불을 만지작거렸다.

"우리의 기억은 참 재밌어요. 사진을 보면 함께 참 많은 걸 했는데 왜 유독 그 순간만 그렇게 기억나는 건지……."

나는 잠시 가만히 있다가 말했다.

"그러니까 아까 그 질문에 답을 하자면, 아니에요. 대답이 좀 길었지만, 엄말 잘 기억 못 해요. 아마도 그래서 이 귀걸이를 늘 하고 다니는 것 같아요. 이제야 그런 생각이 드네요. 사람들이 내 귀걸이를 언급하면 이렇게 말할 수 있거든요. '고마워요. 이건 우리 엄마 것이에요'라고. 엄마를 나의 일상에 끼워 넣는 방법이랄까. 엄마를 진짜로, 나의 삶의 일부로 만들 수 있는 방법. 엄마는 내게 '생각'으로 존재한다는 느낌이에요. 다른 사람들의 여러 이야기 속에 존재하는 사람, 사진마다 늘 달라지는 사람, 다른 채

광, 다른 각도에 따라 매번 달라 보이는 사람. 같이 앨범을 볼 때면 꼭 언니들한테 묻곤 했어요. '언니가 기억하는 엄마는 이런 모습이야?' 아니면 '이게 엄마야?' 그러면 언니들은 아니라고 하면서 사진이 포착하지 않은 다른 모습으로 엄마를 묘사해줬어요. 내 기억 속의, 거울을 보고 있던 엄마의 이미지는 뒤통수와 오른쪽 귀, 그리고 턱 정도예요. 때로는 엄마를 제대로 볼 수 있게 내 기억 속에서 엄마가 돌아앉아주길 바라기도 해요. 상상 속에서 내가 엄마를 돌아 앉힐 때도 있고. 이상하게 들리겠지만."

애덤은 "전혀 이상하지 않아요"라고 부드럽게 말했다.

"엄마를 기억해요?"

"조각조각. 단편적으로. 문제는, 엄마에 대한 얘기를 함께 나눌 사람이 없었다는 거예요. 나는 사람들끼리 그 사람에 대한 얘기를 공유하는 게 기억에 도움이 된다고 생각하는데 아버지는 절대로 엄마 얘기를 하지 않았어요."

"얘기를 할만한 다른 사람은 없었어요?"

"유모는 매년 여름마다 바뀌었고, 그나마 정원사가 우리 집 일을 봐주는 가장 가까운 사람이었어요. 하지만 그 사람은 우리와 얘기할 수 없었어요."

"왜죠?"

"아버지의 규칙이었어요."

우리는 얼마간 침묵 속에 있었다.

"귀걸이, 어딘가에서 나올 거예요."

그가 말했다. 나도 그러길 바랐다.

"참, 마리아가 내 생일 파티에 오겠대요."

물어보는 걸 잊고 있었다. 어떻게 그걸 잊어버렸을까?

"잘됐네요, 진짜. 정말……. 애덤, 진짜 잘됐어요."

그가 나를 보았다. 커다란 푸른 눈이 내 영혼까지 파고드는 것 같았다.

"잘됐다고 생각한다니 나도 좋네요."

"그래요. 그건 정말……."

'잘됐다'는 말 외에 다른 말이 하나도 생각나지 않아 그냥 말끝을 흐려버렸다.

마침내 차가 속도를 늦췄다. 나는 애덤이 자란 곳을 보고 싶은 마음에 똑바로 앉았다. 커다란 기둥에는 '아발론 저택'이라는 명패가 붙어 있었다. 팻은 속도를 줄이고 신경 써서 몇 킬로미터씩 이어지는 진입로를 기어올라갔다. 가로수가 점점 줄어들며 널찍한 초원을 드러내더니 거대한 저택이 나타났다.

"우아."

애덤은 아무 감흥이 없어 보였다.

"여기서 자란 거예요?"

"기숙학교에서 자랐죠. 여기서는 방학만 보냈고."

"어린 남자아이들에겐 엄청 신나는 장소였겠어요. 탐험할 곳도 많고. 저기 폐허가 된 유적지 같은 데도 있네."

"저기선 못 놀게 했어요. 그리고 난, 외로웠어요. 가장 가까운 이웃도 엄청나게 멀리 떨어져 있으니까."

애덤도 자기 목소리에서 어리고 불쌍한 부잣집 소년의 말투를 감지한 모양이었다. 곧 그 말투를 버리고 원래 말투로 돌아왔다.

"저긴 얼음의 성이에요. 나는 늘 저 집을 새로 싹 고쳐서 살아야겠다고 생각했죠."

"그러니까 저기서 살고 싶긴 했던 거네요."

"옛날 옛적에는."

그는 시선을 돌려 차창 밖을 내다봤다.

차는 거대한 현관으로 이어지는 널찍한 계단 앞에 섰다. 문이 열리자 인상이 따뜻한 여자가 나와 우리를 맞이했다. 저분에 대해 애덤이 얘기했던 적이 있었다. 모린, 기사인 팻의 아내. 그녀는 애덤이 살아온 햇수인 35년간 그 집의 가정부로, 혹은 애덤의 말대로 집안 살림을 총괄하는 사람으로 일해왔다고 했다.

모린은 따뜻한 여자였지만 자기 자식들이 있었다. 애덤을 돌볼 유모들은 따로 고용된 데다 그 집에서 모린의 업무는 집안 살림을 돌보는 것이었기 때문에, 애덤은 평생 그녀를 어머니 같은 존재로는 한 번도 생각해본 적 없다고 했다. 하지만 나는 애덤이 스스로 기회를 놓쳤을 거라 확신한다. 솔직히 그녀로서는 한지붕 아래 함께 살고 있는 엄마 잃은 아이 둘을 못 본 척할 수 없었을 거다. 그러나 모린에 대한 애덤의 감정이 그가 말한 대로였다면 애덤이 일부러 둔감해지려 했을 것이라는 게 내 직감이다.

"애덤."

모린이 다가와 그를 따뜻하게 안아줬다. 애덤은 표가 날 정도로 경직됐다.

"아버지 일은 정말 유감이에요."

"감사합니다. 이쪽은 크리스틴. 며칠간 여기 머물 거예요."

모린은 마리아가 아닌 여자를 애덤이 데리고 왔다는 사실에 무척 놀란 듯했지만 얼른 환영하는 표정으로 속마음을 감췄다. 그래도 잠자리를 결정하면서 우리 두 사람이 똑같이 느낀 어색함은 무엇으로도 감추기가 어려웠다. 그 집에는 침실이 열 개 있었는데 모린은 그중 한 곳으로 나를 안내해야 할지 아니면 애덤의 방으로 같이 데려가야 할지 몰라 난감한 눈치였다. 머뭇머뭇 앞서 가던 모린은 이따금 뒤를 돌아보며 애덤이 눈짓으로 힌트를 주길 바라는 듯 그와 눈을 마주치려 했다. 하지만 애덤은 가방도 잔뜩 든 데다 암호라도 해독하는 사람처럼 이마에 주름을 잔뜩 그린 채 자기 생각에 빠져 있는 것 같았다. 지난주에 이 집을 떠날 때만 해도 돌아올 때는 약혼한 채로 올 거라 생각했겠지. 그 계획이 무참히 깨졌으니 아예 돌아오지 않으려고 했겠지. 그런데 이제 그는 여기에 있다. 그토록 싫어하는 이 집에.

한 주 내내 나는 우리의 '거래'에 대해 걱정했지만, 지금 애덤과 함께하며 내가 느끼는 것에 비하면 그런 걱정은 아무것도 아니었다. 그는 무심하고, 차가워 보였다. 내가 그와 눈을 맞추고 격려의 미소를 지어 보여도 마찬가지였다. 그와 소통하고, 그에게 다가가고, 친밀하게 지내보려고 노력할 때마다 거부당했을 마리아의 심정을 상상해보았다.

처음에는 그게 애덤을 덮고 있는 단단한 껍질 때문이라 생각했지만 그건 완전히 틀린 생각이었다. 그건 그의 껍질이 아니라, 애덤 안을 채우고 있는 완전히 다른 사람이었다. 자기 삶을 스스로 통제할 수 없게 된 분노와 상실감과 억울함에 휩싸인 또 하나의 애덤이었다. 그리고 너무나도 불행한 애덤. 애덤은 어린 나이에 어머니를 잃었지만 다른 면으로는 근심 걱정 없는 삶을 살았다. 다음 끼니나, 학교 교재, 크리스마스 때의 장난감은 물론이고 살 집에 대한 걱정을 모르고 살아왔다. 지금껏 이 모든 걸 당연하게 생각해왔다. 그리고 아버지의 규칙에서도 언제든 도망칠 수 있으며, 누나가 회사를 계승할 테니 자기 운명도 마음대로 개척할 수 있다고 생각했다.

그런데 모든 게 달라졌다. 그가 그토록 거부했고 성공적으로 피했다고 여겼던 의무가, 어느새 그의 뒤를 쫓아와 어깨를 두드리면서 너의 길은 그쪽이 아니라 이쪽이라고 알려준 거다. 잔치는 끝났다. 자신의 운명은 본인 손에 있으며, 자기는 다른 삶을 개척할 수 있다는 믿음이 눈앞에서 증발해버렸다.

그는 벼랑 끝에 서 있었다. 하지만 그는 '끝'을 싫어했다. 결별이나 작별 인사도 싫어했으며, 떠나는 것도 싫어했다. 그에게 변화란 그가 원하고 준비가 돼 있을 때 가능했다. 그의 눈빛, 그의 목소리, 애덤을 애덤답게 만드는 모든 것들이 우리가 이 집에 발을 들인 순간 달라졌다. 지금 생각해보니 아까 차에서 전화를 끊을 때부터 그런 기미가 보였다.

나는 속이 불편해졌다. 애덤이 이 세상을 떠나려고 한 게 얼마나 진지한 시도였는지 깨달았기 때문이다. 그리고 만약 다시 시도하게 되면 이번에는 확실하게 끝낼 것임을, 성공할 때까진 멈추지 않을 것임을 알았기 때문이다.

도움을 원하는 사람을 돕는 건 완전히 다른 얘기였다. 더블린에서 애덤은 그 면에서 꽤 열려 있었다. 하지만 이곳 티퍼레리에서는 그가 마음의 문을 닫아버렸다. 감정적으로도 나와 멀어졌음을 느꼈다. 벽난로와 응접세트가 놓여 있는 거대한 방에 커튼을 내리고 애덤은 낮 시간 대부분을 잠으로 보냈다. 애덤은 자기가 소파에서 자겠다고 했지만 지금은 침대에서 자고 있었고, 나는 더그 호가 내려다보이는 돌출된 커다란 창 쪽으로 발을 올리고 앉아 있었다. 그의 숨소리를 들으며 시계를 보는 내내 나는 우리가 시간을 낭비하고 있다는 생각만 했다. 이 일에 관해서 시간은 약이 아니었다. 우리는 대화하고, 행동하고 해결해야 했다. 나는 그에게 도전 의식을 북돋고 응원해야 했다. 하지만 그는 저만큼 물러났고, 멀어졌고, 위축됐기에 아무것도 할 수 없었다. 나는 두려웠다.

다시 애덤을 살폈다. 자고 있는 게 분명했다. 마치 항복한다는 듯 두 팔을 머리 위로 올리고 손바닥을 보인 채. 그의 황금빛 머리카락이 한쪽 눈꺼풀 위를 덮고 있었다. 나는 그걸 넘겨주려고 손을 뻗었다. 그는 깨지 않았고 나의 손가락은 그의 부드러운 얼굴에 조금 더 머물렀다. 그날 아침 그는 면도를 걸렀고 밝은 금빛의 짧은 수염이 빛을 받아 보일 듯 말듯 반짝였다. 꼭 다문 입술은 그가 집중할 때처럼 앞으로 삐죽 나와 있었다. 그 모습이 나를 웃게 했다.

모린이 열린 문 앞으로 다가와 가만히 문을 두드렸다. 나는 깜짝 놀라 마치 나쁜 짓을 하다 들킨 것처럼 얼른 손을 뺐다. 모린은 언제부터 거기에 있었던 걸까. 그녀는 마치 나와 애덤 사이의 다정한 모습을 눈치챘다는 듯 미소를 지었다. 나는 당황해서 문가로 갔다.

"방해해서 미안해요. 애덤이 담요를 가져다 달라고 해서요."

소파에서 덮을 담요였기에 나는 그걸 받아 소파에 올려놓았다.

모린은 뭔가 묻고 싶은 눈치였지만 묻지 않았다.

"그리고, 저⋯⋯."

잠든 애덤을 한 번 보더니 모린이 말했다.

"애덤에게 전화가 왔어요."

"지금 깨우면 안 될 것 같아요."

내가 나직이 말했다.

"나중에 전해도 되지 않을까요? 혹시 급한 일인가요?"

"마리아였어요."

"아."

"휴대전화로 전화를 했는데 받지 않으신다고. 장례식에 참석해도 되는지 알고 싶어 했어요. 두 사람 사이에 문제가 좀 있었고, 그래서 애덤이 자기가 오는 걸 원할지 안 원할지 모르겠다고. 애덤의 기분을 상하게 하고 싶지 않다고 하시네요."

"아⋯⋯."

나는 애덤을 한 번 보고 어떻게 해야 할지 고민했다. 더블린에서의 애덤이라면 그녀를 원했을 거다. 지금의 애덤 역시 그녀를 필요로 하겠지만 지금의 애덤은 마리아가 사랑했던, 그리고 다시 사랑에 빠지고 싶은 애덤이 아니다. 나는 애덤이 좋은 모습을 찾았을 때 둘이 만나야 한다는 생각이 확고했다. 마리아가 지금 이 상태의 애덤을 본다면, 혹은 예전 같은 대접을 받는다면 아마도 곧장 션의 품으로 달려갈지도 모를 일이었다. 나중에 애덤과 의논해봐야 할 일이었지만 나는 그가 동의할 거라고 확신했다.

"안 오길 더 바랄 것 같아요. 하지만 마리아에게 감정이 있어서는 아니라고 전해주셨으면 해요."

"네, 그렇게 전할게요."

모린은 얌전히 대답하고 얼른 애덤을 한 번 더 보았다. 이렇게 생각하는 게 틀림없었다.

'이 사람 말을 믿어도 될까? 직접 물어봐야 하는 건 아닐까?'

모린이 복도를 한참 걸어갔을 때 내가 쫓아갔다. 애덤이 들을 수 없는 곳에서 더 편히 얘기할 수 있을 것 같아서였다.

"모린……."

내가 두 손을 비비며 입을 열었다.

"우리는……. 그런 사이가 아니에요. 애덤과 저 말이에요. 요즘 애덤 상황이 좀 안 좋아서, 몇 가지 개인적인 문제가 좀 있어요."

모린이 아주 잘 안다는 듯 고개를 끄덕였다.

"애덤은 제가 아무 말도 않길 바랄 거예요. 저보다도 저 사람을 더 잘 아시겠죠. 어쨌든 전…… 애덤을 도우려고 애쓰는 중이에요. 일주일 내내요. 잘돼가고 있다고 생각했어요. 원래는 어떤지 잘 모르겠지만 처음 만나고 며칠간은 좀 마음이 가벼워 보였는데, 이번 일로 다시 안 좋아졌어요. 누군가를 잃기에 적절한 시기란 게 따로 있을 수 없다는 건 알지만……."

"바질 선생님을 만나 봤나요?"

"네."

"그렇다면, 35년간이나 그분 밑에서 일했음에도 불구하고 결코 가까운 사이가 아니라고 해도, 대충 이해하시겠네요."

"그분의 아드님과도 마찬가지고요?"

모린은 입을 다물고 고개를 끄덕였다.

"이상하게 듣지 않으실 거라 믿고 말씀드리는 거지만, 애덤은······."

모린은 목소리를 낮췄다.

"늘 예민했고, 스스로에게 엄격했어요. 그게 무엇이든 쉽게 놓아버리질 못했어요. 아주 작은 것조차도요. 저도 옆에 있어드리려고 노력은 했지만 애덤은 혼자서, 조용히 해결하는 걸 더 좋아했어요. 그리고 바질 선생님은······. 뭐랄까, 늘 바질 선생님다웠어요."

"이해해요. 그런 말씀해주셔서 감사하고요. 지금 하신 말은 다시 입 밖에 내지 않을게요. 저는 지난 일주일간 정말 말 그대로 그에게서 한시도 눈을 떼지 않았어요."

"대부분의 여성들이 눈을 떼지 못한답니다."

모린이 웃으며 말했고 나는 낯을 붉혔다.

"이유는 말씀드릴 수 없지만, 정말 한시도 제 시야를 벗어나게 놔둘 수 없었어요. 그래서 애덤 방에 같이 있는 거고요. 하지만 지금은 꼭 가야 할 데가 있어서요, 혹시 저 대신 애덤을 좀 지켜봐주실 수 있나요? 내일 일 때문에 할 일이 정말 많으시겠지만 딱 1시간이면 돼요. 괜찮으실까요?"

애덤이 깼을 때 모린이 소파에 앉아 있는 걸 보고 기겁하지 않도록 나는 모린이 앉을 의자를 문가에 따로 갖다줬다.

"애덤이 깨거나, 화장실에 가거나 아무튼 무슨 일이 있으면 전화 주세요."

나는 침대에 있는 애덤을 걱정스런 눈길로 바라보며 가도 좋을지 머물러야 하는 건 아닐지 고민했다.

"괜찮을 거예요."

모린이 내 팔에 따뜻한 손을 얹었다.

"네."

내 목소리에 초조함이 배어 있었다.

"그분 말이 맞았네요."

모린이 말했다.

"누구요?"

"마리아요. 애덤이 혹시 여자분과 같이 왔냐고 물으셨어요. 예쁘장하고 애덤을 돌보고 있는 듯한 사람이요."

"그랬어요?"

"네."

모린이 고개를 끄덕였다.

"뭐라고 하셨나요?"

"애덤의 일은 애덤한테 직접 물어보시는 게 좋겠다고 말씀드렸어요."

나는 간신히 엷은 미소를 지어 보였다.

"고마워요."

팻은 부엌에서 달걀 샌드위치를 입에 쑤셔 넣고 있었다. 사방이 막힌 공간에 그와 함께 있어야 한다는 생각을 하니 벌써부터 끔찍했다. 그런데 이제는 과속에다 달걀의 압박까지 감당해야 하다니. 그가 다 먹을 때까지 되도록 예의 있게 기다리려고 했지만 애덤이 나 없이 위층에 있다는 생각에 절로 초조하게 서성거리게 됐다.

"됐습니다."

팻은 마지막 남은 샌드위치 반쪽을 입으로 밀어 넣고 의자를 집어넣은 뒤, 차를 마저 마시며 일어섰다. 그리고 차 열쇠를 거머쥐더니 차 쪽으로 향했다.

딕 바질의 오른팔인 메리 키건은 차로 20분 거리인 꽤나 인상적인 땅에 살고 있었다. 집 안에서 아무도 나오지 않자 팻은 내게 마구간 쪽을 가리켜 보이고는 다시 스포츠 중계가 왕왕 울려나오고, 달걀 방귀 냄새가 진동하는 차 안으로 돌아갔다. 팻의 예상이 맞았다. 나는 울타리 앞에 서서 우아한 여자가 말을 타고 장애물을 뛰어넘는 모습을 구경했다.

"레이디 메도우예요."

등 뒤에서 들려오는 목소리에 뒤를 돌아봤더니 메리였다. 승마에 적당한 복장이었다. 무릎까지 오는 부츠에 따뜻한 플리스를 입고 그 위에 패딩 조끼를 입고 있었다.

"저는 저분이 당신인 줄 알고 구경하고 있었네요."

"저요? 그럴 리가요! 저렇게 잘 탈 만큼 시간도 없어요, 저는. 제 실력은 아침에 좀 타고 사냥할 때 탈 정도 밖에 안 돼요. 사냥은 정말 좋아해요."

"레이디 메도우는 말 이름인가요, 저 여자분 이름인가요?"

"말이요. 저분은 미스티예요. 장애물 뛰어넘기 선수예요. 프로 대회에 출전하죠. 지난번에 올림픽에도 출전할 뻔했는데 훈련 도중에 메디슨 맨이라는 저분 말의 다리가 부러졌어요. 다음번에 또 기회가 있겠죠."

"여기 환경이 정말 좋네요. 말은 몇 마리나 있나요?"

"열두 마리요. 다 우리 소유는 아니지만 유지 비용에 도움이 되요. 그래도 사업이 크고 있어요. 미스티는 사육에도 뛰어들까 생각하고 있죠."

"여기에서 풀타임으로 일할 생각도 하시나요?"

"저요? 아뇨. 왜요, 혹시 바질 가에서 저를 해고하라고 보냈나요?"

농담처럼 말하려고 했지만 두려움이 담긴 눈빛에서 그녀가 걱정하고 있음을 알 수 있었다.

"아뇨. 실은, 그 반대예요."

메리는 흥미롭다는 눈빛을 했다.

우린 따뜻한 방갈로의 온기 속에서 대화를 나눌 생각이었지만 외양간 일꾼들이 계속 드나들며 문을 열었다 닫았다 하는 바람에 온기가 머물 틈이 없었다. 메리도 나도 코트를 벗지 않았고, 나는 개 세 마리에게 둘러싸인 채 개털 범벅인 소파에 앉아 따뜻한 차를 계속 마셔대며 머그잔으로 두 손을 데우고 있었다. 개 한 마리는 잠들어 있었고, 한 마리는 밀실 공포증이라도 있는 것처럼 출구를 찾아 코를 킁킁거리며 방황하고 있었다. 나머지 한 마리는 메리의 무릎에 앉아 우리가 대화하는 내내 눈 한 번 깜빡이지 않고 당황스러울 정도로 나를 주시했다. 메리는 아무것도 못 느끼는 눈치였다. 추위도, 내가 머그잔 안에서 건져내고 있는 개털도. 이미 너무 익숙해서 그런 건지 나의 제안 때문인지는 알 수 없었다.

좀 미심쩍어 보이긴 했지만 확실히 관심은 있어 보였다.

"그리고 이걸 애덤과 다 의논한 건가요?"

"네."

반만 거짓말이었다.

"장례식 때문에 처리할 일이 너무 많아서 함께 못 왔어요."

어두컴컴한 방 안에서 이불을 머리끝까지 뒤집어쓰고 누워 있을 애덤을 떠올리며 나는 말했다.

"애덤도 이 결정에 만족하나요?"

메리는 혼란스럽다는 듯 물었다.

"회사에서 매일매일의 역할 없이? 모든 결정을 제게 맡기는 걸?"

"물론이에요. 애덤이 회장 자리에는 앉을 거예요. 그러니 모든 결정 사항은 그의 사인을 받아야 하죠. 저는 이게 최선인 것 같아요. 제가 얘기 나눠본 사람들은 모두 메리 씨가 바질 선생님의 의도대로 회사를 운영할 수 있는 사람이라고 확신했어요. 회사를 사랑하시잖아요."

"졸업 후 처음 일하기 시작한 곳이에요."

메리는 미소를 지었다.

"처음에는 회사가 더블린에 있었지만 이쪽으로 옮겨온 후 지역 발전에 굉장한 보탬이 됐죠. 정말로요. 처음 5년간은 전화받는 일만 했어요. 점차적으로 올라갔죠. 하지만……."

메리는 혼란스럽다는 듯 고개를 저었다.

"뭐가 문젠가요?"

"바질 선생님께선 이걸 원하지 않으셨을 겁니다. 바질 가 사람들도 마찬가지고요. 애덤의 누나인 라비니아 양은 내가 그분의 자리에 앉은 꼴을 보면 차라리 죽고 말 거예요. 바질 가는 회사를 가족 내에서 유지하길 원하십니다."

메리는 그 누구에 대해서도 나쁘게 얘기하지 않았다. 그러기엔 너무나 프로였다. 하지만 나도 행간을 읽을 줄 알았고, 이는 언젠가 애덤이 바질 가의 다른 사람들이 애덤이 회사를 승계받는 것에 대해 압박감을 준다고 했던 말과 일치했다.

"애덤의 삼촌 식구들 쪽으로는 넘어가지 않는다는 전제하에 그렇죠."

내가 덧붙였다.

"그럼, 물론이에요. 나이젤에게는 안 넘어가겠죠?"

메리는 걱정스럽게 물었다.

"애덤이 제일 원하지 않는 게 그거예요. 그리고 라비니아 양은 걱정 안 하셔도 되는 걸로 아는데요."

"정말·애덤이 이 결정에 만족하나요?"

메리가 재차 물었다.

나는 한 발 뺐다.

"실례지만, 왜 그렇게 확신을 못 가지시는지 여쭤봐도 될까요? 애덤이 이 자리를 원하지 않는다는 건 공공연한 일인 줄 알았는데요."

"아, 그건 느끼고 있었어요. 물론이에요. 하지만 바질 선생님께서 돌아가시고 나면 문제가 달라질 줄 알았어요. 애덤도 생각이 바뀔 거라고. 바질 선생님이 턱밑까지 몰아붙일 때는 일을 제대로 하기가 힘들어요. 생각할 틈도 안 주다가 갑자기 생각도 제대로 안 한다고 또 고함을 질러대니까요. 저는 애덤이 회사 일을 혼자 힘으로 해내고 싶어 한다고 생각했어요."

메리는 어깨를 으쓱했다.

"회사가 아니라 아버지와 문제가 있는 거라고 생각했어요. 그리고 회사에 잠깐 있는 동안 실력도 입증했어요. 좋은 아이디어도 많았고. 회사에도 참신한 젊은 피가 필요했어요. 그 자리를 거절한다는 건 사실 정말 안타까운 일이에요. 하지만 당신 말대로, 만약 애덤의 뜻이 그렇다면……."

메리는 나를 못 믿겠다는 듯 쳐다봤다. 메리의 말에 나는 다시 혼란스러워졌다. 그때 전화가 울렸다. 모린이었다.

"애덤이 일어났어요."

팻에게 속도를 올리라고 말할 필요가 없었다. 나는 시속 100킬로미터도 넘기는 일이 없는데 그는 이미 시속 160킬로미터를 넘겼으니까. 집에 도착했을 때 애덤이 집 밖이나 아래층에 있겠거니 했는데 그는 아직 방 안에 있었다. 그리고 얼굴이 벌게진 모린에게 자기를 밖으로 내보내달라고 하는 중이었다.

"열쇠를 문 밑으로 밀어 넣어봐요."

참을성이 바닥난 목소리였다.

"이게 맞는 열쇠가 아닌 것 같아요."

목소리에 초조한 기색이 역력한 모린은 어찌할 바를 모르겠다는 듯 조용히 두 손으로 머리를 감쌌다. 그러다가 내가 계단을 올라가는 소리를 듣고 안도한 얼굴로 나를 봤다.

"샤워를 하고 나서 배가 고프다길래 점심을 가져다 드리고 문을 잠갔어요."

모린은 정신없이 속삭였다.

"계속 산책하러 나가고 싶다고 하시네요."

"왜 못 하게 하셨어요?"

"제 시야에서 벗어나지 않게 하라고 하셨잖아요!"

"따라가시면 되잖아요."

그 생각은 아예 못 했다는 듯 모린은 입을 딱 벌리고 두 손을 맞잡았다. 내 입술이 경련하듯 씰룩이는 게 느껴졌다.

"정말 화가 많이 났어요."

"괜찮아요. 저한테 다 쏟아내면 될 거예요."

나는 목소리를 높였다.

"괜찮아요, 애덤. 내가 왔어요, 내가 도와줄게요."

나는 열쇠를 꽂고 잘 안 된다는 듯 이쪽저쪽으로 덜거덕거리며 열쇠를 돌렸다. 애덤은 못 참겠다는 듯 문고리를 위아래로 돌리고 난리였다.

"애덤, 가만히 좀 있어요! 지금 열려고 하잖아요."

마침내 열쇠가 제 자리에 물렸고 문이 활짝 열렸다. 그리고 갑자기 밀려나오는 힘에 너무 놀라, 나는 미처 옆으로 비켜나지도 못했다. 애덤은 고삐 풀린 황소처럼 튀어나오면서 내 어깨를 받아버린 후 나가버렸다. 너무나 화가 나서 사과는커녕 잠시 멈추지도 않았다. 저만큼 나가떨어진 나를 모린이 일으켜 세웠다.

"세상에, 세상에. 괜찮으세요?"

양쪽 귀에서 스팀을 뿜으며 계단을 뛰어 내려가는 애덤이 걱정되어 아픈 줄도 몰랐다. 나는 곧바로 쫓아가기 시작했다.

"혼자 있고 싶어요."

애덤은 성큼성큼 집을 나가 왼쪽으로 돌았다. 그쪽은 호숫가로 이어지는 길이었다.

애덤의 다리가 내 다리보다 한참 길었기 때문에 나는 뛰다시 피 해야 했다. 빠른 걸음으로 좀 걷다가 속도를 맞추기 위해 뛰었다가, 빠른 걸음으로 몇 발짝 갔다가, 다시 따라잡기 위해 뛰었다가, 빠른 걸음으로 몇 발짝 갔다가, 따라잡기 위해 뛰기를 반복했다. 애덤이 제정신이 아니라는 것과 내가 계속 뛰고 있다는 것 때문에 이미 숨이 넘어갈 지경이었다.

"그럴 순 없다는 거, 알잖아요."

나는 뛰다가 걷다가, 다시 따라잡으려고 뛰면서 말했다.

"지금은 건드리지 말아요. 알았어요?"

말을 더 했다가는 그의 화만 돋울까 봐 나는 최대한 그와 보조를 맞췄다. 말은 하지 않고 그의 옆에 붙어 있었다. 내가 옆에 있다고 그가 어떤 짓도 못 할 거라 생각하는 건 아니었다. 아까 내 어깨를 밀쳐내는 것으로도 입증됐지만 그는 힘이 셌다. 그래도, 나는 굴하지 않았다. 그를 포기할 수 없었다. 그를 혼자 둘 수 없었다. 그럴 수 없었다.

"크리스틴!"

그가 내 얼굴에 대고 소리쳤다.

"꺼져버려!"

그가 너무 갑자기 멈춰 서서 나는 깜짝 놀랐다. 그의 고함 소리가 어찌나 크던지 온 호수가 쩌렁쩌렁 울리더니 다시 내 머리까지 울렸다. 귀가 다 아프고 심장이 벌렁거렸다. 그의 눈에 서린 분노, 그의 이마와 목 위로 도드라진 핏줄, 주먹 쥔 두 손은 의도하지 않았더라도 위협적이었다. 나는 숨을 죽였다. 마치 어린 애가 되어 어른이 내게 고함치는 걸 듣고 있는 것처럼 놀랐고,

당황했다. 내가 너무 약한 존재가 된 기분이었다. 그리고 외로웠다. 갑자기 너무나도 외로웠다. 그는 내게 등을 돌리고 달려가버렸고, 나는 그대로 무너져 내렸다. 쭈그리고 앉아 두 팔로 무릎을 감싼 채로 가쁜 숨을 헐떡였다. 나는 울기 시작했다. 처음으로 그치려고 애쓰지 않았다.

나는 그를 놓아버렸다.

20
−

우뚝 일어서서 인정받는 법

보트 창고에 앉아 더그 호를 바라보고 있자니 야릇한 평온이
느껴졌다. 오리들이 얼어붙은 호수 가장자리로 내려앉아 얼음을
쪼는가 싶더니 곧장 하늘로 날아올랐다. 그들에게도 호수는 너무
차갑다는 듯, 그 정도로 배가 고프지는 않다는 듯. 콧물이 흐르길
래 그냥 한 번 훌쩍였다. 코에 이미 감각이 완전히 없어졌기에 코
를 닦는 건 진작 포기해버렸다. 벌게진 눈은 따끔거렸다. 그렇게
빨리 줄줄 흐르지 않았다면 눈물도 아마 얼어버렸을 거다. 닦아
낼 생각도 없었다. 눈물은 이따금 입안으로도 흘러들어갔다. 나
는 짭짤한 맛을 느꼈다. 이상야릇한 기분이었다. 자나 깨나 오직
그의 행동을 막는 일만이 내 책임이라고 생각했다. 그런데 한없

이 무력함을 느끼며 손 놓고 있자니 기분이 이상했다. 막상 그 일이 닥치면 나는 결코 그를 말릴 수 없을 것임을 알고 있었다. 그리고 그냥 무작정 기다렸다. 그러는 동안 그 짭짤한 맛은 나를 더 이상한 기분에 머물게 했다. 물리적인 힘 얘기가 아니었다. 나의 말들이 내가 가진 전부고, 나의 생각이 내가 가진 전부인데 애덤은 이제 들으려고 하지 않았다.

등 뒤에서 발자국 소리가 들려오자 가슴이 뛰기 시작했다. 그를 찾았다고 알리러 오는 사람들일까. 나를 체포하러 오는 걸지도 몰라. 이런 일로도 그럴 수 있을까? 나의 실패는 곧 그를 방조한 게 되는 걸까?

나는 어둡고 잠잠하고 차가운 호수를 똑바로 응시했다. 정적 속에서 나의 숨결만 거칠었다. 구름 사이로 햇살이 비추기 시작했다. 고개를 들어 빛을 바라보니 불현듯 낙관적인 생각이 들었다. 발자국 소리는 느릿했고 다급하거나 위협적이지 않았다. 잠깐 멈추었던 그 소리는 보트 창고를 돌아 내 옆에 와 섰다. 애덤이었다.

그가 내 옆에 앉았다. 더는 다가오지 말라고 나는 한 손을 들어보였다. 또다시 울음이 터지려는 걸 막아보려고 입술을 깨물었지만 소용이 없었다. 나는 얼굴을 돌렸다.

애덤은 헛기침을 하고는 얼마간 조용히 있었다. 이 순간 이보다 더 적당한 일은 없었다. 나란히 앉아, 서로의 곁을 지키는 것. 그것만으로도 우리 사이의 차가운 공기를 덥힐 수 있었다.

"미안해요."

한참 있다가 그가 말을 했는데도 나는 어쩐지 너무 급작스럽게 느껴졌다.

대답은 하지 않았다. 해야 한다는 걸 알았지만 그가 용서되지 않았다.

"어디 갔었어요?"

"화를 좀 분출하러. 토끼를 몇 마리 쫓아버렸고 사슴 하나가 똥을 싸게 만들었죠."

나는 결국 못 참고 피식피식 웃고 말았다.

"훨씬 낫네. 당신 우는 거, 진짜 싫어요."

그는 손을 뻗어 볼을 타고 흐르는 내 눈물을 닦아냈다. 눈을 감자 또 한 줄기가 흘러내렸다.

"이런."

애덤은 벤치 위를 미끄러지듯 내 옆으로 다가왔다. 그리고 내게 한쪽 팔을 둘렀다.

나는 아무 말도 하지 않기로 했다. 목구멍에 걸려 있는 응어리를 어찌할 수가 없었다. 대신 그의 어깨에 머리를 기댔다. 그는 내 정수리에 입을 맞췄다.

"여기에만 오면 내가 어떻게 되는 것 같아요. 막 화가 치밀고, 모든 게 엉망인……. 아무튼 무슨 말인지 알죠?"

그는 침묵을 남기고 입을 닫았다. 나는 굳이 그걸 채우려 하지 않았다. 이젠 나서지 않고 좀 들을 참이었다.

"그리고 아무한테도 말 안 하기로 했었잖아요. 그래서 더 화가 났어요."

"누구한테 무슨 말을요?"

나는 고개를 들어 그를 봤다.

"알잖아요. 지난 일요일의 일."

"아무한테도 말하지 않았어요."

"크리스틴, 거짓말하지 말아요. 그러지 말아요. 당신은 그럼 안 돼. 세상 모두가 내게 거짓말해도 당신은 못 해요."

"안 해요."

나는 그에게서 몸을 뺐다.

"당신한테 거짓말 안 한다고요."

그리고 그걸 증명하려는 듯 바로 말했다.

"모린에게 마리아가 장례식에 오지 않는 게 좋겠다는 말은 했어요. 당신의 이런 모습을 마리아가 안 보는 게 좋을 거라 생각했으니까."

그는 내 얼굴을 읽듯 뜯어봤다.

"난 그 얘기가 아닌데."

"알아요. 하지만 당신한테 말하지 않은 건 그것뿐이에요. 그리고 말할 게 한 가지 더 있지만, 그 외에는 아무 말도 안 했어요. 우리가 어떻게 만났는지 아무에게도 말 안 한다고요."

"나한테 할 얘기가 뭔데요?"

그가 이마를 찌푸렸다.

"그건 나중에 얘기해줄게요."

"지금 말해요."

"애덤, 내가 누구한테 말했다고 생각한 거예요?"

"모린."

그의 신경이 날카로워지고 있었다.

"말 안 했어요."

"모린이 날 방에 가뒀어요."

"당황해서 그런 거예요. 내가 당신을 지켜봐달라고 했어요. 당신한테 지금 개인적인 문제들이 좀 있으니."

"기가 차서, 크리스틴."

아까처럼 크게 소리를 지르진 않았지만 (앞으로 살아가면서 두 번 다시 그렇게 큰 소리를 듣게 될 것 같지는 않다.) 원망이 가득한 소리였다.

"애덤, 그건 얘기한 게 아니잖아요."

"그건 나한테 뭔가 문제가 있다고 말한 거잖아요."

이번엔 내가 폭발할 차례였다.

"지금 당신을 아는 사람들 중에 당신한테 아무 문제가 없다고 생각하는 사람이 하나라도 있을 것 같아요? 아니 진짜로, 생각을 좀 해봐요. 정말로 아무도 눈치채지 못할 거라 생각하는 거예요? 아무도 신경도 안 쓰고 있고? 나는 밖에 나갈 일이 있었고 당신을 혼자 두기 겁났어요. 모린이 당신을 지켜봐주겠다고 했어요. 당신을 가둘 줄은 생각도 못 했다고요!"

말해놓고 보니 너무 웃겨서, 화가 나 있는데도 웃음이 났다.

"하나도 안 웃기거든요."

"나도 알아요."

말하면서도 입꼬리가 여전히 실룩였다.

"사실, 좀 웃기긴 해요."

조심스러운 웃음이 점점 커지더니 멈추질 않았다.

"그게 그렇게 웃기다니 정말 보람 있네요."

그가 고개를 돌리며 투덜거렸다.

나는 초조함이 섞인 키득거림이 멎길 기다렸다.

"나한테 하려던 말은 뭐예요?"

"아까 메리를 만나러 갔어요."

"메리 키건?"

나는 고개를 끄덕였다.

"제안을 하나 했어요. 당신이 한 거라고. 그분이 당신 아버지의 오른팔이라는 건 모두들 동의하는 거죠?"

애덤이 수긍했다.

"당신이 회사의 전권을 쥔 채 회장직에는 앉는 거예요. 그럼 법적으로 당신 할아버지의 바람을 충족시키는 거니까. 그리고 메리가 상무이사 역할을 하는 거예요. 메리가 경영을 책임지고 당신은 사인해야 할 것들에 사인만 하면 되는 거죠. 그리고 당신 상사한테 얘기해서 해안 경비대 자리를 다시 찾는 거예요. 그럼 회사를 책임지면서 동시에 다른 직업을 가질 수 있잖아요, 안 그래요? 해안 경비대에서 이해해줄 거라 믿어요."

"그러니까 바질 제과 회장을 맡으면서 내 일을 한다?"

"배트맨처럼."

애덤은 잠시 생각에 잠겼다.

"이봐요, 너무 감격할 것까진 없어요."

나는 그렇게 말하며 그의 얼굴을 살폈다. 그의 난제를 풀긴 했지만 아직도 미제가 남아 있었다. 애덤은 내부의 어떤 혼란과 씨름 중이었다.

"이게 문제를 해결할 수 있다는 데 동의하는 건가요?"

"그럼요. 고마워요."

그는 정신이 딴 데 가 있는 얼굴로 말했다.

보통은 한 가지 일을 계속 한 방향으로 밀어붙이는데 별 효과가 없다면, 그건 일을 잘못하고 있다는 뜻이다. 어쩌면 내가 틀린 방향으로 밀어붙이는 것일지도 모른다는 생각이 들기 시작했다. 애덤이 끔찍해하는 회사 일에서 그가 벗어날 방법을 궁리하며 일주일을 보냈건만 이 방안은 뭔가 틀린 것 같았다.

"우리, 게임해요."

내가 그의 생각 속을 헤집고 들어가기로 했다.

"또 시작이네."

애덤이 끙 소리를 냈다.

"아무도 당신을 보고 있지 않을 때 뭘 하나요? 징그러운 얘기는 하지 말고."

그의 표정에서 그가 무슨 생각을 하는지 읽어내고는 얼른 덧붙였다.

"그렇다면, 아무것도 안 해요."

다시 원래의 애덤으로 돌아온 것 같아 나는 웃었다.

"그러니까, 혼잣말을 하나요? 샤워하며 노래를 부르나요? 뭘 해요?"

"이거 왜 하는 거죠?"

"그냥 대답해봐요."

"이게 내 목숨을 구할 수 있나요?"

"물론 당신 목숨을 구할 수 있어요."

"좋아요. 맞아요, 샤워할 때 노래해요."

거짓말이었다. 나는 헛기침을 했다.

"예를 들면, 나는 대기실이나 뭐 그런 데 있다가 지루해지면 색깔 하나를 골라서 그 공간 안에 그 색깔로 된 게 몇 개인지 세어봐요. 그다음엔 또 다른 색깔을 하나 골라서 또 그 색으로 된 것들을 세고요. 그다음에 더 많은 색이 게임에서 이겼다고 결론을 내요."

그는 몸을 돌려서 나를 봤다.

"도대체 그런 걸 뭐하러 해요?"

"나도 몰라요."

나는 웃었다.

"이상한 생각들은 누구나 해요. 자신이 그러고 있다는 걸 인정하지 않을뿐이에요. 나는 또, 혀로 입안을 더듬으며 치아가 몇 개인지 세어보기도 해요. 차를 타고 갈 때나 사람들 얘기를 듣고 있을 때."

애덤은 별 이상한 사람 다 본다는 표정이었다.

"또, 내 책에 대한 아이디어를 생각하기도 해요."

애덤이 흥미를 보였다.

"무슨 책이요?"

"늘 쓰길 바라왔던 책, 언젠가는 꼭 쓸 책."

나는 좀 멋쩍어져서 다리를 올리고 그 위에 턱을 괴었다.

"못 쓸지도 몰라요. 그냥 내가 품고 있는 바보 같은 꿈일 뿐이에요."

"그게 왜 바보 같아요. 꼭 해요. 뭘 쓸 건데요? 야한 소설?"

웃음이 났다.

"당신이랑 친구 먹은, 어마라는 그 여자처럼?"

"아니요. 자기계발서를 쓸 거예요. 구체적으로 뭘 쓸지는 아직 몰라요."

"꼭 해봐요. 잘할 거야, 정말."

배리한테서 한 번도 받아보지 못한 격려였다. 그에게 고마움을 느끼며 분홍빛이 된 볼을 하고 웃었다. 그리고 꼭 해보리라 생각했다.

"나는 운율 맞추는 걸 좋아해요."

그가 불쑥 말했다.

"아하! 얼른 말해봐요."

나는 애덤 쪽으로 아예 돌아앉았다.

"간단하고 짧은 단어들 말고. 아, 내가 이런 얘길 당신한테 하고 있다니. 심지어 마리아도 이건 모르는데."

'나한테 1점.'

유치하게도 그런 생각을 했다.

"팻 캣(fat cat) 같은 거 말고, 복잡한 단어로요. 예를 들자면……."

애덤은 주변을 둘러보더니 말했다.

"티라노사우루스가 타르보사우루스와 비닐하우스에서 블루스를 췄다, 뭐 이런……."

"뭐야, 진짜 이상한 사람이잖아."

"이봐요!"

"농담이에요. 멋진데요?"

"하나도 멋있지 않아요."

"아무도 모르는 비밀스러운 마음속이란 게 원래 멋질 수가 없는 거랍니다."

"그 얘기를 하고 싶었던 거였어요?"

나는 물끄러미 호수를 바라봤다.

"'나는 죽어도 한 번도 ○○한 적 없다.' 해볼까요? 난 언니들이랑 휴가 가는 차 안에서 이 게임을 하곤 했어요."

"당신 자매들 셋 때문에 아버지께서 거의 죽어나셨겠네."

"사실 나는 우리 때문에 아버지가 살 수 있었다고 생각해요. 자, 시작해봐요. 나는 죽어도 한 번도……."

"이거 꼭 일레인이 말했던 '사랑에 빠지는 법' 같지 않아요?"

"뭐, 어쩌면 난, 당신이 사랑에 빠지길 바라는지도 모르죠."

그의 눈빛이 나를 꿰뚫을 듯 파고드는 것 같았다.

"삶과 말이에요."

나는 분명히 했다.

"나는 당신이 삶을 사랑했으면 좋겠어요. 그러니까 얼른 시작해봐요."

"좋아요, 나는 죽어도 한 번도……."

얼마간 생각하다가 애덤이 말했다.

"막대 사탕을 먹어보지 않았다."

"뭐라고요? 설명 좀 해봐요."

"어릴 땐 위험하다고 막대 사탕을 못 먹게 했어요. 매일매일 위험한 것들에 대해 경고받았죠. 이러면 질식한다, 그러면 이가 부러진다, 그러다 시력을 잃는다 혹은 그러다 다른 사람이 시력을 잃게 된다. 그리고 마침내 막대 사탕을 먹어도 좋다는 허락을 받았을 때는 얌전히 앉아서 먹어야 한다고 했어요. 안 그럼 목에 걸려 질식할 거라고. 대체 어떤 아이가 그런 걸 원하겠어요? 그래서 한 번도 먹지 않았어요. 결국 막대 사탕에 영원히 흥미를 잃고 말았죠. 애들이 먹는 것도 보기 싫어요."

그걸 듣고 난 웃었다.

"이제 당신 차례예요."

"나는 죽어도, 한 번도……."

내가 하고 싶은 말이 뭔지 나는 알고 있었지만 이 말을 해도 좋을지 망설여졌다. 나는 침을 한 번 꿀꺽 삼키고 말했다.

"……사랑해본 적이 없다."

그가 놀랍다는 듯 나를 쳐다봤다.

"하지만 남편은요?"

"사랑인 줄 알았죠. 그런데 아니었다는 생각이 들기 시작했어요."

"왜요?"

우리는 마주 봤다. 나는 속으로 '왜냐하면 그건 지금의 이 감정과는 너무나 달랐으니까요'라고 혼잣말을 했다.

그에게는 이렇게 말했다.

"글쎄, 잘 모르겠네요. 근데, 응답받지 못하는 사랑도 사랑일수 있을까요?"

"그 대답은 그 질문 속에 들어 있네요, 안 그래요?"

그가 천천히 대답했다.

"그렇죠, 하지만 상대가 화답하지 않는다면, 그래도 완전히, 제대로 사랑을 경험할 수 있을까요?"

그는 생각했다. 정말 골똘히 생각했다. 그리고 나는 그런 그의 모든 생각이 담긴 대답을 기다려보았다. 하지만 그는 간단히 '그래요'라고 말할 뿐이었다. 그는 마리아를 생각하고 있는 게 분명했다. 비록 션과 실수를 저지르긴 했어도 나는 마리아가 그를 진정으로 사랑했다고 확신했다.

"크리스틴, 우리 지금 왜 이런 얘길 하고 있는 건가요?"

나도 알 수 없었다. 그저 어쩌다가 이런 얘길 시작했는지만 알 뿐이었다. 그의 신경을 다른 데로 돌려보려고 시작했는데 어쩌다 보니 나는 내 생각들 안에서 헤매고 있었다.

"나도 모르겠어요. 얼어 죽기 전에 이제 안으로 들어가요."

나는 기왕 애덤의 영토에 들어왔으니 주변을 구경시켜달라고 했다. 그의 어린 시절과 그가 더블린에서 이쪽으로 다시 옮겨온 뒤의 삶을 느껴보고 싶었다. 그를 질려 떨어지게 한 게 무엇인지, 왜 그가 여기에만 오면 딴사람이 되는지도 알고 싶었다. 애덤은 빈티지카와 스포츠카가 즐비한 차고에서 차를 빼서 20분 거리의 바질 제과 공장으로 나를 데려갔다. 가는 길에는 유년시절과 관련된 장소들을 손가락으로 짚어주었다.

"아이디어가 몇 개 있었는데 공장 투어를 만들어볼까 하는 생각도 했어요. 그걸로도 이윤을 낼 수 있어요."

그는 생각에 잠겨 말했다.

"아버지께 말씀드렸지만 별 관심을 안 보이셨죠."

"다른 아이디어들은 뭐였어요?"

메리는 그에게 좋은 아이디어가 많았다고 말했다. 나는 흥미를 느꼈다. 나한테는 사업 자체에 전혀 관심이 없다는 인상을 줬지만 여기에 와서 그가 실은 회사에 관심이 있었음을 알 수 있었다.

단지 그의 아버지가 계속해서 그를 밀어내고 있었을 뿐.

"놀이공원이요."

"진짜요? 디즈니월드 같은?"

"그렇게 대단한 건 아니지만 아이들을 위한 작은 동물원, 놀이터, 레스토랑, 뭐 그런 것들을 갖춘 정도요. 그렇게 하는 곳들이 있어요. 그러면 이 지역사회에도 도움이 될 거라 생각하고."

"아버지는 뭐라고 하시던가요?"

애덤의 얼굴이 어두워지더니 대답이 없었다. 공장에 들어와 바질 씨 주차 공간에, 이제는 애덤의 자리인 그곳에 주차를 하려는데 이미 차 한 대가 자리를 차지하고 있었다.

"뭐지?"

"누구 차예요?"

"전혀 모르겠네요."

애덤은 차를 다른 데 세웠다. 우리는 안으로 들어갔다. 애덤은 온 세상의 무게가 온통 자신만 짓누르고 있는 듯 근심이 가득한 얼굴이었다. 그리고 사무실에서 벌어지고 있는 광경을 보고, 오늘 나의 투어는 글렀음을 직감했다. 회의가 한창 진행 중이었다. 정장 차림의 남자들이 테이블을 가득 메우고 있었다. 메리는 보이지 않았다. 바지 정장을 입은 웬 이상한 여자가 회의를 주재하고 있었다. 그 여자는 회의실 창문 너머로 애덤을 보더니 잠시 양해를 구하고 밖으로 나왔다. 고개가 일제히 그녀를 따라오더니 그녀가 돌아오기 전에 할 얘기를 마치려는 듯 바쁘게 수군대기 시작했다.

"아, 애덤, 여길 다 와주고. 고맙네."

"누나."

애덤은 충격을 받은 듯 입을 열었다.

"여기서 뭐 하는 거야?"

둘 사이엔 포옹도, 그 어떤 따뜻함도 없었다.

"아버지가 돌아가셨다는 얘기가 바람결에 들려와서 말이야. 넌 못 들었니?"

애덤이 그녀를 노려보았다.

"뭘 하긴, 회사를 운영하고 있잖니. 애덤, 넌 내가 뭘 하는 줄 알았니?"

단호한 말투였다.

"누난 보스턴에 살잖아. 회사를 어떻게 운영한다는 거야?"

"다시 돌아올 거야. 모리스가 죗값을 치르는 데 동의했어. 지금 경찰에 협조하고 있어. 아니면 적어도 곧 그렇게 할 거야. 먼저 매듭지을 일들이 좀 있어서."

그리고 미소를 지었지만 눈은 웃고 있지 않았다.

"매형이 대신 들어가 살도록 설득했다는 거야?"

라비니아가 나를 보더니 말했다.

"새로운 여자니, 아니면 마리아가 드디어 립스틱 색깔을 바꾼 거니?"

애덤은 그 질문을 무시했다.

"누나, 대체 무슨 짓을 하고 있는 거야?"

"아버지는 내가 회사를 맡길 원하셨다는 거, 모두가 다 아는 사실이야. 난 그저 아버지의 소망을 따르는 것뿐이야. 네가 이 자리를 원하지 않는다는 건 하늘이 다 알지."

"아버지는 회사를 내게 남기셨어."

"애덤, 우리 드라마 찍지 말자. 내가 돌아왔고 이제 모든 게 제대로 돌아갈 거야. 그러니까 넌 얼른 더블린으로 가서 네 삶을 살아. 네가 회사의 그 어떤 것도 원하지 않는다는 건 모두 다 아는 사실이니까."

그녀를 보는 그의 눈빛이 싸늘했다.

"그건 틀린 생각이야."

방향이 바뀌었음을 나는 감지했다. 그 순간 모든 게 제자리에 착착 들어맞았으며 이번에는 내가 제대로 방향을 잡았음을 알 수 있었다.

그날 밤, 우리는 같은 방에 누워 있었다. 나는 커다란 침대에, 그는 내 발치의 소파에. 나는 견고하고 리드미컬한 그의 숨소리를 들으며 숨을 죽이고 있었다. 들으며 소망했다. 아주 오랫동안 그가 그렇게 숨 쉬기를, 그의 심장이 계속 그렇게 뛰어주기를. 마치 그가 살아 있는 소리를 즐기고 있는 것처럼.

그 소리가 내게 어찌나 편안하게 느껴지던지 나는 마침내 모든 걸 풀어놓고 편안하게 호흡했다. 누가 먼저 잠들었는지는 모르겠지만, 가까이에서 들려오는 그의 숨소리는 더할 나위 없이 행복한 잠 속으로 나를 가만가만 빠져들게 했다. 아주, 아주 오랜만의 일이었다.

21
–

구멍을 파서
세상의 다른 쪽으로 나가는 법

"우리 형제는 예수 그리스도의 품 안, 안식의 자리로 떠났습니다. 주님께서 그를 천국, 하나님 자녀들의 식탁으로 맞아주시길 비옵나이다. 영생의 믿음과 희망으로 그를 위해 기도합시다."

섀넌 강이 더그 호로 흘러들어가는 북동쪽 기슭, 테리글라스. 이곳에는 두 개의 시내가 흐르는 땅이라는 의미가 있다. 바질 가가 소유한 이 땅에 추모객들이 모여 서 있었다.

딕 바질의 장례식에 수많은 사람이 모여든 건 그의 인기 때문이 아니라, 그가 지역 사회와 이 나라에 한 공헌 때문이었다. 바질 제과의 공장에 팔백 명이 넘는 직원이 고용돼 있었고, 딕 바질이 세상을 떠나자 가족의 일자리를 걱정하는 집이 많았다. 수백 가구가 바질의 월급으로 먹고살았다. 그는 전과자를 받아주지 않고 우정 따위도 무시하는, 오만하고 무례한 사람이었을지는 몰라도 노스 티퍼레리 주에서 나고 자란 충성스럽고 애국심 깊은 남자였다. 그는 전용 제트기를 타고 세계를 누볐지만 언제나 그가 사랑한 땅으로 돌아왔고 그곳의 사람들과 지역사회를 돕기 위해 최선을 다했다. 한창 불경기였을 때는 인건비와 연료비가 급등했기 때문에 비용 절감을 위해서 해외로 공장을 옮기는 것이 방법이었지만, 바질은 흔들리지 않고 그가 사랑한 지역에서 제품 생산을 고수했다.

그러나 이제는 공장의 미래가 위태로웠다. 딕 바질에게는 이 고장에서 사업을 하는 개인적인 이유들이 있었다. 하지만 그의 뒤를 누가 잇건 간에 그 사람은 딕 바질이 가졌던 지역에 대한 감정과 같지 않을 것이라고 지역 주민들은 걱정했다. 특히 지금 묘지 옆에 서 있는, 아주 싸늘해 보이는—추운 날씨 때문에 그렇게 보이는 건 한 명뿐이었다—그의 자식들, 라비니아나 애덤이 후계자가 될 경우가 더 걱정이었다.

딕의 자식들은 둘 다 일찌감치 노스 티퍼레리를 떠났다. 그중 하나는 화려한 자선 파티에 유명 디자이너의 드레스를 입은 모습으로 신문의 사회면을 종종 장식했고, 다른 하나는 대중의 이목을 피해 아일랜드 해안 경비대에서 일했다. 하나는 착했고 하나는 이기적이었다. 사람들은 애덤을 원했지만 경영 마인드를 가진 쪽은 라비니아라는 것도 알고 있었다. 그녀가 다단계 사기에 연루됐다는 혐의를 받고 있기는 했지만.

이제는 그녀의 아이들이 근처의 기숙학교에 등록했다는 소문이 나돌았다. 그런가 하면, 검은 정장을 입은 사람들 속에 숨어 있는 그들의 사촌 나이젤도 있었다. 바르톨로뮤 사를 책임지고 있는 그는, 이미 아일랜드의 공장을 닫아버리고 중국으로 옮겨갔다. 소문대로 만약 두 회사가 합병하게 되더라도 티퍼레리의 공장만은 닫지 않기를 모두가 바랐다. 모두가 그를 지켜보고 있었다. 앞으로 닥칠 일을 가늠하기 위해 사람들은 이들의 얼굴을 살피다가 추모객들이 기도할 차례가 돼서야 일제히 고개를 숙였다. 변화는 눈앞에 닥쳐왔다. 사람들은 그것을 알고 마음의 준비를 하고 있었다. 임박한, 피할 수 없는 변화였다.

나는 라비니아와 애덤 사이에 어색하게 서 있었다. 라비니아는 커다란 선글라스를 끼고 빅토리아 시대 의상처럼 보이는 검은색 코트를 입었다. 그녀의 금발 머리는 완벽하게 염색과 세팅이 돼 있었고, 이마는 부자연스러울 정도로 주름이 하나도 없었으며, 입술은 최근에 주사를 맞았는지 도톰하게 부풀어 있었다. 그녀의 남편은 그녀보다 나이가 한참 더 들어 보였다. 사실 둘은 동갑이었지만 최근의 문제들과 눈앞에 닥친 구속의 위협이 그를 창백한 백발노인으로 만들어버렸다. 열 살, 여덟 살 된 그들의 두 아이에게서 할아버지를 잃은 슬픔의 기미는 찾아볼 수 없었다. 그들의 삶에 할아버지라는 존재는 없었기 때문이었다.

멀리서 카메라들이 계속해서 사진을 찍고 있었다. 찰칵, 찰칵, 찰칵. 수많은 파파라치와 사진 기자는 장인을 땅에 묻기 위해 귀국한 불명예스러운 사업가의 모습을 담기 위해 경쟁해댔다.

나는 라비니아 같은 사람이 무서웠다. 차갑고, 계산적이고, 도저히 이길 수 없는, 감정을 거세당한 부류의 사람들. 그들은 생존에 능란한 바퀴벌레 같았다. 자신이 살기 위해 적을 짓밟아야 한다고 해도, 그 적이 자신의 가장 가깝고 소중한 사람들이라고 해도 눈 하나 깜짝하지 않는 사람들. 그들의 사고는 정상이 아니었다. 그들의 '사랑'이란 것도 정상이 아니었다. 라비니아의 행동을 보니 그녀가 다단계 사기에 깊이 연관돼 있을 거라는 애덤의 생각에 나도 동의하게 됐다. 하지만 무슨 수를 썼는지 남편이 모든 걸 혼자 덮어쓰고 자신은 빠져나갈 수 있도록 그를 설득한 모양이었다. 그것은 죄책감이나 속죄와는 아무 상관없는, 오직 라비니아가 회사에서 10년 이상 몸담아야만 상속을 받을 수 있도록 돼 있는 법적 장치만 고려한 결정이었다.

나는 애덤이 부탁했던 추모의 글을 낭독했다. 식이 끝났을 때 라비니아는 턱을 들어 올리며 나를 경멸하는 표정을 지었다.

"아름다운 글이었어요. 이렇게 감동적일 수가!"

그녀는 법원의 명령 외의 다른 것에 자기가 감동할 수도 있다는 것 자체가 아주 재미있다는 듯 히죽거리며 말했다.

장례식 내내, 아니 하루 종일. 나는 어색하고 불편해서 죽을 지경이었다. 어떤 사람들은 무례하게 나를 무시해버렸고, 어떤 사람들은 내가 느끼지도 못하는 상실감에 동정을 표했다. 동정 어린 표정을 한 초췌한 할머니들은 나의 고통을 다 안다는 본인들의 마음을 전달하고자 내 손을 붙들고 꽉 쥐어짜다시피 했다. 하지만 나의 유일한 고통이란, 할머니들의 무시무시한 악력 때문에 손가락 관절이 아픈 것뿐이었다.

하관이 시작되면서 애덤의 무게 중심이 바뀌며 어깨가 흔들리고 손이 얼굴로 올라갔다. 이 순간만큼은 애덤도 혼자이고 싶을 거라는 걸 알았지만 나는 나도 모르게 손을 뻗어 그의 손을 잡았다. 애덤이 놀라서 나를 쳐다보는데 그의 두 눈이 바싹 말라 있는 게 아닌가. 심지어 입을 쩍 벌리고 웃으며 손으로 얼굴을 가리려 애쓰고 있었다. 충격으로 눈이 커다래진 나는 그러지 말라고 경고하는 눈짓을 보냈다. 사람들이 볼 텐데, 카메라들이 그를 향하고 있는데. 하지만 그걸 알면서도 나까지 웃음이 나려고 했다. 아버지의 관이 땅 밑으로 내려가고, 그 위로 흙이 뿌려지는 와중에 웃고 있는 아들이라니. 이보다 더한 막장은 있을 수도 없었다. 하지만 웃음을 참기는 점점 더 힘들어졌다.

사람들이 흩어지기 시작하자마자, 조문객 사이를 지나 차로 가면서 나는 애덤에게 물었다.

"도대체 아까 왜 그런 거예요?"

가족을 위한 리무진은 따로 준비돼 있지 않았다. 라비니아와 애덤은 같이 차를 탈 생각이 전혀 없었다. 상주인 라비니아는 모리스, 그리고 아이들과 함께 맨 앞의 차에 탔고, 애덤과 나는 언제나 조용한 팻이 운전하는 바질 씨의 차에 탔다. 아무리 라비니아가 그에게 도전하겠다는 의지를 천명했다지만 이제 그 차는 공식적으로 애덤의 것이었다.

"미안해요. 갑자기 무슨 생각이 나는 바람에."

다시 웃음이 터지려는 얼굴이었다.

"크리스틴, 나는 슬픈 척 가식을 떨고 싶지 않아요. 물론, 아버지가 돌아가신 건, 정말 슬픈 일이에요. 오늘은 슬픈 날이고, 슬픈 일이지만 마치 세상이 다 끝난 것처럼 침울한 척 돌아다니지는 않을 거예요. 그리고 내 행동을 변명하고 싶은 생각도 없어요.

믿거나 말거나, 사랑하는 사람이 죽은 뒤에도 산 사람들은 멀쩡하게 살 수 있는 법이니까."

그가 이렇게 강인한 모습을 보인다는 게 놀라웠다.

"그래서 아버지가 영원히 땅속으로 내려가는 와중에 뭐가 그렇게 웃겼는지 좀 말해줄래요?"

그가 입술을 깨물고 고개를 설레설레 흔드는데 또다시 그의 얼굴에 웃음이 번져나갔다.

"아버지를 생각하려고 했어요. 뭔가 뭉클한, 우리가 함께했던 순간을 기억해내려고 애쓰고 있었죠. 아버지가 땅에 묻히는 걸 보고 있는 게 보통 일은 아니잖아요. 그 상실을 느끼고, 아버지를 명예롭게 기억하고 싶어서. 그 순간에 걸맞는, 존경할만한 기억이 있을 거라고 생각했어요."

그가 다시 웃었다.

"하지만 겨우 생각나는 거라곤 아버지와 마지막으로 한 얘기였어요. 마지막으로 아버지를 만났던 그때, 알죠? 병원에서."

"그럼요, 기억나요. 나도 거기 있었잖아요."

"그 순간에는 없었어요. 내가 경비원들한테 잡혀 있다가 풀려났잖아요. 그러고서 아버지가 입원실에 있는 사람들을 다 내보냈고요. 그때 아버지와 얘기를 나눴어요. 나이젤이 나에 대해 한 얘기는 사실이 아니라고 아버지께 말씀드려야 했으니까. 아버지가 그걸 아는 게 나한텐 중요했으니까."

나는 고개를 끄덕였다.

"아버지는 내 말을 믿지 않았어요. 그리고 내게 뭐라고 했느냐 하면……"

애덤은 다시 웃기 시작했다. 나는 나도 모르게 따라 웃었다.

"뭐라고 하셨느냐면, '난 저년이 마음에 안 들어. 하나도. 요만 큼도'랬어요."

애덤은 너무나도 격렬히 웃느라 말도 제대로 못 했다.

"그리고 난, 거기서 나왔어요."

이제는 아예 끽끽거리며 마지막 말을 토해내다시피 했다. 나는 더 이상 웃기지가 않아 웃음을 그쳤다.

"대체 그게 누군데요?"

애덤은 대답을 하려고 아주 잠깐 웃음을 참는 듯하더니 씩씩 대며 발작적으로 다시 웃기 시작했다.

"바로 당신."

나는 대체 뭐가 웃긴 건지 파악하느라 잠시 멀뚱히 있었고, 내 가 웃지 않을수록 그는 더 미친 듯이 웃어댔다. 결국 나는 그 웃 음에 전염되고 말았다. 애덤이 조문객들을 대면하기 전에 먼저 정신을 수습하는 동안 팻은 집 근처를 차로 10분간 빙빙 돌아야 했다. 하도 웃어서 눈이 시뻘게진 애덤은 꼭 통곡을 한 사람처럼 보였다.

"도대체 뭐가 그렇게 우습다는 건지 모르겠네, 진짜."

나는 현관 계단을 오르며 말했다.

집 안에서는 사람들이 예의를 갖춰 조용히 웅성거리는 소리가 들려왔다. 노스 티퍼레리 주민들은 죄다 온 것 같았다. 수상의 부 관도 참석해 있었다. 바질 가의 인맥에 대해 아버지가 한 말이 맞 았다.

애덤은 계단에 멈춰 서서 나를 봤다. 뱃속을 울렁이게 하는 야릇한 시선이었다. 애덤이 뭔가 말하려는 것처럼 보였는데 그때 모린이 문을 활짝 열고 겁에 질린 얼굴로 말했다.

"애덤, 거실에 경찰이 와 있어요."

애덤은 어릴 때 그 방을 나쁜 소식의 방이라 불렀고, 그게 입에 붙어버렸다고 했다. 집이 사방으로 3,000배쯤 증축되기 이전에는 목재로 장식된 그 방이 응접실로 쓰였다고 했다. 그의 어머니가 본인이 암에 걸렸다는 걸 알게 된 것도 그 방에서였고, 세상을 떠나는 순간에도 그 방에 있었다.

딕 바질의 죽음을 애도하기 위해 조문객들이 모여 있는 가운데 라비니아의 남편인 모리스 머피가 체포된 곳도 그 방이었다. 모리스 머피는 조사를 받기 위해 경찰차에 실려 연행됐다. 그의 혐의는 절도 열한 차례와 총액이 1,500만 유로에 달하는 열여덟 차례의 사기였다. 남은 가족들이 이 소식을 전해 들은 것도 그 방에서였다. 그나마 500만 유로는 딕 바질이 기소를 거부했고, 이제는 고인이 되어서 영원히 함구하게 됐기에 합계에 들어가지 않았다.

22
—

유언장과 상속에 관한
분쟁을 해결하는 간단한 방법

"왜 저 여자가 여기 있어야 하는 건지, 난 도저히 이해를 못 하겠네."

라비니아는 다른 사람들이 하는 평범한 자세를 못 하게 만드는 투명 장치라도 한 듯, 목은 길게 뽑고 턱은 위로 쳐든 채 말했다.

나는 가죽 소파 위에서 움찔했다. 솔직히 라비니아의 말에 전적으로 동감했다. 내가 대체 왜 여기 있어야 하는지 나도 이해할 수 없었다. 딕 바질의 유언장을 읽는 지극히 사적인 자리에 내가 참석한다는 건 매우 부적절하다고 생각했다. 하지만 애덤이 내가 함께 있어야 한다고 주장했고 이유도 알지 못한 채 나는 그의 말을 따랐다. 애덤은 유언장 내용이 마음에 안 들면 갑자기 창문으로 뛰어내리고 싶은 주체할 수 없는 충동을 느끼거나, 편지 개봉용 칼로 손목을 긋거나, 벽난로에 놓인 18세기에 만든 부지깽이로 무슨 짓을 하게 될까 봐 걱정이 됐던 걸까? 나는 그가 듣고 싶은 내용이 정확히 무엇인지 확실히 알지 못했고, 본인 역시 확신이 없을 거라고 생각했다.

지금까지 애덤에게 들이닥칠 최악의 시나리오는 바질 사의 CEO가 되는 것이었다. 그래서 여태껏 그를 그 책임에서 빼낼 방법을 찾으려고 고심해왔다. 그런데 라비니아가 등장한 순간에 그는 갑자기 그 자리를 원한다고 선언했다. 이제 그의 임무는 라비니아가 회사와 아무 상관이 없음을 확실히 하는 것이 됐다. 그녀가 나타난 순간에 자신도 회사에 마음이 있음을 퍼뜩 깨달은 것 같았다.

단지 책임감 때문이거나 위기 상황을 극복하고 마땅히 할 일을 해야 한다는 의식 때문이 아니었다. 그보다 더 깊은 무언가가 있었다. 바질은 그의 심장에 자리하고 있었다. 그의 뼈와 살처럼 그를 이루고 있는 한 부분이었다. 그것을 잃을 수 있다는 상황이 닥치고서야 그는 그걸 깨달은 것 같았다.

"난 나가는 게 좋겠어요."

내가 애덤에게 속삭였다.

"여기 있어요."

그는 속삭이려고도 하지 않고 단호하게 말했다. 사람들의 시선이 일제히 우리에게 쏠렸다.

모두들 안절부절 몸을 들썩이고 있었다. 갈색 가죽 소파에는 나와 애덤이, 그리고 다른 소파에는 라비니아와 1시간 전에 겨우 보석으로 풀려난 모리스가 앉아 있었다. 모리스는 금방이라도 심장 질환으로 쓰러질 것 같은 모습이었다. 눈은 빨갛고 진이 다 빠진 얼굴은 핼쑥했다. 피부는 까칠하고 얼룩덜룩했다.

모두가 초조해진 이유는, 애덤이 바질 씨의 자리를 물려받을 거라고 믿고 있었는데 장녀인 라비니아가 나타나서 우선권이 그녀에게로 넘어갔기 때문이다. 그뿐만 아니라 아버지가 임종을 앞두고 있을 때, 라비니아가 자기 미래를 확실히 하기 위해 무슨 짓을 했는지 아무도 알 수 없기 때문이다. 그러니까 지금 애덤도 그자리를 원하고, 라비니아는 그 어느 때보다도 더 그 자리를 원하는 상황이었다.

아서 메이 변호사는 목청을 가다듬었다. 길고 구불구불한 흰머리를 젤을 발라 귀 뒤로 넘기고 턱수염을 기른 75세의 아서 메이는, 딕 바질과 기숙학교 동창이고 그가 신뢰하는 몇 안 되는 사람중 하나였다. 그는 모두가 주목하고 있는지 확인하기 위해 사방을 둘러봤다. 그러는 동안 방 안은 잠시 조용했다. 그 후 그는 분명하고 쩡쩡하고 권위 있는 목소리로 유언장을 낭독하기 시작했다. 그리고 그 목소리로 본인이 만만한 사람이 아니라는 걸 확실히 했다.

리처드 바질의 바람과 고 바르톨로뮤 바질의 뜻에 따라 애덤 리처드 바르톨로뮤 바질이 회사의 CEO에 오른다는 대목에 이르자, 라비니아가 소파에서 벌떡 일어나 소리를 꽥 질렀다. 특별히 무슨 말을 한 것도 아니고 마치 자신이 마녀 사냥을 당해 화형대에 묶이기라도 한 것처럼 괴성을 질러댔다.

"말도 안 돼!"

라비니아는 씩씩거리다가 홱 돌변해서는 조리 있게 따지기 시작했다.

"아서, 어떻게 이럴 수가 있죠?"

그러고는 비난하듯 애덤을 손가락으로 가리키며 말했다.

"네가 그랬지! 네가 죽어가는 늙은이를 꾀었지!"

"아니. 그건 누나가 하려고 했던 짓 아닌가?"

애덤이 냉정하게 말했다. 그는 조금의 흔들림도 없었다. 믿을 수가 없었다. 그는 이 결정과 그가 맡게 될 역할에 전혀 불만 없이 편안했다. 일주일 전만 해도 다리 위에서 뛰어내리겠다고 하던 그 사람이 맞나?

"저년 때문이야!"

라비니아는 매니큐어로 떡칠한 손톱 끝을 내게 겨눴다. 남의 집 막장 드라마에서 갑자기 내가 관심의 중심으로 등극하자 심장이 쿵쾅거렸다.

"이 여자는 건드리지 마. 아무 상관없으니까."

"애덤, 넌 언제나 똑같았어. 나약하고 우유부단하고, 만나는 여자한테 늘 휘둘렸지. 바바라, 마리아, 그리고 이번엔 저년. 네 방을 들여다보니까 어떤 상황인지 알만하더라."

라비니아는 눈을 가늘게 뜨고 나를 봤고 나는 움찔했다.

"결혼하기 전까지는 같이 안 자준다던? 저게 바라는 건 네 돈이야, 애덤. 우리 돈이지! 그리고 절대로 못 갖게 할 거야! 나를 속일 수 있다고 생각하지 마, 이 나쁜 년아."

"누나!"

애덤은 무섭게 화가 난 목소리로 폭발했다. 그는 마치 자기 누이의 머리를 뽑아서 씹어 먹을 기세로 소파에서 튀어 오르듯 일어섰다. 라비니아는 즉시 조용해졌다.

"아버지가 회사를 내게 남긴 이유는 누나가 아버지 돈 500만 유로를 훔쳐 달아났기 때문이야. 생각 안 나?"

"유치한 소리 좀 하지 마! 그 돈은 투자하라고 우리한테 주신 거야."

이 말을 하며 그녀는 눈길을 돌렸다.

"아, 이제 와서 '우리'야? 매형 혼자 죄를 다 뒤집어쓴 건 딱하지도 않아? 안 그래요, 매형?"

모리스가 예전엔 조금 망가진 정도였다면 이제는 무너지기 직전인 듯 보였다.

"그래, 누나 말이 맞아. 아버지가 투자하라고 돈을 내주셨지. 니체에 있는 누나의 그 빌라에, 누나 집 확장하는 데에, 잡지에 얼굴 한 번 실어보겠다고 주최한 그 값비싼 파티들에, 그리고 자선단체 기금 모금에. 그런 단체가 과연 진짜 존재하기나 했는지 이젠 의심스럽지만."

"그런 건 아니었어."

모리스는 고개를 저으며 카펫에 쓰여 있는 글이라도 읽는 것처럼 바닥만 보며 조용히 말했다.

"절대로 그런 건 아니었어."

경찰 조사를 받기 위해 연행된 순간부터 계속해서 되풀이하던 말을 다시 반복하고 있는 것 같았다. 모리스는 눈을 들어 변호사를 보며 착 가라앉은 목소리로 걱정스레 물었다.

"아이들은요? 아이들도 포함되어 있나요?"

아서는 하던 일을 마저 할 수 있어 다행이라는 듯 목청을 가다
듬고 돋보기를 꼈다.

"포시아와 핀은 열여덟 번째 생일에 각각 25만 유로씩 받게 됩
니다."

라비니아의 귀가 쫑긋 섰다.

"그럼 나는? 아버지 딸인 나는?"

비록 회사 운영이라는 큰 건수는 놓쳤지만 두 번째 문 뒤에 뭐
가 기다리는지는 모르는 거였다. 희망이 남아 있는지도 몰랐다.

"라비니아 양에게는 케리에 있는 별장을 남기셨습니다."

아서가 대답했다.

애덤마저 할 말을 잃은 것 같았다. 표정을 보니 이 상황을 재
미있어 해야 할지 누나에게 죄책감을 느껴야 할지 오락가락하는
듯했다. 라비니아는 너무나 간절히 원하고 또 원한 나머지, 두려
움까지 갖게 됐던 그 모든 걸 결국 전부 잃고 만 셈이었다.

"그 거지 굴 같은 집?"

라비니아가 소리를 질렀다.

"그 집에서 살기는커녕 쥐새끼들도 그런 쓰레기장에서 휴가를
보내진 않겠네."

아서는 이미 라비니아의 이런 모습을 실컷 봐와서 이 과장된
연기가 그저 지겹다는 표정이었다.

"그럼 이 집은?"

"애덤에게 남겨졌습니다."

"뭐 이런 엿 같은 경우가 다 있어! 할아버지의 유언은 분명했
다고. 아버지가 돌아가시면 회사는 나한테 떨어지게 돼 있다고."

"그 점에 대해 설명을 좀 드리자면⋯⋯."

아서 메이는 천천히 돋보기를 벗었다.

"조부님께서는 부친이 사망할 경우 첫째가 회사를 승계한다고 명시하셨습니다. 그리고 그 첫째는 물론 라비니아 양이죠. 그러나 잘 모르고 계시겠지만 이런 문구가 있습니다. 만약 첫째가 범죄 행위로 유죄 판정을 받을 경우, 혹은 파산 선언을 할 경우 회사는 그다음 자제분이 승계받는다."

라비니아의 입이 쩍 벌어졌다.

"그리고, 제가 알기로는⋯⋯."

라비니아를 길게 응시하는 아서의 파란 눈동자는 춤을 추는 것 같았다. 마치 이 순간을 즐기고 있는 것처럼.

"최근의 범죄 혐의나 아직 계류 중인 법적 조치들은 차치하더라도, 얼마 전에 파산 선언을 하셨죠. 라비니아 양."

"원 세상에, 라비니아!"

모리스가 갑자기 기운이 뻗치는 듯 벌떡 일어섰다.

"당신이 괜찮을 거라고 했잖아. 계획이 다 있다고 했잖아. 다 잘될 거라고 했잖아. 이게 잘돼가는 거야?"

라비니아의 반응을 보니 모리스의 이런 행동은 정말 드문 경우인 것 같았다.

"알아, 자기야."

라비니아는 차분한 목소리로 침착하게 말했다.

"이해해. 나도 놀랐어. 아버지가 나한테 약속했는데, 지금 보니 덫을 놓았던 거야. 나보고 돌아오라고 한 사람은 아버지였어. 우리 어디 다른 데로 가서 얘기하자. 다른 사람들이 들으니까."

"난 오늘 하루 종일, 하루 온종일 계속해서 추궁당하고 시달리고……."

"그래, 자기야."

라비니아는 초조한 듯 말을 끊었다.

"그 사람들이 내가 얼마를 선고받을 거라 말했는지 알아?"

"그 사람들 다 그냥 겁주려고 하는……."

"10년이래."

그의 음성이 떨렸다.

"평균 형량이 10년이래. 10년이라고!"

그는 라비니아가 자기가 하는 말의 중요성을 파악 못 하고 있다는 듯 라비니아의 얼굴에 대고 소리쳤다.

"알아, 자기 심정."

"내가 혼자 한 짓도 아니잖아."

"알았어, 자기야. 알았어."

라비니아는 초조한 미소를 띠고 그를 방에서 데리고 나가려고 그의 팔을 잡았다.

"아버지는 자기가 최후에 웃는 사람이 될 거라 생각했나본데."

라비니아의 목소리가 떨렸다.

"괜찮아. 그 정도 유머 감각은 나도 있다고. 최후에 웃는 사람은 바로 내가 될 거야. 이 유언장에 이의를 제기하겠어."

라비니아는 다시 완전히 평정을 찾은 것 같았다.

"누나한텐 그럴 근거가 없어. 포기해, 누나."

다리 위에서 덜덜 떨던 남자, 아버지 앞에선 말 한마디 제대로 못 하던 남자, 집 대문 안으로 들어서자마자 자신의 껍데기 속으로 웅크리고 들어갔던 그 남자는 지금 어디서도 찾아볼 수 없었다. 라비니아도 마찬가지인 모양이었다. 라비니아는 저 녀석이 마귀에라도 홀린 건 아닌가 하는 눈빛이었다. 그렇다고 해서 그녀가 멈출 생각은 아니었다. 마지막까지 애덤을 모욕했다.

"너는 사업 경영에 대해선 아무것도 모르잖아. 헬리콥터나 몰고 다니던 주제에, 내가 기가 막혀서. 네 정신력으로 경영에서 오는 스트레스를 이길 수 있을 것 같아? 넌 그쪽으로 완전 꽝이야. 애덤, 넌 이 회사를 망칠 거야."

라비니아는 눈빛으로 애덤을 제압하려고 했지만 별 소용이 없었다. 결국 라비니아는 모리스를 끌고 방을 뛰쳐나갔다. 모리스는 이제 기운이 다 빠졌는지 그림자처럼 질질 딸려갈 뿐이었다.

"누나 때문에 죄송해요, 변호사님."

"염려 마시게, 친구."

아서는 자리에서 일어나 서류 가방을 싸기 시작했다.

"난 이 시간을 제법 즐기기까지 했는걸."

그의 눈에서 장난기가 반짝였다.

애덤의 전화가 울렸다. 그는 걱정스러운 눈으로 가만히 액정을 응시하더니 양해를 구하고 방구석으로 가서 전화를 받았다.

그때 아서가 내게 다가와 조용히 말했다.

"저 친구를 데리고 뭘 하고 계신지는 모르겠지만, 계속 좀 해주세요. 라비니아 양이 동생한테 저렇게 당하는 건 정말 오랜만에 봅니다. 그리고 저렇게 자신감 넘치는 모습을 본 기억도 없고요. 근데 저런 모습이 아주 잘 어울리네요."

나는 2주도 안 되는 기간 동안 애덤이 이룬 행보가 자랑스러워서 미소를 지었다.

하지만 아직도 가야 할 길이 멀었다. 바질 사와 그에 따른 부담만을 말하는 게 아니다. 애덤의 문제들은 하룻밤 새, 혹은 2주 안에 사라질 수 있는 게 아니다. 내가 그를 도울 수 있는 도구들을 갖추었을 때 그가 좀 더 나은 위치에 도달했다고만 해도 더 바랄 게 없었다. 만약 아니라면 난 실패한 거였다.

"변호사님, 앞으로 당분간 좀 바빠지실 것 같네요."

애덤이 전화를 끊고 와서 말했다.

"방금 나이젤이었어요. 라비니아가 바질 사를 바르톨로뮤와 합병해서 통째로 미스터 무에 매각하기로 계약을 했나봐요."

"그 아이스크림 회사?"

아서가 깜짝 놀라 물었다.

애덤이 고개를 끄덕였다.

"세부 사항들을 논의하고 있었고 누나가 회사 경영권을 쥐는 대로 발표할 생각이었나봐요."

"부친께서 누나를 정말 제대로 속인 것 같네. 그 과정을 무척 즐기기도 하셨고."

그리고 아서는 다시 진지하게 말했다.

"권한도 없이 한 짓이니까. 라비니아 양은 바질 사의 어떤 직책도 맡고 있지 않으니 효력이 전혀 없을 거야……. 자네가 그걸 바라지 않는다면 말이지."

애덤은 고개를 저었다. 아서가 미소를 지었다.

"나이젤이 화가 나서 펄펄 뛰겠구먼."

"전 화난 바질 가 사람들에겐 아주 익숙합니다."

"애덤, 별로 듣고 싶지 않겠지만, 부친께서 자넬 자랑스러워할 걸세. 물론 그런 말을 직접 할 사람은 아니지. 그러느니 먼저 죽고 말 인물이지. 진짜 그렇게 했고. 하지만 내 말 믿어도 된다네. 자랑스럽게 생각할 거야. 나한테도 자네가 회사를 원치 않는다고 했지만……."

아서는 애덤이 설명하려들자 손가락을 들어 저지하고 말을 이었다.

"우리가 이 유언장을 완성하느라고 부친의 마지막 몇 달 동안 정말 열심히 노력했다는 걸 자네가 알았으면 좋겠네. 부친이 회사를 물려주고 싶은 사람은 애덤, 자네였어."

애덤은 고개를 끄덕이며 고마움을 표했다.

"변호사님은 앞으로 아버지를 많이 그리워하시겠어요. 두 분, 몇 년간 친구셨죠?"

"65년."

아서는 슬픈 미소를 짓다가 껄껄 웃었다.

"내가 지금 무슨 생각을 하는 거야. 그 자식을 그리워할 사람은 정말 나밖에 없을 거야."

나는 애덤을 가만히 바라보았다. 말쑥한 정장 주머니에 두 손을 찔러 넣고 오래된 벽난로 옆에 선 그는 벽난로 위쪽에 걸린 그의 할아버지와 놀랄 정도로 닮아 있었다.

그를 바라보고 있으면 기분이 좋았다. 우리의 눈길이 만났고 나의 심장이 쿵쿵대며 뛰기 시작했다. 뱃속이 요동쳤다. 그에게서 눈을 떼지 못한 채 나는 그저 그가 나의 마음을 읽지 못하기만을 바랐다.

"어렸을 때, 혼자였을 때, 여기서 뭘 하고 지냈는지 물었죠?"

아무 말도 하지 못할 것 같은 나 대신 그가 먼저 말을 한 것이 고마워 고개만 끄덕였다. 애덤이 시간을 보더니 말했다.

"지금이 12시니까 앞으로 4시간은 환할 거예요. 그다음에 더블린으로 갑시다. 괜찮겠어요?"

나는 고개를 끄덕였다. 그를 나 혼자 오래 차지할수록 좋았다.

그 후 4시간 동안, 나는 아발론 저택에서 보낸 그의 삶이 어떤 것이었는지 맛보았다. 우리는 얼 듯 말 듯한 호수에서 배를 탔고, 모린이 준비해준 오이 샌드위치와 갓 짠 신선한 오렌지 주스를 들고 피크닉을 나갔다. 그게 그가 여기서 먹던 것들이기 때문이었다. 그다음에 애덤은 골프 카트에 나를 태우고 245만 평에 달하는 땅을 구경시켜줬다. 우리는 클레이 사격과 활쏘기도 해봤고, 애덤이 낚시 가던 곳도 구경했다. 하지만 무엇보다도 보트 창고에서 가장 오랜 시간을 보냈다. 담요를 둘둘 감고, 따뜻한 위스키를 마시며 호수 위로 해가 저무는 광경을 지켜보면서.

그가 한숨을 내쉬었다. 깊고 지친 한숨이었다. 나는 그를 보았다.

"내가 이걸 해낼 수 있을까요?"

나는 머릿속으로 긍정적 사고에 관한 책에서 읽었던 문구들을 바삐 더듬어봤지만 결국엔 다 그만두고 이렇게만 대답했다.

"네."

"당신한텐 모든 게 가능하죠, 그렇죠?"

"대부분은 다 가능해요."

그리고, 나는 그에게보다는 내게 말하듯 덧붙였다.

"하지만 전부는 아니에요."

"이를테면?"

'나와 당신이요.'

23
–

이별을 준비하는 법

늦은 오후, 어스름이 내려앉기 시작했다. 이 세상에 오직 우리 둘뿐인 것만 같던 마법 같은 시간이 지나고 나는 다시 지구로 톡 떨어지고 말았다. 더블린으로 돌아갈 시간이었다. 팻이 운전을 했고 우리는 편안한 침묵 속에 앉아 있었다. 때때로 대화를 했지만 다시 침묵 속으로 빠져들 때면 위장이 꼬여버리는 느낌이었다. 더블린에 가까워질수록, 그의 생일이 다가올수록, 우리가 헤어질 시간이 가까워지고 있었다. 그 치열했던 2주가 어느새 끝나가고 있었다. 지금껏 내 인생에서 가장 치열했던 2주가 그냥 이렇게, 사실상 끝이 났다. 물론 다시 만날 수 없는 건 아니지만 결코 같을 수는 없을 것이라고 생각했다. 이렇게 친밀하고 강렬할 수는 없을 것이다. 나는 행복해야 마땅했다. 축하하고 있어야 마땅했다. 나를 처음 만났을 때 삶을 끝내길 원했던 그는, 이제 자신의 길을 제대로 찾아나가기 시작한 듯했다. 나는 그를 진심으로 아낀다. 그렇기에 예전에 그가 나를 필요로 했던 것과 같은 이유로 그가 나를 원하기를 바라서는 안 된다.

팻은 고속도로를 벗어나 시내의 중심부로 향했다.

"지금 어디로 가는 거죠?"

나는 똑바로 앉으며 물었다.

"모리슨 호텔에 방을 잡았어요. 그편이 시청에서도 가깝고 더 편할 것 같아서요."

애덤이 설명했다.

나는 심장이 옥죄어오며 가벼운 공황 상태에 빠지는 느낌이었다. 우리는 헤어지는 건가, 이렇게 각자의 길로 가는 건가. 심호흡, 심호흡. 들이쉬고 내쉬고, 들이쉬고 내쉬고. 분리 불안이 있는 사람은 어쩌면 그가 아니라 나인지도 모르겠다.

"하지만 아직 약속한 시각이 안 됐잖아요. 하루 남았어요. 애덤, 계약이 끝나기 전에 나를 떼어내려고 했다면 그렇게는 안 될 거예요. 나는 소파에서 잘게요."

애덤이 빙긋 웃었다.

"난 괜찮아요."

정말 괜찮아 보이기는 했다.

"지금 이 순간은, 당장은 괜찮을지 몰라도 순식간에 상태가 달라진다는 거 알잖아요. 게다가 할 일이 얼마나 많아요. 이건 정말 시작에 불과하다고요. 그리고 상담도 받겠다고 약속해야 해요."

"받을게요."

그는 간단히 대답했다. 이 상황을 재미있어하는 것 같았다.

"애덤, 웃을 일이 아니에요. 마리아가 생일 파티에 온다고 했다고 해서 확실해진 건 아무것도 없어요. 우리 계약이 만료될 때까지 나는 당신이랑 같이 있어야겠어요."

"안 그래도 커넥팅룸을 잡았어요. 그리고 내 상황을 그렇게 콕 집어 말해주니 참 고맙네요."

나는 당황해서 잠시 할 말을 잃었다.

"아, 겁줄 생각은 아니었어요. 난 그저, 알잖아요, 앞으로 일어날 수도 있는 일에 대비하게 해주려는 것뿐이에요."

하지만 정작 준비가 필요한 사람은 나라는 생각이 들었다.

모리슨 호텔에 도착하자 우리는 엘리베이터를 타고 곧장 맨 위층으로 안내받았다. 그곳은 애덤이 예약한 침실 두 개짜리 펜트하우스 스위트룸이었다.

"선생님께서 요청하신 전망입니다."

호텔 직원이 자랑스럽게 말했다.

나는 바닥부터 천장까지 유리로 돼 있는 창으로 다가가 밖을 내다봤다. 우리의 방은 리피 강을 내려다보고 있었다. 창 바로 아래쪽엔 초록빛 조명등을 켠 하페니교가 보였다. 그리고 세 개의 아름다운 장식등이 물 위를 비췄다. 이 밤의 어둠 속에서 환히, 아름답게 빛나고 있었다. 나는 애덤을 봤다. 머릿속에선 경고등이 울리고 있었지만 별다른 반응을 보이지 않으려 노력했다.

"마음에 들어요?"

애덤이 물었.

"커넥팅룸이 아니잖아요?"

나는 뻔뻔하게 말했다.

"그래요. 그래도 식당과 부엌, 거실을 사이에 두고 방들이 분리돼 있잖아요."

애덤이 재미있다는 듯 나를 보며 말했다.

"좋아할 줄 알았는데."

이곳은 내가 들어가본 방 중에서 가장 고급스러웠다. 사실, 내 평생 이런 고급스러운 호텔 방에 들어가본 건 딱 두 번이었고, 두 번 다 애덤 덕이었다.

"정말 멋져요."

나는 고개를 끄덕였다.

'전망만 빼고 말이죠.'

우리가 호텔에 도착했을 때는 이미 늦은 시간이었다. 둘 다 룸 서비스나 시켜서 거대한 소파에 앉아 거대한 플라즈마 TV나 보며 퍼져 있고 싶은 생각뿐이었다. 나는 배리와 함께했던 그 어떤 시간보다도 애덤과 함께 앉아 아무것도 하지 않는 게 훨씬 편했다. 우린 그렇게 편안한 사이였다.

거기서 더 욕심을 부리자면, 정말, 정말, 정말로 애덤과 자고 싶었다. 배리와 지낼 때는 거의 느껴보지 못한 욕구였다. 처음에는 배리의 망설임이 사랑스럽게 느껴졌지만 시간이 지나면서 그 점이 나를 좌절시켰다. 나는 단호하고, 남자답고, 자신감에 찬 손길을 원했다. 그리고 일을 치른 후 매번 만족하지 못했다는 느낌이 짜증스러웠다. 나는 시작도 안 됐는데 배리는 옆에서 가쁜 숨을 몰아쉬며 헐떡이곤 했다. 물론 처음에는 좀 달랐던 것 같다. 하지만 우리는 너무나 금방 정형화된 틀과 방식에 안주해버렸다. 그게 결혼한 지 1년도 안 됐을 때였다. 30년을 같이 살고 나면 어떻게 될지는 상상하기도 무서웠다.

하지만 애덤은……. 애덤과 함께 있으면 나는 살아 있음을 느꼈다. 애덤은 아찔한 느낌들로 나를 취하게 했다. 소파가 엄청나게 넓었지만 우리는 한가운데에 꼭 붙어 앉았다. 나는 마치 누군가에게 홀딱 반한 여학생 같았다. 몸이 얼어붙으며 온통 달뜨는 느낌이었다.

'그가 내 옆에 붙어 있어!'

그와 팔꿈치가 스칠 때마다 나는 불이 붙는 듯했다. 도저히 영화에 집중할 수 없었다. 그러기엔 너무나 행복했고, 너무나 어지러웠고, 그 순간 너무나 지글지글 끓어오르고 있었다. 그가 가까이 있는 게 너무 의식이 되는 것도 문제였다. 스툴에 나의 발과 나란히 얹어둔 그의 맨발, 추리닝 바지와 티셔츠를 걸치고 있는 그의 근육질 몸. 내 옆에서 긴장을 완전히 풀고 기대앉은 그는 정말 섹시했다.

나는 TV에서 눈을 떼기가, 그를 보기가 무서웠다. 너무나 빤히 보일까 봐, 다 들통이 날까 봐. 자신을 절망의 구렁텅이에서 건져줄 거라 생각했던 여자가 실은 자신의 바지를 내리고 바로 그 소파 위에서 그를 덮치는 상상이나 하고 있다는 걸 그가 알아차릴까 봐.

나는 곁눈으로 그를 훔쳐봤다. 그는 완전히 몰입해서 TV를 보고 있었고, 그의 손은 기계적으로 팝콘 통과 그의 입 사이를 오가고 있었다. 나는 팝콘이 그의 통통한 입술 사이로 떨어지는 것을 흘깃 보았다. 그리고 침을 꿀깍 삼킨 뒤 샴페인을 한입 마셨다.

"샤워나 해야겠어요."

그가 불쑥 말하며 팝콘 통을 내려놓더니 방을 나갔다. 혼자 앉아 있으려니 가뜩이나 커다랗게 보이던 소파가 더 거대해 보였다. 바보가 된 기분이었다. 나는 두 손으로 머리를 감싸고, 접어올린 두 무릎 사이에 머리를 대고 이쪽저쪽으로 반복해서 퉁겨댔다. 그리고 내가 지금 집착하고 있는 저 남자는 생일까지 여자친구를 되찾지 못하면 자살을 하리라 맹세한 남자임을 기억하려고 애썼다. 그는 여자 친구가 있고, 내일이면 그의 생일이었다. 나와의 섹스는 그의 안중에 없는 일이었다.

어서 빨리 내 역할로 돌아가야 했다. 정신이 나가도 한참 나갔던 거다. 나는 파티에 혼자 넋 놓고 남아 있다가 파티가 끝나고서야 상황을 알아차린 여자처럼 당혹감을 느끼며 샴페인 잔을 내려놨다. 나의 어처구니없는 생각과 이기심에—지금 애덤의 상태를 고려할 때 그게 얼마나 위험한 것인지는 말할 것도 없고— 귀뺨이 활활 달아올랐다.

나는 까치발을 하고 그의 침실로 다가가 문짝에 귀를 갖다 붙였다. 늘 그랬던 것처럼 흐느낌 소리가 새어 나오길 기다렸지만 들리는 건 오직 물이 불규칙하게 떨어지는 소리와 샤워기 아래에서 그의 몸이 움직일 때 물이 튀는 소리뿐이었다. 눈물은 없었다. 나는 웃었다. 그는 이제 준비가 됐다. 마리아가 그걸 망쳐서는 안 될 일이었다.

나는 고급스러운 카펫 위를 터덜터덜 가로질러 내 방으로 돌아왔다. 잠자리에 들기 위해 옷을 벗고 아멜리아에게 전화를 걸었다. 지난 며칠간 내 삶을 살기도 너무 바빠서 친구가 어쩌고 있는지 전화를 걸어볼 생각조차 못 하고 있었다. 신호가 한참 간 후에야 아멜리아가 숨을 헐떡이며 전화를 받았다.

"뭘 하고 있던 거야? 마라톤이라도 뛰었어?"

나는 피곤했지만 애써 활기 있는 척 농담을 건넸다.

"아냐, 미안. 그냥. 어…… 어."

아멜리아가 낄낄 웃었다.

"미안해. 넌 어때? 잘 지내고 있어?"

나는 뒤에서 들리는 소리를 들으려고 미간을 찌푸렸다.

"여보세요?"

아멜리아가 말하는데 뒤에서 속삭이는 소리가 들렸다.

"누구랑 같이 있는 거니?"

"나?"

"그래, 너."

나는 웃었다.

"어……. 바비랑. 알잖아. 부모님 찾는 거 도와주고 있잖아."

뒤에서 코웃음 치는 소리가 들려왔다.

"켄메어에 가 있는 거야?"

"아니. 지금은 그 계획을 포기해버렸어. 옆길로 새버렸다고나 할까."

아멜리아가 다시 낄낄 웃었다.

"크리스틴, 너 지금 내가 통화 어려운 거 알고 있잖아."

나도 따라 웃었다.

"그래, 알아들었다. 그냥 너 괜찮은지 확인하고 싶어서 건 거야."

아멜리아의 목소리가 그때 또렷해졌다.

"근데, 진짜 이상한데 말이지, 나 진짜 괜찮아. 진짜, 진짜로."

"잘됐네."

"넌 어때? 생일 파티가⋯⋯. 내일 아닌가? 애덤은 어때? 다 잘 돼가고 있는 거야?"

"응, 다 좋아."

대답을 하는 내 목소리가 떨리는 게 느껴졌다.

"내일 다시 통화하자. 어서 끊고 하던 거나 계속하셔."

전화를 끊고 나는 두 손에 머릴 파묻었다.

고개를 들었을 땐 애덤이 방문 앞에 서 있었다. 밤새 그가 뭘 하는지 들으려고 늘 열어놓던 문 앞에. 허리에 수건을 두른 채 물기를 뚝뚝 떨어뜨리면서. 샤워를 하다가 제대로 말리지도 않고 막 뛰쳐나온 사람처럼 그의 코와 턱에서 물방울이 떨어졌다. 그는 아무렇게나 흐르는 물기를 닦아내고 머리를 뒤로 넘겨 두 손으로 매만졌다. 그러는 사이 그의 근육질 몸이 더 드러났다. 그가 반나체로 내 방문 앞에 나타났으니 나는 당연히 자격이 있다는 듯 부끄러운 줄도 모르고 그를 빤히 봤다.

뭐라도 할 말을 찾아보려고 했다. '괜찮아요?' 아니면 '내가 도울 일이라도 있나요?' 아니, 아니. 그건 너무 매장 직원 같은 멘트였다. 그래서 아무 말도 하지 않고, 속옷만 입은 채 그의 눈길을 받으며 그를 보고만 있었다.

그런데 갑자기, 아주 갑자기 처음으로 그가 문지방을 넘어왔다. 그의 세계에서 나의 세계로. 이제 그는 내 방 안에 있었고, 나를 향해 오고 있었고, 그가 두 손으로 내 얼굴을 감싸더니 나를 내려다보았고, 그의 머리카락에서 떨어지는 물방울들이 내 살갗으로 떨어졌고, 그의 입술이 내 입술에 닿았고, 그렇게 그는 나를 붙들었다. 부드러운 그의 입술의 촉감이 아름답게, 아주 오랫동안 나의 입술에 머물렀다. 그가 이 모든 게 실수였다고 하면서 갑자기 몸을 빼는 건 아닐까 두려워하고 있는데 그가 아랫입술로 나의 입술 사이를 벌리더니 내 입안으로 혀를 밀어 넣었다. 마침내 그가 떠나지 않겠구나 하는 믿음이 생기며 나는 그의 몸을 두 손으로 감쌌다. 어지러웠다. 내 몸 안의 모든 세포가 이 급박한 소식을 전하려는 메신저가 된 것처럼 요동쳤다. 나는 이 기묘한 상황에 완전히 녹아내렸다가 살아나기를 동시에 하고 있었다. 내가 그를 침대로 이끌었고, 둘이 누워 키스를 마쳤을 때 그가 눈을 떴다. 그가 나를 향해 웃었고, 나도 따라 웃었고 우리는 계속 서로에게 몸을 맡겼다.

그리고 두 번이나 더 했다.

애덤이 두 팔로 내 몸을 감은 채 내 아래에서 잠들어 있는 동안 내 머리는 그의 가슴 위로 올라갔다 내려갔다를 반복했다. 나는 노곤함과 만족감을 느꼈다. 그의 심장박동, 그의 숨소리, 그가 살아 있다는 사실이 우리가 한 방을 쓰는 동안 밤마다 밤마다 나를 편안하게 해줬다. 이건 『마음을 잔잔히 하고 잠드는 법』이라는 책에서 누락한 한 가지이기도 했다. 바로, 아름다운 남자와 사랑에 빠져서 그의 심장박동 소리를 들을 것. 그는 나를 편안하게 해줬고 나는 곧 잠에 빠져들었다.

눈을 감자, 나는 머과이어 형사와 어느 주택단지에 와 있었다.

410

현실과 다른 점이 있다면 장소가 티퍼레리에 있는 폐허가 된 아발론 저택이라는 것이었다. 건물 주변에는 범죄 현장을 알리는 노란색 테이프가 둘러져 있었고 사이먼이 지붕 위에 올라가 있었다. 머과이어 형사는 사다리를 가져와 나보고 올라가라고 했다. 나는 바람이 분다는 핑계와 치마를 입고 있다는 상황을 적절히 섞어 못 올라가겠다고 버티고 있었다. 하지만 결국 나는 사다리를 타고 올라갔다. 내 치마가 바람에 날려 허리춤까지 올라가는 바람에 아래에 있던 사람들이 웃어댔다. 나는 애덤과 섹스를 끝낸 직후였기에 속옷을 입는 것도 잊고 있었노라고 사람들에게 해명했다. 그 현장에는 마리아도 와 있었고, 모두 나의 부적절한 행동은 체풋감이라고 입을 모았다. 모두가, 심지어 마리아 옆에 서 있던 레오 아널드마저 동의했다. 머과이어 형사는 나를 체포하는 건 어렵지 않으나 일단 내가 사이먼을 구하는 게 먼저라고 그들에게 말했다. 그는 사다리에 오른 나를 불러 거래를 제안했다. 내가 만약 사이먼을 살리면 나를 체포하지 않겠노라고. 하지만 그렇게 말하면서도 그는 나를 비웃고 있었다. 그럼에도 불구하고 나는 좋다고 했고 그렇게 거래는 성사됐다.

나는 사다리를 오르고 또 올랐지만 어디에도 가닿지 못했다. 밑에 있는 사람들은 내 치마가 부풀 때마다 웃어댔다. 사다리가 갑자기 집에서 떨어지며 뒤로 기울기 시작했다. 나는 고개를 들어 지붕 가장자리에 서 있는 사이먼을 봤다. 그는 그날 밤과 똑같은 표정으로 나를 바라보며 울고 있었다. 나는 그의 얼굴에서 원망을 읽을 수 있었다. 내가 그에게로 가지 않으면 그는 죽고 말 것이라는. 머과이어 형사, 마리아, 그리고 레오는 저 아래서 폭소를 터뜨리고 있었다. 사다리는 사이먼 쪽으로 다가가다가 갑자기 마음을 바꾸어 뒤로 기울었다가 하며 공중에서 오락가락했고, 나는 그걸 멈출 재간이 없었다. 그리고 애덤이 거기 있었다. 그는 나와 나의 예정된 실패에 굴욕을 느끼면서 차라리 나를 만나지 않았으면 좋았겠다고 생각했다. 그는 모두에게 그렇게 말했고, 내가 그 말을 들은 직후 사다리는 뒤로 완전히 자빠지기 시작했다. 결국 나는 바닥을 향해 곤두박질쳤다.

나는 화들짝 놀라 깼다. 시계를 보니 겨우 20분 잠들어 있었다.

"괜찮아요?"

애덤이 잠결에 말했다.

"음."

그의 팔이 나를 단단히 감고 있었고, 그의 가슴이 올라갔다 내려갔다 했고, 나는 다시 잠에 빠져들었다.

나는 다시 그 주택단지에 있었다. 이번에는 진짜 그곳이었다. 대신 이번에는 가구도 제대로 갖춰져 있었고 사람들이 살고 있었다. 사람 사는 집이 으레 그렇듯 집집마다 와글와글하는 삶의 소리가 들려왔다. 사이먼은 부엌 조리대 위에 놓인 과일 그릇에서 바나나 하나를 집어 들고 내 앞에 서 있었다. 그는 내게 그것이 총이라고 했다.

나는 무슨 말인가 하기 시작했지만 말이 너무 빨라서 말과 말이 서로 엉겨버렸다. 무슨 말인지 도통 알아들을 수 없었다. 그래도 사이먼은 어떻게 알아들은 모양이었다. 내가 말도 안 되는 얘기를 끝내자, 그는 조리대 위에 총을 내려놨다. 나는 안도의 한숨을 내쉬고 머과이어 형사를 찾느라 두리번거렸지만 아무도 없었다. 그래서 경찰이 오길 기다렸다. 나는 내가 할 일을 해냈다. 그를 설득해낸 것이다! 하지만 아무도 오지 않았다. 다들 어디로 간 걸까? 나는 무척 안심이 되면서도 한편으로 초조했다. 심장이 미친 듯이 쿵쾅거렸다. 사이먼은 황망하고 지쳐 보였다. 무슨 말이든 해야 했다. 이 정적을 채워야 했다.

"사이먼, 이젠 집으로 가도 돼요. 아이들이 당신을 기다리는 집으로 가요."

나는 말을 뱉음과 동시에 그에게 실수했다는 걸 알았다. 그는 내게 줄곧 말해왔던 것이다. 이 아파트가 그의 집이고, 그들이 그를 자기 집에서 나오게 만들었고, 그가 원하는 건 오직 가족과 함께 다시 돌아오는 것이라고. 그가 돈을 모아 아내와 함께 장만하고, 아이들과 함께 살 계획을 세웠으며, 가족이란 이름으로 처음 살았던 이 집으로 돌아오기를 바란다고 했었다. 방 안이 갑자기 텅 비어버리더니 아무도 살고 있지 않은 잿빛 공간이 됐다. 나는 우리가 서 있던 곳이 바로 그의 집이었음을 깨달았다. 내가 실언을 했었다. 그가 고개를 들어 나를 볼 때 나는 그 즉시 내 실수를 알아차렸다.

그는 바나나를 집어 들었고, 바나나는 총으로 변했다.

"여기가, 내 집이에요."

그가 방아쇠를 당겼다.

사이먼의 말이 귓가에 울리는 가운데 잠에서 깼다. 심장이 쿠쿵쿠궁 뛰었다. 애덤은 내 아래가 아니라 옆에 누워 있었다. 시계는 새벽 4시를 가리키고 있었다. 나는 꿈 때문에 덥고 끈끈해진 채로 일어나 앉았다. 그 사건에 대한 기억 때문에 내 몸 안에서 공포와 두려움이 요동쳤다. 나는 침대 옆에 있는 메모지로 손을 뻗어 이렇게 썼다.

'꼭 나갈 일이 있어요. 나중에 설명할게요. 이따 봐요.'

'사랑해요'를 덧붙일까 말까 잠시 고민했지만 하지 않기로 했다. 너무 들러붙는다거나 오버하는 모습을 보이고 싶진 않았으니까. 이미 시간이 지체됐고 더 이상 그걸 고민하고 있을 시간은 없었다. 그가 깨기 전에 돌아오고 싶었다. 나는 침대에서 나와 대충 아무 옷이나 걸쳤고, 어느새 택시를 기다리고 있었다.

20분 후, 나는 병원에 도착했다. 병동에 뛰어 들어가는데 내 표정을 본 경비는 나를 그냥 들여보냈다. 다행히 안젤라가 근무하고 있었다.

"크리스틴, 무슨 일이에요?"

"내 잘못이었어요."

나는 눈물을 줄줄 흘리며 말했다.

"당신 잘못이 아니에요. 아니라고 했잖아요."

"사이먼한테 말해야 해요. 이제 생각이 났어요. 미안하다고 말해야 해요."

나는 안젤라를 밀치고 가려 했지만 그녀가 나를 붙잡았다.

"진정하기 전엔 아무 데도 못 가요. 내 말 알아들어요?"

그녀는 단호했다. 다른 간호사가 무슨 일인지 확인하려고 얼굴을 내밀었다. 소란을 피우고 싶진 않았기 때문에 나는 빨리 마음을 진정시키려고 노력했다.

나는 안절부절못하며 사이먼 옆에 앉았다. 그는 내가 티퍼레리에 가 있는 동안 생명 유지 장치를 떼어냈지만 여전히 중환자실을 벗어나지 못하고 있었다. 자력으로 숨은 쉬고 있었지만 여전히 눈을 뜨지 못했고 의식도 찾지 못했다. 그날 밤 내가 했던 말이—어찌된 일인지 잊어버리고 기억나지 않았던—다시 머릿속에 울리며 나를 조롱하고 원망하고 비난하듯 내게 손가락질을 해댔다. 내 손이 덜덜 떨렸다.

"사이먼, 사과하러 왔어요. 내가 했던 말이 생각났어요. 당신은 아마도 내내 기억하고 있었겠죠. 내게 소리 지르고 싶었겠죠. 나도 이제 생각났어요."

나는 코를 훌쩍거렸다.

"그날 당신이 총을 내려놓고 내가 경찰에 전화를 하도록 했죠. 당신이 달라진 것 같고 안도한 것처럼 보여서, 나도 덩달아 안심이 됐어요. 근데, 안심이 되긴 했는데, 당신이 자살하는 걸 막은 게 너무나 기쁘긴 했는데, 그다음에 뭘 해야 할지 몰랐어요. 겨우 5초쯤 되는 시간이 너무나 길게 느껴졌어요. 나는 당신이 총을 다시 집어 들까 봐 겁이 났어요."

나는 눈을 질끈 감았다. 눈물이 볼을 타고 또르르 흘러내렸다. 나는 다시 한 달 전의 그 방에 들어서 있었다.

"'잘했어요, 사이먼.'"

나는 그때 한 말을 되풀이했다.

"'경찰이 오고 있어요. 그 사람들이 당신을 집으로 데려다줄 거예요. 아내와 아이들이 있는 집으로.' 그때 당신 표정이 달라졌어요. 내가 한 말 때문이었죠, 그렇죠? 집으로, 내가 집으로 가라고 했어요. 당신은 나하고 말하는 내내 바로 거기가 당신 집이라고, 강제로 떠났지만 그곳이 당신 집이라고 했는데. 나, 당신이 한 말 다 듣고 있었어요. 다 이해했어요. 말이⋯⋯. 잘못 나왔던 거예요. 내가 실수했어요. 미안해요."

나는 그의 손을 붙들고 싶었지만 그 어떤 접촉도 그를 침범하는 것 같았다. 나는 친구도 아니고, 가족도 아니고, 그를 구하는 데 실패한 여자일 뿐이니까.

"당신이 그렇게 한 데에는 분명 이유가 있었을 거라고, 그 덕분에 좋은 일이 무엇이든 한 가지쯤 생겼을지도 모른다고 말하는 건 옳지도 않아요. 이기적인 말이겠지만, 당신을 그렇게 놓치고서 나는 너무나 절박해졌어요. 그리고 절대로 다시는 같은 실수를 하지 않겠다고 생각했어요. 그래서 다른 남자의 목숨을 구하는 데 앞뒤 안 가리고 나섰어요. 만약 내가 당신을 구하는 데 실패하지 않았더라면 이 남자를 구하지 못했을 수도 있어요. 그걸 당신이 알았으면 해요."

나는 애덤을, 우리가 함께 보낸 밤을 생각하며 설핏 웃었다.

그렇게 한참을 그와 침묵 속에 앉아 있었다. 그런데 갑자기 침대 옆의 기계에서 삐 하는 소리가 크게 울리기 시작했다. 나는 잠시 얼어붙었다가 벌떡 일어났다. 동시에 안젤라가 방으로 돌진해 들어왔다.

"그냥 얘기만 하고 있었어요. 내가 무슨 짓을 한 건가요?"

나는 겁에 질려 말했다.

"아무 짓도 안 했어요."

안젤라가 급히 말하고는 문 쪽으로 뛰어가 다른 간호사에게 몇 가지를 다급하게 지시하더니 다시 나를 봤다.

"그쪽이 잘못한 거 아무것도 없어요. 자책은 그만해요. 당신이 이분 옆에 있어서 다행이에요. 이제 얼른 가세요."

방 안의 상황은 매우 급하게 돌아갔고 나는 그곳을 나왔다.

그날 밤, 사이먼 콘웨이는 사망 선고를 받았다.

24
-

절망에 빠져 뒹구는
쉽고 간단한 한 가지 방법

완전히 녹초가 되어 모리슨 호텔 스위트룸에 돌아왔을 때는 새벽 5시 30분이었다. 나는 애덤의 따뜻하고 단단한 몸 옆으로 기어 들어가 사랑과 기쁨, 믿음과 선함으로 다시 충전하고 싶을 뿐이었다. 하지만 내가 방에 들어갔을 때 이미 그는 일어나 있었다.

그를 보자 웃음이 절로 나고 심장이 뛰기 시작했다. 그를 보는 것만으로도 치유가 되는 느낌이었다. 하지만 방으로 걸어 들어가며 그의 얼굴을 봤을 때, 나는 더 웃지 못했다. 경고음이 울렸다. 나는 '후회'를 알아볼 수 있다. 배리와 결혼한 이후 거울에서 매일 그것을 보아왔으니까. 나는 마음의 준비를 하고, 심장에 강철을 두르고, 공격에 대비해 내 주위에 담장을 올렸다. 얼음 여왕의 방어벽이 작동하기 시작했다.

"울고 있었네요."

그가 말했다. 복도에 걸린 거울에 내 모습이 비쳤다. 그야말로 엉망이었다. 아무렇게나 걸친 옷은 위아래가 맞지도 않고 머리는 빗지도 않았다. 민낯에 코는 빨갰고 얼굴은 얼룩덜룩했다. 도저히 그를 차지할 수 없는 몰골이었다. 사이먼에 대해 막 얘기하려는 찰나 감지되는 게 있었다.

그것은 표정으로 시작됐고, 나는 애덤이 말 한마디 하지 않아도 알 수 있었다. 나는 그 즉시 온전치 않은 남자를 이용해먹은 더러운 여자가 된 기분이었다. 나는 어서 빨리 그 상황이 끝나 내 가방을 챙겨들고 치욕 속에서 빠져나와 클론타프로 돌아가기만을 바랐다. 나는 정녕 사이먼 콘웨이 사건으로 아무것도 배우지 못했단 말인가? 내가 애덤한테 무슨 짓을 한 걸까? 그는 엉망이었다. 내가 그에게 했던 좋은 일들을 모두 물거품으로 만들고 그를 혼란스럽게 하고, 그가 자신을 혐오하게 만들어 다시 갈피를 못 잡고 저 창 아래의 다리로 그를 보내버린 걸까? 이제 그를 어떻게 떠나지? 이 상태로? 이미 떠나라고 말까지 한 마당에?

"이건……. 우린 이러면 안 되는 거였는데……. 내가 그럼 안 되는 거였는데……."

애덤이 애써 말하기 시작했다.

"다, 내 책임이에요."

그가 마침내 말했다.

"미안해요, 크리스틴. 내가 어젯밤에 당신한테 가면 안 되는 거였어요."

"아니에요, 내가 정신을 차렸어야 했는데."

나는 마른침을 삼키고 목이 쉰 채로 겨우 말했다.

"당신한텐 마리아가 있고, 중요한 파티, 중요한 날을 앞두고 있고, 당신 회사의 좋은 소식을 세상에 알려야 하고. 그러니 나는 신경 쓰지 말아요."

나는 그가 할 말을 대신 해줬다.

"어제 일은 잊어버려요. 그리고 제발……."

가슴에 한 손을 올리고 말하는데 목소리가 마구 갈라졌다.

"날 용서해줘요. 진심으로 사과할게요. 내가 너무……."

나쁜 여자란 걸? 애정을 구걸했던 걸? 그의 입장을 고려하지 않고 내 욕심만 채우려고 한 이기적인 여자란 걸? 대체 무엇부터 말해야 하는 걸까?

그는 슬퍼 보였다.

"그러면 안 되는 거였어요."

나는 고개를 빳빳이 들려고 했지만 어찌 그럴 수 있을까? 너무나도 곤혹스러웠다.

"미안해요."

나는 서둘러 침실 쪽으로 가며 속삭였다.

"당신 옆에 있어줘야 하는데……."

"난 괜찮아요."

그는 지치고 기운 없어 보였지만 나는 그의 말을 믿었다. 이젠 내가 거기 있는 게 도움이 되지 않을 터였다. 그를 혼자 두는 위험을 감수해야 했다.

"나중에 볼 수 있나요? 파티에서?"

그가 물었다.

나는 얼어붙었다.

"아직도 내가 오기를 바라는 거예요?"

"물론이에요."

"애덤, 일부러 그렇게 할 건⋯⋯."

"당신이 오는 걸 원해요, 내가."

그는 단호했고, 나는 고개를 끄덕였다. 속으로는 마리아가 꼭 와서 그가 지금 생각한 것처럼 내가 필요하지 않게 되기만을 바랐다.

그리고 나는 집으로 돌아와 마음 놓고 펑펑 울 수 있을 때까지 용케 잘 버텼다.

나는 침대 안에 숨어서, 전화도, 현관도, 세상도 다 무시한 채 이불을 덮어쓰고 모든 걸 다 없던 일로 만들 수 있기를 소망했다. 하지만 문제는 진심으로 그렇게 바랄 수도 없다는 점이었다. 왜 냐하면 어젯밤은 정말 믿어지지 않을 정도로 좋았고, 지금껏 한 번도 느껴보지 못한, 그냥 훌륭한 섹스 이상의 그 무엇이었기 때 문이었다. 애덤은 너무나도 부드럽고 다정했다. 나는 그와 통하 는 기분이었다. 그는 자기 행동에 확신이 있었고 자신감이 넘쳤 다. 조금의 망설임도 없었고, 그의 키스와 손길에도 주저함이 없 었다. 아주 잠깐 손톱만 한 회의가 고개를 들었다가도 그의 눈길 한 번, 그의 키스 한 번에 나는 이것이 세상에서 가장 옳고도 자 연스러운 일임을 충분히 느낄 수 있었다. 그건 내가 예전에 해봤 던 하룻밤의 정사와는 전혀 달랐다. 우리의 행위에는 애정이 어려 있었다. 우리의 역사가 그 밤을 정말 의미 있게 만들었다. 그리고 그 밤은 우리의 미래를 위한 무언의 약속이 되기라도 한 것 같았다. 그게 아니라면, 애덤은 그저 기술이 아주 좋았던 거고 나는 바보 천치였던 걸까?

나는 전화도 현관 벨소리도 무시하고 있었지만 그렇다고 누가 내게 전화를 했다는 얘긴 아니다. 확인을 하고 있었기 때문에 나는 알고 있었다. 전화기를 이불 밑에 두고 의식적으로 무시하면서 내가 누구의 전화를 무시하고 있는지 확인해야만 했다. 아무도! 아무도 내게 전화를 걸지 않았다. 하지만 토요일 아침이었으니 대부분 사람들은 아직 자고 있거나 가족들과 함께 시간을 보내고 있을 테고, 문자를 보낼 일도 없었을 거다. 애덤조차도. 2주라는 시간을 보내다가 처음으로 그와 떨어진 나는, 그가 애타게 그리웠다. 내 삶에 구멍이 뚫린 것 같았다.

현관 벨이 울렸다.

애덤이 문 앞에 와 있을지도 모른다는 생각에 가슴이 뛰었다. 두 손에 자기 마음을 받쳐 들고, 아니 수련 잎 위에 자기 마음을 올려 내게 주려고 서 있는지도 몰랐다. 하지만 내 마음속 깊은 곳에서는 애덤이 올 리가 없음을 알고 있었다.

현관 벨이 다시 울렸다. 생각해보니 별일이었다. 식구들과 아주 가까운 친구들을 빼고는 내가 여기 사는 걸 아는 사람이 없었다. 내 친구들 대부분은 어린아이들을 돌보느라 바쁘거나 아직 침대에서 숙취에 시달리고 있어야 정상이니까. 아멜리아라면 몰라도. 어젯밤 전화에서 내 목소리의 슬픔을 알아챘던 거다. 아멜리아가 두 손에 커피 두 잔과 컵케이크를 한 봉지 가득 사서 나

를 위로하러 왔다 해도 놀랄 일이 아니었다. 예전에도 그런 적이
있었다. 현관 벨이 다시 울렸다. 커피와 위로를 떠올리며 마음이
따뜻해진 나는 이불을 박차고 나와 내 몰골은 돌아볼 생각도 없
이 현관으로 갔다. 그리고 기대어 올 친구의 어깨를 기대하며 문
을 활짝 열었다.

문 앞엔, 배리가 떡하니 서 있었다. 벨을 네 번이나 눌러놓고도
나보다 자기가 더 놀란 것 같았다.

"여기 없을 줄 알았는데."

그는 나를 위아래로 훑어보며 말했다. 나는 카디건으로 몸을
더 단단히 감쌌다.

"그럼 벨은 왜 계속 눌렀는데?"

"나도 몰라. 여기까지 왔으니까."

그는 어깨를 으쓱했다. 그는 다시 나를 위아래로 훑어보더니
내 몰골에 아무 감흥도 못 느끼겠다는 듯 말했다.

"꼴이 엉망이네."

"지금 내 기분이 엉망이니까."

"뭐, 자업자득이지."

그가 유치하게 말했다.

나는 어이없다는 표정으로 물었다.

"상자 안엔 뭔데?"

"네 물건 몇 가지."

그건 나를 들볶으려고 찾아온 너절한 구실로 밖에 보이지 않
았다. 옛날 옛적에 내다 버린 휴대전화의 충전기 몇 개와 헤드폰,
빈 CD 케이스가 보였다.

"네가 이걸 원할 것 같아서."

배리가 상자 위를 덮고 있는 고물들을 걷어내자 우리 엄마의 보석 상자가 모습을 드러냈다.

곧바로 울음이 터졌고 나는 두 손으로 얼굴을 감쌌다. 배리는 깜짝 놀라 어찌할 바를 모르고 서 있었다. 예전에는 나를 달래는 게 그가 할 일이었고, 그걸 원해서 그에게 나를 맡기는 건 내가 할 일이었다. 하지만 우리는 남남처럼 그렇게 서서 ― 남남이었다면 차라리 더 친절했겠지 ― 나는 울고 그는 그런 나를 보고만 있었다.

"고마워."

나는 코를 훌쩍이며 마음을 진정시키려 애썼다. 나는 상자를 받아들었다. 그는 마땅히 숨을 데도 찾지 못한 채, 안절부절못하는 손을 어쩔 줄 몰라 하며 불편하게 서 있었다. 결국 손을 주머니에 찌르더니 입을 열었다.

"그리고 또, 할 말이 있는데……."

"아니, 배리, 제발 하지 마."

나는 힘없이 말했다.

"왜냐하면 정말 솔직히 말해서 당신의 그 '할 말'을 이젠 정말 더는 못 듣겠어. 미안해. 알아? 정말로 미안해. 당신한테 상처준 거, 당신이 상상하는 그 이상으로 미안해. 내가 정말 나쁜 짓을 했어. 하지만 당신도 마땅히 사랑받으며 살 자격이 있는 사람인데 나는 억지로 당신을 사랑할 수 없었어. 우린 서로에게 맞지 않았어. 미안하다는 말을 달리 어떻게 해야 할지도 더는 모르겠고, 내가 달리 어떻게 해야 했는지도 모르겠어. 그냥 살아야 했을까?

그리고 둘 다 불행해져? 아, 정말……."

나는 따끔거리는 눈을 아무렇게나 닦았다.

"내가 잘못한 거 다 알아. 미안해, 배리. 미안하다고. 알았어?"

그는 마른 침을 삼키더니 한동안 침묵을 지켰다. 나는 그가 내게 곧 치명적인 상처가 될 말을 내뱉길 기다리며 마음의 준비를 했다.

"미안하다는 말 하려고 했던 거야."

그가 중얼거렸다. 이건 또 무슨 소리인지, 빨리 가늠이 되지 않았다.

"정확히 뭐가 미안한데?"

제어를 하려고 애를 썼건만 갑자기 분노가 솟구쳤다.

"줄리 차를 박살낸 거? 우리 공동 계좌를 싹 털어간 거? 아니면 내 친구들을 모욕한 거? 내가 당신한테 상처준 건 알겠는데, 난 적어도 다른 사람들을 우리 싸움에 끌어들이진 않았다고."

배리가 눈길을 돌렸다. 미안한 마음이 싹 가신 것 같았다.

"아니, 그런 건 하나도 안 미안해."

그가 화가 나서 말했다.

아, 인간이 저렇게 뻔뻔할 수가 있을까, 하며 나는 서 있었다. 배리는 겨우 진정하더니 말했다.

"그 음성 메시지 보낸 거. 그건 미안했어. 그런 말은 하는 게 아니었는데. 잘못 말했어."

내 심장이 방망이질 쳤다. 그 음성메시지라면 딱 하나였다. 내가 못 들은 그것. 애덤이 삭제해버린 그것이었다.

"어느 거? 끔찍한 게 한둘이었어야지."

"당신 어머니에 대한 거. 그런 말은 하는 게 아니었어. 가능한 한 너한테 가장 깊은 상처를 주고 싶었어. 그게 네가 가장 두려워하는 거라는 걸 나는 알았고, 그래서……."

그는 입을 다물었고 나는 그가 한 말을 알아내려고 기를 썼다. 잠시 불편한 침묵이 흘러간 뒤 나는 그가 무슨 말을 했는지 내내 알고 있었음을 깨달았다. 때로는 직감으로 알고 있으면서도 표면적으로는 모르는 일도 있는 법이다.

"우리 엄마가 한 것처럼 나도 자살할 거라고 말한 거지?"

나는 떨리는 목소리로 말했다. 배리는 부끄러운 줄은 알 정도의 소양은 갖춘 모양이었다.

"너한테 상처주고 싶다는 생각뿐이었어."

"목적은 아주 제대로 달성했네, 그럼."

애덤이 그 메시지를 들었다고 생각하니 슬퍼졌다. 그러니까 그는 우리 엄마가 자살했다는 걸 알았겠구나. 사람들이 내가 엄마와 너무나 닮았다고 얘기할 때면, 나의 가장 깊고 가장 어두운 구석에서, 나는 우리 모녀가 닮았다는 그 점을 은밀히 걱정했다. 내가 남편과 공유한 그 비밀은, 내가 엄마와 그런 쪽으론 전혀 닮지 않았다는 걸 깨달은 뒤에도 나를 집요하게 쫓아다니며 괴롭혔다.

엄마는 평생 심각한 우울증에 시달렸다. 10대 때부터 줄곧 정신과와 상담소를 들락거렸다. 그리고 도저히 머릿속의 악령을 이길 수 없다고 생각한 엄마는 내가 네 살 때 목숨을 끊었다.

엄마는 늘 생각도 많고 걱정도 많은 시인이었다. 엄마는 이해하기 힘든 머릿속의 생각들을 풀어내려고 애쓰며 그것들을 글로 적었고 시를 썼다. 나는 그중에 하나를 찾아내어 그것에 의지하고 내 것으로 만들었다. 아멜리아의 어머니와 애덤의 아버지 장례식에서 읽은 바로 그 글이었다.

나는 어렸을 때부터 엄마가 어떻게 세상을 떠났는지 알고 있었다. 내가 10대가 되자 사람들은 계속해서 내가 엄마를 닮았다고 했다. 그래서 나는 겁이 났다. "엄마를 정말 닮았네"라는 말을 두려워하게 됐다. 그러다가 성인이 되고 내가 어떤 사람인지 알게 된 후로는 나는 엄마가 아니라는 걸, 나는 엄마가 한 것과 다른 결정을 할 수 있는 사람이란 걸 깨닫게 됐다.

"그래서……."

배리는 뒤로 물러서며 말했다.

나는 더 이상 무슨 말을 해야 할지 알 수 없었다. 배리는 1층으로 향한 계단을 오르기 시작했고 나는 문을 닫으려는 참이었다.

"네 말이 맞았어."

그가 불쑥 말하는 게 들렸다.

"우린 흥분되거나 로맨틱한 사이가 아니었어. 어딜 같이 가지도 않았고, 아마도 평생 그랬겠지. 줄리나 잭처럼 함께 웃지도 않았고, 새라와 루크처럼 세계를 여행하지도 않았지. 루시와 존처럼 아이 넷을 낳는 일도 없었을 거야."

배리는 두 손을 들어 올렸다.

"크리스틴, 난 잘 모르겠어. 난 그냥 그렇게 사는 게 좋았어. 네가 안 그랬다니 유감이야."

그의 목소리가 갈라졌고 잠시 그냥 있었다. 나는 그를 보기 위해 문을 좀 더 열었다.

"나는 지난 한 달 동안 네가 불행하기를, 완전한 지옥을 맛보길 원했어. 그런데 지금 네 꼴을 보니 더 이상 그러고 싶지 않네. 뭐야, 나보다 더 처참하잖아."

배리는 고개를 저었다.

"지금 그 꼴이 나를 떠나 얻은 발전이라고 생각한다면 우린 정말 어지간했구나. 네가 안쓰럽다."

다시 열이 치받혔다. 배리는 그렇게 떠났다. 나는 문을 닫고 침대로 들어가 다시 세상으로부터 숨어버렸다.

그로부터 몇 시간이 흘렀지만 나는 여전히 꼼짝도 않았다. 배가 고팠지만 이 집에 먹을 만한 게 아무것도 없다는 걸 알고 있었다. 가게에 나가서 예전처럼 보고 느낄 자신도 없었다.

전화가 울리기 시작했다. 이번에 내가 무시해야 할 사람은 누군지 확인했다. 머과이어 형사였다. 무조건 무시하는 거야. 전화는 울리다 그치더니 다시 울리기 시작했다. 심장이 쿵쾅대는 것을 느끼면서 나는 천장을 노려봤다. 전화벨이 그치자 심장은 다시 진정이 됐다. 나는 전화기를 무음으로 설정해버렸다.

전화벨이 다시 울렸다.

"메시지를 남기라고!"

나는 거칠게 말했다.

침대에서 나와 일어서니 현기증이 났다. 그 순간 애덤이 생각났고 나는 겁에 질렸다. 애덤이 무슨 짓을 했나봐! 나는 다이빙을 하듯 전화기로 달려들어 마지막에 걸려온 전화번호를 눌렀다.

"머과이어입니다!"

그가 소릴 질렀다.

"크리스틴이에요. 애덤은 괜찮은 건가요?"

"애덤?"

"다리 위에서 만났던 남자요."

"왜요, 그 사람 잃어버렸어요?"

'비슷해요.'

그가 다친 게 아니라니 안도감에 한숨이 절로 났다.

"이봐요, 지금 크럼린 병원으로 와줘야겠어요. 올 수 있어요?"

"크럼린?"

거긴 아동 병원이었다.

"그래요, 크럼린. 올 수 있어요? 지금 당장?"

"왜요?"

"왜냐하면, 내가 지금 부탁하니까."

무지하게 혼란스러웠다.

"그게, 제가, 어……. 제가 지금 당장은 못 가요."

거짓말을 짜내려했지만 쉽지 않았다.

"몸이 좀 안 좋아서."

"어떻게든 추슬러봐요. 여기 훨씬 상태 안 좋은 사람이 하나 있으니까."

"대체 무슨 일이에요? 내가 왜 거길 가야 하는지……."

"크리스틴, 제발."

머과이어는 거의 흐느끼기 직전이었다.

"지금 당장 당신이 필요하다고."

"괜찮은 거예요?"

"그냥 오기나 해요. 제발요."

25

체면을 구기지 않고
도움을 청하는 법

머과이어 형사는 병원의 중앙 입구에서 나를 기다리고 있었다. 나를 보자마자 그는 나만 보면 늘 하던 행동을 했다. 곧장 돌아서서 걸어가버리는 것. 나는 열심히 그 뒤를 따라갔다. 그를 따라가기 위해 거의 뛰다시피 하면서 머과이어의 파트너를 찾아봤지만 그는 보이지 않았다. 그뿐만 아니라 그의 동료가 아무도 없는 것 같았다. 코너를 돌아가니 머과이어가 보이지 않았다. 그때 마치 나를 개 취급하듯 머과이어가 휘파람을 불었고 나는 얼른 열려 있는 엘리베이터로 뛰어 들어갔다. 그제야 그의 꼴이 얼마나 말이 아닌지 볼 수 있었다. 나는 최악의 시나리오를 상상했다. 속이 뒤집히는 기분이었다. 침을 꿀떡 삼키고 차분해지려고 노력했다.

이걸 다 감당하는 건 정말 무리라는 생각이 들었다. 사이먼을 떠나보낸 지 얼마 되지도 않았다. 애덤과의 관계는 숨이 턱 막혀버릴 정도로 망쳐버렸고, 배리까지 상대해야 했다. 인간적으로 하루쯤은 혼자 있을 시간이 허락돼야 했건만 아무도 나의 그 작은 부탁을 들어줄 의사가 없는 것 같았다. 나는 그냥 좀 뒹굴 필요가 있었다. 그냥 뒹구는 걸로도 아주 많은 걸 성취할 수 있단 말이다. 어쩌면 그게 내 책의 주제로도 딱이었다. 크리스틴 로즈의 『절망에 빠져 뒹구는 쉽고도 간단한 방법 다섯 가지』.

"꼴이 왜 그래요?"

내가 그에게 말을 걸었다.

"그러는 그쪽도 만만치 않네요."

평소의 독기가 다 빠진 채로 그가 말했다. 그는 거의 의식 없이 행동하고 있는 것 같았다. 뭔가가 분명 잘못된 것 같았다.

"내가 지금 누굴 만나러 가는 거죠?"

"내 딸이요."

그의 목소리가 텅 비어 있었다.

"자살하려고 했어요."

나는 입이 떡 벌어졌다. 머과이어는 엘리베이터를 나가 코너를 돌았다. 나는 엘리베이터 문이 닫히기 전에 충격에서 벗어나야 했다. 그리고 열심히 그를 뒤따랐다.

"어, 형사님, 정말 유감이에요. 정말로……. 그런데 왜 저를 부르셨는지 물어도 될까요?"

"나 대신 애랑 대화를 좀 해줬으면 해요."

"뭐라고요? 잠깐만요!"

나는 급기야 그의 팔을 붙들어 그를 세웠다.

"내가 뭘 해주면 좋겠다고요?"

"애랑 얘기를 좀 해달라고요."

그는 핏발 선 눈을 드러내며 말했다.

"여기 사람들이 와 있는데 애가 말을 안 하려고 해요. 두 마디도 안 해요. 그래서 당신 생각이 났어요. 이유는 묻지 말아요. 나도 모르니까. 하지만 당신은 이런 쪽으로 뭔가 요령이 있는 것만 같고 나는 너무 가까운 사람이라, 나는⋯⋯."

그가 고개를 젓는데 눈물이 고이는 게 보였다.

"형사님⋯⋯."

"에이든이에요."

"에이든."

나는 그의 제스처를 고맙게 생각하며 부드럽게 말했다.

"난 못 해요. 사이먼 콘웨이도 돕지 못했어요. 그리고 애덤이랑 전⋯⋯."

애덤과의 일은 말하고 싶지 않았다.

"사이먼이 우리에게 연락하도록 허락하게 만들었잖아요. 잘한 일이에요. 애덤 바질을 설득해서 다리에서 내려오게 했잖아요. 그리고 그 뒤로도 그는 당신을 찾았어요. 경찰서에서 그와 당신이 함께 있는 걸 봤어요. 그 사람은 당신을 존중했어요. 그리고 나는 당신 어머니 일도 알고 있어요."

나는 눈을 내리깔았다.

"아."

"당신은 이런 일에 대해 잘 알아요. 내 딸이랑 대화를 좀 해줘요, 제발요."

나는 그를 따라 병동을 걸었다. 복도 몇 개를 지나고 코너에서 몇 번 방향을 바꾼 뒤에 마침내 병실에 다다랐다. 침상 열두 개 중에 딱 하나만 커튼으로 완벽하게 둘러쳐져 있었다.

나는 천천히 커튼을 젖히고 머과이어의 아내인 주디와 대면했다. 눈이 빨갛게 충혈된 그녀는 침대에 누운 아이의 손을 잡고 있었다. 나는 그 아이를 가만히 보았다. 아버지처럼 숱 많은 적갈색 머리카락에 엄마를 닮아 눈이 파란 수정 같았다.

"캐롤라인."

나는 가만히 불러봤다. 아이의 왼쪽 손목은 붕대로 두툼하게 감긴 채 침대에 놓여 있었다. 엄마가 아이의 오른손을 꽉 잡고 있었다.

"누구시죠?"

주디가 천천히 일어서며 물었다. 여전히 아이의 손을 꽉 잡았다.

"에이든이 저를 불렀어요."

주디는 고개를 끄덕이더니 딸을 내려다봤다. 머과이어의 얼굴이 구겨지는 것 같았고 그는 곧장 돌아서서 병실을 나갔다. 감정을 내비치는 게 당혹스러운 듯했다.

"커피라도 한 잔 드시고 오지 그러세요?"

나는 주디에게 말했다.

"캐롤라인, 내가 잠깐 곁에 앉아도 되겠니?"

캐롤라인은 자신 없는 얼굴로 나를 봤다. 주디는 여전히 아이의 손을 잡고 있었다.

"엄마는 잠시 쉬고 계셔도 좋을 것 같은데. 여기 오래 앉아 계셨을 거야. 그렇지?"

캐롤라인이 주디를 향해 고개를 끄덕였다. 나는 그녀가 딸의 손을 놓도록 도왔다. 주디가 나가자마자 나는 커튼을 닫고 캐롤라인 옆에 앉았다.

"내 이름은 크리스틴이야. 너희 아버지랑 아는 사이."

캐롤라인은 조심스런 눈빛으로 나를 봤다.

"여기서 일해요?"

"아니."

"그럼 아줌마랑 꼭 얘기해야 하는 건 아니겠네요."

"맞아. 안 해도 돼."

깊은 생각에 빠진 듯 아이는 조용했다.

"나랑 얘기하라고 자꾸 사람을 보내요. 다들 왜, 왜, 왜냐고 물어봐요. 전단지만 산처럼 주고 갔어요. 역겨워. 역겨운 것들을 돌려서 물어봐요."

"어떤 건데?"

"너희 아버지가 너를 만졌니? 뭐 그런 거요. 딱 그렇게 말하진 않아도 그 사람들이 무슨 생각을 하고 있는지 난 알아요. 그러고는 전단지를 주고 갔어요. 나도 그런 거 TV에서 많이 봐서 안 다고요."

"난 그런 건 아무것도 안 물어볼 거야. 믿어도 돼. 난 의사도 아니고 상담 치료사도 아니야. 나는 그냥 너랑 얘기하고 싶을 뿐이야. 정말 힘든 시간을 보낸 것 같은데 그냥 네 얘기를 들어주고 싶어. 아무 비판 없이."

"경찰이에요?"

"아니야."

아이는 나를 곁눈질로 보더니 온전한 손으로 침대의 시트를 만지작거렸다. 다른 손은 축 늘어진 채 움직이지 않았다.

"그런데 아버지가 왜 아줌마를 부른 거예요?"

"왜냐하면 내가 어릴 때 우리 엄마가 자살했다는 걸 너의 아버지가 알고 계시거든."

그제야 아이는 내게 온전히 집중하며 내게 시선을 고정했다.

"내가 네 살 때 자살하셨어. 그래서 나는 그게 어떤 건지 알아. 네가 느끼는 것과 비슷한 걸 느끼는 사람과 함께 사는 게 어떤 건지."

아이는 붕대가 감긴 자기 손목을 내려다봤다.

"죄송해요."

"부모님과 왜 얘기하고 싶지 않은지 난 이해해. 당혹스러운 거지, 그렇지? 나는 서른셋이나 됐는데도 아직도 우리 아버지가 당혹스러워."

캐롤라인은 희미하게 웃었다.

"하지만 나한테는 말해도 괜찮아. 나는 너를 비판하지도 않을 거고, 그러면 안 되는 거였다고, 이렇게 해야 했다고 말하지도 않을 거야. 그냥 듣기만 할 거야. 때로는 얘기하는 것만으로도, 소리 내어 말하는 것만으로도 도움이 돼. 만약 어디에 기대야 할지 누구에게 얘기해야 할지 모르겠으면 나를 불러도 돼. 그럼 너를 돕기 위해 내가 할 수 있는 건 뭐든 할게. 캐롤라인, 의지할 사람은 늘 있기 마련이야. 그리고 우리 둘만의 비밀로 하면 돼. 내가, 네가 원하지 않는 사람에게 말할까 봐 걱정할 필요 없어."

캐롤라인의 얼굴이 일그러지더니 울기 시작했다. 그리고 온전한 손목 뒤로 숨으려고 했다. 다른 쪽 손은 침대 위에 반듯이 놓여 있는 채로, 마치 그 존재는 잊어버린 것처럼. 자살을 시도했을 때 그 손목은 죽어버리기라도 한 것처럼. 캐롤라인이 흐느끼는 동안 어깨가 따라 흔들렸다.

"난 아무도 없다고 생각했어요."

아이가 내 말에 수긍했다.

"아니라는 거 이젠 아는 거지?"

나는 아이에게 휴지를 건네며 부드럽게 말했다.

"너의 얘기를 들어주고 널 도와줄 사람은 늘 있어. 언제나."

아이는 눈물을 닦아내고 마음을 진정시키며 뭔가 생각하는 것 같았다.

"손목을 그었어요."

아이는 마치 내가 여태 그걸 모르고 있기라도 한 듯 손을 들어 올려 붕대를 보여줬다.

"내가 미쳤다고 생각하겠죠?"

아이가 내 얼굴을 뜯어보았다. 나는 고개를 저었다.

"어떻게 하는 건지 인터넷에서 찾아봤어요. 면도칼을 사용했는데 너무 어려웠어요. 피부를 뚫는 데만도 너무 오래 걸렸어요. 그리고 아팠어요. 아무 일도 일어나지 않았어요. 피가 나는데도 말이에요. 죽기를 기다리며 침대에 가만히 누워 있었는데 아무렇지도 않았어요. 그냥 아프기만 했어요. 다시 인터넷을 켜고 내가 뭘 잘못한 건지 찾아야 했어요. 결국은 아래층으로 내려가서 엄마한테 보여줘야 했어요. 겁이 났거든요."

아이는 계속 울며 말했다.

"엄마는 저한테 소릴 질렀어요. '무슨 짓을 한 거야? 무슨 짓을 한 거야?' 맹세하건대 그 순간 위층으로 올라가서 다시 손목을 긋고 싶었어요. 죽어버리면 엄마가 나를 보던 그 눈빛을 다신 안 봐도 될 테니까요. 내가 괴물처럼 느껴졌어요. 아버지는 왜 그랬냐고 계속 물어요. 아버지가 그렇게 화가 난 건 한 번도 본 적이 없어요. 나를 죽여버리고 싶어하는 것 같아요."

"캐롤라인, 아버지가 왜 널 죽이고 싶겠니. 그냥 충격을 받고 겁이 나서 그러시는 거야. 아버지는 널 보호하고 싶은 마음뿐이야. 부모님은 널 돕고 싶으신 거야. 일단 알아야 도울 수 있고."

"저를 가만히 두지 않을 거예요."

캐롤라인은 다시 흐느끼기 시작했다.

"아줌마도 그런 기분이었어요? 엄마를 미워했어요?"

"아니."

나는 어린아이를 달래듯 말했다.

아버지가 병원에서 돌아오던 때의 희미한 기억이 살아나자 눈물이 차올랐다. 아버지는 휴가를 다녀오는 것처럼 두 눈 가득히 거짓 즐거움을 담고 있었다. 엄마는 비가 퍼붓는데 옷을 다 입은 채 뒤뜰의 접이식 의자에 앉아 있었다. '뭐라도 느끼고' 싶어서라고 했다. 엄마랑 한 방에 있을 때조차 나는 엄마가 거기 없는 것 같다고 느꼈다. 나는 엄마를 사랑했다. 내가 원하는 건 그저 엄마 옆에 앉고, 함께 있는 거였다. 나는 엄마 손을 잡고서도 엄마가 내 존재를 인식이나 하고 있는지 궁금했다.

"엄마를 미워한 적은 한 번도 없어. 단 한순간도."

그리고 잠시 침묵이 흐르게 됐다.

"뭐가 그렇게 견딜 수 없었던 거니? 무슨 일이 있었던 거야?"

"부모님껜 말 못 해요. 어쨌거나 곧 알아내시겠지만. 실은 지금 껏 모르고 계신다는 게 더 신기해요. 매일 학교에서 돌아오면서 부모님이 알아차리길 기다렸어요. 공포에 질려 있었거든요. 학교 에선 모두 알고 있었어요. 전부 나를 쳐다보고, 비웃고, 이런저런 말을 해댔어요. 내 친구들까지도. 나한텐 아무도 없었어요. 나를 도울 사람도, 나랑 얘기를 할 사람도. 아이슬링조차도……."

혼란과 배신감이 얼굴 전체에 번지며 아이는 말끝을 흐렸다.

"아이슬링이 네 친구니?"

"친구였어요. 다섯 살 때부터 제일 친했어요. 근데 날 쳐다보지 도 않았어요. 한 달 내내. 처음에는 다른 애들이 다 그래도 걔는 계속 내 친구로 남았어요. 그런데 정도가 점점 심해졌어요. 애들 이 내 사물함에 뭘 넣기 시작했어요. 징그러운 것들요. 페이스북 에도 그런 얘기들을 적었고 거짓말을 퍼뜨렸어요. 그러더니 아이 슬링한테까지 그러기 시작했어요. 그 애에 대한 얘기도 퍼뜨렸어 요. 아이슬링은 그게 다 나 때문이라고 원망하더니 돌아섰어요. 어떻게 그럴 수가 있어요?"

"너한테 무슨 일이 생겼는데, 그걸 학교 애들이 다 알게 됐다 는 거니?"

아이가 눈물을 줄줄 흘리며 고개를 끄덕였다.

"인터넷에서?"

아이는 다시 고개를 끄덕이더니 놀란 표정이었다.

"다 아는 거예요?"

"아니. 이런 일, 네가 처음 겪는 일은 아니야. 너 혹시……. 남자랑 뭔가 하는 게 찍힌 거니?"

"그 애는 우리끼리만 보자고 했어요."

얼굴이 새빨개진 아이가 말했다.

"그리고 나는 그 말을 믿었어요. 그랬는데 내 친구 하나가 그게 페이스북에 올라왔다고 문자를 보냈고, 그러더니 여기저기서 정신없이 전화가 걸려왔어요. 어떤 애들은 웃어댔고, 어떤 애들은 엄청 화를 내며 나더러 창녀라고 했어요. 다들 내가 친구라고 생각했던 애들이에요. 나도 찾아서 봤는데 정말 토할 것 같았어요. 남들이야 어떻건 말건 나조차 내가 그러는 모습을 보고 싶지 않았어요. 그냥 우리끼리 웃자고 찍은 거였어요. 그 애가 누구한테 보여주리라곤 생각도 못 했어요. 처음에는 그 애의 친구가 그 애 휴대전화를 가져가서 한 짓이라고 생각했어요. 아니면 해킹을 당했거나, 하지만……."

"그 애가 뭐라고 했어?"

"나랑 말도 안 하려고 했어요. 날 쳐다보지도 않았어요. 그러다가 하루는 내가 그 앨 붙잡고 내가 어떤 기분인지 얘기하고, 더 이상 이렇게는 못 살겠다고 했어요. 그랬더니 날 보고 그냥 웃는 거예요. 웃었다고요! 내가 왜 그렇게 화가 났는지 이해를 못 하겠대요. 좋아해야 한다나. 그런 동영상으로 유명해진 연예인들이 엄청 많고, 이제 그 사람들은 백만장자라고. 우린 빌어먹을 크림린에 살잖아요. 여기서 유명해지면 얼마나 유명해질 건데요? 그럼 난 왜 지금 백만장자가 아닌 거죠?"

아이는 다시 울음을 터뜨렸다.

"캐롤라인, 그 애와 섹스를 했던 거니?"

아이는 그 질문에 모욕감을 느꼈다. 내게 이야기를 마저 할 때까지 얼마간 시간이 걸렸다.

어느 날 어느 집에서 파티가 열렸는데 둘은 술을 진탕 마셨다고 했다. 그리고 캐롤라인이 그 남자애의 성기를 입으로 애무해줬다고 했다. 그걸 찍자는 건 남자아이의 생각이었다. 캐롤라인이 반대할 기회도 없이 어느새 찍고 있었다고 했다. 그리고 카메라를 봤을 때는 끄라고 하기가 싫었다고 했다. 겁쟁이처럼 보이고 싶지 않았기 때문이었다.

"그게 언제지?"

속에서 분노가 치밀었다. 내가 이 정도면 머과이어 형사의 반응은 대략 상상이 가능했다. 머과이어는 휴대전화 카메라로 그짓을 한 남자아이의 삶을 생지옥으로 만들고도 남을 사람이다. 그리고 지금까지 한 짓으로 볼 때, 그 애는 목숨만 건져도 운 뻔었다고 봐야 할 터였다.

나는 요즘 세상을, 10대로 살고 있는 캐롤라인을 전혀 질투하지 않는다. 신뢰, 친밀감, 섹스에 관한 문제들이 내가 10대였을 때와는 너무나도 많이 달라졌다. 청소년들이 그야말로 지뢰밭을 헤매고 돌아다니고 있는 거다.

"두 달 전이에요. 하지만 인터넷에 올린 건 3주 전이에요. 무시하려고 했어요. 학교도 계속 다니려고 했고, 눈에 띄지 않게 조심하면서 다 무시하려고 노력했어요. 하지만 아직도 사람들이 문자를 보내요. 보세요."

아이가 내게 휴대전화를 건네줬다. 나는 소위 친구라는 애들이 보낸 문자들을 봤다. 대부분이 혐오스러울 정도로 악랄한 내용이었다. 내가 이런 걸 현실에서 읽고 있다고 믿기도 어려울 지경이었다.

캐롤라인이 의지할 데가 없다고 느낀 이유를 이해할 수 있었다. 친구들이 그녀에게 등을 돌렸고, 좋아했던 남자는 그녀를 비웃으며 조롱거리로 만들었고, SNS라는 작은 세계―아무도 도망칠 수 없고, 거짓말은 박테리아처럼 창궐하며 그것이 틀렸다고 소명할 기회조차 없는 공간―에서 매일 웃음거리가 됐던 것이다. 이 불쌍한 아이는 부모님께 말씀드리기가 너무나 당혹스럽고 겁이 났고, 부모님이 알게 되면 그 손에 죽을까 봐 무서워서 결국은 자기 손으로 죽자고 결심했던 거였다. 그렇게 이 당혹감과 고통과 외로움을 끝내자고. 일시적인 문제를 영구적으로 해결지으려고 했던 거였다.

고통은 영원히 지속되지 않는 법이다. 물론 남은 평생 이 상처를 기억할 것이고, 이 순간부터 그녀가 내리게 되는 모든 결정에 영향을 미치게 될 것이다. 그러나 고통이 있는 곳에는 치유가 찾아오는 법이고, 외로움이 있던 자리에는 새로운 관계가 만들어지며, 거부가 있던 자리에서 새로운 사랑을 찾을 수도 있다. 그건 순간이었다. 그리고 순간은 변화하기 마련이다. 다음 순간으로 넘어가기 위해서라도 이 아이는 이 순간을 살아내야 한다.

"부모님께 말씀드려줄래요?"

깡마른, 어린아이 같은 몸으로 침대에 누운 채, 아이는 기어들어가는 목소리로 말했다.

"제발요."

얘기할 사람이 필요할 땐 내게, 혹은 병원에서 제공한 책자의 전화번호로 계속 연락을 하겠다는 캐롤라인의 약속을 받고 우리는 헤어졌다. 복도로 나와 보니 주디는 반쯤 넋이 나간 모습으로 플라스틱 의자에 앉아 있었고 머과이어 형사는 우리 속에 갇힌 짐승처럼 서성대고 있었다.

"말해봐요."

내가 그들에게 가까이 가자마자 머과이어 형사가 고함을 치다시피 말했다.

"아뇨."

나는 단호하게 말했다.

"약속을 해주기 전까진 아무 말도 하지 않을 거예요."

그는 내 머리를 물어뜯을 기세로 나를 노려봤다.

"화를 참아야 해요. 캐롤라인은 형사님 반응을 무척 두려워하고 있어요. 지금 아이는 고립돼 있다고 느끼고 있고 부모한테 거부당할까 봐 두려워하고 있어요. 아이를 돕고 싶다면 비판은 접어두고 아이한테 절실한 도움을 주셔야 해요."

"에이든."

주디가 머과이어 형사의 팔에 손을 얹었다.

"이분 말을 들어요."

"이미 자기가 실수했다는 걸 본인도 잘 알고 있으니까 아이한테 훈계하지 말아요. 스스로를 바보라고 느끼게 하지 말아요. 지금은 때가 아니에요. 너무 약해져 있어요."

주디는 남편이 이해하길 바란다는 듯 나를 보고 남편을 보며 결연히 고개를 끄덕였다.

"아이는 지금 부모의 무조건적인 사랑과 지지를 필요로 해요. 화나지 않았다고 말해주셔야 해요. 부끄럽지 않다고, 혐오감을 느끼지 않는다고. 사랑한다고, 언제나 곁에 있을 거라고."

머과이어는 무슨 협박 같은 말을 중얼거렸다.

"에이든, 저 지금 심각하게 하는 말이에요. 지금 범죄자를 상대하고 있는 게 아니에요. 캐롤라인은 형사님 딸이에요. 지금은 협박도, 심문도, 완고함도 다 버리고 따님이 하려는 얘기를 들어주셔야 할 때예요."

그리고 나는 그들에게 들은 얘기를 전했다.

이번에는 머과이어 형사도 듣기만 했다. 내가 말하는 동안 주디는 손가락이 하얗게 되도록 남편의 팔을 꽉 잡았다. 머과이어 형사가 딸에게 달려가려고 하거나 딸에게 이런 짓을 한 남자아이를 찾아내러 당장이라도 뛰쳐나갈 것 같은 순간에는 주디의 손톱이 그의 팔을 파고들기도 했다. 머과이어는 자리를 지켰다. 나도 그의 눈 속에 타오르던 분노가 가라앉고 그 자리에 아버지의 염려와 사랑이 차오를 때까지 그 옆을 지켰다. 그리고 머과이어가 아내의 손을 잡고 둘이 서로를 지탱하며 딸에게 가는 모습까지 지켜보았다.

녹초가 된 나는 애덤의 생일 파티를 준비하기 위해 병원을 나와 집으로 향했다. 애덤은 이제 괜찮다고 했지만 스스로를 치유하는 길에 겨우 첫발을 내디딘 셈이었다. 나는 마리아가 나타나 그를 사랑해주길 바랐다. 만약 그녀가 그렇게 해주지 않으면 내가 평생 사랑할 남자를 잃게 될까 봐 두려웠으므로.

26
–

위기의 상황에서 긍정을 찾는 법

조금 늦게 시청에 도착했을 때 애덤은 입구에서 손님들을 맞이하고 있었다. 턱시도를 빼입은 모습이 어찌나 근사하던지 나는 택시에서 내리다말고 숨이 멎었다. 온기가 다 빠져나간다고 문 좀 닫으라는 택시 기사의 구박을 받고서야 내가 그의 모습에 넋을 잃고 얼어붙어 있었다는 걸 겨우 깨달았다.

이 격식 있는 파티를 위해 큰돈을 들여 드레스를 장만해 입고 일찌감치 참석해 있던 나의 언니들과 달리, 나는 평소의 다채로운 색깔의 의상과는 완전히 반대로 내 기분에 딱 맞는 드레스를 골라 입었다. 발목까지 내려오고 목 위까지 올라오는 믿음직한 검정 드레스였다. 그래도 허벅지까지 올라오는 옆트임에 등이 깊이 파여 있긴 했다. 그런데 택시에서 내리다가 옆트임 자리가 벌어지며 옷이 위로 더 올라가버렸다. 드러난 허벅지를 감추려고 기를 쓰고 있는데 애덤이 손님을 맞이하다 말고 우아함과는 거리가 먼, 노출로 얼룩진 나를 바라보고 있는 게 느껴졌다. 나는 계속해서 애덤의 시선을 느끼며 다른 다리 한 짝까지 택시에서 빼낸 다음 인조모피를 걸치고 계단을 올랐다. 지난번 꿈에서 사다리에 올라서 있었던 것처럼 나는 벌거벗은 채 모두에게 노출된 기분이었다. 이번에는 속바지까지 갖춰 입고 있었는데도 말이다. 그것이 굴욕감과 상심을 감추기 위해 내가 할 수 있는 전부였고 애덤의 눈을 쳐다보는 건 상상할 수도 없었다. 그래서 보지 않았다.

"오늘 아름다워요."

그가 속삭이듯 말했다. 그는 어색하거나 불편해하지 않았다. 차분했고, 믿음직했고, 주변을 세심히 살피면서도 좌중을 장악하고 있었다. 이것이 내겐 아직 익숙하지 않은, 지난 며칠간의 애덤이었다.

"아, 고마워요. 준비할 시간이 별로 없었어요. 배리가 아침에 찾아왔고, 어떤 사람이 도움을 청해왔고, 그리고 들었는지 모르겠지만 사이먼 콘웨이가, 그 남자……. 알죠, 그 사람이 간밤에 세상을 떠났어요. 오늘 새벽에 호텔을 비웠을 때 거기 갔던 거예요. 오늘은 그런 날이었나봐요."

스스로도 안 된 마음이 들며 눈물이 차는 바람에 나는 눈을 돌려야 했다.

"잠깐만요, 뭐라고요?"

그가 걱정스레 물었다.

"어느 부분을 다시 듣고 싶은 거예요?"

"사이먼이 오늘 새벽에 죽었어요?"

그의 얼굴이 금세 창백해졌다.

"그래서 나갔던 거예요?"

나는 고개를 끄덕였다.

"나갈 때는 사이먼에게 할 말이 생각나서 나갔는데, 내가 거기 도착한 다음에 사이먼의 심장이 멈췄어요."

나는 몸을 떨었다. 정말 일진이 안 좋은 날이었다. 죽음으로 시작한 이 날을 나는 죽음으로 마치고 싶지 않았다.

애덤은 내가 예상했던 것보다 사이먼의 비보에 충격을 많이 받은 것처럼 보였다.

"그런데, 그녀는 도착했나요?"

애덤은 화제의 전환과 나의 제스처의 변화를 인식하는데 잠시 시간이 걸렸지만, 내가 원하는 방향으로 잘 대처했다.

"아뇨, 아직."

"아. 7시에는 도착할 줄 알았는데."

"나도요."

그는 초조한 듯 문 쪽을 다시 쳐다보며 말했다. 벌써 8시였다.

처음에는 강렬한 안도감이 들었지만, 이러지도 저러지도 못할 나의 상황이 다시금 상기되자 겁이 더럭 났다. 만약 마리아와 애덤이 잘되지 않으면 애덤이 떨어질 곳은 나의 품 안이 아니라 가장 가까운 다리나 가장 높은 빌딩 위가 될 가능성이 농후했다. 마리아가 와서 그에게 사랑한다고 말하지 않는다면 나는 멀리서조

차 그를 사랑할 수 없을 터였다. 그러자 그를 갖지 않고 그리워할 수 있는 것이 갑자기 아주 소중해졌다. 그건 선물이었고 보너스였다. 내가 앞으로 살아가기 위해 난 그것이 절실했다.

"애덤, 내 말 잘 들어요."

나는 냉정함을 되찾고 그를 똑바로 봤다.

"오늘 마리아가 오지 않는다면 위기관리 계획을 떠올려야 해요. 우리가 맺은 계약이 있긴 하지만 나는 거기에 동의할 수 없어요. 나는 당신이…… 자살하길 바라지 않아요. 우리가 얘기해왔던 것들을 다 떠올려봐요. 생각나죠? 지난 2주를 잘 살아냈잖아요? 내가 알려준 도구들을 사용해요. 무슨 이유에서라도 오늘 밤 뭔가 잘못되면, 꼭 그런다는 건 아니지만, 만약 그렇게 된다면 내가 가르쳐준 것들을 기억해야 해요."

"생일 축하해요!"

내 등 뒤에서 여자의 목소리가 들렸다. 기쁨을 느껴야 마땅한 시점에 다시 패배감이 엄습했다. 애덤은 여전히 내게서 시선을 떼지 않고 있었다. 그때 마리아가 우리에게 다가왔다.

"미안해요. 혹시 내가 방해하고 있는 건가요?"

나는 눈을 깜빡여 눈물을 참아내며 "아니에요"라고 말했다.

"와줘서 정말 기뻐요."

그리고 속삭이듯 덧붙였다.

"그는 이제 당신 거예요."

"다 잘 정리된 거니?"

내가 식구들에게 합류하자 아버지가 물었다. 나는 고개만 간신히 끄덕였다. 눈물이 고여서 말을 했다간 어떤 상황이 벌어질지 나 자신을 믿을 수 없었다.

"이런, 이럴 줄 알았다니까."

브렌다 언니가 딱하다는 듯 두 팔로 나를 감싸며 말했다.

"그 사람, 사랑하게 된 거지? 자."

언니는 지나가던 웨이터의 쟁반에서 샴페인을 한 잔 들어 내게 건넸다.

"술이나 마셔. 그럼 무뎌질 거야."

그 말이 맞기를 바라며 나는 거품을 홀짝였다.

"화제가 실연의 아픔인 것 같아 하는 말인데, 나도 그레이엄이랑 헤어졌어."

에이드리엔 언니가 말했다. 하지만 언니는 내가 식구들로부터 받은 반응을 얻어내진 못했다.

"왜 치즈 케이크를 준비하지 않은 거지?"

아버지가 실망스럽다는 듯 말했다.

"치즈로 만든 케이크를 왜 준비 안 한 걸까?"

나는 어깨를 으쓱했다. 아버지는 알 수가 없다는 투로 말했다.

"이 똑똑한 사람들이 말이야."

"아무도 관심이 없는 것 같긴 하지만, 우리 사이는 어딘지 잘 안 맞는 데가 있었어."

에이드리엔 언니가 약간 발끈해서 말했다.

"그건 아마도, 거시기?"

아버지의 말에 나는 킥킥, 하고 조그맣게 터지는 웃음을 참을 수 없었다.

"아, 우리 막내가 웃었네!"

아버지가 내게 윙크를 했다.

"말해봐. 네가 애덤이랑 합쳐주려고 그렇게 애쓴, 그 못돼먹은 여자 친구가 어디 있는지. 그래야 그 방향으로 아버지가 분노의 레이저 눈빛을 쏴줄 거 아냐."

"그러지 마세요, 아버지."

나는 한숨을 푹 쉬었다.

"둘은 서로에게 완벽한 한 쌍이에요. 천생연분이라고요. 애덤은 그녀를 되찾지 못하면 다리에서 뛰어내리려고 했잖아요. 얼마나 로맨틱해요."

"전혀 로맨틱하지 않아."

에이드리엔 언니는 자신의 발표가 무시됐다는 사실에 여전히 기분이 상해 있었다.

"다리에서 뛰어내리려던 그를 구해준 게 100배는 더 로맨틱하다, 애."

브렌다 언니가 말했다.

"그를 구한 너는 행운아야."

아버지 말에 모두 조용해졌다.

엄마가 목숨을 끊은 날, 아버지가 화장실에 들어갔다가 빈 약병을 옆에 두고 쓰러져 있는 엄마를 발견한 게, 이제 거의 30년 전의 일이 됐다. 아버지는 엄마를 살리려고 노력하지 않았다고 우리에게 고백했고, 그에 대한 우리 자매의 반응과 이해도는 다 달랐다. 브렌다 언니는 아버지를 이해했다. 에이드리엔 언니는 아버지의 생각을 이해했지만 그래도 빨리 구급차를 불렀으면 좋왔겠다고 했고, 나는 몇 달간 아버지와 말을 하지 않았다.

아버지가 그 얘기를 했을 때 나는 열아홉 살 대학생이었다. 누구라도 구할 수 있다고, 아니 적어도 구하길 바라긴 할 거라 생각했던 나는, 절대로 아버지를 용서하지 않겠다고 말했다. 어쩌면 내가 아버지를 너무 심하게 대했던 건지도 모른다. 그때 이미 아버지는 목숨을 끊으려는 엄마를 여섯 번이나 구한 뒤였으니까. 심폐소생술을 두 차례나 했었고, 욕조 안에서 엄마를 끌어낸 적도 있었고, 그 외에 또 무엇을 했는지는 오직 신만이 알 거다. 그렇게 다급하게 엄마를 병원으로 데려가기를 수차례……. 그 뒤로는 아버지도 더 이상 엄마를 살도록 설득하며 계속 노력할 여력이 없었던 것 같다.

"있잖아요, 아버지."

내가 불쑥 말했다.

"아버지는 엄마를 구하셨어요. 다만 엄마가 여기 머물고 싶지 않으셨던 것뿐이에요."

아버지는 그 말에 너무 감동해서 시선을 다른 곳으로 돌려 마음을 수습해야 했다.

"저기 오네."

나는 마리아와 애덤이 입장하는 것을 보며 말했다.

"오, 애덤이랑 악수를 해야 할지 얼굴을 핥아줘야 할지 결정을 못 하겠네."

브렌다 언니가 말했다.

"제발 악수만 해줘."

내가 말했다.

"저 여자야? 저 빨간 립스틱 바른 여자?"

에이드리엔 언니가 물었다.

"넌, 저 여자 얼굴을 핥고 싶은 거지?"

아버지의 농담에 에이드리엔 언니가 낄낄거렸다. 나는 한숨을 폭 쉬었다.

"이렇게 될 줄 알았어. 내가 저 여자 예쁘다고 말했지?"

"그렇긴 한데, 약간 괴기스러운 분위기 아니니?"

브렌다 언니가 말했다.

두 사람이 입장하는 동안, 마리아가 사람들과 반갑게 인사를 나누는 걸 보니 애덤과 오래 사귄 덕에 거의 모든 사람과 친분이 있는 것 같았다. 나는 내 샴페인 잔을 쭉 비우고 브렌다 언니 손에 있던 잔까지 낚아챘다.

"야!"

언니가 뭐라고 하려다 말았다. 그때 잔을 두드리는 소리에 모두 고개를 들어 단상에 서 있는 사람을 주목했다.

그는 몇몇 저명인사들—아버지가 바라던 대로 수상이 오진 않았지만 외교통상부 장관이 참석해 있었다—에게 참석해주셔서 감사하다는 인사를 했고, 그런 유명 인사들이 호명될 때마다 아버지는 감명 깊은 표정을 지었다. 그는 리처드 바질 선생의 애석한 죽음에 대해 거론하며 모두가 그를 무척 그리워할 거라고 말했다. (저 사람은 바질 씨를 잘 모르는 게 분명하다.) 그리고 애덤을 바질 제과의 새로운 CEO로 발표했다. 사람들은 뜨거운 환호를 보냈고 애덤이 단상으로 걸어갔다. 계단을 올라가 자리에 선 그의 모습은 영화배우 같았다.

"한 친구가 오늘 밤 이 자리에서 제가 연설을 할 수 있도록 도움을 줬습니다."

애덤은 이렇게 말을 시작하고 사람들을 둘러봤다. 마리아는 미소를 띤 채 자랑스럽다는 눈길로 그를 보고 있었다. 그 광경을 지켜보는 나는 목이 옥죄는 것 같은 기분이었다.

"저는 제 감정을 잘 얘기할 줄 아는 사람이 못 됩니다. 특히나 오늘 같은 밤은 그 특별함에 압도되어 더 쉽지 않죠. 하지만 저는 지금……. 여러분이 이렇게 모두 참석해주신 것을 영광으로 생각합니다. 오늘이 바질의 새로운 시작이라고 말씀하시는 분도 계시지만, 저는 그보다는 지금까지의 성공을 이어나가는 자리이길 바랍니다. 회사가 새롭게 성장하는 시작점이 될 수 있겠죠. 저는 지금, 여러분이 저의 아버지에 대해서 너무나도 좋은 말씀들을 많이 해주셔서 그 친절한 말 한마디 한마디에 무척 감사하고 든든한 기분입니다. 하지만, 좋은 의도로 하신 말씀이겠지만, 한 가지 분명한 것은, 여러분은 모두 거짓말쟁이라는 겁니다."

그 말에 모두 웃음을 터뜨렸다.

"저의 아버지는 한마디로 규정짓기엔 참 어려운 분이지만, 당신 일은 정말 잘 해내셨습니다."

몇몇이 고개를 끄덕였다. 나는 사람들 속에서 그의 변호사 아서 메이를 발견했다.

"아버지는 이 사업에 자신의 심장과 영혼을 바쳤습니다. 사실, 사업에 너무 많은 것을 다 바쳐서 저희에게는 이렇게 아무것도 주지 않는 게 아닌가 하는 생각도 했습니다."

사람들이 다시 웃었다.

"지금 제가 느끼는 감정은……. 자랑스럽다는 겁니다. 아버지께서 저를 후계자로 지명해주시고, 제가 이 역할을 해낼 능력이 있다고 믿어주신 점을 자랑스럽게 생각합니다. 저와 이사회와 새 상무이사로 부임하신, 훌륭하신 메리 키건 여사가 회사를 위해 힘을 합칠 겁니다. 지금 저는, 준비돼 있다고 느낍니다. 제 경험이 비록 일천하고 일도 익숙지 않지만 할아버지와 아버지의 전례를 본받아 확신과 자신감을 갖고 바질 사의 전통을 이어나가며, 회사의 미래를 내다볼 수 있을 거라고 믿습니다. 마지막으로, 오늘 밤 이 자리를 계획하고 준비해주신 분들과 저를 이 자리에 설 수 있게 도와주신 모든 분에게 깊은 감사를 드립니다."

그의 시선이 내게 와 머물렀다. 그리고 상당한 침묵이 흘렀다. 애덤은 목소리를 가다듬고 말했다.

"저의 온 마음을 다해 감사드립니다."

박수가 터져 나오기 시작하자 나는 서둘러 사람들을 헤치고 나왔다. 하지만 그 틈을 빨리 헤치고 나올 수가 없었다. 산소가 부족한 느낌이었다. 그리고 계단을 뛰어 내려갔다. 화장실이 비어 있다는 것에 감사하며 그 안으로 들어가 문을 잠그고 눈물을 쏟아냈다.

"크리스틴?"

브렌다 언니의 목소리였다. 나는 얼어붙었다. 애덤의 연설이 끝난 후에 화장실은 금방 꽉 찼고, 내가 들어 있는 칸 앞에 줄이 늘어서 있었다. 밖에서 기다리고 있는 사람들에게 눈물로 얼룩진 얼굴을 드러내며 나가기 전에, 부은 눈이 조금이라도 가라앉길 기다리는 참이었다. 문제는 그러다보니 그 안에 너무 오랫동안 있게 됐고, 나는 어느새 밖에 줄 서 있는 사람들 사이에서 화제의 중심으로 떠올랐다는 거였다.

"크리스틴?"

에이드리엔 언니가 나를 부르는 소리였다.

"크리스틴, 여기 있는 거야?"

"저 칸은 아무래도 고장난 것 같아요."

다른 누군가가 말했다. 굴욕. 나는 휴대전화를 꺼내 언니들에게 날 좀 그냥 내버려두라는 분노의 문자를 보냈지만, 언니들이 문을 두드려대는 통에 깜짝 놀라 그것도 그만두고 말았다.

"크리스틴, 애덤도 같이 들어가 있는 거야?"

에이드리엔 언니가 밖에서 물었다.

"애덤? 미쳤어?"

나도 모르게 불쑥 말하며 나는 내 존재를 드러냈다. 밖에 줄 서 있던 여자 하나가 말하는 소리가 들려왔다.

"아까 그 파이가 좀 안 좋았던 게 틀림없어요."

"애덤이 없어졌어."

브렌다 언니가 다급하게 말했다.

"못 들었어? 생일 케이크를 들고 나왔는데 애덤이 안 보인대."

"마리아랑 같이 있는 것도 아니야. 혹시 그렇다고 생각하고 있다면 말이지."

나는 정말 그렇게 생각하고 있었다.

"마리아가 여길 나갈 때 우리가 애덤은 어디 있냐고 물어봤어. 전혀 모르겠다고 하더라고."

그리고 언니는 목소리를 낮추고 문짝에 바짝 붙어 덧붙였다.

"둘이 다시 합치지 않은 것 같아."

언니의 목소리는 낮고 다급했다. 갑자기 내 맥박 뛰는 소리가 귓속을 울려대기 시작했다. 그다음엔 아무것도 들리지 않았다. 더 이상 그곳에 있을 수도 없었다. 나는 문을 벌컥 열었다. 스무 명도 넘는 여자들이 나를 노려보고 있다는 것도, 내가 너무 오래 처박혀 있던 그 칸에 아무도 들어가려 하지 않는다는 것도 갑자기 하나도 중요하지 않았다. 언니들의 걱정 가득한 얼굴만 보일 뿐이었다. 한 번도 걱정스런 얼굴을 보이지 않던 언니들, 혹시나 하는 마음에 늘 나를 즐겁게 해주려고 언제나 경쾌하고 재치 있는 입담으로 일관하던 언니들이었다. 이럴 수가, 결국 나는 엄마를 닮은 것일까. 그런 언니들이 지금은 심각한 얼굴로, 걱정스럽고 겁먹은 얼굴로 나를 보고 있었다.

"어디 있는지 몰라?"

브렌다 언니의 재촉에, 그가 어디에 있는지 힌트라도 얻기 위해 우리가 나눈 대화들을 낱낱이 헤집어가며 머리가 빠개지도록 생각했다.

"아냐, 모르겠어."

똑바로 생각하려고 무지 애를 쓰며 나는 말을 더듬었다.

"마리아가 애덤에게 그랬다는 걸 믿을 수가 없어."

너무 화가 났다.

그에게 벌써 두 번이나 상처를 줬잖아. 그 여자 눈엔 그가 얼마나 멋진 남자인지 안 보인단 말인가?

"애덤이랑 붙어 있었어야 해. 난 대체 무슨 생각을 하고 있었던 거야?”

“지금은 그렇게 자책할 때가 아니고, 애덤이 어디 있을지에만 집중해. 잘 생각해봐.”

나는 호텔의 펜트하우스와 우리가 함께 보낸 밤, 그의 마지막 밤을 떠올려봤다. 하페니교가 내려다보이던 전망. 나는 그 자리에서 얼어붙었다. 애덤은 그때부터 계획을 해놨던 거였어!

“알아냈나봐.”

에이드리엔 언니가 말했다.

“어서 가, 크리스틴!”

브렌다 언니가 재촉했다.

나는 치마 끝을 들어 올리고 달리기 시작했다. 하이힐을 신고 달리는 게 쉬운 일은 아니었지만 그래도 맨발로 뛰다가 유리가 박히는 것보단 나았다. 바깥에 주차하고 기다리고 있는 팻과 함께 차로 가는 것도 방법이 아니었다. 다리로 가려면 팔리어먼트 가에서 우회전을 해야 하는데 거기는 일방통행로여서 팻의 차로는 하페니교 반대쪽으로 돌아서 가야 했다. 그럴 시간은 없었다.

나는 한쪽 손으로 인조모피를 잡고 한쪽 손으로 치맛자락을 든 뒤, 살벌하게 추운 밤길을 내달렸다. 나는 토요일 밤을 즐기고 있는 사람들의 이목을 끌며 팔리어먼트 가를 따라 뛰어 내려갔다. 그 뒤 웰링턴 부두 쪽으로 꺾었다. 멀리서 다리가 보였지만 그 위에 사람이 있진 않았다. 숨을 쉴 때마다 찬 기운에 콧구멍 속이 화끈거렸다. 숨을 헐떡일 때마다 심장이 타들어가는 것을 느끼며 나는 계속 뛰었다.

다리가 가까워지자 그가 보였다. 2주 전 우리가 만났던 바로 그 자리에 검정 옷을 입은 사람의 형체가 보였다. 다리 위쪽에 있는 램프 세 개에서 내리쬐는 노란 불빛과 상향 조명등의 초록 빛이 그와 다리를 섬뜩하게 비추고 있었다. 이미 진이 다 빠진 상태였지만 나는 마지막 남은 기운을 긁어모아 다리를 향해 전력으로 뛰어갔다. 그리고 계단을 올라갔다.

"애덤!"

내가 외치자 그가 깜짝 놀라 나를 돌아봤다.

"이러지 말아요, 제발!"

나를 보는 그의 얼굴엔, 걱정과 슬픔, 놀라움이 뒤섞여 있었다.

"손대지 않을게요. 더 가까이 가지도 않을게요. 알겠죠?"

행인들은 어찌할 바를 모르고, 마치 애덤이 무슨 지뢰라도 되는 것처럼, 겁이 나는지 그를 멀찍이 에둘러서 가던 길을 계속 갔다.

나는 울고 있었다. 다리를 향해 전력 질주하던 어느 시점부턴가 눈물이 터졌고, 이제 나는 그의 앞에 서 있었다. 추위에 덜덜 떨며, 숨이 턱까지 찬 채로 훌쩍거리는 만신창이의 모습으로.

그는 한마디도 하지 않았다.

"마리아랑 잘 안된 거 알고 있어요……."

나는 숨을 가다듬으려 애쓰며 말했다.

"그래서 미안해요. 진짜, 진짜 미안해요. 마리아를 사랑하고 있다는 것도 알고, 그래서 이제 아무것도 남은 게 없는 것 같은 기분이란 것도 알아요. 하지만 그렇지 않아요. 당신에겐 바질이란 회사가 있고 그 사실을 기뻐하는 사람들이 아까 그 홀을 가득 채우고 있었잖아요. 그리고 당신은……."

머리가 빠개질 것 같았다.

"……정말, 정말 많은 걸 가졌잖아요. 당신은 건강하고, 친구들이 있고……."

나는 침을 꿀떡 삼켰다.

"그리고 당신에겐 내가 있어요."

나는 애절하게 두 팔을 들어올렸다.

"당신이 원하는 사람이 내가 아니란 거 알지만, 나는 어떤 때든 당신의 전화를 받을 거예요. 당신을 위해서라면, 당신을 행복하게 하기 위해서라면 뭐라도 하겠다고 맹세해요. 사실은……."

나는 숨을 깊이 들이마셨다.

"나한테 당신이 필요해요. 우리가 처음에 만났을 때 내가 당신에게 세상의 아름다움을 보여주겠다고 했죠. 그때 난 대체 뭘 해야 할지 몰랐어요. 그래서 책까지 샀어요!"

나는 한심하다는 듯 웃었다.

"하지만 행복을 좇을 수는 없었어요. 기쁨은 자연스럽게 생겨나는 거였어요. 행복은 수학 공식 같은 게 아니었어요. 난 그걸 몰랐어요. 그래서 뭘 어찌해야 할지 알지 못했어요. 나는 언제부턴가 세상의 아름다움을 보는 걸 그만뒀던 것 같아요. 그리고 그걸 깨닫지도 못했어요. 그런데 당신이랑 지내면서…… 당신이 삶이 얼마나 아름다운지, 얼마나 신나는 것인지 다시 알게 해줬어요. 당신이야말로 나를 행복으로 안내하는 나의 맞춤 가이드였어요. 함께하고픈 사람과 함께라면 별것 아닌 일들로도 충분히 행복할 수 있다는 걸 당신이 보여줬어요. 당신을 가르치고 당신의 얘기를 들어줘야 할 사람은 나였는데, 결국 내게 길을 보여준 사람은 당신이었어요. 그리고 이게 당신이 듣고 싶은 얘기가 아니란 거 잘 알지만, 당신이 나를 사랑에 빠지게 도와줬어요. 진짜 사랑이요. 나의 삶뿐만이 아니에요."

나는 침을 꿀꺽 삼켰다.

"바로 당신과 사랑에 빠졌어요. 나는 늘 안전하게만 지내려 했어요. 내 주위에 있는 사람들의 문제들을 해결해주고, 그리고 늘 안전한 사람들과만 지내려 했어요."

배리와 나의 관계를 생각해보면 그랬다. 나는 아무 드라마도 없고, 아무 놀라움도 없으며 아무것도 망가지지 않아 내가 고치고 해결할 일이 생기지 않을 게 확실한 사람을 골랐던 거였다. 나는 나 자신이 진정한 사랑에 빠지도록 허락하지 않았다. 애덤을 만나기 전까진 말이다. 그와 함께 지내는 동안은 매일매일이 드라마였고 매일매일이 놀라움이었다.

"내 사랑이 짝사랑이어도 상관없어요. 왜냐하면 당신과 함께 있다는 것만으로, 당신에 대한 생각만으로도 나는 행복하니까요. 내가 하고 싶은 말은, 내가 당신을 사랑하니까 당신은 사랑받는 사람이란 얘기예요. 애덤, 제발, 그러지 말아요. 뛰어내리지 말아요. 나는, 당신이 필요해요."

애덤의 두 눈에 눈물이 차올랐다. 지나가다가 내 말을 들으며 머물러 있던 한 커플이 두 손을 맞잡고 감탄사를 내뱉고 있었다. 나는 그 순간 애덤이 뛰어내리겠다고 협박하는 장면을 못 봤으니 저럴 수 있다고 생각했다.

모든 걸 말하고 나니 어쩐지 비참하고 기진한 느낌이었다. 기

운은 하나도 없었고 얼어 죽을 것 같았다. 내 마음 속을 뒤집어
다 보여주는 것이 그를 구하기 위해 내가 할 수 있는 전부였다.

그렇게 나는 바라고, 희망하고, 기도하며 기다렸다. 그가 나의
말을 귀로만 듣는 게 아니라 내 말을 속속들이 느끼기를. 그래서
이제 더 이상 아무것도 의미가 없다고 그를 꾀고 있는 그의 뇌
속까지 내 말이 파고들기를. 나는 사이먼을 구하는 데는 실패했
지만 애덤과는 그럴 수 없었고, 결코 그러지도 않을 거였다.

"날 봐요."

그가 말했다.

그럴 수 없었다. 그의 논리를 듣고 싶지도 않았고, 작별 인사도
듣고 싶지 않았다. 나는 더 심하게 울기 시작했다.

"그를 좀 보세요."

구경하던 여자의 재촉에 나는 고개를 들었다.

애덤은 미소를 짓고 있었다. 혼란스러웠다.

'이게 지금 웃겨? 지금 이게 웃을 상황이라고 생각하는 거야?'

구경하던 커플도 웃고 있었다. 마치 나만 농담을 못 알아듣는
것처럼. 나는 그들을 한 대 치고 이렇게 말하고 싶었다.

'당신들은 지금 뭐가 뭔지 몰라요. 사람 목숨이 달려 있다고요!'

"지금 내가 다리 어느 쪽에 서 있어요?"

그가 여전히 빙글거리며 물었다.

"뭐라고요?"

나는 인상을 쓰고 그와 구경꾼 커플을 차례로 봤다.

"대체 무슨 소리예요?"

이게 무슨 비유일까? 무슨 다른 의미가 있는 말인가? 그는 자

기가 지극히 이성적으로 생각하고 있다는 듯 차분한 모습으로 여전히 웃고 있었다.

　나는 그를 다리에서 처음 만났을 때를 떠올려봤다. 그는 다리 난간의 바깥쪽에서 난간의 틈에 발을 딛고 곧 뛰어내릴 것처럼 서 있었다. 지금 그를 다시 보니 그의 발은 난간 틈이 아니라 난간 안쪽의 콘크리트 위에 놓여 있었고, 난간의 바깥쪽에 서 있지도 않았다. 그는 다리 안쪽에 서서 전망을 내다보고 있었고, 그것은 그가 뛰어내릴 생각이 없었음을 의미했다.

　"아…… 젠장."

　나는 중얼거리듯 말했다.

　"이리 와요."

　그가 나를 향해 팔을 뻗으며 웃음을 터뜨렸다.

　너무나 당황한 나는 두 손으로 머리를 감싸며 언니들을, 애덤을, 그리고 나 자신을 저주했다. 그가 죽으려고 한 것도 아닌데 내 영혼을 그에게 전부 까보였다니! 나는 굴욕감에 주춤주춤 뒤로 물러났다.

　"아, 젠장, 미안해요. 나는, 그게 아니라, 우리 언니들이, 그러니까, 그래서 나는 그럴 거라 잘못 생각하고……."

　그가 내게 걸어왔다. 내게 손을 뻗어 도망치는 나를 붙들었다. 키가 어찌나 큰지, 그는 나를 한참 내려다봤다.

　"마리아에게 우리 사이는 어려울 것 같다고 말했어요."

　내 입이 떡 벌어졌다.

　"뭘 어쨌다고요? 대체 왜 그랬어요?"

　그는 내가 재미있는 모양이었다.

"왜냐하면 그게 내 진심이었으니까. 마리아가 내게 상처를 줬고, 나는 그때로 다시 돌아가고 싶지 않았어요. 지난 1년간 내가 마리아에게 잘해주지 못했다는 거 나도 알고, 그 점에 대해 사과했어요. 내가 그녀를 되찾기 위해 했던 것들에 마리아가 감동한 건 사실이지만 사실 그녀가 정말로 그리워했던 건 예전의 우리였어요. 연애 초기의 우리요. 나도 마찬가지였던 것 같아요. 하지만 이제 다시 그때의 우리로 돌아갈 수 없다는 걸 나는 알아요. 너무 많은 게 변했어요. 우리의 삶이, 이젠 달라졌어요. 우리는 끝났고 되돌아가지 않아요. 난 다시 돌아가고 싶지 않아요."

나는 여전히 충격에서 벗어나지 못하고 몸을 떨었고, 그가 나를 바짝 당겼다.

"마리아가 묻더라고요. 혹시 그 여자 때문이냐고. 그때 알았어요. 그게 상당한 부분을 차지했다는걸."

"무슨 여자요?"

나는 도저히 뭐가 뭔지 판단할 수 없는 지경이 되었고, 그에게 물었다. 애덤이 웃었다.

"애덤, 하나도 안 웃기거든요. 도대체 어떻게 된 거예요. 몇 분 전만 해도 나는 당신이 마리아를 되찾지 못해 뛰어내리려고 하는 줄 알았는데, 이젠 뛰어내릴 생각도 없고 난데없이 들어본 적도 없는 어떤 여자 때문에 마리아를 더 이상 원하지 않는다는 거예요? 그런데 거기다 대고 나는 그런 얘기를 해버렸으니."

나는 너무나 부끄러워 그의 가슴에 얼굴을 묻고 끙끙거렸다.

"아까 한 말 진심이었어요?"

그가 가만히 물었다.

"당연하죠."

나는 민망해하며 대답했다.

"진심이 아니었다면 그런 말은 하지도 않았을 거예요. 하지만 애덤, 내가 왜 그런 말을 했는지 알아야 해요. 아까 상황이……."

"그 여자가 당신이에요."

그는 횡설수설하는 나의 말을 끊었다.

"마리아가 얘기했던 바로 그 여자요. 나는 마리아를 사랑하지 않는다는 걸 깨달았어요. 그녀와 함께하거나 함께하지 못하는 것이 더 이상 내가 살고 죽는 문제를 결정짓지 않아요. 내 문제는 내가 스스로 행복하지 못했다는 거예요. 당신이 내가 나를 다시 좋아하도록 만들어줬고, 내가 내 삶을 다시 살아갈 수 있도록 도와줬어요. 그리고 내가 당신을 갖건 갖지 못하건 내가 다리에서 뛰어내리거나 세상을 버리는 일도 없을 거예요. 나는 혼자서도 행복할 필요가 있어요. 그리고 내가 마리아를 위해 했던 모든 것들도 생각해보니 당신과 함께했기 때문에 즐거운 거였어요. 당신과 즐거운 시간을 보냈죠. 마리아 때문에 시작한 일이었지만 당신이 내 행복의 이유였어요. 당신이, 마리아가 나와 사랑에 빠지도록, 내가 삶과 사랑에 빠지도록 애쓰는 동안 나는 당신을 사랑하게 되어버렸어요."

그의 손이 나의 얼굴을, 나의 어리벙벙한 얼굴을 감쌌다.

"언제까지 그런 표정으로 날 볼 거예요?"

"미안해요."

나는 속삭였다.

"오늘 아침에 일어났을 때 당신이 없어서 당신 마음이 변한 줄 알았어요."

"아니, 그건……."

"그리고 당신이 돌아왔을 땐 울고 있었죠. 그래서 우리 일을 후회한다고 말하려는 줄 알았어요."

"아니, 그건……."

"아까 사이먼 얘기를 들으니까 그제야 이해가 됐어요. 내가 오해했던 거예요. 아침엔, 당신이 말하기 전에 내가 먼저 말하고 싶었어요. 그 편이 당신도 쉬울 거라고 생각했으니까."

"당신은 바보예요."

나는 부드럽게 말했다. 애덤이 웃었다.

"이제 키스해요!"

옆에서 구경하던 여자가 말했다.

"조건이 있어요."

나는 그를 가로막으며 말했다. 애덤이 물러났다.

"당신, 아직도 갈 길이 멀다는 거 알고 있죠? 나는 최선을 다해서 당신을 도왔고 앞으로도 그렇게 할 거예요. 하지만 나는 전문가가 아니에요. 애덤, 당신이……. 딴사람이 될 때, 나는 어떻게 도와야 할지 막막해요."

"알아요."

애덤이 사뭇 진지하게 말했다.

"내가 여기 온 것도 내가 얼마나 달라졌나를 생각해보기 위해서였어요. 나는 2주 전에 여기 서 있던 그 남자와는 다른 사람이지만, 내가 도움을 받지 않으면, 내가 스스로를 도우려하지 않으면, 언제든지 도로 그 남자가 될 수 있다는 거, 알아요. 나는 새로운 삶을 살 기회를 얻은 기분이에요. 당신이 도와줬고, 나는 그 기회를 붙잡고 잘해보려 노력할 거예요. 때로는 망치기도 하겠죠. 하지만 정말 처음으로 내 삶을 즐기기 위해 노력해보고 싶은 마음이에요. 그러니까 상담을 받기 시작할게요. 나도 다시는 그렇게 바닥을 보고 싶지 않아요."

우리는 눈을 맞추고 웃었다. 그가 나를 향해 다가왔고 우리는 입을 맞췄다. 구경하던 남자와 여자는 환호를 보낸 후, 우릴 남겨두고 다리를 건너갔다.

애덤이 턱시도 재킷을 벗어서 오들오들 떨고 있는 내 어깨를 덮어줬다. 내 이가 딱딱 부딪혔고 발가락은 떨어져 나갈 것처럼 시렸다.

"이걸 준다는 걸 잊고 있었네요."

애덤이 주머니에 손을 넣더니 잃어버렸던 엄마의 귀걸이 한 짝을 건져 올렸다.

"팻이 오늘 아침에 차에서 찾았어요."

"고마워요."

나는 깊이 안도하며 속삭였다. 그리고 그 에메랄드 귀걸이를 손에 꽉 쥐고 내 삶의 가장 눈부신 순간에 우리 엄마가 함께했음을 영광스럽게 생각했다. 엄마와 함께 있음을 나는 느낄 수 있었다.

"파티를 이렇게 나와버릴 순 없잖아요."

애덤이 나를 다리 반대 방향으로 끌고 가려 하자 내가 버텼다.

"이미 나온걸요."

그가 두 팔로 나를 감쌌다.

"어차피 내 파티니까 내가 하고 싶은 대로 해도 되잖아요. 그리고 나는 사랑하는 여자를 호텔로 다시 데려가는 중이에요."

"있죠, 나 내 책에 대한 아이디어가 떠올랐어요."

나는 수줍어하며 말했다.

그날 이불 밑에 옹송그리고 엉망인 내 삶을 한탄하며 울다가 아이디어가 떠올랐다. 영감은 가장 뜻하지 않은 곳에서 생겨난다.

"그랬어요? 뭔데요?"

"제목은 '사랑에 빠지는 법'이에요. 내가 당신을 어떻게 만났는지에 대한 얘기."

애덤이 웃었다.

"우리 이름은 바꾸는 게 좋겠어요."

"이름만 바꿔선 안 되겠죠. 책을 쓰는 데 10년이나 걸린 이유를 이제야 알 것 같아요. 그동안은 계속 엉뚱한 것만 쓰려고 했던 것 같아요. 이번에는 픽션으로 쓸 거예요. 그러면 아무도 진짜인지 모를 테니까."

"우리만 빼고."

그는 내 코에 입을 맞추고 내 손을 잡았다. 나도 맞장구쳤다.

"우리만 빼고."

우리는 손을 잡고 나란히 하페니교를 건넜다. 아주 무사히, 반대편으로.

27
-

당신의 성취를 축하하는 법

나는 파티용 고깔모자를 머리에 쓰고 입에는 호루라기를 물고, '축하합니다'라고 쓰인 플래카드를 든 채로 탈보트 가에 서 있었다. 지나가던 사람 몇몇이 대놓고 이상하다는 듯 쳐다봤지만, 나는 창피함을 애써 무시하고 내 바로 앞에서 버스에서 내리고 있는 사람들에게 집중하려고 노력했다. 마지막으로 내린 사람은 오스카였다. 그는 다소 불안한 모습이었지만 집중해서 머리를 숙이고 발판을 내려오고 있었다.

내가 호루라기를 불자 오스카가 깜짝 놀라 고개를 들었다. 그의 얼굴에 잔잔한 웃음이 번지더니 내가 플래카드를 그의 얼굴 앞에 흔들자 활짝 웃었다. 사람들도 미소를 보내왔다.

"해냈어요! 시내까지 버스를 타고 왔잖아요!"

내가 소리를 지르자 오스카는 당황스럽긴 해도 자랑스러운 듯, 씩 웃었다.

"기분이 어때요?"

"뭐랄까⋯⋯. 살아 있는 것 같아요!"

오스카는 허공에 어퍼컷을 날렸다.

"좋아요! 앞으로도 우울한 날이나 불안정한 순간이 찾아오면 지금 이 기분을 기억하도록 해요. 살아 있다는 느낌이 얼마나 좋았는지 기억하세요. 알았죠?"

그가 열심히 고개를 끄덕였다.

"물론이에요, 꼭 그럴게요. 절대 이 기분을 잊지 않을 거예요."

"젬마에게 전화해서 화요일에 예약하세요. 이제 시내로 출근할 수 있게 됐으니 일자리를 알아봐야죠."

"젬마가 다시 나와요? 나, 젬마가 좋거든요. 그런데 난 월요일이 더 좋은데. 그럼 한 주를 시작하는 데 도움이 돼요."

오스카는 걱정스러운 듯 말했다.

내가 젬마에게 『변덕쟁이로 보이지 않으면서 생각을 바꿨다고 말하는 법』이란 책을 부친 뒤에, 젬마는 다시 출근하는 데 동의했다. 다음 날 내 책상 위에는 『힘든 상사를 다루는 법』이란 책이 놓여 있었다. 그다음 날 아침부터 젬마는 업무에 복귀했다. 그 뒤로 우리는 그 일에 대해 아무 얘기도 하지 않았다.

"월요일에는 티퍼레리에 있을 거예요."

나는 다음 여행을 고대하며 행복하게 말했다. 나는 행복의 장소를 찾는 일을 포기해버렸다. 그 책에서 하라는 대로 해내지 못

하자 스스로에게 실망만 하게 됐고, 결국은 그 책이 자괴감만 증폭시키는 쓰레기라는 걸 깨달았기 때문이다. 애덤이 회사에 일하러 나간 사이 티퍼레리의 보트 창고에 앉아서 그 책을 읽는데 어찌나 좌절감만 들던지 그만 호수에다 냅다 던져버리고 말았다. 아이러니하게도 그 순간을 떠올리면 엄청난 해방감이 느껴지며 슬쩍 웃게 된다. 그리고 언제라도 원할 때면 그 느낌을 불러낼 수 있다.

오스카가 집으로 돌아가는 버스를 타기 전에 요기나 좀 하려는데 내 휴대전화가 울렸다. 머과이어 형사였다. 나는 걸음을 멈췄고 오스카는 한참 더 가다가 내가 따라오지 않는 걸 보고 외쳤다.

"무슨 일 있어요?"

나는 울려대는 전화기를 응시하며 처음으로 깨달았다. 앞으로 얼마간은 애덤에 대해 늘 이런 느낌일 거라고. 그의 미래가 어떻게 될지 확신이 없는 채, 함께하지 않을 때는 늘 그가 괜찮은지 걱정하게 될 거라고. 한참만에 나는 전화를 받았다. 무슨 얘기를 듣게 될지도 겁이 났지만 무시하기는 더 두려웠으니까.

"캐롤라인 대신 걸었습니다."

머과이어 형사가 냅다 소릴 질러댔다.

"다음 주가 그 아이 열여섯 번째 생일이에요. 금요일에 파티를 할 건데. 지금 하는 짓을 보면 무슨 아카데미상 시상식에라도 나가는 줄 알 거요. 어쨌든, 댁이 왔으면 좋겠다고 하네요."

머과이어 형사는 헛기침을 하더니 공격적인 어투를 버리고 말했다.

"그리고 나도 댁이 왔으면 좋겠어요."

"고마워요, 에이든. 꼭 갈게요."

끊기 전에 머과이어가 한마디 덧붙였다.

"아, 그리고 그 다리 위의 남자랑 같이 와도 괜찮아요. 그때 상태가 좋다면 말이지."

그랬다. 지금 이 순간은 상태가 아주 좋았다.

삶이란 순간의 연속이고, 순간은 늘 변화한다. 부정적인 생각과 긍정적인 생각들처럼. 생각하는 것이 인간의 본성이라지만, 다른 수많은 것과 마찬가지로 단 한 가지의 생각이 마음을 지배하도록 내버려두는 것은 무의미하다. 왜냐하면 생각은 손님이나 못 믿을 친구처럼 왔다가 갑자기 떠나버리기도 하고, 완전히 모습을 드러내는 데 한참 걸렸다가 순식간에 사라지기도 하니까.

순간은 소중하다. 어떤 순간은 오래 머물고 어떤 순간은 찰나이지만, 그 안에서 당신은 정말 많은 걸 할 수 있다. 마음을 바꿀 수도 있고, 사람을 살릴 수도 있으며, 사랑에 빠질 수도 있다.

하우 투 폴 인 러브

펴낸날	**초판 1쇄 2015년 12월 17일**

지은이	**세실리아 아헌**
옮긴이	**김현수**
펴낸이	**심만수**
펴낸곳	**(주)살림출판사**
출판등록	**1989년 11월 1일 제9-210호**

주소	**경기도 파주시 광인사길 30**
전화	**031-955-1350** 팩스 **031-624-1356**
기획·편집	**031-955-4675**
홈페이지	**http://www.sallimbooks.com**
이메일	**book@sallimbooks.com**

ISBN	**978-89-522-3248-9 03840**

※ 값은 뒤표지에 있습니다.
※ 잘못 만들어진 책은 구입하신 서점에서 바꾸어 드립니다.

이 도서의 국립중앙도서관 출판예정도서목록(CIP)은 서지정보유통지원시스템 홈페이지
(http://seoji.nl.go.kr)와 국가자료공동목록시스템(http://www.nl.go.kr/kolisnet)에서
이용하실 수 있습니다.(CIP제어번호: CIP2015031588)

책임편집·교정교열 **구민준**